중국문학이론의
모색과 소통

중국문학이론 기획특집 ❶

중국문학이론의 모색과 소통

한국중국문학이론학회 지음

한국학술정보㈜

머리말

한국에서의 중국문학이론은 무엇이며, 어디까지 왔는가? 대부분의 외국문학이 그렇겠지만, 한문으로 된 중국문학의 경우는 우리가 전통적으로 한자어를 상용해왔음에도 불구하고 한문 원전의 해독이라고 하는 신결 과제 후에니 기능히디는 점에서 늘 만만치 않다. 한편으로는 오랜 조선 한문학의 전통 속에서 한국 것과 중국 것의 명료한 차이가 구획되지 않은 가운데 어정쩡하게 현대로 넘어와 버린 부분도 없지 않을 것이다. 결국 중국문학 연구의 꽃이라고도 칭해지는 중국문학이론 연구는 원전의 해독과 처리방식이라고 하는 두 개의 난제로 인해 그 접근이 쉽지 않은 것이 사실이다.

인문학에서 기존 어문학 관련 제 분야가 이미 자국문학 연구에 서구문학 연구 방법론을 부단히 소화해왔으며, 이미 정치·경제 대국으로 부상한 중국 역시 근년에는 전통 중국적 방식에 더하여 서구 이론을 함께 고찰하기 시작한 오늘의 상황에서 볼 때, 중국문학 연구의 글로벌화는 더 이상 미룰 일이 아니다. 그런 점에서 한국의 중국문학 연구는 기존 중국의 학문경향에 더하여 세계사적 흐름을 참고하고, 종국적으로는 우리 자신의 색깔과 힘을 키워나가야 할 때이다. 그리고 그 필요성은 문학 연구의 첨병 분야인 문학이론 연구에서 더욱 요구된다.

본서는 제호가 말해주듯이 한국중국문학이론학회에서 주관한 기획서이다. 1992년 전 서울대학교 이병한 교수의 주도로 설립된 본 학회는 지난 20년간 정리가 쉽지 않은 풍격 용어의 선정과 현대적 설명, 당시와 송시의 작가와 작품 연구, 『문심조룡』 각 편의 역주 등 공동 연구를 통해 나름의 내공을 키워온 학회이다. 이제는 연구 시야의 글로벌화를 위해 폭과 깊이를 키울 때이며, 이 책은 바로 중국문학이론 연구 시야의 다양화와 연구적 돌파를 위해 기획된 책이다.

중국시론을 중심 주제 삼아 대중 소개용으로 풀어쓴 본서의 내용과 관련하여 밝혀둘 점은 이병한 교수 및 김형효 교수의 글 외의 대부분의 편들이 학술지에 기 발표된 논문들로서, 대중과의 소통을 위해 본서로 재정리한 글들이라는 점이다. 각 편의 출전은 글마다 각주에서 밝혀놓았다. 이 자리를 빌려 본서를 위해 특별 기고해주신 두 분 교수님께 감사드린다.

본서는 총 12편으로 구성되었는데, 내용은 주로 중국시론을 중심으로 하되, 상관적 총론, 전통 방식의 자기 돌파적 연구, 서구문학비평 활용 연구, 조선 한문학 관련 연구, 그리고 일본의 중국고전문학비평 연구개요로 구성되었다.

총괄 요약을 겸하여 각 편의 글들을 장별로 소개한다. 제1장 포스트모더니즘의 관점을 가지고 노자 사유의 특징을 독자적으로 풀어낸 노자 사유론(김형효), 제2장 중국시와 자연과의 관계를 중심으로 중국문학의 특질을 본격적으로 논한 중국문학 속의 자연관(이병한), 제3장 은유와 유동의 표상체계를 기호학적으로 다각 분석한 주역 기호

학(오태석), 그리고 제4장 『사기』, 『한서』, 『후한서』, 『삼국지』의 역사
서에 나타난 문학 관념의 형성 문제를 다룬 글(이규일)의 4편은 선진
양한 문학이론 형성기의 텍스트에 대한 내용들로서 어느 정도 총론
의 성격을 지니고 있다. 이 중 오태석의 '주역 기호학'론은 한국연구
재단 선정 2012년 우수 성과(전 분야) 50선에 선정되었다.

둘째로 제5장 중국문학비평 용어로서 독특한 개념인 '흥(興)' 관련
중국문학비평 용어에 대한 육조부터 청대까지의 역사적 천착(조성
천), 제6장 도연명과 원매를 중심으로 시대에 따라 서로 다른 평가가
야기되는 데 대한 다각적 원인 분석의 케이스 스터디(최일의), 제7장
전통 중시의 중국문화 상황에서 특히 두드러지는 문학적 모방의 문
제를 어떻게 볼 것인가의 문제를 논한 글(홍광훈) 등 3편은 전통 중국
학적 연구이면서도 관점의 자기회를 보여주고 있다.

셋째로 제8장 율시의 완성기인 당시에 나타나는 수사 장치로서의
비유를 '개념 혼성'의 도표로 시범 제시해나가며 설명한 인지언어학
적 접근(김준연), 제9장 당시에 자주 보이는 심방불우(尋訪不遇)류 시
의 '부재를 통한 존재의 심화'를 세밀히 드러낸 구조 미학적 연구(서
성), 제10장 1990년대 이시영의 서정시들을 에즈라 파운드와 비교하
며 흥(興)의 각도에서 감성 깊게 분석한 글(김의정) 등의 3편은 서구
문학의 관점을 자기화하며 중국시 또는 한국시 분석에 원용하고 있
다는 점에서 의미 있다.

넷째로 제11장 당대 중요한 비평 저작인 『이십사시품(二十四詩品)』
이 조선 후기 한국에서 어떻게 수용 해석되어 왔는가에 대한 조선 속
의 중국문학론(안대회)은 한중 비교문학의 한 틀을 보여주며, 제12장
일본의 중국고전문학이론 연구사를 객관적으로 소개 분석한 일본의

중국학 연구개요(고인덕)는 국제적인 중국학 연구 수준에도 불구하고 제대로 알기 어려웠던 일본의 중국학을 이해하는 데 큰 도움이 된다. 이상 12편의 글들은 범주적으로 상호 연결되는 동시에, 서로 다른 색깔과 맛을 지니고 있으므로, 중국문학과 비평 연구에 관심을 가진 독자의 일독을 권해 드린다.

이 자리를 빌려 본서를 위해 투고해주신 본 학회 필진 여러분과, 중국문학이론 전공자가 아님에도 불구하고 본서를 위해 소중한 원고를 흔쾌히 보내주신 한국학중앙연구원 부원장을 역임하신 서강대학교 김형효 석좌교수와 성균관대학교 한문학과 안대회 교수께 특히 감사드린다. 본서의 편집을 맡아 수고해주신 조성천 편집이사와 김준연 총무 및 양은선 부총무께도 감사드린다. 끝으로 쉽지 않은 출판문화계의 여건 중에도 본서의 출간을 수락해주신 한국학술정보㈜에도 감사드린다.

2012년 8월 5일
한국중국문학이론학회장 오태석 삼가 씀

차례

XII. 일본의 중국고전문학이론 연구 개황 _ 고인덕

I

포스트모더니즘의 원조,
노자(老子)의 사상[*]

포스트모더니즘의 원조,
노자(老子)의 사상[*]

김형효[**]

1. 화광동진(和光同塵)의 성인(聖人)

노자의 사상과 철학은 오랜 세월 동안 곡해되어 왔었다. 그의 철학과 사싱이 곡해된 끼닭은 인류시의 지능적 전개과정과 무관하게 해석되어 왔었고, 또는 인류사의 전개과정에서 인류가 잠시 피곤하여 휴식을 취하고 싶을 때에, 그 휴식의 기간 동안 사랑받아 온 은둔이나 낭만적인 자연인의 의미로서 읽혀 온 감이 없잖아 있었기 때문이다. 그리고 노자의 『도덕경』에 나오는 성인(聖人)의 의미도 일반적인 동양경전의 성인과는 다른 각도에서 해석되어야 한다. 예컨대 『논어』에 등장하는 성인은 도덕적 차원에서 완전무결한 그런 성결적(聖潔的) 의미를 지니고 있지만, 노자가 말하는 성인은 도덕적으로 지순 고결한 인물이 아니다. 노자는 더구나 그런 성결적 성향을 지니는 존재방식을 좋아하지도 않는다. 그의 성인은 세상을 소유하지 않고 세상을 자연스럽게 존재론적으로 경영하는 인물을 상징한다. 그래서 그 성인

---

* 이 글은 2011년 11월 26일 한국중국문학이론학회 추계학술대회 기조강연 원고를 수정 보완한 것이다.
** 서강대학교 철학과 석좌교수.

은 세상을 새롭게 이상적으로 그리고 도덕적으로 잘 다스리는 인물을 말하지 않고, 세상을 자연스럽게 보고 세상을 자연스럽게 움직이는 인물을 말한다. 성인은 세상의 자연스러운 경영인이지, 세상을 어떤 이상의 패러다임에 따라서 뜯어고치는 개혁인을 말하지 않는다. 흔히 훌륭한 세상의 지도자로서의 성인은 도덕적으로 순수해서 어떤 정의의 척도를 제시해서 세상을 그 척도에 따라 다시 세상을 재단해내는 인물이라고 여긴다. 세상을 혁명해서 뜯어고치겠다는 모든 인물이 한결같이 이런 인위적 제조론을 펼쳤다. 노자는 이런 식의 세상교정주의나 세상혁명주의를 조롱한다.

그동안 세상을 자기식으로 바꿔놓겠다는 모든 혁명가는 거품처럼 등장했다 사라졌다. 그들이 과연 세상을 근본적으로 교정했는가? 그들이 과연 세상을 좋게 교정시켜 놓았는가? 어느 부분의 교정이 있었겠지만, 동시에 그 교정만큼 새로운 재앙이 또 생겼다. 예전에 없었던 교정이었고, 또 역시 예전에 없었던 재앙이었다. 노자의 생각에 따라 우리는 세상을 장악하여 재수(再修)한다는 헛된 망상을 버려야 한다. 또 세상에 그토록 찬란한 명분의 도덕을 비단결처럼 펼칠 수 있다는 생각을 아예 버려야 한다. 노자의 철학에 따른 성인은 성결적인 인물이 아니라, 그의 주장대로 '화광동진(和光同塵)(제4장 빛과도 화친하고 먼지와도 동거하는)'하는 인물이다. 그는 세상의 빛만을 좇고 먼지를 더럽다고 멀리하는 외골수가 아니다. 이 점을 노자의 주석가인 북송 여혜경(呂惠卿)의 말과 함께 언표하자면, 빛도 먼지 밖에서는 어둡고, 먼지도 빛 안에서는 환하다는 말로 섞어 옮길 수 있겠다.

이처럼 노자의 생각은 철두철미 이 세상의 사실을 언설하면서 어떤 경우에도 사실의 바깥으로 벗어나지 않는다. 세상의 철학적 진리는 이 세상의 사실을 정면으로 올바로 응시하는 일이지, 진리라고 해서 별도로 생각을 엄숙히 해서 어떤 이상향을 만들거나 그려내는 일이 아니다. 그래서 그는 순수주의적인 시각을 배격한다. 그가 성결주의적인 사고방식을 멀리한다는 것 자체가 이미 그의 反순수주의적인 시각을 말하고도 남는다. 그는 『도덕경』에서 만사가 서로 섞이어서 하나로 된다는 '혼이위일(混而爲一)(14장)'이라는 언명을 분명히 하고 있다. 이 점을 우리가 좀 더 성찰해볼 필요가 있다. 철학사에서 노자의 사상을 일컬어 현학(玄學)이라고 한다. 이런 주장은 노자가 스스로 혼백(魂魄)처럼 불일이불이(不一而不二)의 관계로서 '포일(抱一)(9장)'하고 있는 양상을 '현덕(玄德)(9장)'이라고 부른 어휘에서 먼저 나타난다.

현학이나 현덕의 개념은 전통적으로 아리송한 것을 표현하는 의미로서 해석되어 왔다. 그 말이 빗나간 것은 아니지만, 왜 아리송한 것을 노자가 지시하기를 즐겨했는가 하는 문제다. 전통적으로 노자의 사상이 신비적으로 도(道)를 표현했기에 신비적인 도의 속성을 일컬어 아리송하다는 뜻의 현학이라고 말하곤 했었다. 더구나 노자가 『도덕경』 1장에서 선언적으로 이 세상이 원천적으로 유무(有無)의 동시적 출현과 그 이름을 각각 달리함으로써 시작되었음을 밝히면서 이런 일반적 현상을 일컬어 '현(玄)하고 또 현(玄)하다(玄之又玄)'라고 기술하였다. 유무의 동시적 출현은 전혀 신비주의적 시각이 아니다. 유무는 애초부터 다른 것이 아니고 같은 것을 달리 표현한 것에 불과하다. 유무는 개념으로 표현할 길이 없다. 왜냐하면 유무에는 그 내용이 없기 때문이다. 2장에서 노자가 가리킨 바와 같이 유무는 전후, 상하, 고저와 같은 개념적 의미가 아니라, 단지 기호처럼 순간적 지각으로 판별되어 버리는 수준임을 지적하였다. 즉 유무는 지성적 추리를 통하여 판별되는 개념이 아니고 그냥 직관적으로 바로 인지되는 영역이다. 그리고 유무는 아무런 개념적 내용을 함의하고 있지 않다. 그러나 유무에는 차이가 존재한다. 그 차이도 개념에서 생기는 것이 아니라, 다만 직관적으로 금방 알려진다. 무의 바탕에 조그만 어떤 것이 나타나기만 하면 그 조그만 어떤 것이 무를 유로 돌변하게 한다. 빈 허공의 무에 조그만 먼지 하나가 떠 있어도 그 무의 허공은 순간적으로 유로 돌변한다. 그러면 왜 노자는 이 유무를 일컬어 동시에 출현했다고 말했을까? 유무는 상호 대대법적(待對法的)인 상관성을 띠고 있기에, 유가 없으면 무도 성립되지 않고, 그 반대로 무가 없으면 유도 존립하지 않기 때문이다.

그러므로 노자가 말한 현덕의 뜻은 어떤 신비주의적인 의미에서 아리송하다는 것이 아니라, 문자 그대로 세상만사가 다 사실적으로 애매모호하다는 이중성을 상징한다고 볼 수 있다. 세상만사가 다 이중적이므로 노자가 갈파한 도도 역시 애매모호하다고 생각되어질 수밖에 없다. 이런 생각이 노자의 포스트모던적인 사고방식의 문을 여는 첫 단계라고 볼 수 있다. 동양보다 논리학에서 앞섰던 서양의 철학은 아리스토텔레스의 논리학의 몇 가지 법칙이 철칙으로 흘러내려 왔다. 그중의 하나가 이른바 동일률의 법칙이다. 즉 A는 언제나 A이지 결단코 non-A와 같이 존재할 수 없다는 명제가 아리스토텔레스의 동일률의 법칙이다. 이 법칙은 모든 만물의 단일성을 의미하기도 하고, 동시에 사고의 명석 판명성을 보장해주기도 하는 명제가 되었다. 이런 동일성을 부정하는 철학이 이른바 포스트모더니즘이다. 동일성의 진리를 밀어내고 애매모호성(ambiguity)을 진리의 의미로 등록시킨 최초의 철학자가 20세기 프랑스의 메를로퐁티(Merleau-Ponty)이다. 메를로퐁티, 그는 모더니즘과 포스트모더니즘의 경계 선상에 서 있었던 인물이다. 단적으로 노자가 말한 애매모호성은 '만물병작(萬物竝作)(16장)'의 어휘로 나타난다. 만물은 모두 서로 얽히고설켜 있어서 홀로 독립적으로 자존하는 법이 없다. 서양철학이 주장해온 바처럼 하나의 독립적 개체의식은 노자에게 통하지 않는다. 독존적 개체의식은 실상과 맞지 않는 하나의 허상이고 허구이다. 한 송이의 꽃은 꽃으로 분리되는 것이 아니라, 태양광선과 물과 흙과 바람과의 합작으로 이루어져 있다. 이것이 만물병작의 의미다. 모든 만물은 차이와 연결의 복합적 연관성으로 성립한다. 이것을 현대적 포스트모더니즘의 한 장르인 해체철학(deconstruction)의 대표자인 독일의 하이데거(Heidegger)와 프랑스의 데리다(Derrida)가 각각 다 동일한 의미를 지닌 차연(差延)(Unter-Schied/différance)의 의미로 엮어냈다. 차연(差延)이란 차이(差異)와 연기(延期)의 두 단어가 복합적으로 합쳐진 용어이다

위에서 든 예를 다시 언급하면, 꽃과 태양은 차이를 말하고 동시에 차이 속에서 상호 연관성을 띠는 연기의 성질을 함축하고 있다. 즉 꽃과 태양은 다르지만, 꽃 속에는 태양의 힘이 잠재적으로 깃들어 있는데, 시간적으로 약간의 간격을 두고, 즉 약간의 연기된 상태에서 꽃과 태양이 만나고 있다. 이런 이중적 상태를 두고 이들 철학자들은 서로 차연(差延)이라는 새로운 조어를 만들어 썼다. 독일어로 차이는 'Unterschied'인데, 이 단어는 하이데거가 만든 차연의 'Unter-Schied'와 같은데 다만 한 단어를 둘로 쪼개어 그 사이에 Unter(inter)/Schied라고 말했을 뿐이다. 차연은 개념이 아니고 인위적으로 만든 용어일 뿐이다. 그리고 그 용어는 차이를 뜻하는 Unterschied와 발음에서 꼭 같다. 그리고 불어에서 데리다도 역시 하이데거의 독일어와 유사하게 불어로 발음은 꼭 같으나 글자는 약간 차이를 두는 뜻에서 차이를 가리키

는 불어의 'différence'가 차연(差延)의 'différance'로 변조되었다. 특히 '차이 나다'를 지시하는 불어 동사 'différer'가 영어로 '차이 나다(differ)'와 '연기하다(defer)'를 아울러 표시하는 이중성을 두고 있다는 것도 지적되어야 한다. 하이데거와 데리다의 저 생각은 다 공통적으로 이 세상의 만물은 차이의 관계 속에서 서로서로 시간적인 약간의 거리를 두고 모두 연계되어 있음을 말하고 있다. 세상은 독야청청한 유교적 기개로 자기의 우뚝 솟음을 자랑하는 것이 아니라, 모두 공존하는 것을 일컫는다. 이것을 노자는 이 세상의 실상이라고 지적하고 그런 실상을 일컬어 '혼혜기약탁(渾兮其若濁)(웅덩이처럼 탁함)(15장)'이라고 언명하였다.

웅덩이 물은 맑은 물과 흐린 물이 합류하는 곳이다. 세상이 그렇다는 것이다. 그러므로 세상에서 결단코 맑은 물만 호흡하고 살아가기가 불가능하다. 그래서 세상을 살아가는 성자의 태도도 앞에서 우리가 본 것처럼 화광동진(和光同塵)하는 이중적 삶의 태도를 최소한도의 생활양식으로 여기지 않으면 안 된다. 먼지가 더럽다고 치우려 해도 그렇게 되지 않는다. 세상의 먼지를 없앨 수는 없다. 이곳의 먼지를 치우고 저곳으로 옮겨놓을 수밖에 다른 길이 없지 않은가? 그러므로 먼지를 제거하려고 헛수고를 하는 것보다 차라리 그 먼지를 비옥한 흙으로 변용하는 것이 더 실용적으로 현명한 길이 아니겠는가? 그러므로 노자의 사상은 헛되이 화광(和光)만 하고자 하는 고고지사(枯槁之士)를 결코 찬양하지 않는다. 그리고 정반대로 세속의 기름진 매력에 푹 빠져버린 속물지인(俗物之人)을 좋아하지 않는다. 노자의 길은 우리에게 오랜 세월 동안 젖어온 공자의 유가적 길을 거부한다. 까마귀를 거부하고 백로의 청청한 맑음을 희구하는 그런 도덕지사(道德志士)가 노자에게는 오히려 우스갯감으로 여겨진다. 실질적으로 그럴 수 없는 도덕적 청정은 겉으로 남들 앞에서 그런 척할 뿐이다.

2. 인류사는 남성적 권력의지

　도덕생활은 자연생활의 모습이라기보다 사회생활의 것에 더 가깝다. 우리는 흔히 경제생활은 소유적 가격질서에 속하고, 도덕생활은 비경제적 가치의 질서에 귀속한다고 착각하기 쉽다. 그래서 가격은 소유적 계산에 의존하고, 가치는 초가격적 가치의 형이상학에 귀속한다고 쉽게 간주한다. 그러나 가격과 가치는 다 소유의 차원에 귀일한다. 시장질서에서 많이 팔리는 가격이 결국 좋은 가치를 낳는다. 좋은 가치는 비싼 가격을 낳는다. 마치 좋은 가치는 동전의 발행연도를 살짝 지우고, 그 동전이 고주화인 양 속이는 일과 상통한다. 최근의 동전이 고주화가 되는 순간에 그 동전은 가격의 차원을 지나서 가치의 형이상학에로 승화한다. 가치와 가격은 다 소유의 차원이다. 가치가 있는 것일수록 그것은 절대로 공동소유로 귀결되지 않는다. 비싼 골동품일수록 그것은 공동의 소유에서 더 멀어진다. 모든 사회생활은 소유생활을 전제로 한다. 소유생활에 빠진 사회생활은 지능생활을 멈춘 인간 군상처럼 바보스러운 길을 헤맨다. 인간의 사회생활은 지능생활이고, 이 지능생활은 소유를 목적으로 한다. 우리가 그간에 학교에서 갈고 닦은 교육은 전부 이 지성의 지능을 향상시키기 위한 공작이다. 이 공작은 그간의 인류의 발달사가 입증한다. 인류의 발달사는 그간의 인류의 지성의 향상을 말하고, 그 지성의 향상은 곧 지능의 교묘함을 증대시켰다. 지성의 향상과 지능의 교묘함이 발전할수록 사회생활의 스트레스는 더욱더 증대된다. 그래서 인간은 더욱더 교묘해진다. 이것을 노자는 18장에서 다음과 같이 진술하였다. "대도(大道)가 폐하여지니 인의가 있게 되고, 지혜가 나오니 큰 인위가 있게 된다(大道 廢 有仁義, 智慧出 有大僞)." 여기서 그가 언급한 대도(大道)는 지성과 지능과 궤도를 달리한 본성과 본능의 도라고 생각된다.

지성과 지능의 도는 사회생활의 도를 상징한다. 사회생활의 도는 인간이 사회생활을 하면서 필연적으로 요청되는 생존의 기술을 말한다. 자연으로부터 물려받은 본능과 본성의 道는 인간의 생존에 필수적인 절대적인 기술을 충분히 공급해주지 못한다. 동물은 그 본성과 본능으로 충분하지만, 인간은 물려받은 선천적 노하우(know-how)가 너무 취약하여 별도로 후천적으로 지식과 기술을 익히지 않으면 안 된다. 인간의 사회생활의 본질은 독일의 칸트(Kant)가 잘 통찰한 바와 같이 '비사교적 사교성(ungesellige Geselligkeit=unsociable sociability)'이어서 더불어 사는 사회생활이 동시에 상호 간의 경쟁생활이 되지 않을 수 없다. 그래서 서로 지능을 연마하지 않으면 퇴보하여서 살아남을 수 없는 그런 적대감정이 서로에게 일어난다. 인간 사이의 적대감정이 예리하게 작용하면서 인간의 지성과 지능이 더 세게 일어난다. 인류의 역사는 이런 지성과 지능의 발달촉진의 과정이라 하여도 과언이 아니다. 그간에 동서를 막론하고 이 지성과 지능이 역사의 흥망성쇠를 결정 짓는 가장 근원적인 요인이 되었다. 민족이나 종족 간의 싸움도 이 지능의 권력의지가 힘이 된 요인이 되었다. 니체(Nietzsche)의 소론처럼 인류사는 권력의지(Wille zur Macht=will to power)의 역사라고 해도 과언이 아니다. 이 권력의지의 역사는 헤겔(Hegel)이 지적한 '주인과 노예의 변증법적 투쟁'에 다름 아니다. 내 도는 나의 부족과 민족이 주인의 자리에 올라가기 위하여 상대방을 지능의 힘으로 눌러놓아야 한다. 이 것이 인류사의 솔직한 전개과정이라고 봐도 틀림이 없다. 이런 인류 사의 전개과정에서 남성 위주의 권력의지가 지배적이었고, 또 그것이 소유욕의 역사였고, 이 남성적 권력의지는 바로 지성과 지능의 싸움 을 불러왔다.

남성적 권력의지의 역사는 특히 근대성의 큰 특징이라고 해도 과언 이 아니다. 데카르트(Descartes)의 유명한 "Cogito ergo sum=I think therefore I am"은 바로 "Habeo ergo sum=I have therefore I am"의 드러난 포장일 뿐이다. 소유는 모든 사유의 숨은 동기를 말한다. 인간이 사유하려는 모든 숨은 동기는 곧 더 많이 소유하려는 목적에서다. 프랑스의 조각 가 로댕(Rodin)의 "생각하는 사나이(le Penseur)"는 곧 세상을 다시 확실히 소유하려는 깅인힌 소유욕을 상징한다. 그래서 확실히 세상을 소유하 기 위하여 그 사나이는 온몸의 근육을 발동시켰다. 이것은 소유욕이 전혀 없는 신라 반가사유상의 모습과 판이하다. 그에게는 전혀 근육 의 발동이 없다. 노자의 도는 소유의 도가 아니고 존재의 도를 말한 다. 노자는 『도덕경』의 여러 군데서 소유의 도를 고발하고 존재의 도 를 역설하였다. 말하자면 그는 인류사에서 최초로 소유의 도를 멀리 하고 존재의 도를 역설한 철인이었다. 그는 하이데거가 니체의 영향 으로 20세기에 존재론적 포스트모더니즘을 역설하기까지 인류사에서 최초로 존재론을 주장한 가장 위대한 철인이었다. 그 이후에 석가모 니가 그와 유사한 사유를 전개하였지만, 그의 존재론적 사유도 역시 오랜 세월 동안 종교적 신앙의 기복(祈福)행위로 덮여졌다. 간간이 인 도의 용수(龍樹)보살이나, 세친(世親), 마명(馬鳴)보살이 존재론적 사유를 입론하고, 이어서 중국 선가(禪家)의 선사(禪師)들이 가끔 돈오적인 존재론적 사유를 펼쳤으나 대중들의 기복 소리에 파묻혔다. 실로 노자의 존재론적 사유는 너무도 긴 세월 동안 인류사를 강하게 흘러온 지성의 굵은 흐름에 밀려 잘 보이지 않는 실개울처럼 밀려나고 말았다. 그리고 유가의 지성적 정치철학적 세력에 밀려 노자의 도가는 탈정치적 사회 도피적 자연주의와 낭만주의의 허학(虛學)으로만 취급당하는 슬픈 비애를 삼켜야만 했다.

3. 습명(襲明)의 애매모호성

유가는 노자의 정치철학을 아예 부정해버리고, 일종의 탈사회적 격양가(擊壤歌)를 읊조리는 인생의 퇴임사를 연상시키는 것으로 간주했다. 니체로부터 시작되는 이른바 포스트모더니즘은 2,600여 년 전의 노자의 존재론적 사유를 다시 살려 현재화시켜 나가는 수순을 밟고 있다. 노자의 존재론은 먼저 인간의 끝없는 탐욕의 소유욕을 부정하고 도리어 인간이 자연의 한 흐름의 일원이 되도록 권유하는 물(物)의 철학을 하도록 권유한다. 노자의 사상이 물의 철학이라는 가장 명백한 구절은 노자가 천지(天地)가 불인(不仁)하여서 만물을 추구(芻狗)로 삼듯이, 성인(聖人)도 불인(不仁)하여 백성을 추구(芻狗)로 삼는다는 선언에 있다(5장). 이 말은 옛날 유가적 교양에 젖은 사람들에게 큰 충격을 주었을 것이다. 우선 천지와 성인이 불인하다는 말도 충격적이고, 더구나 만물과 백성을 추구로 삼았다는 것도 역시 숨 막히게 하는 소리다. 추구라는 것은 풀을 말린 짚으로 개의 형상을 만들어서 제사상에 올려 신주처럼 공경하다가 제사가 끝나면 하루아침에 더러운 길바닥에

버려 사람들로 하여금 발로 밟고 지나가도록 하는 천덕꾸러기의 신세가 되는 것을 일컫는다. 공경의 대상이던 추구가 하루아침에 천덕꾸러기로 돌변하는 일처럼 추구가 이중성을 띠고 있다는 것을 상징한다. 이것은 모든 만물이 다 서로 상반된 이중성을 필연적으로 띠고 있기 때문에 만물도 인간도 다 그런 자연의 이중성의 두 모습을 필연적으로 갖고 있음을 비유한 것이다.

한국인들은 휴머니즘을 아주 좋아한다. 이 휴머니즘이 인학(人學)으로 번역됨 직하다. 인간중심주의나 또는 인도주의 등이 다 휴머니즘의 사례들이다. 대만의 천리푸(陳立夫)가 유학을 소개하면서 인학이라고 불렀는데 일리 있는 주장이다. 노자의 사상은 인학이 아니다. 그것은 물학(物學)이다. 인간도 자연의 물처럼 이중성으로 해석된다. 우리가 노자의 현학의 사상이 애매모호성이라고 언급한 적이 있었다. 애매모호성은 어느 것도 버리지 않고 다 연관된 상관성의 의미에서 그 존재이유를 다 부여하려는 의도를 엿볼 수 있다. 이런 애매모호성을 노자는 다른 한편으로 '습명(襲明)'이라고 칭하였다(27장). 습명은 밝음에 약간 옷을 입혀 그 조도(照度)를 좀 줄이는 것을 일컫는다. 습명은 밝음과 어둠의 두 가지 양면성을 다 살려 그 중간의 애매모호한 지대를 살리는 것을 말한다. 노자가 27장에서 "선인자는 불선인자의 스승이고, 불선인자도 선인의 자산(善人者 不善人之師, 不善人者 善人之資)"이라고 말하는 대목이 바로 노자의 습명의 의미를 정확히 지적한 것이겠다. 과거의 습명의 해석은 잘못 짚어서 그 뜻을 왜곡하였다. 노자의 철학을 제대로 이해하지 못하고 다만 그 한자의 해독만을 고집한 나머지 생긴 결과이겠다. 습명의 의미도 현학과 같은 이중적인 노자의 철학을 암시한 것이지만, 일반적으로 노자의 사상이 물학의 길을 가면서 여전히 이중적인 애매성의 기준으로 세상을 응시하고 있음을 우리는 놓치지 말아야 하겠다. 그의 물학이 일의성을 함의한 인학의 정의를 떠나서 이중성의 도를 설파하고 있음을 우리는 주목해야 한다. 예컨 대 29장에서 그는 "만물이 혹 앞서거나 혹 뒤따르거나 하기도 하고, 혹 약하게 내쉬거나 혹 강하게 불기도 하고, 때로는 강하기도 하고 때로는 약하기도 하고, 또 어떤 때는 실어가기도 하고 어떤 때는 무 너져 내리기도 한다(物或行或隨, 或呴或吹, 或强或羸, 或載或隳)"고 진술하였다. 노자가 이처럼 만물을 대대법적인 차연(差延)의 상관관계로서 이중적 으로 구성한 데는 한두 곳이 아니다. 이런 대대법적인 차연의 상관관 계는 36장에서도 나온다. "장차 물을 우무리려고 하면 반드시 그 물 을 강하게 팽창시키고, 장차 그것을 약하게 만들려 하면 반드시 그것 을 강건하게 만들고, 장차 그것을 폐지하려고 하면 그것을 강하게 흥 기시키고, 장차 그것을 빼앗아버리려 하면 그것을 강력하게 준다(將欲 歙之 必固張之 將欲弱之 必固强之 將欲廢之 必固興之 將欲奪之 必固與之)." 이것을 노자 는 '미명(微明)'이라고 불렀다. '미명(微明)'이라는 의미는 앞에서 본 '습 명(襲明)'이라는 용어와 닮았다. 다 같이 밝음을 어느 정도 다소 진정시 키려는 의도를 품고 있는 어휘라 하겠다. 유가적 순수주의(purism)와 성 결주의(hagiology)의 사유를 멀리하는 의미를 지니고 있다. 포스트모더 니즘의 철학자인 조르주 바타유(Georges Bataille)의 말에 의하면, 저런 순 수주의와 성결주의의 사고방식은 인간이 마치 배설물을 누지 않는 천사인 양 생각하는 것과 같다 하겠다. 유교와 기독교의 성자의 개념 은 이런 성결주의의 사고방식에 젖어 있다. 여기에 순수도덕주의의 망상이 있다.

만물이 이처럼 이중적인 애매모호성의 구조를 안고 존재하기 때문에 논리적인 순수주의적인 자기 동일성의 망상과 도덕주의적인 순수주의적인 착각이 해체되어 버린다. 그 자리에 존재론적인 자기 동일성의 여지가 파괴되어 버린다. 만물은 지녀야 할 자기 동일성의 굳센 덩어리를 지니지 않기 때문에 자기 소유의 개념이 희박하다. 만물은 자기 것이 없다고 여겨져서 자기는 그냥 타자의 타자라는 차이일 뿐이다. 현대 해체주의(deconstructionism)의 철학이 한결같이 주장하는 타자의 타자는 자기를 개념으로 보는 사고방식이 아니고, 자기를 단지 하나의 기호로 보는 사고방식에 지나지 않는다. 노자의 도(道)도 개념이 아니고, 하나의 기호일 뿐이다. 개념론은 대상을 관념으로 변형시키는 의미를 머금고 있다. 예컨대 나무와 구름과 하늘 등은 다 대상으로서 대상의 본질을 지니고 있다. 개념은 그 개념이 지시하고 있는 대상의 본질을 규정하면 된다. 그래서 개념은 그 대상을 인식하는 지성과 지능의 차원에 귀속된다. 우리가 학교에 들어가서 지금까지 배운 것은 다 이 개념의 다양한 전개방식과 그것의 복잡다단한 종류이다. 그러므로 개념은 지성과 그 지성이 안고 있는 그 지능의 인식작용을 통하여 발전된다. 지성의 개념은 학교교육을 통하여 학습되고 습득된다.

4. 자가성(自家性)이 없는 기호의 세계

그러나 기호는 개념적 지식의 인식작용을 통하여 후천적으로 습득되어지는 것이 아니라, 그냥 선천적으로 그리고 자연적으로 본성에 의하여 또는 본능으로 나에게 주어진 것이다. 아기가 일어나서 걸으려 하고, 말을 하면서 의사표시를 하려고 하는 것은 다 선천적인 자기 본성의 능력을 발휘한 것이지, 학교에서 후천적으로 습득했거나 익힌 것이 아니다. 물론 말을 배운 것도 어머니로부터 들은 바를 통하여 이루어지기 때문에 어느 정도의 경험적 습득의 과정을 전혀 배제할 수는 없지만, 말을 하려는 자연적 본성의 능력인 본능의 힘을 무시하고 그런 언어행위가 이루어지는 것이 아니다. 아기와 강아지가 다 함께 인간의 말을 듣고 자라지만, 그리고 둘 다 인간의 말을 시간이 흘러가면서 자연스럽게 알아듣지만, 아기는 말을 하고 강아지는 알아듣거나 전혀 말을 하지 못한다. 인간은 말을 하는 능력인 본성을 타고났다. 그 능력은 지능처럼 일일이 배워서 익히는 지능의 능력이 아니라, 음성의 고저장단과 발음을 들은 소리의 변별력에 의하여 점진적으로 이루어진다. 그 소리의 변별력은 거의 선천적인 직관력에 의하여 성취된다. 직관력은 지능에 의하지 않고서도 감각적으로 즉각 인지할 수 있는 능력을 말한다.

아기가 즉각 감각에 의하여 인지할 수 있는 것은 어머니의 현존과 부재이다. 어머니가 있고 없다는 것을 눈으로 보자마자 아기는 즉각 반응한다. 아기가 처음으로 인지하게 되는 것은 직관력이다. 어머니의 현존과 부재는 개념으로 파악되거나 아니거나 식으로 성립하지 않는다. 노자의 사유는 개념론에 의거하지 않고 직관론에 의거해서 전개되고 있다. 마치 현대 포스트모더니즘이 논리적인 개념의 다양한 전개양식을 선택하지 않고 이미지 중심으로 사물을 생각하기를 종용하는 것도 이런 직관주의적 사고방식을 가까이하기 때문이겠다. 차연(差延)의 철학은 이미 개념주의를 파괴한 것을 말한다. 노자의 『도덕경』 1장과 2장은 이런 직관의 사상적 근간을 알리고 있다. 1장은 모든 인간의 최초의 직관인 유무를 말하려고 한다. 유는 말할 수 있는 영역이고, 무는 말할 수 없는 영역을 뜻한다. 원래 유무는 같이 개념화가 안 되는 영역으로 같은데, 다만 차이점이 있다면, 유는 명사가 등장한다는 것이다. 명사가 등장한다는 것은 유의 존재에 명사적인 존재자가 등장해서 가능해진다.

여기서 우리는 하이데거(Heidegger)의 철학을 잠시 언급하지 않을 수 없다. 하이데거는 서양 철학사에서 최초로 존재(Sein=Being)와 존재자(Seiendes=entities)의 구별이 중요함을 역설했다. 하이데거에 의하면 서양 철학은 플라톤(Platon) 이후로 존재를 망각하고 존재자에 집착되어서, 존재를 잊고 존재자의 형이상학에만 철학의 관심을 집중시켰다는 것이다. 서양철학이 말하는 신은 비가시적인 존재자요, 인간은 가시적인 존재자임에도 불구하고, 이들을 다 존재라고 여긴 사고방식은 모두 서양철학이 사실상 존재론을 포기하고 존재자의 형이상학에만 집념되어 온 것을 의미한다고 볼 수 있다. 그러면 존재가 무엇인가? 존재와 무는 같다. 존재는 다만 무의 허공에 어떤 명사적인 존재자가 나타나면, 그것이 존재로 표정을 바꾸는 일이 생긴다. 그러므로 노자의 생각을 옮기면, '무명(無名)은 천지의 시작으로서 무(無)'를 말하고, '유명(有名)은 만물의 어머니(1장)'를 의미한다. 그렇다면 순수(純粹) 무(無)와 순수 존재(有)는 같다. 왜냐하면 둘 다 아무런 내용이 없기 때문이다. 그러나 아무 것도 없는 무와 존재자들이 있는 유는 다르다. 노자는 1장에서 무를 '무욕(無欲)'이라 말하고 유를 '유욕(有欲)'이라고 불렀다. 유욕은 만물들이 서로 차연의 관계로서 상관적인 의미 차이의 관계를 짓는 것을 일컫는다. 자기는 타자 없이는 존재할 수 없고, 이것은 저것 없이는 존재할 수 없다. 이것이 존재의 상관성이고 공동존재의 방식이다. 불교의 연기법(緣起法)과 너무나 유사하다. 이런 유욕의 모양을 노자가 '요(徼)'라고 불렀다. 이 '요'의 의미는 존재자들 사이에 게재된 상호인력의 왕래를 의미한다. 존재자의 존재방식인 '타자의 타자'가 노자가 말한 요의 존재방식을 상징한다고 볼 수 있다.

그러면 무의 무욕은 어떤 의미를 지니는가? 물론 어떤 존재자의 등장이 없으니까 물(物)들 간의 상호 욕망이 일어날 리가 없겠다. 이것이 무욕이다. 그러나 무의 무욕이 허무가 절대로 아니다. 무는 무한한 물들을 다 맞이하는 한량없는 수용성을 말하기도 하고, 또 그 존재자들을 존재케 하는 무한 터전을 제공하기도 하고, 무한 허공은 다 채울 길이 없는 여백을 언제나 띠고 있으며, 결코 소진되지 않는 무한 가능성의 원동력이다. 이런 성질을 지닌 무의 무욕을 노자는 역시 1장에서 '묘(妙)'라고 불렀다. 무의 힘은 불가소진, 불가진멸, 무궁무진(不可消盡, 不可盡滅, 無窮無盡)의 의미를 지닌 '묘(妙)'의 힘이라고 생각하지 않을 수 없다. 이런 유무는 지성적으로 파악되는 개념이 아니라, 본성적으로 지각되는 직관이므로 유무는 서로 차이가 나나 동시에 함께 동거하는 사이고 그래서 동시에 출현하므로 노자가 1장에서 '현지우현(玄之又玄)'이라고 언명했다. 그래서 노자는 이 유무가 본성의 본능에서 즉각 이해되는 기호의 계열이므로, 2장에서 '유무가 상생(相生)하고, 난이(難易)가 상성(相成)하고, 장단(長短)이 상형(相形)하고, 고하(高下)가 상경(相傾)하고, 음성(音聲)이 상화(相和)하고, 전후(前後)가 상수(相隨)하다'고 기술하였다. 이것은 개념의 자기 동일성을 지시하는 것이 아니라, 기호의 상호의존적 존재방식인 대대법적인 관련성을 말하는 것이다. 대대법적인 상호의존적 존재방식은 상대방이 있기에 자기의 것이 존재할 수 있으므로 자신의 고유성을 고집할 수 없다. 이 말은 각각의 기호가 자신의 고유한 철옹성을 지닐 수 없다는 것을 뜻한다. 각 기호는 자신의 실체성을 지니지 않으므로 하나의 그림자처럼 생각되지 않을 수 없다. 이런 의미에서 기호론은 개념론보다 훨씬 자기 견고성이 없어서 무(無)와 허(虛)의 이미지를 쉽게 노출한다.

노자는 자아의 견고성을 찾으려 하는 모든 기도를 헛것으로 되돌리고 자아를 가급적 무와 허의 이미지로 삼는 충(沖)의 이미지를 즐겨 말한다. 물의 철학이 도의 무와 허의 생리를 닮으려면, 그 물은 물(水)과 같이 가장 자기 원리를 고집하지 않는 그런 사물을 좋아하지 않을 수 없겠다. 그래서 노자는 8장에서 '상선(上善)은 물과 같다. 물은 만물을 아주 이롭게 하면서 다투지 않는다(上善若水 水善利萬物而不爭)'라고 언명하였고, 또 34장에서 "대도(大道)는 물처럼 둥둥 떠다닌다. 그래서 그것이 좌로 길 수도 있고 우로 갈 수도 있다"라고 말하기도 하였다(大道汎兮 其可左右). 대도를 물에 비유한 것은 만물이 딱딱한 고체처럼 여기지 않고 물처럼 아래로 흐르는 하심(下心)의 상징일 수 있고, 만물이 다 타자의 타자이므로 타자와의 혼융성이 가장 높은 비율을 차지하는 융합성을 상징하기도 하겠다. 물은 자기를 아주 죽이는 겸허의 상징이기도 하고 동시에 타자와의 융합을 의미하는 회통의 대명사이기도 하다. 흔히 우리가 허공(虛空)의 허허로움과 대해(大海)의 자유로움을 동시에 말하기도 한다. 그것은 그 둘이 서로 닮은꼴을 향유하고 있기 때문이겠다.

허공과 대해의 광대무변함 속에서 자아와 같은 존재자는 실로 일엽편주의 크기에 해당한다. 그 크기에 무게를 던져 봐도 하찮은 질량(質量)에 불과하다. 노자의 대도는 바로 자아의 양적 축소뿐만 아니라, 그 의미를 가급적 질적으로 최소한도로 줄이고 없는 것으로 간주하

는 것을 말한다. 그래서 노자는 가급적 사적 욕심을 없애기를 종용한
다. "소박한 바탕을 보고 통나무를 안으면서 사적인 개아(個我)를 적게
하고 욕심을 줄일 것을 권장한다(見素抱樸 少私寡欲, 19장)." 노자가 도를
생각하는 세 가지의 비유가 있다. 첫째로 '통나무(樸)'처럼 '돈후(敦)'하
고, '골짜기(谷)'처럼 '넓고(曠)', '웅덩이(渾)'처럼 탁한(濁) 것이 도의 비유
로서 묘사되었다(15장). 통나무는 원목으로서 노자시대에 생활에 필요
한 모든 집기를 다 공급해주는 후덕한 나눔의 상징으로서 역할을 하
였다. 집을 짓는다든지, 수레를 만들 때에도 나무의 보시 없이는 불가
능하고, 밥그릇을 준비하는 것도 거의 나무의 증여로써 가능했을 터
이다. 굵은 통나무로부터 생필품을 구하지 않고서는 현실적으로 불가
능한 시대에 통나무는 살아 있는 도의 역할을 한다고 여기지 않을 수
없었겠다. 노자의 도는 인색하지 않은 증여의 역할을 한다. 둘째로 도
는 우리의 마음을 한없이 겸허하게 하는 하심(下心)의 역할을 하는 의
미를 지닐 수밖에 없다. 산골짜기는 높은 산의 허공에 이르게 하는
출발점에 해당한다. 산의 허공으로 접근하기 위하여 제일 낮은 골짜
기에서 출발해서 위로 올라갈 수 있다. 하심이 허심(虛心)으로 이어지
는 곳이기도 하다. 자기의 마음을 비우고 무로 바꾸기 위하여 겸허의
하심보다 더 필요한 과정은 없다. 셋째로 노자의 도는 순수 외골수의
단가적 통일보다 양가성의 '포일(抱一)'이 노자적인 성인이 바라는 바
라고 말할 수 있겠다. 불일이불이적(不一而不二的)인 양가성의 융합은 20
장의 내용처럼, '구부러진 것이 온전한 것이고, 굽은 것이 곧은 것이
고, 구멍이 난 것이 가득 찬 것이고, 낡은 것이 새로운 것이고, 적은
것이 얻는 것이고, 많은 것이 미혹한 것이다(曲則全, 枉則直, 窪則盈, 弊則新,
少則得, 多則惑)'라는 구절에서 잘 나타나 있다.

이런 포일의 존재방식은 우리가 앞에서 검토한 바와 같이 '만물병작(萬物並作)'의 의미만큼 소유주가 명백히 설정되지 않는다. 더구나 소유주가 2인 이상인데다, 2인 이상의 소유주가 상반된 성격을 가진 경우에 병작의 주인이 어느 소유주인지 명확히 가리기가 거의 불가능하다. 노자가 자기의 도를 다른 말로 '현동(玄同)(56장)'이라 한 것을 주목해야 한다. '현동(玄同)'이라 함은 애매모호함 속에 모든 것이 동거한다는 것으로 이해해야 한다. 여기서 우리는 프랑스의 해체철학자인 데리다가 플라톤의 용어인 '파르마콘(pharmakon)'을 자기 포스트모더니즘의 핵심적 주제로 삼은 것에 주목해야 한다. 파르마콘은 약과 독을 아우르는 이중성으로서 약이자 동시에 독인 그런 의미를 가리킨다. 그것은 하나의 개념이 아니다. 왜냐하면 그것은 이중적인 의미를 동시에 지니고 있기에 초점이 일치하는 개념으로 분류되지 않는다. 자연의 실상에서 약은 곧 독으로 존재하므로 경우에 따라 약이 되기도 하고 또 독으로 돌변하기도 한다. 진리를 이데아로 여겨 모든 것의 이데아를 탐구하는 것을 가장 성스러운 사업으로 여긴 플라톤이 만년에 이르러 이데아의 철학에서 파르마콘의 철학으로 방향을 돌렸다는 것이 데리다의 지론이다. 이데아는 성결적 관념이나, 파르마콘은 그런 성결성이 없다. 파르마콘은 자기정체성을 지니고 있지 않는 허체적 존재와 같다. 노자가 이미 아주 그 옛날에 플라톤의 파르마콘과 유사한 도(道)의 잡종을 갈파하였다. 노자가 20장에서 남긴 말이다. "학문을 끊으면 근심이 없어진다. '예' 하고 공대(恭待)하는 것과 '응' 하고 하대(下待)하는 것과의 거리가 얼마이겠는가? 그리고 선과 악 사이의 거리도 역시 얼마이겠는가?(絕學無憂 唯之與阿 相去幾何? 善之與惡 相去何若?)" 이것은 공대(恭待)와 하대(下待)도 거리가 미미하고, 심지어 선과 악의 사이도 종이 한 장의 차이만큼 하찮은 거리라는 것을 상징하고 있다는 것을 말한다. 도덕적 선악도 그러하고 예법상의 방식도 그 차이에서 미미하다는 노자의 말은 모든 것에 적대적 거리를 두는 대립의 입장이 무의미함을 말한다. 더구나 변증법적인 투쟁에 모순 대립의 성격을 부여한다는 것은 어불성설이다. 도덕적 명분주의자들은 이 세상을 선악에 의한 이분법으로 나누고 그 사이를 모순대립의 투쟁으로 장식하면서 공연히 큰 차이의 절벽을 세워둔다.

그러나 세상을 이데아로 보려는 것과 파르마콘으로 바라보는 것과의 사이에 차이가 크다. 전자는 명석 판명한 관념으로 세상을 정복하고 소유하려는 의도를 지니고 있고, 후자는 세상을 명석 판명한 관념으로 세상을 지배하고 온전히 장악할 수 없다는 것을 말한다. 세상이 잡종처럼 얽혀 있다는 것은 '만물병작'의 용어처럼 어느 한 사람에 의하여 점령될 수 없다는 것을 말한다. 이데아는 에누리 없이 관념적으로 온전히 소유당했다는 것을 과시하는 의미를 담고 있는데, 파르마콘은 그런 소유의 가능성을 아예 부정하는 측면을 지시한다. 파르마콘은 모든 것이 서로 다른 것임에도 불구하고 관여하고 얽혀 있다는 것을 말한다. 이것은 동시에 모든 것이 서로 연기관계로 맥락을 통하고 있다는 것을 말하기도 한다. 연기관계로 서로 연결되어 있다는 것은 바로 서로 모든 것이 하나로 존재한다는 것을 말하기도 한다. 그렇다. 노자가 그의 『도덕경』을 통하여 거듭 강조하려고 한 것은 결코 세상을 소유하려고 하지 말라는 충고다. 이것을 노자는 천하가 '신기(神器)(29장)'이므로 결코 소유될 수 없는 것이라고 선언하였다. 노자가 가장 여러 번 강조한 것은 소유의 탐욕과 아상을 내세우는 어리석음이다. 우리는 노자가 욕심을 경계한 것으로만 이해하는데, 보다 더 근본적인 의미는 노자의 반소유론적(反所有論的)인 존재론의 선언이라 하겠다. 우리의 선현들은 노자가 존재론적 사유를 인류에게 가장 최초로 던진 현자라는 것을 이해하려 하지 않았다. 그냥 탐욕을 갖지 말고 욕심 없이 살라는 덕담을 던진 것으로만 알았다.

5. 본능적으로 도(道)의 화신인 암컷

노자 81장은 본격적으로 그의 존재론적 사유를 우리에게 선보이고 있다. "성인은 축적하지 않는다. 처음부터 타인을 위하여 존재함으로써 자기는 더욱더 많이 존재한다. 처음부터 타인에게 줌으로써 자기는 더욱더 많아진다. 천도(天道)는 이이을 주지 손해를 끼치지 않는다(聖人不積 己以爲人. 己愈有 己以與人 己愈多. 天之道 利而不害)." 파르마콘과 같은 도는 만물이 시원적으로 누구에 의하여 소유되는 것이 아니라, 공동으로 존재하는 것임을 말한다. 모두가 서로 공동으로 존재하고 있다. 즉 자연 속에는 모두가 서로 공동으로 존재하고 있다. 그것을 노자는 자연의 무위법(無爲法)이라고 불렀다. 그리고 인간의 사회생활은 유위법(有爲法)이라고 명명했다. 쉽게 말하자면 무위법은 자연의 모든 것이 다 자기 본성의 활동으로서 자동사적인 운동을 하고 있다는 것을 말한다. 자연의 일체는 자기 생존을 지탱하기 위하여 바깥에 나가서 무엇을 획득하려고 하지 않는다는 것이다. 오직 소유를 위한 인간의 지능적 활동만이 타동사적인 목적을 수행한다는 것이다. 자연 안에서 일체는 자동사적 무위를 행한다. 그 무위는 본성의 본능적 행동이다. 그리고 사회 안에서 인간은 생존하기 위하여 지성에 의한 지능 활동을 감행한다.

이 지능 활동이 유위법이고 타동사적인 행동이다. 47장에서 노자는 "바깥을 나가지 않아도 천하를 알고, 창문을 통하여 보지 않아도 천도를 본다. 외출을 멀리 나가면 나갈수록 그만큼 더 적게 알게 되므로, 이로써 성인은 밖으로 돌아다니지 않아도 알고, 밖을 보지 않아도 이름을 짓고, 타동사적인 일을 하지 않아도 일을 이룬다(不出戶 知天下, 不窺牖 見天道, 其出彌遠 其知彌少, 是以聖人不行而知, 不見而名, 不爲而成)." 인간의 지성과 지능은 바깥의 것을 소유하고 정복하기 위하여 바깥으로 나아가야 하지만, 본성과 본능은 그럴 필요가 없이 자기의 타고난 천성으로 만족한다. 사자 등 육식동물들이 외부의 사냥감을 잡아먹어야 하지만, 그 사냥은 육식동물의 자연적 본능에 따른 무위법이지 결코 인간의 지능처럼 덫을 놓고 총을 만드는 것과는 다르다.

자연적 본능과 인공적 지능은 서로 존재와 소유를 대변한다. 인공적 지능은 그동안의 역사와 문명의 실상을 이루어왔다. 인공적 지능은 자연 속에 존재하는 것이 아니라, 인간에 의하여 모두 만들어진 것으로서 인간이 소유해야 할 모든 지식과 도덕적 규범을 말한다. 도덕적 규범도 소유의 한 영역에 해당한다. 도덕적 규범은 인간의 사회적 이성에 의하여 통제되어야 할 가치를 말한다. 언제나 과학지식만 소유의 차원이 아니라, 도덕적 규범과 준거도 역시 인간에 의하여 통어되어야 할 소유의 장르이다. 인간이 소유해야 할 가치는 다 노자의 사상에 의하면 모두 유위적인 일에 속한다. 그래서 노자는 19장에서 '성스러움을 끊고 지혜를 버리면, 백성의 이익은 백배나 늘고, 인의를 끊어버리면 백성은 다시 효성과 자애를 하게 되고 교묘함과 이익을 버리면, 도적이 없게 된다(絕聖棄智 民利百倍 絕仁棄義 民復孝慈 絕巧棄利 盜賊無有)'는 사실을 논술했다. 이 구절은 문명의 이기(利器)와 도덕적 가치의 부정적 이미지를 지적한 것이라고 읽어야 한다. 문명의 이기와 도덕적 가치의 정립은 다 문명의 소속에서 생기는 것인데, 그 문명의 가치들은 다 남성 위주의 가치와 밀접한 상관관계를 맺는다. 그 까닭은 과거의 문명사가 현실적으로 남성들에 의하여 주도되어 왔을 뿐만 아니라, 또한 남성적인 것을 향하여 발전되어 왔다는 것으로 설명되어진다. 우리는 노자의 『도덕경』에서 희한하게 여성주의의 이미지를 볼 수 있다. 인류사의 새벽에 여성의 이미지를 강력하게 주장하는 외침을 본다는 것은 참으로 경이로운 일이 아닐 수 없다. 동양의 유교와 서양의 기독교는 다 강력한 아버지와 남성중심주의의 기치를 내걸고 있고 사람들은 그런 주장을 당연한 것으로 간주하였다. 아마도 어머니와 여성중심주의는 노자와 석가모니의 불교에서 발아된 것으로 봐아 하겠다. 불교는 도기처럼 그렇게 명백한 여성주의는 아니지만, 전체적 분위기에서 여성적이다.

　노자의 말에서 그 준거를 찾아보자. "계곡의 신령함은 죽지 않으니, 이것을 일컬어 현빈(玄牝, 애매모호한 암컷)이라 한다. 현빈(玄牝)의 문(門)은 천지(天地)의 뿌리라 부른다(6장)(谷神不死 是謂玄牝 玄牝之門 是謂天地根)." 노자는 결코 여성과 남성을 인간적으로 남녀라고 부르지 않고, 늘 수컷(牡, 모)에 대비해서 암컷(牝, 빈)이라 부른다. 이것에 의지해서 우리가 물학(物學)이라 부르게 되었다. 인학(人學)의 의식학에 대하여 우리는 물학을 자연적 무의식이라 불러도 좋으리라. "구멍의 덕이 지닌 수용을 오직 도(道)만이 이를 추종한다(孔德之容 惟道是從)(21장)." "천하의 시작이 있는데 천하의 어머니가 된다(52장)(天下有始 以爲天下母)." "대국은 물처럼 아래로 흐른다. 이것이 천하의 교류이고 천하의 암컷이다. 암컷은 항상 고요함으로써 수컷을 이긴다(大國者下流 天下之交. 天下之牝. 牝常以靜勝牡)(61장)." 여기서 우리는 노자의 사상에서 모계중심주의의 사유를 확실히 살펴볼 수 있다. 왜 노자는 여성을 남성보다 더 도에 가까운 것으로 보았을까? 메를로퐁티가 오랜 세월의 침묵 속에서 잠을 깨운 애매모호성(l'ambiguïté)의 진리는 데리다에 이어지면서 파르마콘(pharmakon)으로 변경된다. 파르마콘은 선(善)과 불선(不善)의 양가성을 동시에 머금는 이중성의 구조로서, 선과 불선은 독자성이 있는 것이 아니라, 선은 단지 불선의 타자로서 또 불선도 선의 타자로서 연기법적(緣起法的)인 존재이유를 갖고 있을 뿐이다. 연기법적인 존재이유는 차연적인 존재이유와 같은 의미다. 선과 불선이 차연(差延)의 상관성을 띠기 위하여 그 둘 사이에 상호 오가는 간격의 빈 공간이 필수적이다. 이 간격의 빈 공간을 데리다는 플라톤 철학에서 빌린 코라(khora=chora)라는 말로 표시하고 있다. 이 코라는 우리가 앞에서『도덕경』1장에서 본 유욕(有欲)의 힘을 상징하는 '요(徼)'와 다를 바가 없다.

현빈(玄牝)으로 불리는 암컷은 수컷처럼 소유를 위하여 투쟁하지 않는다. 수컷은 자기의 종자를 다다익선으로 뿌리기 위하여 싸운다. 자기 종자의 것이라는 확신과 소유의식이 왕성하다. 그러나 암컷은 배태된 종자가 누구의 것이라는 소속감보다는 오히려 자기의 밭에 수컷의 씨앗이 발아되어 같이 동거한다는 이중성이 더 강하다. 그리고 그 이중성은 자궁이라는 '코라'의 빈 창고에 저장되어 있다는 생각을 항상 유지한다. 이처럼 노자가 생각한 암컷은 이중성의 동시적 존재 방식으로서의 '파르마콘'과 충기(沖氣)와 같은 비어 있는 허공으로서의 '코라'를 다 함의하고 있는 셈이다. 즉 유욕(有欲)과 같은 요(徼)와 무욕(無欲)과 같은 묘(妙)의 양면성을 다 아우르고 있다. 그렇다면 암컷은 도 자체고 도를 상징한다고 보지 않을 수 없다. 단적으로 말하여 암컷은 존재론적이고, 뾰족하게 자기 종자적인 소유론적인 사고보다 오히려 자궁과 같은 코라의 허공을 공유하는 공동체적인 사고를 더 가까이 한다. 노자가 생각하는 정치는 우리의 선현들이 공상하고 왔었던 것처럼 낭만적인 자연은둔적인 사고방식이 아니고, 모든 만물의 존재방식이 공동존재이듯이, 그런 인간과 만물들 간의 존재공동체를 형성하여 성결적인 도덕 윤리적 명분주의를 멀리하여 화광동진(和光同塵)하는 세상의 원본적 실상을 회복하는 일이겠다. 악을 미워한다고 악이 청소되는 것이 아니다. 악을 증오한다고 좋은 세상이 오는 것도 아니다. 좋은 세상은 서로 간에 신경이 날카로워져 예리하게 변질된 인간의 심성을 부드럽게 하고, 얽히고설킨 인간관계를 풀기 위한 마음의 여유를 찾으려 할 때에 다가오리라. 자칭 타칭 똑똑한 지성이 얼마만한 사람들에게 감동을 줄 수 있을까? 이렇게 똑똑한 지성은 반드시 저렇게 똑똑한 지성을 또 반대급부로 불러온다. 그래서 똑똑하다는 지성들이 끝없이 잘났다고 다툰다. 우리는 똑똑하고 예리한 지성의 연마보다는 오히려 텅 빈 자궁의 비어 있는 공간 같은 무의 묘미를 더 귀하게 여겨야 할 것 같다. 지금 한국사회는 잘난 척하는 똑똑이들이 너무 많고, 도덕적이지 않으면서 도덕적 명분으로써 군림하는 사이비 군자들이 너무 많다. 이들이 우리 모두를 갈기갈기 찢어놓는다. 노자가 읊은 지도층의 노래를 마지막으로 인용한다. '이로써 성인은 방정하면서 쪼개지 않고, 청렴하면서 남을 베지 않고, 정직하면서 방자하지 않고, 빛나면서 휘황찬란하지 않다(是以聖人 方而不割 廉而不劌 直而不肆 光而不耀)(58장).'

II

중국문학과 자연[*]

이병한[**]

1. 머리말

어느 한 민족의 문화의 형질은 그들이 생을 영위해온 풍토 지리적 환경여건괴 밀접한 관계가 있다. 우선 의시주이 형태양식이나 종족의 체질 내지 기질 등이 모두 풍토 지리적인 환경여건과의 관련하에서 특징지어진다. 그리고 그들의 우주관, 세계관, 인생관 등의 형성이 또한 이와 관련되며 그들의 문예사 또한 이를 바탕으로 발전되어 나간다.

중국인에 의하여 생산된 문학작품이 중국문학으로서 다른 외국문학과 구별되는 것도 따지고 보면 작품의 주체가 중국인이고, 그 작품이 중국인의 의식과 중국문화의 전통을 배경으로 하여 쓰였기 때문이라고 할 수 있다. 그런데 중국인은 일찍부터 황하유역에 정착하여 농경생활을 영위하면서 자연을 외경하고 나아가 자연과의 조화를 추구하여 왔다. 그리고 그들은 자연현상이나 자연의 운행질서를 통하여

---

* 이 글은 대한민국 학술원논문집(인문사회과학편) 제24집(1985)에 실렸던 것을 일부 수정한 것이다.
** 서울대학교 중어중문학과 명예교수, 한국중국문학이론학회 명예회장.

천하사물의 이치를 깨닫고 거기에서 인간사회에 적용될 수 있는 일정한 규범원리를 찾으려 하였다. 유가(儒家)의 천명사상(天命思想)도 겉으로는 하늘의 뜻을 표방하는 것이지만 사실은 자연에 대한 외경에서 발상된 것이며, 무위이치(無爲而治)의 도가적(道家的) 정치철학도 자연의 생성화육을 본받아 도출된 논리 체계이며, 묵가(墨家)의 겸애사상(兼愛思想)도 천행무사의 덕을 배운 것이다. 이처럼 자연과의 조화를 추구하면서 생활하고, 자연의 운행질서를 본받아 철학사상의 체계를 형성하여 온 중국인이 그들의 문학이론을 전개함에 있어서는 자연을 어떻게 수용하고 있으며 또 실제 창작활동에 있어서는 작품 속에 자연을 어떻게 투영하고 있는지를 살피는 일은 중국문학의 특질을 이해하는 데 있어 매우 중요한 작업이라 할 수 있다.

2. 고대중국인의 자연관

1) 신화와 우언

원시단계에서 인간은 자연을 해리(解理)하거나 이를 지배 극복할 수 있는 지식이나 능력이 모자라는 상태에서 천둥, 번개, 큰 불, 사나운 비바람, 큰 물, 매서운 추위와 심한 더위 등 그들의 생존을 위협하는 대자연의 자발역량에 대하여 두려움을 느꼈고, 해와 달의 운행, 구름이나 안개의 모이고 흩어짐, 또는 별들의 나타나고 사라짐, 계절의 변화 등 자연현상의 변화에 대하여 이상히 여겼다. 그리하여 그들은 허구 속에서 이런 모든 것을 주재하는 신의 의지적 존재를 따로 상정하고 이를 형상화하고 인격화하였다. 이에 풍신(風神), 뇌신(雷神), 우신(雨神), 운신(雲神), 일월신(日月神) 등의 활동을 중심으로 한 자연신화가 발생하게 되었다.

인간의 자연정복 역량과 자연현상의 변화에 대한 이해의 폭이 점차 증대됨에 따라 사람들은 인력의 위대함을 과장하고 인간이 자연을 제압, 극복하는 행위와 역량을 미화, 찬양하는 이른바 영웅 신화를 만들어내게 되었다. 그리고 이어 인간의 사회생활제도가 발전함에 따라 사회 집단이나 씨족의 대표가 그들의 생존과 이익을 위한 투쟁에서 승리를 거두는 내용을 주로 한 이른바 사회신화가 나타나게 되었다.

고대신화의 이와 같은 발전단계는 바로 인류문명발전의 단계를 설명해주는 것으로서 중국, 인도, 그리스, 이집트 등 고대문명국가의 신화에서 공통적으로 발견된다. 그리고 그리스와 인도의 신화는 오늘날까지도 풍부하게 전해지고 있으며 그 체계도 비교적 완정하다. 이에 반하여 중국의 고대신화는 유독 그 체계가 산만하고 전래와 보존에서도 영세한 상태에 있다. 원시단계에서 선민들의 자연에 대한 감응태도가 다 비슷하였을 것이므로 중국에서도 다른 나라에서와 마찬가지로 다양한 내용의 신화가 풍부하게 생산되었을 것이다. 그런데 중국의 고대신화가 체계가 산만하고 전래와 보존에서 영세한 상태에 놓이게 된 것은 무엇 때문인가? 이 점에 대하여 노신(魯迅, 1881~1936)은 그의 『중국소설사략(中國小說史略)』에서 다음과 같이 설명하고 있다.

> 첫째: 일찍이 중국민족이 정착한 황하유역은 자연조건이 좋지 못하여 생존을 위하여 부지런히 일하여야 했으므로 어쩔 수 없이 실제를 중히 여기고 환상을 가벼이 하였으며, 예부터 전하여 오는 이야기들을 모아 큰 책으로 엮어내지 못하였다.

둘째: 공자가 나타나 수신(修身), 제가(齊家), 치국(治國), 평천하(平天下)
　　　의 실용적인 내용을 교훈으로 삼았으며, 옛적의 황당무계한
　　　신화전설들에 대하여 논의하지 않았다.

　제1항의 지적은 풍토 지리적인 환경여건과 문화발달과의 함수관계를 전
제로 한 것이다. 노신은『중국소설사략』에서 이와 같은 견해를 간접인용
의 형식으로 제시하고 있어 그에 대한 확신 여부가 분명치 않으나 호적(胡適,
1891~1962)도 그의『백화문학사(白話文學史)』에서 이와 비슷한 견해를 개진한
바 있다. 신화발생에 관한한 이러한 견해에 대하여는 반대의견을 내세우
는 학자도 있어 정설로 받아들이기에는 아직 어려운 점이 없지 않으나
중국인의 실제를 중히 여기고 환상을 멀리하는 사고방식이 풍토 지리적
인 환경여건과 관계가 있다는 견해는 다분히 시사적이다.
　제2항은 중국고대신화의 체계가 산만하고 그 전래보존이 영세한
데 대한 설명이다. 세계 어느 나라든 고대신화는 원래 구비전승에 의
하여 보존되던 것이 후대에 와서 비로소 문자로 정착된 것인데, 중국
의 경우 고대신화는 문자기록의 주요기능을 담당했던 지식인에 의하
여 오히려 배척된 셈이다. 공자가 일찍이 '괴(怪)', '력(力)', '난(亂)', '신
(神)'에 대하여 언급을 회피하였다는『논어』의 기록은 이를 단적으로
설명해준다. 전국시대 이후 중국의 유학자들은 기본적으로 실제를 중
시하고 환상을 경시하는 공자의 사상에 따라 신화를 해석하였으므로,
그들의 저술 가운데에는 소박한 상태의 신화가 별로 발견되지 않는
다. 그들은 자기들의 사상이나 학설에 대한 설득력을 강화하기 위한
수단으로 더러 신화를 왜곡하거나 역사화하는 경향이 있었다.
　중국의 고대신화가 이처럼 후세의 사상가나 학자들에 의하여 왜곡
되거나 역사화되는 과정에서 체계가 산만해지고 보존상태가 영세하

게 되었으나 후대의 시가와 소설의 발달에 중요한 영향을 끼쳤다. 그리고 선진제자(先秦諸子)의 산문저술 가운데 보이는 바와 같은 대량의 우언도 그 창작방법이나 고사의 구성에서 신화로부터 계발을 받은 것이 확실하다.

중국의 고대신화가 상당 부분 왜곡되고 역사화되긴 하였으나 그런대로 여러 면에서 중국민족성의 근원을 살펴볼 수 있는 좋은 자료가 된다.

2) 철학적 인식의 기초

고대 중국인들은 인지가 발달함에 따라 주변의 자연현상을 단순히 외경의 대상 또는 불가사의한 존재로만 보지 않고 이를 관찰하고 분석하여 철학적 인식의 기초로 삼았고 이론적으로 이를 설명하려 하였다. 가령 천지개벽과 관련하여 『장자(莊子)』에 보면 '혼돈(混沌)' 이야기가 나온다. 이는 신화적 성격을 띤 우언이지만 거기에는 태초의 혼돈 상태에서 우주세계가 탄생하는 과정이 설명되어 있다. 『회남자(淮南子)』에 보면 태초에 천지가 아직 혼돈 상태에 있을 때 음신(陰神)과 양신(陽神)이 나타나 천지를 경영하고 팔방의 위치를 바로잡아 세계를 이루었다는 이야기를 적고 있다. 『장자』나 『회남자』에서 볼 수 있는 이러한 기재내용은 바로 중국인의 사유능력이 신화적 차원에서 논리적 차원으로 발전하는 단계를 증명하여 주는 것이라고도 할 수 있다. 이는 결국 혼돈에서 음양이 분극되고 천지상하가 분리 형성되는 과정을 논리적으로 설명하려는 하나의 시도로 볼 수도 있다.

노자(老子)는 '도(道)'를 설명함에 있어서 '황홀(恍惚)'과 '요명(窈冥)'이란 단어를 사용하고 있는데, 둘 다 '혼돈'과 같은 개념이다. 그리고 노자는 천지개벽과 만물생성의 과정을 '도생일(道生一)'설로 풀이하고 있는데 이러한 노자의 학설에는 신화적인 요소가 전혀 개재되어 있지 않다. 『회남자』에 보면 또 태초에 '허확(虛廓)'에서 '도'가 비롯되었는데 '허확'이 '우주'를 낳고, '우주'가 '기(氣)'를 낳았는데, 청양(淸陽)한 기운이 하늘이 되고 중탁(重濁)한 기운이 땅이 되었으며, 번기(煩氣)가 벌레가 되고 정기(精氣)가 사람이 되었다고 설명하고 있다. '허확'이란 단어도 역시 '혼돈'과 같은 개념으로 볼 수 있으나 논리전개방식은 앞서 '혼돈'의 신화적인 경우에 비하여 다분히 철학적이다.

이처럼 주변의 자연현상 내지 천지만물의 생성과정에 대하여 철학적인 인식을 바탕으로 한 논리전개를 시도했던 선진제자의 언론 가운데에는 또 자연현상의 관찰을 통하여 인간의 지혜가 발달되어 가는 과정에 대한 설명이 있다. 『회남자』에 보면 나무가 물에 뜨는 것을 보고 배를 만들었으며, 쑥 덤불이 바람에 굴러가는 것을 보고 수레를 만들었으며, 새나 짐승의 발자국을 보고 글자를 만들어냈다는 기록 같은 것이 바로 그것이다. 이 단계에서 자연은 인간 지혜 계발의 원천이 되고 있다. 그러나 장주(莊周)가 원숭이와 사슴 그리고 물고기의 생태를 관찰하고 거기에서 유가의 인의지단(仁義之端)과 시비지도(是非之塗)에 대한 반론제기의 근거를 찾고 있는 것 같은 경우 자연은 이미 단순한 인간 지혜 계발의 원천으로서의 영역을 넘어 철학논쟁의 근거로 활용되고 있다.

『한비자(韓非子)』에 보면 또 비룡(飛龍)과 등사(騰蛇)를 예로 들어 이들이 하늘로 치솟을 수 있는 것은 구름과 안개가 떠받쳐주기 때문이며, 만일 구름과 안개가 없다면 용사(龍蛇)도 한낱 쓰르라미나 말개미와 다를 바 없다고 전제하고, 필부로 있을 때의 요(堯)와 천자로 있을 때의 걸(桀)의 세위(勢位)를 비교하면서 천하의 일은 세위에 의하여 결정되는 것이지 통치자의 어짊과 어리석음에 의하여 결정되는 것은 아니라는 역사의식을 피력하고 있다. 비룡승운(飛龍乘雲)이나 등사유무(螣蛇游霧)는 그 소재 자체가 다분히 신화적이나 한비자는 그의 저술에서 이를 단순한 신화로 예시하지 않고 인간사회의 역사변동에서 세위의 작용이 결과를 좌우한다는 그의 정치철학 내지 역사철학을 논증하기 위한 근거로서 인용하고 있는 것이다.

이 밖에도 선진시대 이래 중국의 많은 철인학자들이 우주자연의 현상이나 비금(飛禽), 주수(走獸), 어별(魚鼈), 초목(草木) 등의 생태를 관찰하고 거기에서 일정한 공리를 도출하여 이를 인간사회의 도덕논리적인 규범으로 적용하려 히였다. 그리고 심지어는 우주자연의 현상과 인간사회의 길흉화복이 상호 감응한다는 참위설로까지 발전하게 되었다. 장주가 "하늘과 땅이 나와 함께 생겼고, 만물이 나와 한 덩어리다"라고 한 말은 우주자연과 인간과의 거리가 없어졌음을 뜻하는 것이며, 유향(劉向, B.C. 77~6)이 "하늘이 어떠한 징후를 드리워 길흉을 나타내 보이면 성인이 이에 따랐다. …… 천문, 지리 그리고 인정의 변함에서 볼 수 있는 뜻을 마음에 지니면 성인이 될 수 있고 지혜로운 사람이 될 수 있다"라고 한 말은 인간이 자연현상의 변화를 관찰하고 거기에서 사회생활의 지혜를 얻을 수 있다는 뜻인바, 이 단계에서 자연은 적극적으로 인간을 교도(敎導)하는 존재로 인식되고 있다. 동중서(董仲舒, B.C. 179~104)가 '왕(王)' 자를 해석함에 있어서 하늘과 땅과 인간사회의 도를 연결 관통한다는 의미를 취한 것도 천도(天道)와 지도(地道)와 인도(人道)의 통합 운용 기능을 통치자에게 기대한 것이다.

3) 자연과 하늘의 의지

중국의 고대 철학자들은 우주자연의 변화현상이나 운행질서의 관찰을 통하여 자연의 역량이 위대함과 질서가 엄정함을 깨닫고 이를 배워 인간사회의 통치규범으로 정립코자 하였다. 그리고 자연물의 존재양식을 관찰하고 이를 군자의 덕성과 비유하여 미화하였다.

노자는 '천도(天道)'와 '인도(人道)'를 구분하고, '천도'는 남는 것을 덜어서 모자람에 보태는데 '인도'는 모자람에서 더 덜어내어 남아도는 것에 보태 바친다고 하였다. 노자는 이 말을 통해 '천도'는 유무(有無), 여부족(餘不足)의 상태를 지양하고 조화를 추구하는 데 반하여 '인도'는 유무, 여부족의 상태에서 양자의 격차를 조장하여 편재의 결과를 가져오니 이는 온당치 못하다는 주장을 펴고 있는 것이다. 시대사회의 폐해를 지적한 말로 보인다. 결국 노자는 여기에서 '천도'의 공정 무사함을 인간사회의 지도 원리로 내세우고 있는 것이다.

『중용(中庸)』에 보면 인간의 정서 상태 가운데 희로애락의 감정이 미발인 상태를 '중(中)'이라 하고, 발동되어 모두 절도에 맞는 것을 '화(和)'라 하는바, 이는 천하의 대본이며 달도(達道)라고 하였다. 그리고 '중화(中和)'의 상태를 이루어야 천지가 제자리를 잡게 되는 것이며 만물이 생육된다고 하였다. 이는 곧 인간정서의 일정한 상태가 천지만물의 생성규율과 합치된다고 본 것이다. 그리고 이러한 감정의 주체인 인간은 우주자연의 본체와 직결되고 있으므로 모름지기 천지만물의 생성규율의 요체인 중화의 상태를 터득해야만 한다고 가르치고 있는 것이다. 이는 앞서 인용한 노자의 '도생일(道生一)'설 가운데 '충기로 조화를 이룬다'고 한 말과도 상통한다. 『중용』에서는 또 인간수양의 최고경지를 '지성(至誠)'으로 설정하고 이러한 바탕 위에서 인성(人性)과 물성(物性)을 다할 수 있다면 곧 천지의 화육에 끼어 도움을 줄 수 있고 천지와 더불어 어울릴 수 있다고 하였다. 여기에서도 결국 인간 수양의 궁극적인 목표는 천지가 만물을 생성화육하는 원리에 인간이 참여하는 것이다.

『순자(荀子)』에서 인간정서 상태 가운데 '호오희로애락(好惡喜怒哀樂)'의 감정이 미발된 상태를 '천정(天情)'이라고 한 말이나 『예기(禮記)』에서 예악의 최고경지를 천지와 동화동절(同化同節)하는 것이라고 한 말은 모두 앞에 인용한 『중용』의 말과 동궤에 속한다.

묵자(墨子)는 천하를 다스리는 데 있어서는 하늘을 본받는 것만 한 것이 없다고 하였다. 그리고 그 이유에 대하여 "하늘은 널리 행하면서도 사사로움이 없으며, 그 베풂(施)이 두터우면서도 공치사하지 않기 때문이다"라고 하였다. 여기에서 묵자는 '하늘'의 그러한 행동이 의지적인 것으로 인식하고 있으며, "하늘은 사람들이 서로 사랑하고 돕는 것을 바라며, 사람들이 서로 미워하고 해치는 것을 원치 않는다"고 말하여 '하늘'이 또한 선택적 의지의 소유자인 것으로 풀이하고 있다. 천지의 공평무사함과 그 덕에 대하여는 『순자』나 『여씨춘추(呂氏春秋)』에도 이와 비슷한 언론들이 실려 있다.

이상은 천도가 엄정하고 공평무사하며 일정한 의지를 가지고 운행하니 이를 배우고 따라야 한다는 의식태도에서 나온 말들이다. 그런데 『논어』나 『맹자』에 보면 '하늘'을 보다 적극적인 의지의 소유자로 보고, '하늘'이 실제로 인간사회를 교도하는 의지적 기능을 수행하고 있는 것으로 표현한 대목들이 눈에 많이 띈다. 공자가 광(匡)에서 양호(陽虎)로 오인받아 곤욕을 겪게 되었을 때 공자는 스스로 자기의 운명을 하늘의 의지에 떠맡겼다. 그리고 중국의 문화를 파멸토록 하려 한다면 모르거니와 그렇지 않을진댄 문화부흥의 사명을 띠고 태어난 자기를 광인(匡人)들이 감히 해치지는 못할 것이라고 말하였다. 여기에서 공자는 '하늘'을 중국문화의 옹호자로 본 것이다.

『맹자』에 보면 '하늘'은 행동과 사적으로 사람들에게 '하늘'의 뜻을 나타내 보이며 '하늘'은 또 백성들을 통하여 천자의 치적에 관하여 이를 보고 듣는다고 하였다. 이는 바로 유가의 천명사상의 내용을 설명한 것으로서 '하늘'을 감관(感官)과 판단능력의 소유자로 본 것이다. 『맹자』에는 이 밖에도 '하늘'이 인간을 탄생시켰으며, 인간사회에서 따로 선지선각자(先知先覺者)를 골라 그들로 하여금 후지후각자(後知後覺者)를 깨우치도록 하였다는 말이 보이며, 또 '하늘'이 누군가에게 큰 임무를 맡기려 할 때 그가 앞으로 닥칠 여러 가지 고난을 이겨낼 수 있도록 하기 위하여 먼저 그의 심신을 단련시킨다 하였다. 이에서 보면 맹자는 '하늘'이 인간사회를 교도하는 적극적인 의지를 발휘하는 것으로 인식하였으며, 그것도 교육대상으로 특정인을 선택한다거나 간접교육의 방법을 사용할 만큼 조직적으로 구상한다고 여긴 것이다. 또 『맹자』에 보면 "우러러 하늘에 부끄럽지 않고 굽어 사람에게 부끄럽지 않은 것이 즐거움 가운데의 하나"라고 한 말이 있다. 이도 결국 하늘이 인간행위의 옳고 그름과 잘잘못을 가릴 줄 아는 능력을 소유하고 있다고 본 데에서 나온 말이다. "하늘에 순응하면 존립하고, 하늘에 거역하면 멸망한다"고 한 말도 '하늘'이 개인이나 국가를 막론하고 이의 생사영욕(生死榮辱)과 흥망성쇠(興亡盛衰)를 좌우하는 의지와 권능을 가졌다고 생각한 데에서 나온 것이다.

동중서는 천지의 운행순서가 엄정하며 그 스스로가 일정한 목적성을 지니고 있고 도덕적 속성을 포괄하고 있기 때문에 이를 아름다운 것이라고 할 수 있다고 하였다. 그리고 인군(人君)이나 인신(人臣)이 천지의 운행을 본받음으로 해서 인류사회도 아름다워지는 것이라고 하였다.

4) 군자비덕

선진제자들은 '하늘'이 의지적으로 인간사회를 규제하고 교도하는 권능을 발휘한다고 인식한 외에, 주변 자연물을 인격화하고 그들의 존재양식 또는 생태에 대한 관찰을 통하여 일정한 속성을 확인하고 이들 인간수양의 긍정적인 덕목으로 유추 승화시켰다. 그리고 이러한 긍정적인 덕목을 지닌 자연물을 가까이함으로써 그로부터 훈화도염(薰化陶染)의 효과를 기대하기도 하였다. 선진제자의 자연에 대한 이러한 관념과 인식태도는 중국고대 수사학(修辭學)의 하나의 특징이라 할 수 있는 비유법의 발달을 촉진시키기도 하였다. 그리하여 군자의 인품과 덕성을 표현함에 있어 이를 자연물에 비유하는 상징적 수사기교를 활용하였으며, 군자, 충신, 대인 등과 대립되는 부류의 인간품성을 묘사함에 있어서도 그에 상응하는 속성을 지닌 자연물을 인용해 비유하기도 하였다.

(1) 물

선진제자의 언론 가운데 군자의 덕성과 비교되는 속성을 지닌 자연물로서 '물'에 관한 이야기가 자주 나온다. 노자는 물이 만물을 이롭게 하면서도 그 공을 다투지 아니하고 사람들이 싫어하는 곳에 처하니 그 존재하는 양식이 '도'에 가깝다고 하였다. 노자는 또 이 세상에서 물보다 유약한 것이 없지만 반면 견강한 상대를 공격함에 있어서는 또 물을 이길 자가 없다고 말하고 있다. 노자의 이러한 말은 일차적으로 지구상의 모든 동식물이 수분 없이는 생존할 수 없으며 물은 높은 곳으로부터 낮은 곳으로 흘러간다는 자연계의 객관적 사실과 아마도 그가 목격했을 홍수가 지상의 구조물을 휩쓸고 간 뒤의 황량한 광경을 바탕으로 한 것이다. 노자는 부드러운 것과 딱딱한 것의 차이를 '생'과 '사'로 구별하여 설명하면서 사람이나 동물, 초목이 살아 있을 때에는 부드러우나 죽어 있을 때에는 모두 딱딱하다는 사실을 들어 이를 예증하고 있다. 물의 공덕이나 존재형태 또는 부드러운 것과 딱딱한 것의 차이 등에 관한 노자의 이러한 언론은 그 목적이 단순히 자연계의 어떠한 현상이나 자연물의 어떠한 속성을 설명하려는 것이 아니고 그것들을 인간수양의 덕목으로 승화시키려는 데 뜻이 있었던 것으로 보아야 할 것이다.

공자가 물의 덕성에 관하여 이를 구체적으로 설명한 내용이 『논어』에는 보이지 않는다. 그러나 『논어』에 보면 공자가 쉬지 않고 흘러가는 냇물을 보고 감탄했다는 기록이 보인다. 또 옹야[雍也] 편에는 "지혜로운 사람은 물을 즐기고, 어진 사람은 산을 즐긴다"고 한 공자의 말이 실려 있다. 그리고 『논어』에는 또 "군자는 그릇 짓지 아니한다"고 한 공자의 말이 실려 있다. 지혜로운 사람이 왜 물을 즐기는가에 대한 설명은 없으나 이 말은 지혜로운 사람과 물 양자 간에 특별한 교감사유가 발생하고 있음을 전제로 한 것이다. 그리고 "그릇 짓지 아니한다"는 것은 통념적으로 물의 속성으로 인식되어 온다. 공자는 자연물인 물의 이러한 속성을 군자의 수양규범으로까지 인신유추(引伸類推)한 것이다.

물이 과연 어떠한 속성을 지니고 있으며, 또 군자는 물에서 무엇을 배울 수 있기에 이를 가까이하고 또 이를 즐기는 것일까? 이에 대하여 『순자』에 보면 자공(子貢)과 공자 간의 문답 내용을 인용하는 형식으로 자세히 설명하고 있다. 자공의 물음에 대한 공자의 대답인 즉 물은 널리 베풀어 만물을 살도록 하되 그 공을 내세우지 않으니 '덕'을 지니고 있는 듯하며, 낮은 곳으로 흘러가되 굽이굽이 도리에 따르니 '의(義)'로운 듯하며, 반짝이며 흘러가되 다함이 없으니 '도(道)'의 세계인 듯하며, 백 길 낭떠러지로 나아가면서도 두려워하지 아니하니 '용(勇)'인 듯하며, 분량을 헤아림에 있어 항상 공평하니 '법(法)'으로 정한 듯하며, 넘쳐도 깎아내릴 필요가 없으니 '정(正)'인 듯하며, 미세한 곳에까지 이르니 '찰(察)'인 듯하며, 들고 남에 있어 맑고 깨끗하여지게 마련이니 이는 '선화(善化)'인 듯하며, 만 번을 굽어도 반드시 동쪽으로만 흘러가니 그것은 마치 '지(志)'인 듯하다. 그러기에 군자는 큰물을 보면 반드시 무엇인가를 배우게 되는 것이라 하였다.

『순자』에서의 인용에 의하면 공자는 물의 속성을 '덕(德)', '의(義)', '도(道)', '용(勇)', '법(法)', '정(正)', '찰(察)', '선(善)', '화(化)', '지(志)' 등으로 파악하고 있었음을 알 수 있다. 동중서는 그의 『춘추번로(春秋繁露)』에서 역시 물의 덕행을 '력(力)', '지평(持平)', '찰(察)', '지(知)', '지명(知命)', '선화(善化)', '용(勇)', '무(武)', '덕(德)' 등으로 분류하고 있는바, 대체적으로 『순자』에서의 분류와 비슷하다. 다만 물의 원천이 풍부하여 주야로 흘러가되 마르지 아니하니 무슨 '힘'을 지닌 듯하며, 산이 무너져 내리는 것을 막으면서도 맑을 수가 있으니 이는 '지명(知命)'인 듯하며, 모든 것이 불에 타거나 녹는데 물이 홀로 이를 이기니 '무(武)'와도 같다고 한 항목이 독특하다.

한(漢)나라 한영(韓嬰)의 『한시외전(韓詩外傳)』에서는 물의 덕성을 '지(智)', '예(禮)', '용(勇)', '지명(知命)', '덕(德)' 등으로 나누어 『순자』나 『춘추번로』에서의 분류와 비슷하나 물이 아래로만 흘러가는 속성을 '예'로 규정하고 있는 점이 다르다. 한영은 물이 이러한 덕성을 지니고 있으므로 해서 천지가 이로써 이루어지며, 만물이 이로써 생명을 유지하게 되며, 국가가 이로써 평안해지며, 품물이 이로써 바르게 된다고 하였다. 그리고 이 때문에 지혜로운 사람이 물을 즐기는 것이라고 하였다.

한나라 유향의 『설원(說苑)』에서도 공자가 "물이란 군자가 거기에 덕을 견주어보는 대상인 것"이라고 한 말 끝에 물의 덕성을 역시 '덕(德)', '인(仁)', '의(義)', '지(智)', '용(勇)', '찰(察)', '포몽(包蒙)', '선화(善化)', '정(正)', '도(度)', '의(意)' 등으로 분류한 내용을 인용하고 있는바, 그중 낮은 것은 흘러가지만 깊은 곳에서는 그 깊이를 헤아릴 수 없으니 '지(智)'와 같으며, 남들이 싫어하는 것들을 사양하지 아니하고 받아들이고 있으니 이는 '포몽(包蒙)'과 비슷하다고 한 점이 다르다.

공자가 물의 흐름을 두고 감탄하였다는 사실에 대하여 『맹자』에서도 언급이 되어 있다. 공자가 물을 보고 무엇을 느꼈기에 그처럼 감탄하였을까 하는 서자(徐子)의 물음에 답하여 맹자는 공자가 물이 근원에서부터 넘쳐 밤낮을 쉬지 않고 바다로 흘러가는 것을 보고 "근본이 있는 자라야만 그렇게 될 수 있다"는 뜻으로 이를 인신(引伸)하여 다시 이를 인간수양의 살아 있는 교훈으로 삼을 수 있다고 보았기 때문에 그랬던 것이라고 답하고 있다. 그러나 맹자는 그의 언론 전반을 통하여 물의 덕성을 해설하려는 것보다는 오히려 그의 학설을 정당화 내지는 공리화하기 위한 수단으로 물의 속성을 예증으로 제시하는 경우가 많았다. 맹자는 "사람이 착한 것은 마치 물이 아래로 흐르는 것과 같으며, 착하지 않은 사람이 없는 것은 마치 아래로 흘러가지 않는 물이 없는 것과 같다" 하였으며, "어진 것이 어질지 못한 것을 이기는 것은 마치 물이 불을 이기는 것과도 같다" 하였으며, "백성이 어진 임금 아래로 귀의하는 것은 마치 물이 아래로 흐르는 것과도 같다"고 하였다. 위에서 맹자는 "사람은 원래 착하다", "어진 것은 어질지 못한 것에 이기기 마련이다", "백성들은 어진 임금을 찾아 그에게 귀의한다"는 자기 나름대로의 신념을 토대로 한 주장을 내세움에 있어 그 타당성을 확고부동한 것으로 만들기 위하여 자기의 주장을 "물은 아래로 흐른다", "물은 불에 이긴다" 하는 등 누구도 부정할 수 없는 공리와 등식(等式)으로 연결해놓고 있다.

(2) 산

어진 사람이 산을 즐기는 까닭에 대하여도 『논어』에서는 구체적인 설명이 없다. 그러나 지혜로운 사람이 물을 즐기게 되는 까닭이 있는 것과 마찬가지로 어진 사람이 산을 즐기게 되는 데에도 그럴 만한 까닭이 있다. 한나라 동중서는 역시 그의 『춘추번로』에서 "산은 우뚝 높이 솟아서 오래토록 무너져 내리지 않으니 그 모습이 인인지사(仁人志士)와 같다"고 하였다. 그리고 이어서 산은 그 속에 많은 재화와 보물을 간직하고 있어 사람의 생활에 도움을 주며, 짐승이 그 속에서

서식하며, 사람이 죽으면 또 그 속에 묻히게 되어 그 공이 큰데도 이를 내세우지 않으니 이 때문에 군자가 거기에서 무엇인가를 배우게 되는 것이라고 한 공자의 말을 인용하고 있다.

한나라 복승(伏勝, B.C. 260)이 엮었다는 『상서대전(尚書大傳)』에서는 또 자장(子張)과 공자와의 문답내용을 인용하는 형식을 통하여 군자가 산을 즐기게 되는 까닭을 설명하고 있다. 자장의 물음에 대하여 공자는 우선 산이 우뚝 솟아 의젓한 모습을 지니고 있음으로 해서 군자가 이를 즐긴다고 하였다. 그리고 이어 산에는 온갖 초목이 자라고 있으며, 조수(鳥獸)가 번식하며, 재용(財用)이 늘어나고 있는데 사람이 이를 활용하고 취함에 있어 사사로움이 없으며, 운우(雲雨)를 내어 하늘과 땅 사이를 통하게 하고, 음양이 화합하며, 비와 이슬을 내려 그 덕으로 만물이 생성되며, 사람들이 이러한 덕을 입어 먹고 살아갈 수 있으니 이러한 것 때문에 어진 사람이 산을 즐기게 되는 것이라 하였다. 공자의 이러한 견해는 천문기상까지 포괄하는 자연지리에 관한 설명인 동시에 재화의 식산활용(殖産活用)에 관한 경제 지리적인 면까지 포괄한 것이다.

공자는 액체 상태에서 그 형태가 자유로워 아무 그릇에나 잘 담기는 물의 속성을 통하여 군자의 수양규범을 유추하고 "군자불기(君子不器)"라 하였거니와, 우뚝 솟아 의젓한 산을 보고서는 바람직한 군자의 풍모를 연상한 것이다. 그리고 물의 행태와 기능을 통하여 군자의 실천규범을 유추하였던 것과 마찬가지로 산의 생산성과 도덕성을 통하여 역시 군자의 실천규범을 유추하고 있다.

이사(李斯, ?~B.C. 208)가 진시황에게 바치는 간언에서 "태산은 적은 분량의 흙일망정 이를 마다하지 아니하고 받아들였기 때문에 능히 그처럼 크게 될 수가 있었으며, 강이나 바다는 졸졸 흐르는 가는 물줄기일망정 이를 가리지 않고 받아들였기 때문에 능히 그처럼 깊게 될 수가 있었다"고 한 말은 바로 산이나 하해(河海)의 생성과정을 통하여 현실정치의 교훈을 도출하고자 했기 때문이다.

이사는 여기에서 한 나라의 정치풍토나 정책방향이 대범하고 심원하여야 한다는 주장을 펴고 이를 설득하기 위하여 산과 해하의 형성과정을 상징적으로 취하여 비유한 것이다. 그런 의미에서 이사의 이와 같은 언론은 맹자가 그의 성선설을 절대화하기 위하여 소극적으로 자기의 학설과 자연계의 공리, 즉 물의 존재형태를 등식화하고 있는 경우에 비하여 한결 적극적이라 할 수 있다.

(3) 일월성진풍우 및 기타

선진제자의 언론에 보면 또 일(日), 월(月), 성(星), 진(辰), 풍(風), 우(雨)의 운행이나 발생 및 화훼, 초목, 금수의 생태 등을 인간의 덕행이나 절조 또는 인간사회의 공리를 설명하는 데 있어 비유로 사용한 예가 많다. 이도 물론 그들의 주장이나 입장을 확고히 하고 설득력을 강화하기 위한 수사기교의 한 방법이라 할 수 있다. 그러나 그들이 비유의 대상을 자연에서 찾고 있는 것은 그들이 그만큼 자연계의 현상을 세밀하게 관찰하고 자연계의 운행질서가 엄정함을 깨달았으며, 또 동식물의 생태관찰을 통하여 거기에서 개인수양이나 사회발전을 위하여 긍정적인 혹은 부정적인 규범원리를 발견할 수 있었기 때문이라 할 수 있다.

『논어』에 보면 자공이 공자의 덕행을 일월(日月)에 비교하여 남이 이를 넘을 수 없으나, 다른 사람의 현명함은 언덕과 같아서 남이 이를 넘어설 수 있다고 한 내용이 있다. 자공은 또 군자를 일월에 비겨 군자의 허물은 마치 일식이나 월식과 같아 누구나 다 이를 알아볼 수 있으며, 그 허물이 고쳐지면 또 사람들이 이를 우러른다고 하였다. 이 와 같은 비유방식은 『맹자』에서도 발견이 되는바 여기에서 일월은 하늘에 높이 솟아 공명정대하여 누구나 다 볼 수 있으며 사람들이 우러르는 대상이기 때문에 이를 군자에 비유한 것이고, 일월이라 하더라도 일식, 월식이 있는 것과 마찬가지로 군자에게도 누구에게나 드러나 보이는 허물이 있을 수 있으나 그 허물을 고치면 사람들이 다시 일월을 우러르는 것처럼 그를 우러러본다고 한 것이다.

『중용』에서는 또 공자가 요순(堯舜)을 받들어 계승하고 문왕과 무왕의 법도를 밝힌 공덕을 기려 그것은 마치 하늘과 땅이 위와 아래에서 덮어주고 감싸주고 잡아주고 실어주는 것과도 같으며, 사시(四時)가 차례에 따라 엇바뀌는 것과도 같으며, 해와 달이 번갈아 밝아오는 것과도 같다고 하였다. 여기에서도 천지와 사시와 일월의 운행질서에 대하여 누구나 이를 알고 있고 그 공덕을 부인하지 못하기 때문에 이를 바로 공자의 덕행과 연결하여 그야말로 최상의 비교 형식을 취한 것이다.

또 『논어』나 『맹자』에서는 군자의 덕행을 바람에 비유하고 있고, 소인의 덕행을 풀에 비유하고 있다. 이는 바람에 나부끼는 풀잎을 보고 느낀 것으로서, 자연현상의 인과관계를 군자와 소인의 관계로 유추 확대한 논리이다. 이러한 논리는 위정자와 백성 간의 관계 또는 사회교화의 원리를 설명하는 데에도 그대로 적용될 수 있으며, 중국 고전시학에서의 풍교론(風敎論)과도 직접적으로 연결이 된다. 『장자』에 보면 또 큰 배를 띄우려면 물이 깊어야 하며, 큰 날개를 띄우려면 그 밑에 바람이 두텁게 쌓여야 된다고 한 말이 있다. 여기에서 큰 배 또는 큰 날개를 띄운다 함은 개인적인 의미에서는 고매한 인격과 출중한 능력을 지니게 됨을 뜻하는 것으로 이해할 수 있고, 사회적인 의미에서는 일정한 목표를 세워 큰 사업을 성취한다는 뜻으로 이해할 수 있다. 결국 장자의 이 말은 개인적으로나 사회적으로 큰일을 이룩하려면 상당한 노력이나 여건의 성숙이 선행되어야 한다는 것을 설득하기 위한 것인데, 물이 깊어야 큰 배가 뜰 수 있고, 바람이 두텁게 쌓여야 비로소 큰 새가 날개를 퍼덕이고 날 수 있다는 자연계의 원리를 들어 그 속에 자기의 뜻을 은유적으로 나타내고 있는 것이다.

『논어』에 보면 임금의 덕정(德政)을 북극성에 비유하고 있고, 『장자』에서는 덕정을 갈망하는 국민의 마음을 한여름 가뭄에 말라들어 가던 모가 단비를 만나 소생하는 것으로 비유하고 있으며, 『회남자』에서는 또 군신 간의 관계를 나무와 뿌리와 가지, 잎의 관계로 비유하여 뿌리가 튼튼하지 못하면 가지나 잎이 무성할 수가 없다고 말하고 있다. 이 역시 별의 운행이나 자연계의 변화 또는 초목의 생태를 관찰하고 거기에서 인간사회에 적용될 수 있는 정치 원리를 도출한 예라고 할 수 있다.

이 밖에도 맹자가 그의 사단지설(四端之說)을 개진하면서 사람의 마음속에 인, 의, 예, 지의 사단지심(四端之心)이 있는 것은 마치 인체에 사지가 있어 그 기능을 발휘하는 것과 같다고 비유하고 있는데, 이는 인체구조상 누구나 쉽게 확인할 수 있는 사지의 기능을 들어 인심 내면의 추상적인 변화를 설명한 예이다. 또 맹자가 양자(揚子)의 위아설(爲我說)이나 묵자의 겸애설(兼愛說)을 반박하면서 그들의 논리가 부모나 군주의 존재를 무시하는 것이니 그렇게 되면 그것은 금수의 사회일 뿐이라고 단정한 것도 외견상 일반 금수의 생태에서는 인간사회에서 소중히 여기는 윤리강상(倫理綱常)이 발견되지 않는다는 것을 근거로 한 것이다.

『논어』에 보면 "날씨가 차가워진 다음에라야 소나무 잣나무가 늦게 시든다는 것을 알게 된다"고 한 공자의 말이 실려 있다. 이 말은 표면적으로 보면 한여름 나뭇잎이 무성할 때에는 잡목이나 송백이 다 같이 푸르러서 서로 구분이 되지 않으나 일단 날씨가 차가워지면 잡목들의 잎이 쉽게 지고 마는데 송백과 같은 상록수는 여전히 푸름을 지니고 있어 비로소 그 차이가 드러난다는 뜻을 지닌 단순한 식물 생태론에 지나지 않는다. 그러나 그 뜻이 고난을 극복하는 기상의 차이로 쉽게 인신(引伸)이 되고, 잡목과 송백이 소인과 군자의 의지적 차이를 가름하는 상징으로 쓰일 때에는 한결 함축성을 지니게 된다. 그리고 사람들은 송백의 생태에서 군자가 지녀야 할 의연한 절조를 유추하여 이를 수양의 덕목으로 삼는 것이다.

『순자』에 보면 또 군자가 옥(玉)을 귀히 여기는 까닭에 대한 공자와 자공 간의 문답 내용이 실려 있다. 공자의 대답에 의하면 옥은 그 희소가치 때문에 공자가 이를 귀히 여기는 것이 아니고 옥이 인(仁), 지(知), 의(義), 행(行), 용(勇), 정(情), 사(辭) 등 여러 가지 품질 특성을 함께 지니고 있기 때문에 군자가 이를 귀히 여기는 것이며, 옥이 지니는 이러한 품질의 특성은 바로 군자가 본받을 만한 덕성인 것이라고 규정하고 있다.

3. 시가에 투영된 자연

중국 최고의 시가집인『시경』에는 대략 기원전 11세기경부터 기원전 6세기경에 이르기까지 약 5백 년 동안 중국의 각 지역에서 생산된 민간가요를 중심으로 작품 305편이 수록되어 있는데, 그중에는 '비흥(比興)'의 수법으로 이루어진 것이 많다. 그리고 이들 작품은 대부분 자연물의 형상이나 생태를 보고 시흥이 일어 부른 노래이거나 또는 인물정감을 자연물에 대비한 것들이다. 그러므로 중국의 경우 문학작품에 자연이 투영된 예는 이미『시경』에서부터 쉽게 찾아진다.

1) 저구(雎鳩)와 석서(碩鼠)

『시경』국풍(國風) 주남(周南)의 맨 처음에 보이는 「관저(關雎)」편은 젊은 남자가 아름답고 교양 있는 여자를 그리워하는 내용의 노래이다. 그런데 그 가사를 보면,

> 關關雎鳩, 在河之洲, 저구새는 관관하며 어울려 물가에서 노니나니,
> 窈窕淑女, 君子好逑. 아리따운 아가씨는 군자의 좋은 짝이로다.

라고 읊고 있다. 이 시는 남녀 간의 건전한 사랑을 주제로 한 것인데, 여기에 굳이 물가에서 어울려 헤엄쳐 다니는 저구새를 먼저 묘사하고 있는 것은 저구새의 암수 간의 정의가 특히 두텁고 그 정절이 굳다는 사실을 전제로 이를 상징화한 것이다.

역시 국풍 위풍(魏風)의 「석서(碩鼠)」편에 보면,

碩鼠碩鼠, 無食我黍! 큰 쥐야 큰 쥐야, 내 밭의 조를 먹지 말아다오.
三歲貫女, 莫我肯顧, 세 해를 두고 너를 먹여 살렸거늘 너는 나를
　　　　　　　　　　　생각하여 주지 않는구나.
逝將去女, 適彼樂土, 내 장차 너를 떠나 저 즐거운 곳으로 가리라.
樂土樂土, 爰得我所! 즐거운 곳 즐거운 곳, 그곳에 가면 내가 살 곳
　　　　　　　　　　　있으리라.

　이 노래는 밭곡식을 갉아먹는 들쥐의 행패를 원망하는 농민들의
마음을 묘사한 형식을 취하고 있으나 실은 가렴주구에 시달리는 백
성들이 통치자를 원망하는 뜻을 담은 풍자시의 성격을 띠고 있다. 그
리고 '석서'는 백성들을 괴롭히는 폭군을 상징한다.

2) 향초와 군자

　전국시대 초나라의 굴원(屈原, B.C. 343~290)이 엮은 「이소(離騷)」는 중
국 고대 남방문학의 대표작으로 일컬어지며 작품 속에 많은 자연물
을 상징적으로 인용하여 특히 초국풍물지(楚國風物志) 또는 중국 향초문
학의 걸작으로도 알려진 작품이다. 「이소」에 보면 다음과 같은 대목
들이 있다.

余旣滋蘭之九畹兮 나는 이미 구무(九畹)의 땅에 난초를 심었고,
又樹蕙之百畝 또 백무의 땅에 혜초를 심었도다.
朝飮木蘭之墜露兮, 봄날 아침에는 목란 꽃잎에 맺힌 이슬을 마시고,
夕餐秋菊之落英. 가을 저녁에는 국화 꽃잎에 맺힌 서리를 먹도다.
苟余情其信姱以練要兮, 이는 정녕 내 마음을 미덥고 곱게 다져나가
　　　　　　　　　　　려 함이니,
長顑頷亦何傷. 사는 몰골이사 초췌하고 파리한들 어떠하리오!
製芰荷以爲衣兮, 마름꽃 따다가 저고리 만들어 입고,

集芙蓉以爲裳. 연꽃잎 모아서 치마를 만들어 입는도다.
不吾知其亦已兮, 사람들이 나를 몰라주면 그뿐.
苟余情其信芳. 나는 정녕 내 마음을 깨끗하고 향기롭게 지녀나가고
           자 한다네.

　굴원이 「이소」에서 뜰에 난초나 혜초를 심었다 하고, 목란의 추로
(墜露)나 가을 국화의 떨어진 꽃을 먹는다 하며, 또 기하(芰荷)나 부용(芙
蓉)으로 옷을 만들어 입었다고 한 것은 그것들이 모두 향기롭고 깨끗
하며 아름다운 것들이어서 그러한 과정을 통하여 스스로가 향기롭고
깨끗하며 아름다운 인간으로 감염훈화(感染薰化)되기를 기대하는 마음
을 상징적으로 표현한 것이다.

　한나라 왕일(王逸, 약 89~158)은 그가 엮은 『초사장구(楚辭章句)』의 『이소
경서(離騷經序)』에서 굴원이 인류비유(引類譬喩)의 방법을 써서 선조향초
(善鳥香草)로 충정을 상징하였으며, 악금취물(惡禽臭物)로는 참녕의 무리들
을 나타내었고, 영수미인(靈修美人)으로는 임금을 나타내었으며, 복비일
녀(伏妃佚女)로는 현신을 비유하였고, 규룡난봉(虬龍鸞鳳)으로 군자를 가탁
하였으며, 표풍운예(飄風雲霓)로 소인의 무리들을 상징하였다고 지적하
고 있다.

3) 송백의 기상

　『시경』이나 「이소」 외에도 중국의 고시 가운데는 매, 국, 송, 죽 등
의 자태나 기상을 묘사함으로써 이를 군자의 기상이나 절조에 비유
한 예가 상당히 많다. 위(魏)나라 유정(劉楨, ?~ 217)이 그의 종제(從弟)에게
준 시에 다음과 같은 것이 있다.

亭亭山上松, 산 위에 우뚝 서 있는 저 소나무,
瑟瑟谷中風 골짜기에는 쏴아 쏴아 바람이 인다.
風聲一何盛, 바람소리는 어찌도 그리 세차며,
松枝一何勁, 소나무 가지는 어찌도 그리 꼿꼿한가!
氷霜正慘悽, 어름 서리 참으로 매서운데,
終歲常端正, 일 년 내내 단정한 모습 지니고 있네.
豈不罹凝寒, 어찌 추위를 느끼지 않으랴만,
松柏有本性, 송백은 애당초 그러한 본성 지니고 있음이라.

이 시는 유정의 「증종제(贈從弟)」 삼 수 가운데 둘째 수로서 여기서
도 비흥의 수법이 활용되고 있다. 작자는 이 시에서 산 위에 우뚝 서
있는 소나무의 형상기질을 들어 은근히 그의 종제에게 외부의 압력
에 의하여 선비로서의 본성을 버리지 말고 꼿꼿하게 절조를 지켜나
가도록 면려하고 있다.

남조의 악부민가 가운데 「자야사시가(子夜四時歌)」에 보면 또한 임에
대한 자기의 사랑을 송백의 형상에 비유하여 그 굳음을 나타낸 다음
과 같은 내용의 가사가 있다.

淵冰厚三尺, 넓은 연못에는 얼음이 석 자 두께로 얼었고,
素雪覆千里, 흰 눈은 천 리를 뒤덮었는데,
我心如松柏, 내 마음이사 송백 같지만,
君情復何似 임의 마음 과연 무엇 같을까?

당(唐)나라 이백(李白, 701~762)도 그의 「증위시어황상(贈韋侍御黃裳)」이라
는 제목의 시에서 높은 산 위에 서서 눈서리의 모진 추위를 꼿꼿이 이겨
내는 소나무를 봄날 활짝 피었다가 이내 지고 마는 복숭아 오얏꽃에
대비하여 군자는 모름지기 소나무의 기상을 배워야 한다고 다음과 같
이 쓰고 있다.

太華生長松,　태화산의 낙락장송,
亭亭凌霜雪,　꿋꿋이 서서 눈서리의 모진 추위 이겨낸다.
天與百尺高,　하늘을 찌를 듯 백 척이나 솟았는데,
豈爲微飈折,　바람이 좀 분다고 그 어찌 꺾일쏜가!
桃李賣陽艷,　복숭아 오얏꽃은 이 봄을 한창으로 뽐내는 듯 피어서,
路人行且迷,　지나가는 사람들의 넋을 잃게 하지만,
春光掃地盡,　봄볕 땅을 쓸고 지나만 가면,
碧葉成黃泥,　파랗던 잎사귀들이 모두 황토 진흙되고 만다네.
願君學長松,　바라거니와 그대는 낙랑장송의 기상을 배우실 일,
愼勿作桃李,　행여 오얏꽃 짓일랑은 하시지 말게.
受屈不改心,　굴욕을 참고서도 마음 변치 않아야,
然後知君子.　사람들은 그를 군자라고 한다네.

앞에 인용한 유정의 「증종제」나 남조민가(南朝民歌)에서와 마찬가지로 이백도 이 시에서 소나무의 기상을 높은 산 위에 고고하게 자라서 모진 추위를 견뎌내며 변치 않는 모습으로 그려내고 있고, 아울러 이를 군자가 배워야 될 기질로 상징화하고 있다.

중국 고대의 민간가요나 시인들의 작품을 통해서 예찬되던 자연물의 형상기질은 시간의 흐름에 따라 점차 자연물 그 자체가 하나의 상징적인 의미를 지니는 주체로서 작품에 등장하게 되었다. 송(宋)나라 왕안석(王安石, 1021~1086)의 「도인북산래(道人北山來)」라는 제목의 시 내용에 등장하는 소나무의 경우도 그러한 예 가운데 하나라고 할 수 있다.

道人北山來,　도인께서 북산으로부터 오셨기에,
問松我東岡.　우리 집 동쪽 언덕의 소나무 얼마나 자랐느냐고 물었더니,
擧手指屋脊,　손들어 지붕 용마루를 가리키면서,
云今如許長.　"지금 저만큼은 될 거야" 하시더군.

고향을 떠나온 지가 오래된 사람이 모처럼 고향에서 온 사람을 만나면 이것저것 고향에 관하여 물어볼 일이 많을 것이 틀림없다. 그런데 시인은 위 작품에서 고향으로부터 온 도인에게 자기 집 동쪽 언덕의 소나무에 관해서 묻는 말과 이에 대한 답만으로 주인공의 향수를 함축적인 방법으로 충분히 나타내고 있다. 대화문답의 내용을 축조식으로 모조리 적어놓았다면 그것은 시가 아니고 단순한 사실기록에 지나지 않을 것이다. 고향의 하고많은 사물 가운데 시인은 왜 소나무에 관해서만 묻는 형식을 취하였을까? 물론 우연한 지목일 수도 있겠으나 여기에서는 선진시대 이래의 여러 논저에서뿐 아니라 이 시를 쓴 시인 자신이 이미 관념적으로 소나무를 군자비덕의 상징적인 존재로 보아왔기 때문이라고 할 수 있다.

당나라 원결(元結, 723~772)의 「개론(丐論)」에 보면 또 군자의 벗이 될 만한 것으로 운산(雲山), 송백(松柏), 금주(琴酒)를 예시하고 있는데, 운산은 봉우리에 구름이 덮여 있는 높은 산으로서 "인자요산(仁者樂山)"의 덕목으로 이해가 가능하며, 송백은 역시 "날이 추워진 뒤에야 송백이 나중에 시듦을 안다(歲寒然後知松柏後凋)"의 형상기질을 전제로 한 덕목으로 이해가 가능하다. 남송(南宋) 때의 시인 사방득(謝枋得, 1226~1289)은 그의 「북행별우(北行別友)」라는 제목의 시에서 "눈 가운데 소나무 잣나무 더욱 푸르나니 이를 배워 군자의 떳떳함을 세워 나간다(雲中松柏愈靑靑, 扶植綱常在此行)"라고 읊고 있는데 역시 눈 속에서도 항상 푸름을 잃지 않는 송백의 형상기질을 찬양하는 말이다.

4) 매란국죽(梅蘭菊竹)

과거 중국의 사대부 문인들은 오랫동안 소나무뿐 아니라 매, 란, 국, 죽 등도 이들이 지니고 있는 고매한 형상기질을 전제로 이들 모두를 군자비덕의 상징적인 존재로 보아왔다. 그러기에 과거 중국의 소인묵객(騷人墨客) 가운데 이들을 대상으로 남긴 시문서화 작품이 많으며 '사군자'라고 하여 이들의 존재를 군자의 지위로까지 격상시켰던 것이다. 진(晋)나라 도연명(陶淵明, 365~427)은 자연주의 시인으로 "동쪽 울타리 아래서 국화를 따 들고 섰노라니, 마음 한가한데 저만치에서 남산의 모습이 눈에 들어오누나(採菊東籬下, 悠然見南山)"의 시구로도 유명하거니와, 그도 고향으로부터 온 사람에게 자기 집 창문 앞에 '국화'가 몇 떨기나 피었느냐고 물었다. 당나리 왕유(王維, 701 781)도 역시 고향으로부터 온 사람에게 자기 집 창문 앞에 '한매(寒梅)'의 꽃망울이 맺혔더냐고 묻고 있다. 그리고 앞에 인용한 시에서 고향의 소나무를 물었던 왕안석(王安石)은 그의 또 다른 시에서 '매화'를 다음과 같이 읊고 있다.

> 墙角數枝梅. 담 모롱이 매화나무 몇 가지,
> 凌寒獨自開. 추위를 이기고 홀로 피었구나.
> 遙知不是雲, 멀리에서도 그것이 눈이 아님을 알겠나니,
> 爲有暗香來. 그윽이 풍겨오는 향기 있음에서라.

왕안석은 이 시에서 특히 추위를 이기고서 홀로 피어 있는 '매화'의 기상을 예찬하고 있거니와, 이러한 발상은 앞에서 인용한 여러 사람의 시에서 그들이 한결같이 높은 곳에서 '소나무'가 풍우빙운(風雨冰雲)을 이겨내고 기상을 예찬하고 있는 것과 궤를 같이하는 것이다.

당나라 백거이(白居易, 772~846)는 그의 「양죽기(養竹記)」에서 '대나무'의 생태를 현자의 품성에 비유하여 다음과 같이 쓰고 있다.

대나무는 현명한 사람과 같다. 어째서인가? 대나무는 뿌리가 굳다. 굳음이란 써 덕을 세우는 것이다. 군자가 그 뿌리를 보게 되면 잘 세워나가 뽑히지 않는 것을 생각하게 된다. 대나무는 본성이 곧바르다. 곧바름이란 써 몸을 세우는 것이다. 군자가 그 본성을 보게 되면 가운데에 똑바로 서서 한쪽으로 기울지 않는 것을 생각하게 된다. 대나무는 속이 텅 비어 있다. 텅 비임이란 써 도(道)를 받아들이는 것이다. 군자가 그 속을 보게 되면 응용하고 텅 비인 상태에서 받아들이는 것을 생각하게 된다. 대나무는 마디가 곧다. 곧음이란 써 뜻을 세우는 것이다. 군자가 그 마디를 보게 되면 스스로의 명분과 행동을 갈고 닦음에 있어 쉽고 어려움이 한결같은 것을 생각하게 된다. 이러한 까닭에 군자는 뜰에 대나무를 많이 심어서 가득 채우는 것이다(竹似賢, 何哉? 竹本固, 固以樹德, 君子見其本則思善建不拔者; 竹性直, 直以立身, 君子見其性則思中立不倚者; 竹心空, 空以體道, 君子見其心 則思應用虛受者; 竹節貞, 貞以立志, 君子見其節則思砥礪名行夷險一致者; 夫如是, 君子人多樹之爲庭實焉).

백거이는 대나무의 생태와 형상에서 군자가 수덕(修德), 입신(立身), 체도(體道), 입지(立志)함에 있어서 본받을 만한 표상을 발견하고 이를 늘 가까이에서 대하고 다짐해나가기 위하여 군자들은 뜰에 대나무를 심는 것이라고 지적하고 있다.

이상을 통하여 중국의 옛 선비들은 『시경』, 『초사』 이래로 인간수양의 규범이 될 만한 형상기질을 지닌 자연물을 그들의 작품 속에서 예찬하고 상징화하였으며, 또한 늘 이를 가까이에서 대하려고 힘써 왔음을 알 수 있다. 중국의 옛날 사대부 문인들은 그들의 시문을 통하여 송백, 매, 난, 국, 죽 이외에도 군자비덕의 대상이 될 만한 자연물을 수시로 작품에서 다루고 이를 상징화하였다.

백거이는 그의 「심양삼제(潯陽三題)」에서 대나무, 연꽃, 계수나무를 각각 식물 가운데서도 특히 '정경수이(貞勁秀異)'한 존재라고 이를 예찬하고 있다. 연꽃을 예찬한 글로는 송(宋)나라 주돈이(周敦頤, 1017~1073)의 「애련설(愛蓮說)」이 유명하다.

주돈이는 「애련설」에서 의인화의 수법으로 연꽃을 예찬하고 있다. 특히 그는 연꽃이 진흙 속에서 자라났으면서도 물들지 아니하고, 맑은 물에 씻겨도 요염하게 뽐내지 아니하는 품성을 높이 사고 있다. 그는 또 국화를 꽃 가운데서 은일자로, 모란을 꽃 가운데의 부귀자로, 그리고 연꽃을 꽃 가운데 군자로 비유하고 있는데 이는 국화, 모란, 연꽃의 생태나 형상기질을 상징화한 것이라고도 할 수 있다.

중국의 고전시문에서 묘사되고 있는 자연물의 형상기질이 전부 군자비덕의 긍정적인 것만은 아니다. 앞에 인용한 『시경·석서』편에서의 큰 들쥐나 「이소」에서의 악금취물(惡禽臭物)이 폭군 또는 소인, 간신배를 비유하고 있음을 보아도 그 실상을 쉽게 알 수 있다. 또 당나라 한유(韓愈, 768~824)의 「잡시(雜詩)」에 보면 모기나 파리와 같은 미물곤충이 조정의 소인, 간신배와 비유되고 있으며, 시간의 추이에 따라 이러한 무리들이 소멸되고 만다는 역사적 필연성을 찬바람 불면서 모기파리가 소멸되고 만다는 사실과 결부시켜 이를 함축적으로 묘사하고 있다. 이러한 예로 보아 특히 중국의 고전시문에서는 자연물의 상징성이 다양하게 투영되고 있음을 알 수 있다.

5) 부운(浮雲)과 낙일(落日)

중국의 고전시가에서는 자연물의 형상기질을 상징화하여 이를 인간품성에 비유하는 표현 수법을 쓰고 있을 뿐 아니라 또 흔히 자연물 그 자체를 일정한 사물과 직접 대비하거나 인간 정서의 질량을 나타냄에 있어서 이를 자연물의 형상기질과 간접 대비하는 표현 수법을 쓰기도 한다. 한나라 가의(賈誼, B.C. 201~169)는 그의 「복조부(鵩鳥賦)」에서 천지를 하나의 용광로로, 조화를 창조주의 솜씨로, 음양을 숯으로, 그리고 만물을 구리로 직접 대비하여 천지자연의 삼라만상을 하나의 기능적인 제조과정으로 설명하기도 하였다. 또 당나라 이백(李白, 701~762)은 그의 「송우인(送友人)」 시에서 '뜬 구름'을 떠나가는 사람의 마음으로, 그리고 '지는 해'를 그를 떠나보내는 친구의 마음으로 간접적으로 대비하여 다음과 같이 읊고 있다.

> 靑山橫北郭, 푸른 산은 성 북쪽으로 가로 뻗고,
> 白水遶東城, 흰 강물은 성 동쪽으로 굽이쳐 흐르는데,
> 此地一爲別, 이곳에서 서로 헤어지고 나면,
> 孤蓬萬里征. 외로운 배는 만 리 길을 떠난다.
> 浮雲游子意, 뜬 구름은 길 떠나는 사람의 마음이요,
> 落日故人情, 지는 해는 그를 떠나보내는 친구의 마음.
> 揮手自玆去, 손 흔들며 저만치에 그는 떠나고,
> 蕭蕭班馬鳴. 타고 온 말은 히힝 하고 돌아갈 길 재촉하누나.

이 시는 '청'과 '백', '산'과 '물', '가로 뻗다'와 '굽이쳐 흐르다', '이곳'과 '외로운 배', '서로 헤어지다'와 '만 리 길을 떠나다', '뜨다'와 '지다', '사람의 마음'과 '친구의 마음', '손 흔들다'와 '히힝', '떠나다'와 '재촉하다' 등 색상, 사물, 방위, 부침(浮沈), 동작, 음성의 대비가 정묘하게 이루어져 있거니와 특히 '뜬 구름'과 '사람의 마음', '지는 해'와 '친구의 마음'은 천문(天文)과 인사(人事)가 간접적으로 대비되고 있

는 좋은 예이다.

6) 인생과 비홍(飛鴻)

당나라 두보(杜甫, 712~770)도 그의 「여야서회(旅夜書懷)」에서 자기 스스로를 천지간에 외로운 한 마리의 갈매기로 비유하여 다음과 같이 표현하고 있다.

細草微風岸, 언덕 위의 가는 풀잎 바람에 나부끼는데,
危檣獨夜舟. 돛대 높이 세우고 이 밤을 홀로 가는 배.
星垂平野闊, 넓은 들판 가득히 별빛 드리우고,
月湧大江流. 큰 강물 따라 달빛 솟아오르듯 흐르누나.
名豈文章著, 어찌 문장으로 이름 드러내려 할까 보냐,
官因老病休. 늙고 병들었으니 벼슬도 이제는 그만두어야 할 때.
飄飄何所似, 훨훨 떠도는 모습 무엇 같을까?
天地一沙鷗. 하늘과 땅 사이에 외로운 한 마리의 갈매기여라.

당나라 백거이도 감상시에서 나이 들고 쇠락한 자기의 신세를 가을바람에 불려 뒹구는 쑥 덤불로 비유하고, 통달시(通達時)의 모습과 궁색시(窮塞時)의 모습을 각각 대붕(大鵬)과 뱁새로 비유하고 있는데 역시 같은 발상이라고 할 수 있다.

위에서 예시한 시의 내용은 그것이 각각 시인이 스스로의 모습이나 처지를 자연물과 대비하고 있는 경우이지만, 중국의 옛날 시인들의 작품 중에는 인생 그 자체를 자연물 내지는 자연의 일부 현상으로 비유한 경우가 많다. 위(魏)나라 조조(曹操, 155~220)는 인생을 '아침 이슬'로 비유하였고, 그의 아들 조식(曹植, 192~232)은 인명을 '아침 서리'

로 비유하였으며, 완적(阮籍, 210~263)은 인생을 '티끌 먼지나 이슬' 같은 것으로 비유하였고, 백거이는 또 인간 세상을 달팽이 뿔 위의 조그마한 넓이로 보고 사람의 일생을 돌멩이가 서로 부딪쳤을 때 번쩍하고 생기는 불빛 비치는 정도의 시간으로 비유하기도 하였다. 그리고 송(宋)나라 소식(蘇軾, 1036~1101)은 인생을 천지간에 붙어사는 '하루살이' 신세요, 넓은 바다 가운데의 '한 톨의 좁쌀'로 비유하면서 덧없는 인생을 탄식하기도 하였다. 그리고 그는 또 「화자유민지회구(和子由澠池懷舊)」에서 인생이란 마치 하늘에 나는 기러기가 눈벌판 위에 살짝 내려앉았다가 남겨놓고 떠나는 발자국과도 같은 것이라고 다음과 같이 표현하고 있다.

人生到處知何似? 사람 한평생이 정녕 무엇 같은 것일까?
應似飛鴻踏雪泥, 하늘을 나는 기러기 눈벌판 위에 잠시 내려앉았다
　　　　　　　가 떠나가는 것과도 같은 것.
泥上偶然留指爪, 눈 위에 우연히 발자국 남기지만,
鴻飛那復記東西? 기러기 하늘을 나를 때 무삼 동쪽 서쪽 가렸으랴!
老僧已死成新塔, 나이 든 중이 죽으니 새로 탑이 섰지만,
壞壁無由見舊題, 허물어진 담벼락 위에 새겨놓았던 옛 글씨는 벌써
　　　　　　　알아볼 길이 없구나.
往日崎嶇還知否? 지난날의 기구했던 일들 어찌 나 기억하랴!
路長人困蹇驢嘶. 갈 길 멀고 사람은 곤궁한데 나귀도 지쳐서 애처
　　　　　　　로운 소리 내네.

7) 별의(別意)와 유수(流水)

『논어』에 보면 "의롭지 않은 방법으로 부귀를 누린다는 것은 '뜬구름'과 같다" 하였고, 『맹자』에 보면 "어진 것은 사람의 마음이요, 의로움은 사람의 길이다"라고 한 말이 있다. 이는 바로 추상적인 사

물의 내용을 구체적이고 가시적인 자연물 또는 보다 쉽게 인지할 수 있는 다른 내용으로 비유 설명한 예이다. 실제 중국의 고전시가 중에는 정감질량(情感質量)의 대소(大小), 심천(深淺), 장단(長短), 농담(濃淡)을 자연물인 '물'을 빌려 표현한 예가 많이 발견 된다. 이백이 금릉(金陵)의 술집에서 친구들과 헤어지면서 아쉬운 정을 읊은 「금릉주사유별(金陵酒肆留別)」에는 다음과 같이 표현되어 있다.

風吹柳花滿店香, 버드나무 꽃 핀 계절 바람 부니 주막집 안이 온통 향기로운데,
吳姬壓酒喚客嘗. 오(吳) 땅의 계집아이는 술 걸러 나그네에게 맛보기를 권하네.
金陵子弟來相送, 금릉(金陵)의 젊은이들 예까지 나와서 전송을 하는데,
欲行不行各盡觴. 떠나려다 차마 못 가고 서로가 술잔만 비우네.
請君試問東流水, 그대 동쪽으로 흘러가는 저 물에게 물어나 보게,
別意與之誰短長? 헤어지기 아쉬워하는 마음 그와 견주어 어느 쪽이 짧고 긴가를.

이 시에서 이백은 다정한 친구 간에 서로 헤어지기 아쉬워하는 정이 그 길이로 따진다면 저 밤낮없이 동쪽으로 동쪽으로 흘러만 가는 강물의 길이보다도 더 길 것이라는 점을 상징적으로 강조하고 있다. 이백은 또 그의 친구 왕륜(汪倫)에게 주는 시에서 "도화담(桃花潭)의 물 깊이가 천 자나 된다 하지만 그래도 왕륜이 나를 떠나보내는 마음만은 못하다네" 하고 친구 사이의 우정의 깊이를 도화담의 물 깊이와 대비하고 있다.

이백의 시 이외에도 당나라 유우석(劉禹錫, 772~842)은 그의 「죽지사(竹枝詞)」에서 붉게 되었다가 쉽게 시드는 꽃을 임의 자기에 대한 생각으로, 그리고 끊임없이 흘러가는 강물을 임을 생각하는 자기의 마음

으로 각각 비유하고 있으며, 남당후주(南唐後主) 이욱(李煜, 937~978)도 역시 그의 「우미인(虞美人)」에서 한 사람의 수심의 양을 동쪽으로 흘러가는 봄 강물에 견주어 표현하고 있다. 그리고 청(淸)나라 섭섭(葉燮, 1627~1703)도 그의 「객발초계(客發苕溪)」에서 나그네의 수심의 길이와 양을 물과 같다고 표현한 바 있다.

중국고전시가 중에서 오랜 기간에 걸쳐 물이 이와 같은 상징적 의미로 표현되고 있는바, 이는 일찍이 노자(老子)가 "상선약수(上善若水)"라 하여 물을 인간수양의 덕목으로 제시하였고, 공자가 강물 위에 서서 끊임없이 흘러가는 물을 보고 그것을 의지적인 표상으로 설명하였으며, 『국어(國語)』에서 "백성들에게 입이 있는 것은 마치 땅 위에 산과 냇물이 있는 것과 마찬가지이며, 치수사업에 있어서는 물길을 터서 그 흐름을 유도하여야 하는 것과 같이 백성들을 다스림에 있어서는 그들의 언로를 터주어야 한다"고 하여 물길의 형세와 치수원리로 국가의 언론 창달 정책을 건의한 내용 등에 비하여 그 의미개념이 한결 문학적인 수사기교 면으로 발전된 것이라 할 수 있다.

4. 시인의 자연과의 교감

원시단계에서 인간은 자연의 여러 가지 변화현상을 외경하고 신성시하였으나, 인간의 발달에 따라 인간은 점차 자연을 하나의 규범적 실체로 인식하여 그 속에서 국가의 통치원리와 개인수양의 덕목을 도출하기에 이르렀다. 그리고 시인들은 그들의 작품 속에서 자연을 예찬하고 일부 자연현상이나 자연물의 형상기질에다 상징적 의미를 부여하여 이를 묘사하기도 하였다. 이러한 과정을 통하여 인간과 자연 간의 거리는 대폭 가까워져서 자연은 마침내 인간예지의 교감의 대상이 되었으며, 시인이 가장 먼저 이를 시도하였다.

중국의 옛날 시인들은 특히 세밀한 감각으로 자연현상을 관찰하였고 그 변화에 민감하였으며 친근한 입장에서 자연을 묘사하였다. 일찍이 초나라의 굴원이 그의 「이소」에서 일(日), 월(月), 풍(風), 우(雨), 천지 사방의 신을 거느리고 시공을 초월하여 상천입지(上天入地)하는 경지를 노래하였거니와,[1] 이와 같은 낭만적 문학전통은 후대의 시인들에게도 그대로 계승되었다. 그리하여 그들의 시가 중에는 해, 달, 산, 내, 바람, 비, 구름, 눈뿐만 아니라 꽃, 새 등 자연물을 교감의 대상으로 묘사한 작품이 많다.

진(晋)나라 육기(陸機, 261~300)는 그의 「문부(文賦)」에서 자연이 변화와 예술창작의 계기가 되는 작가 정감의 충동과의 관계에 대하여 다음과 같이 논급한 바 있다.

> 계절의 변화에 따라 세월의 흘러감을 탄식하고, 만물을 보고 여러 가지로 생각이 인다. 찬바람 부는 가을에 나뭇잎 지는 것을 보고 슬퍼하고, 향기로운 봄날 부드러운 꽃나무 가지를 보고 기뻐한다.

또 양(梁)나라 유협(劉勰, 466~약 532)은 그의 『문심조룡(文心雕龍)』 물색편(物色篇)에서 역시 계절의 변화에 따라 작가의 시정(詩情)이 발동된다고 다음과 같이 말하고 있다.

---

1) 실제로 굴원(屈原)의 작품에는 태양신(太陽神) 이외에도 축융(祝融), 희화(羲和), 망서(望舒), 비렴(飛廉), 풍륭(豊隆), 풍이(馮夷), 백강(伯強) 등 30여 종의 신적인 존재가 등장한다.

새해가 시작되어 봄이 되면 활짝 즐거운 마음이 생기고, 쨍쨍 더운 여름에는 답답한 마음이 엉키며, 하늘 높고 기운 맑은 가을이 되면 마음 차분히 가라앉아 아득히 생각이 멀어지며, 온 천지에 눈발 흩날리는 겨울이 되면 쓸쓸한 생각 깊게 움츠려진다. 한 해 동안 사물은 변하게 마련이고, 그때그때 사물은 그 모습을 달리하게 마련인데, 사람의 정감은 사물의 변화에 따라 옮겨지며, 글은 사람의 정감에 따라 나오게 되는 것이다. 나무 잎사귀 하나가 마음에 흡족한 때가 있고, 벌레 소리가 마음을 끌어당기는 수가 있다. 하물며 달 밝은 밤 시원한 바람까지 불어오고, 봄날 아침 숲에 화사한 햇빛 비쳐옴에 있어서랴!

양(梁)나라 종영(鍾嶸, 468?~518)도 그의 『시품(詩品)』 서문에서 인간의 예술 창작충동이 역시 자연에 의하여 촉발된다고 다음과 같이 말하고 있다.

기(氣)가 물(物)을 움직이고, 물(物)이 사람을 감동시킨다. 그렇기 때문에 사람의 성정이 흔들리게 되는 것이며, 그 결과가 무영(舞咏)으로 나타나는 것이다.

종영은 이어 '춘풍춘조(春風春鳥)', '추월추선(秋月秋蟬)', '하운서우(夏雲暑雨)', '동월기한(冬月祁寒)'의 사계절의 변화가 시인의 감흥을 일깨운다고 지적하고 있다.

이상 육기, 유협, 종영 세 사람의 언론(言論)은 모두 창작론적인 범주에 드는 것이지만 한결같이 계절의 변화에 따라 시인의 감흥이 촉발된다는 점을 강조하고 있다. 그리고 이들의 언론 가운데 지적된 자연물을 살펴보면 낙엽(落葉), 유조(柔條), 산운(霰雲), 충성(蟲聲), 청풍(淸風), 명월(明月), 백일(白日), 춘림(春林), 춘풍(春風), 춘조(春鳥), 추월(秋月), 추선(秋蟬), 하운(夏雲), 서우(暑雨), 동월(冬月) 등이 있다. 실제로 중국고대시가를 분석하여 보면 많은 작품에 이런 것들이 시인의 교감의 대상으로 등장한다.

『시경·채미(采薇)』에 보면 양류(楊柳)와 우운(雨雲)을 활용하여 자연경색을 묘사하고 거기에 작가의 심경을 곁들여 친탁(襯託)효과를 나타낸 작품이 있다.

昔我往兮, 楊柳依依,　그 옛날 내가 떠날 때에는 버드나무 가지 치렁치렁 늘어졌었는데,
今我來思, 雨雲霏霏.　지금 내가 돌아와 생각에 잠겼음에 눈비가 흩날리네.

여기서 '양류의의(楊柳依依)'는 화창한 봄날의 성성으로, 삭사가 고향을 떠날 때가 봄이었고, 즐거운 마음으로 희망을 가지고 다시 만날 기약을 하고 떠났음을 나타낸다. 그런데 '우운비비(雨雲霏霏)'는 그 사이 계절이 봄에서 겨울로 바뀌었음을 뜻할 뿐 아니라 황량하고 고독한 정경을 나타낸다. 이 작품에서 주인공의 행동을 설명하는 말은 '떠나다'와 '돌아오다'뿐이고 시간을 나타내는 말은 '옛날'과 '지금'이 있을 뿐이다. 단순히 주인공의 행동과 그 행동을 취한 시간을 나타내는 말만 붙여놓았다면 이 작품이 산문기록에 지나지 않을 것이다.
『초사』의 「구장(九章)·섭강(涉江)」에 보면 다음과 같은 대목이 있다.

入漵浦余儃佪兮　서포에 와서 나는 맴도는도다
迷不知吾所如　길을 잃고 내가 갈 곳을 알지 못한다.
深林杳以冥冥兮　숲은 깊어 아득히 어둡도다.
猨狖之所居　잔나비 원숭이들이 사는 곳.
山峻高以蔽日兮　산은 높이 치솟아 해를 가리었도다.
下幽晦以多雨　아래는 어두침침 비가 많이 내린다.
霰雪紛其無垠兮　온 천지에 눈발이 흩날리도다.
雲霏霏而承宇　구름이 짙게 하늘을 덮었다.
哀吾生之無樂兮　슬프도다. 내 생애에 즐거움이 없으니,

幽獨處乎山中 산중에 숨어 홀로 살아간다.
吾不能變心而從俗兮 나는 마음 바꿔 속됨을 따를 수 없도다.
固將愁苦而終窮 근심 안고 괴로움 견디며 이 목숨 다할 때까지 살
아가리라.

이 작품에서 작가가 묘사하고 있는 자연경물은 작가의 우울과 근심과 외로움을 나타내는 데 있어서 한결같이 그 친탁효과가 큰 것들이다. 작가 주변의 이러한 자연경색은 작가와의 교감작용을 통하여 그대로 작가로 하여금 스스로의 고독, 처고(凄孤), 상통(傷痛)의 감회를 조장 심화시키는 결과를 가져올 수 있다. 그러나 역으로 작가는 이와 같은 분위기를 설정 묘사하여 작가의 심경처우를 효과적으로 나타낼 수도 있다. 이는 회화와 음악에 있어서 색채와 성율절주(聲律節奏)가 주제표현의 효과와 밀접한 관계가 있는 것과 같은 논리이다.

중국의 고대시가 중에는 주제표현에 있어서 친탁효과를 높이기 위하여 자연경물을 묘사한 것 이외에 자연물 그 자체를 인격시하여 의식감정의 주체로 묘사한 경우가 많다. 다음에 그 예를 몇 가지 들어보기로 한다.

1) 바람

남북조(南北朝)시대 제(齊)의 무명씨 작으로 전하여지는 「서주곡(西洲曲)」에 보면 서주에 있는 임을 그리는 한 여인의 마음을 묘사하고 있는데, 이 작품의 맨 끝에 "남쪽 바람이 나의 뜻을 알았음인가, 꿈을 불어 서주에까지 이르게 하네(南風知我意, 吹夢到西洲)"라고 적고 있다. 여기에서 작자는 '남쪽 바람'을 의식정감의 주체로 본 것이다.

당 하지장(賀知章, 659~744)이 버드나무를 읊은 시에 보면 역시 '봄바

람'을 버드나무 잎의 세공자로 보고 다음과 같이 묘사하고 있다.

> 碧玉妝成一樹高, 벽옥으로 다듬어놓은 나무이런가,
> 萬條垂下綠絲條. 만 가닥 치렁치렁 푸른 가지를 드리웠네.
> 不知細葉誰裁出, 그 가는 잎사귀는 또 누구의 마름질 솜씨일까?
> 二月春風似剪刀. 이월 봄바람이 마름 칼 같았음이니라.

위에서 '남쪽 바람'은 사람의 마음을 헤아려주는 주체로, '봄바람'은 사람에 의하여 버드나무 잎의 세공자로 확인된 것이라는 입장의 차이는 있으나 둘 다 사람과 친근한 관계를 유지하고 있다.

당 이백(李白, 701~762)의 「자야가(子夜歌)」는 만인의 입에 회자되는 작품이거니와 이백이 이 시에서 "가을바람 불어 예는 것은 아마도 옥관 (玉關)에 계시는 임의 정이리라(秋風吹不盡, 總是玉關情)" 한 표현도 '가을바람'이 인정을 대신해서 분다는 연상에서 말미암은 것이다.

당 장열(張說, 667~730)은 그의 「촉도후기(蜀道後期)」에서 '가을바람'을 두고 다음과 같이 표현하고 있다.

> 客心爭日月, 나그네 마음 일월을 다투는지라,
> 來往預期程, 가고 옴에 있어 미리 여정을 기약하기 마련.
> 秋風不相待, 그런데 가을바람이 나를 기다려주지 않고,
> 先至洛陽城. 제가 먼저 낙양성에 불어 들었네.

장열은 이 시에서 그가 애당초 고향을 떠나옴에 있어 가을쯤 고향에 돌아오리라 예정했던 것이 지연되어 '가을바람'이 자기보다 먼저 낙양성에 들어가게 된 결과에 대한 서운함을 적고 있다. 그리고 '가을바람'을 인격화하여 우정적인 기약의 상대로 보고 있다. 시인과 자

연과의 교감거리가 한결 가까워졌음을 볼 수 있다.

이 밖에도 당 가지(賈至, 718~772)가 「춘사(春思)」에서 "봄바람 나를 위하여 근심 다 불어가 버리지 아니하고, 봄날은 마냥 한스러움만 불러일으키네(春風不爲吹愁去, 春日偏能惹恨長)"한 것이라든지, 송 소식이 「신성도중(新城道中)」에서 "봄바람이 내가 산에 가고자 함을 알고, 그동안 며칠 사이 내리던 비를 멎게 하였네(東風知我欲山行, 吹斷簷間積雨聲)"한 것 등도 모두 시인이 '봄바람'을 자기 의지, 소원 실현의 대역자로 간작한 예라고 할 수 있다.

2) 달

중국의 옛날 시인이 달을 읊은 작품은 수없이 많아 그야말로 일일이 설명할 수 없을 정도다. 여기에서는 시인의 자연과의 교감을 전제로 그중 몇 편만을 예시하기로 한다.

당 왕유의 「죽리관(竹里館)」에 보면 달이 깊은 숲 속에서 홀로 악기를 타며 노래를 읊조리는 시인을 찾아온다고 묘사하고 있다.

獨坐幽篁裏, 그윽한 대나무 숲에 홀로 앉아,
彈琴復長嘯, 금(琴)을 타며 길게 소리 내어 읊조리는데,
深林人不知, 숲이 깊어 사람은 아무도 알지 못하는 터에,
明月來相照. 밝은 달이 찾아와서 나를 비추이네.

왕유는 이 시에서 숲 속을 비추는 '명월(明月)'을 월력에 의하여 주기적인 운행을 하는 단순한 객체로 보지 않고 살며시 자기를 찾아와 비춰주는 의식행위의 주체로 묘사하여 친근한 관계로 상호의 위치를

설정하고 있다.

당 이백은 그의 「월하독작(月下獨酌)」에서 달을 그가 꽃밭에서 벌이는 주연의 초대객으로 묘사하고 있으며, 달이 술을 마실 줄 모른다고 안타까운 심정을 토로하고 있다. 그러면서도 달에게 영원한 우정을 기약하는 말로 시를 맺고 있다. 왕유가 「죽리관」에서 달의 입장에서 '밝은 달이 찾아와서 나를 비추이네'로 표현한 것에 비하여 이백이 스스로의 입장에서 '술잔 들어 밝은 달을 초대한다(擧杯邀明月)'로 표현한 것이 다를 뿐 달을 우정 교감의 대상으로 본 점에 있어서는 다름이 없다. 이백은 또 그의 친구 왕창령(王昌齡)이 용표(龍標)로 좌천되어 떠난다는 소식을 듣고 그에게 보내는 시에서 "나의 걱정스러운 마음을 밝은 달에게 기탁하여 그대를 따라 곧장 야랑(夜郞)의 서쪽까지 가도록 하였다네(我寄愁心與明月, 隨君直到夜郞西)"라고 묘사하고 있다. 이 시에서 이백은 달에게 전언자의 역할을 기대하고 있음을 알 수 있다.

3) 꽃과 새

양(梁) 강총(江總, 518~590)은 그의 시 「장안구일(長安九日)」에서 병란을 피하여 북으로 오면서 남쪽의 고국산천을 생각하며 다음과 같이 읊었다.

> 心逐南雲去, 마음은 남으로 향하는 구름 쫓아가는데,
> 身隨北雁來. 몸은 북으로 나는 기러기 따라왔네.
> 故園籬下菊, 옛 동산 울타리 아래 그 국화,
> 今日爲誰開. 지금은 또 누구를 위하여 피어 있을까?

강총은 이 시에서 '남으로 향하는 구름'과 '북으로 나는 기러기'로

헤어져 흩어진 신세를 나타내고 있으며, 옛 동산의 국화가 지난날에는 해마다 자기를 위하여 피었었다는 생각을 전제로 "지금은 누구를 위하여 피어 있을까?"라고 발문하고 있는 것이다. 꽃이 스스로 누군가를 위하여 꽃을 피운다는 생각은 꽃을 의지의 주체로 보았기 때문이다. 당 잠삼(岑參, 715~770)도 그의 시 「산방춘사(山房春事)」에서 고원의 나무가 주인이 떠나고 없는데도 봄이 오니 어김없이 예전처럼 꽃을 피운다고 읊어 인간세사(人間世事)의 변화와 자연의 순환 질서를 대비함으로써 무상감을 증대시키고 있다. 역시 일차적으로 나무에 인간적 의리를 기대하였다가 겪는 실망을 시로 옮긴 것이다.

당 유우석(劉禹錫, 772~842)은 「음주간모란(飮酒看牡丹)」에서 꽃이 스스로의 의사를 말로 표시할 수 있는 능력을 지닌 것으로 묘사하고 있다.

> 今日花前飮, 오늘 꽃 앞에서 마시는 술,
> 甘心醉數杯, 마음 흡족하여 몇 잔을 더 마셨는데,
> 但愁花有語, 문득 수심에 잠기고 말았다네.
> 不爲老人開. 꽃이 "나는 노인을 위하여 피지는 않습니다!"라고 말
> 하는 것 같아

시인은 이 시에서 꽃과의 대화를 가상하고 있다. 꽃의 의인화 시도는 송대 시인의 작품에서도 발견이 된다. 소식의 「길상사상모란(吉祥寺賞牡丹)」에서도 시인은 꽃이 시인에게 있어서는 이미 스스로 상대를 선택하고, 구체적으로 언어를 구사하여 의사를 표시하며, 수치심까지 지닌 완연한 인격적 존재인 것이다.

매화나 대나무의 형상기질이 군자적 품성을 지니고 있어서 일찍부터 시인묵객들로부터 추종되어 왔음을 앞에서도 논급하였거니와 소식은

사인(士人)의 거소에 대나무가 없으면 사람이 속화(俗化)된다고 말하여 대나무가 인간감화의 능력을 지니고 있음을 인정하였고, 송 육유(陸游, 1125~1210)는 매화를 읊은 시에서 매화와 친구가 되고 싶으나 속물로서의 자기가 매화만 못한 것이 걱정이라며 겸손의 마음을 드러내고 있다.

欲與梅爲友, 매화야 내 너와 벗하고 싶지만,
常憂不稱渠. 너만 못한 내 꼴을 항상 걱정하노라.
從今斷火食, 이제부턴 불로 해 먹는 음식 끊고,
飮水讀仙書. 물 마시며 신선 책이나 읽으리라.

육유는 이 시에서 매화의 격을 상위에 놓고 자기수양의 표상으로 삼아 앞으로의 정진을 다짐하고 있는 것이다.

중국의 옛날 시인들은 그들의 작품을 통하여 꽃을 기렸을 뿐 아니라 새에 대하여도 친밀감을 가지고 이를 교감의 대상으로 묘사하였다. 유우석의 「추사(秋詞)」에 보면 학이 시인의 시정을 끌고 하늘로 날아오른다고 다음과 같이 묘사하고 있다.

自古逢秋悲寂寥, 예부터 가을이 되면 사람들은 적막함을 슬퍼하지만,
我言秋日勝春朝. 나는 감히 가을이 봄보다 좋다고 말을 한다네.
晴空一鶴排雲上, 허공을 가로질러 학 한 마리 구름을 헤치고 날아
　　　　　　　　　　오를 때면,
便引詩情到碧霄. 나의 시정 이끌고 푸른 하늘 끝까지 다다른다네.

가을날 푸른 하늘 위로 날아오르는 학을 보고 시인의 시정이 일었을 터이나 시인은 이를 학이 자기의 시정을 이끌고 하늘 위로 날아오른다고 보다 시적으로 묘사한 것이다. 시인과 학 사이의 아름다운 교감 현장이라 할 것이다.

송 구양수(歐陽脩, 1007~1072)는 「제조(啼鳥)」에서 봄날 산성에 놀러갔다

가 꽃피고 새 우는 환경에서 술을 마시다가 꽃이 자기를 반기고 새가
자기에게 술을 권하는 것으로 생각되어 취하여 마침내 그들과 친구가
되었다고 표현하고 있다. 또 송 섭인(葉茵, ?)은 그의 「산행(山行)」에서 산
과 자기와 새 3자 간의 관계를 다음과 같이 표현하고 있다.

> 青山不識我姓字, 푸른 산 내 이름을 알지 못하고,
> 我亦不識青山名. 나 또한 푸른 산 이름을 알지 못하는데.
> 飛來白鳥似相識, 어디선가 날아온 흰 새 양쪽을 다 아는 듯,
> 對我對山三兩聲. 나를 보고 산을 보고 두세 마디 소리를 하네.

청산이 내 이름을 알아주고, 내가 또한 청산의 이름을 알고 있는
것이 바람직한 일이지만 그렇지 못하여 모처럼의 산행 정취가 미흡
하던 터에 흰 새가 날아와서 매개 역할을 하여 청산과 나와 백조가
함께 친구로 어울릴 계기가 생긴 것을 시인은 다행스럽게 여긴 것이
다. 삼자 교감의 형태라고 할 수 있다.

4) 산과 시냇물

중국의 시가나 그림에서는 산수시, 산수화가 따로 구분이 될 만큼
산수는 시화의 주요 소재가 되어왔고 그만큼 작품의 수량도 많다. 그
러나 여기에서는 시인의 단순한 산수 묘사를 논외로 하고 산수와의
교감을 바탕으로 한 작품을 예로 들어보기로 한다.
당 이백의 「봉정사(峰頂寺)」는 산을 매개로 한 시인과 천상인과의 교
감을 표현한 작품이다.

夜宿峰頂寺, 봉정사에서 하룻밤을 묵는데,
舉手捫星辰, 손들면 별들이 잡힐 듯한 높이,
不敢高聲語, 감히 큰 소리로 말 못하는 것은,
恐驚天上人. 하늘 위에 계시는 분 놀라실까 봐.

별이 손에 잡힐 듯하다는 말은 봉정사가 그만큼 높다는 뜻이다. 그
러나 시인의 교감상대는 봉정사가 아니고 바로 봉정사 한 층 위에 존
재하는 천상인(天上人)이다. 그런데 중간에 산의 매개가 없다면, 시인의
천상과의 교감은 불가능한 것이다.

시인의 산과의 교감 관계를 잘 나타낸 말로 소식의 「여호사부유법
화산(與胡祠部遊法華山)」 중에 다음과 같은 구가 있다.

不將新句紀玆游, 참신한 글로 이번 산행을 제대로 적어내지 못한다면,
恐負山中淸淨債. 아마도 산에 맑고 깨끗한 빚을 지는 셈이 되리라.

소식에게 법화산 여행은 매우 시적 감동을 불러일으킬 만한 것이
었던 모양이다. 그러기에 그는 참신한 표현으로 이를 기념하려 하였
으며, 그러한 자기의 창작 행위를 법화산 가는 길 내내 산이 자기에
게 아름다운 경치 베풀어준 것에 대한 빚 갚음으로 생각한 것이다.
"맑고 깨끗한 빚"이란 이를 꼭 시로 써내야겠다고 다짐한 시인의 마
음을 두고 한 말로 보인다. 아름다운 경치를 보기만 하고 글로 엮어
내지 못하면 그건 아름다운 경치에 대한 빚이 되는 것이다.

시인의 시냇물에 대한 교감을 알아볼 수 있는 작품으로는 온정균
(溫庭筠, 812?~870?)의 「과분수령(過分水嶺)」이 있다. 시인은 이 작품에서 시
냇물을 산행의 동반자요, 석별의 대상으로 묘사하고 있다.

시냇물이란 원래 무정한 것이지만 물줄기 따라 사흘 동안 산행을

하는데 내내 함께 다닌 셈이니 '유정(有情)'이라 본 것이고, 시냇물은 쉬지 않고 흐르는 것이지만 떠나기 전날 밤의 시인에게는 그 물소리가 '석별'의 정을 호소하는 소리로 들렸음 직하다. 시인 스스로의 정감의 이입된 것이다.

> 溪水無情似有情, 시냇물 무정함이 오히려 유정함인가,
> 入山三日得同行. 산에 들어가 사흘을 함께 다녔네.
> 嶺頭便是分頭處, 고갯마루가 바로 서로 헤어지는 곳,
> 惜別潺湲一夜聲. 이별이 아쉬워서인가 밤새도록 콸콸 소리 내며 흐르누나.

5. 맺는 말

중국문학의 특질을 이해하려면 먼저 그 문학의 창작주체 역할을 담당하여 온 중국민족의 민족성 형성과정 및 작품생산의 배경이 되었던 중국의 풍토 지리적 환경여건에 대한 고찰이 선행되어야 한다. 민족성은 곧 그 민족 전체의 정신생활 면에서의 통일된 특성이며 이것이 그들의 문학작품에 반영되어 그들의 민족문학을 특성 지우는 내재적 요인이 되는 것이며, 그 민족이 거주하는 지역의 풍토 지리적 환경여건은 바로 민족성 형성에 있어서 결정적 역할을 하는 외재적 요인이 되기 때문이다. 그런데 중국은 민족이 잡다하고 그 지역이 광대하며 역사가 장구하여 민족성이 단순하지 않을 뿐 아니라 지역과 시대에 따라 문학작품의 형식체재와 의식내용이 동일하지 않다.

중국민족은 지역에 따라 우선 북방 황하유역의 화하계(華夏系)와 남

방 양자강 유역의 형오계(荊吳系)로 크게 이대분할 수 있으며, 문학의 형식체재와 의식내용 면으로는 우선 실질을 숭상하는 북방의 유가적 산문정신과 낭만과 환상을 추구하는 남방의 도가적 시가정신으로 이 대분할 수 있다. 그러나 이러한 구분은 장구한 기간에 걸쳐 되풀이된 정치적 변전(變轉)과 인사(人事)의 교류로 말미암아 점차 상호 융화, 조정되어 그 한계가 모호하여지고 관념적으로는 하나의 민족 하나의 민족문학, 즉 중국민족, 중국문학으로 운위된다. 결국 중국문학은 산문정신과 시가정신이 표리상보(表裏相補)의 관계를 유지하면서 발전하여 온 것이라고도 볼 수 있다.

과거 대부분의 중국지식인들도 그들의 개인생활을 영위함에 있어서 이 두 가지 정신을 겸유하면서 그때그때의 신분직책과 처우상황에 따라 이를 빌휘하여 왔디. 당 백기이가 그의 「신악부서(新樂府序)」에서 "영달하였을 때에는 천하를 아울러 구제하고, 곤궁한 입장에 처하였을 때에는 홀로 그 몸을 잘 닦아 나간다(達則兼濟天下, 窮則獨善其身)"라고 말한 것도 이를 증명한다. '겸제천하(兼濟天下)'는 산문정신의 영역에 속하고, '독선기신(獨善其身)'은 시가정신의 영역에 속한다. 그런데 과거 중국 지식인들의 시가정신은 자연과 밀접한 관계를 유지하여 왔다.

중국의 고대인은 일찍이 자연현상의 신비함과 그 조화역량의 위대함을 절감하여 신화를 창출하였다. 그리고 선진시대의 철학사상가들은 자연 질서의 엄정한 운행과 공명정대함을 보고 개인적으로는 거기에서 군자수양의 덕목을 유추하였으며, 사회적으로는 거기에서 국가통치의 원리와 인간사회의 덕목규범을 도출하였다. 중국 고대의 우언고사는 이 과정에서의 부산물이라고도 할 수 있다.

그런데 고대중국인의 이러한 자연관이나 선진시대 철학사상가들의 사유방식 또는 논리체계는 그 후로 계속해서 많은 중국인들의 우주관, 세계관 내지 인생관의 형성에 영향을 끼쳤다. 그리고 중국문예사조의 발전에도 크게 영향을 끼쳐 그 결과 중국 역대문인들의 시가작품에서도 자연주의적인 경향이 농후하게 나타나게 되었다.

중국의 역대 문인 특히 시인들은 그들의 작품을 통하여 자연을 예찬하고 자연과의 대화, 교감을 시도하였으며, 자연 속에 이상향을 설정하여 자연에의 귀의를 희망하였으며, 자기 스스로를 자연과 대비하는 방법을 통하여 인생의 유한함과 개체의 묘소(渺少)함을 깨닫고 자연과의 융화일치를 통하여 시간과 공간을 초월한 영겁의 세계를 추구하였다. 그들은 또한 자연의 항상 불변함을 묘사함으로써 상대적으로 역사의 흥망성쇠와 개인의 영욕귀천이 허무한 것임을 은유적으로 나타내기도 하였다.

역대로 중국의 많은 시인들은 그들의 작품을 통하여 자연을 박진(迫眞)하게 묘사하였다. 그들은 또한 자연계의 생성변화 원리를 이용하여 창작과 비평을 포함한 문학이론의 치밀한 체계를 세우려고도 하였다. 그리고 그들이 자연을 묘사함에 있어서 발휘한 시각적, 청각적, 촉각적 표현기교가 매우 훌륭하다.

중국문학과 자연과의 이러한 관계의 구명을 통하여 우리는 과거 중국문인들의 정신세계의 규모가 매우 크고 섬세하였으며, 그들이 또한 자연에 대한 인식을 바탕으로 일관하여 평화와 사랑을 추구하여 왔음을 알 수 있다. 현재를 사는 중국대륙의 어느 시인이 자연을 '어머니의 사랑'으로 예찬하고 있는 것도 따지고 보면 이와 같이 연면(聯綿)한 중국 고전 문학전통의 발현이라고 할 수 있다.

본고에서는 중국문학 특히 시가문학과 자연과의 관계를 중심으로 중국문학의 특질의 일단을 구명해보고자 하였는바, 제2장에서는 선진시대 철학자들의 언론을 중심으로 고대 중국인의 자연관의 실체를 살폈고, 제3장과 제4장에서는 시가문학작품을 중심으로 문학에 투영된 자연물의 영미성과 시인과 자연과의 교감에 대하여 살펴보는 형식을 취하였다. 북방적인 철학사상과 남방적인 문학형식 사이에 얼핏 논리적으로 그 접합이 불순(不順)할 것 같으나 중국의 역대 시가작품이 한대 이후 각각 통일된 왕조 밑에서 생산되었고, 또 각 조대의 모든 문화 사업이 전대의 유산을 바탕으로 일관되게 이를 계승 발전시켰던 것이므로 문예사조사나 시가사(詩歌史) 입장에서는 사실상 하나의 역사적 흐름으로 간주해도 무방하다.

본고에서 중국문학과 자연과의 관계를 논함에 있어서 시가작품에 니디난 이상향으로서의 자연, 자연묘사에 있어서의 색채미학과 음악미학적 수사기교, 시가작품에 있어서의 인간과 자연과의 대비 또는 자연과의 융화일치를 통한 영겁세계의 추구, 그리고 중국문학비평이론의 전개방식과 자연과의 관계 등 함께 구상하였던 내용들에 대한 논술은 일괄 다음 기회로 미룬다.

III

은유와 유동의 기호학–주역*

오태석**

1. 머리말

주역은 중국을 비롯한 동아시아 문화의 시원을 이루는 핵심 사유의 하나로서, 이는 공자의 유기는 물론 도가에서도 이를 두루 차용 교감해왔으며, 인도에서 유래한 불교에서도 많이 보이는데, 특히 불교 화엄 사유는 역과 상당히 근접한 부분이 있다. 이렇듯 출발부터 강력한 추동력을 지닌 역의 사유 방식은 중국문화 원류로서 후에 각종 사상, 문화, 예술, 의학, 풍속에 막대한 영향을 미쳤으며, 오래된 연구사적 축적에 못지않게 문명사적 잠재력 면에 있어서도 불교의 화엄 사유와 함께 20세기 양자역학으로 운위되는 새로운 과학 패러다임의 세계 속에서 더욱 그 가치를 발해가고 있다.

단순한 음양 두 부호의 순열적 조합과 그 해석학적 사유인 주역의 세계관이 동아시아 문명권, 그리고 미래 세계에 대해서도 열린 해석

* 이 글은 필자의 「은유와 유동의 기호학–주역」(2011, 『중국어문학지』 제37집 수록)을 보기 쉽게 수정하였으며, 원 논문은 감사하게도 한국연구재단 연구비지원 성과 중 2012년 우수 성과(전분야) 50선에 포함 선정되었다.
** 동국대학교–서울 중어중문학과 교수.

이 가능한 이유에 대해 필자는 그 표현 방식이 구체적 사실 진술이나 명시적 언명이 아닌, 기호에 근거한 은유 상징의 비유로 되어 있고, 그것을 구성하는 설정 요소들 간의 상호작용을 통한 구도가 미시와 거시 양면에서 모두 열려 있는 가운데 자기 완성적 속성을 지니고 있기 때문으로 생각된다.

사실 주역에 대해서는 오늘에 이르기까지 수천 년간 한중일 삼국 및 주역 이진법을 공감한 라이프니츠(G. W. Leibniz, 1646~1716) 등 서구 학자들에 이르기까지 상수, 의리, 학제 간 및 실용 방면 등 다양한 접근을 통해 광범하게 연구되어 왔다. 주역 연구에 일천한 필자로서 이들의 논의에 다시 동일한 누적을 가할 필요나 의미는 없다.

필자는 약 10년 전부터 인간의 삶을 둘러싼 세계의 본질적 규명의 중요 요소인 존재와 언어의 문제에 대해 학리적으로 빠져들기 시작했는데, 이러한 생각은 필자로서는 대학 초년 이래 방치해두었던 미해결의 과제이기도 하다.[1] 그리고 그 중요한 과정의 하나로서 동아시아 문명 사유의 광범한 기저를 이루는 주역을 통과해야 한다는 생각에 이르렀다.

이에 본고에서 필자는 주역의 표현 방식과 그 의미 지향 체계에 대하여, 그것을 구성하는 형식적 양상으로서의 주역 기호의 세계를 기호학적이며 문예사유적으로 조명해보고자 한다.[2] 그 방법론적 여정을 좀 더 부연하면 언어의 한계 너머 존재하는 기호의 다층적 의미 작용, 그 표상 체계를 둘러싼 문제들, 시적 속성, 한계와 혼용성 등에

---

1) 이에 관한 필자의 초보적 논의는 「존재, 관계, 기호의 해석학」(2006.12, 『중국인문과학』 34집, 중국인문학회)을 참고.

2) 본고의 주안점은 주역 세계관의 해석학적 풀이에 있지 않고, 음양에서 시작하여 확장 변용되어 나아가는 주역의 표상 체계의 특징을 기호학적으로 이해 설명하는 데 있다.

관하여, 서구 언어철학과 시학적 관점들을 원용하여 생각해볼 것이다. 이와 같은 주역이 지닌 기호적 세계에 대한 분석을 통해 동서 문명사적 출로 모색에 조금이라도 도움이 된다면 좋겠다는 생각이다.

하나가 전체이고 전체가 하나임을 내포하고 있는 주역의 사유가 보여주듯이 필자의 논문 두 편 역시 분절하기는 어려우나, 제1편은 이론적 측면을 위주로, 그리고 제2편에서는 이를 토대로 그 확장 적용에 대해 고찰하게 될 것이다. 이를 동양적으로 말하자면 체와 용이라고 할 수도 있을 것이다. 이제 주역 기호학의 이론적 고찰에 해당되는 본고의 주안점을 개괄한다. 먼저 제2장에서는 기호의 텍스트성이라고 하는 기호학 이론 및 언어철학의 담론으로부터 시작하여, 필연적으로 차이를 수반하는 기호의 속성을 이해하고, 이를 통해 음양을 기본 단위로 하는 주역 기호획의 의미망을 논한다.

제3장에서는 주역 표상체계, 즉 동아시아적 특성으로서의 주역 기호와 코드의 텍스트성을 기호학적으로 대비 관찰한다. 도상과 기호들을 통한 명제 선언성, 모호성의 포괄적 함축을 지니는 권위와 시적 속성, 주역 체계의 무한 확장의 속성을 논하고, 이어 음양 유비의 상관 사유, 유추, 대립, 보완, 변화, 확장, 순환의 특성들을 대비적으로 개관한다. 이와 함께 역의 기호 체계를 '태극[◉], 양의[— --], 사상[== == == ==], 괘, 8괘와 64괘 및 무한 괘'로의 차원 확장, 각 차원의 함의, 차원 간의 상관관계 및 동형구조성에 대해 생각해본다.

제4장에서는 은유와 유동이라고 하는 두 가지 특징을 기초로 하여 주역 기호학의 특징을 고찰하고자 한다. 먼저 '은유성' 부분에서는 음양 상호 배태의 역설의 논법과, 기호의 시적 지배하에 이루어지는 주역 표상 체계의 은유와 환유의 괘효의 자기 확장성을 고찰할 것이다.

이를 통해 주역 각 효 및 효 간의 긴장을 통해 전개되는 괘효의 시공간적 교직과 그것이 맺혀지는 은유적 의미의 독법을 생각해본다. 다음으로 '유동성' 부분에서는 주역 음양 기호를 기초로 한 효와 괘의 다각적 의미와 태극이 내포하고 있는 유동의 표상체계를 본다.

이상의 내용은 구체적으로 주역 기호학이 음양→효→괘로 전개되어 나아가는 과정에서 음양의 '요소'로서의 효와 괘가 지니는 상징적이며 동적인 유비·유추의 상징 은유의 코드 및 텍스트가 정신적 계열화와 개괄·확장의 속성을 지니고 있다는 것을 의미한다. 그리고 이러한 기호와 코드의 기본 요소들이 삼효 또는 육효의 전개 선상에서 환유적 전환과 흐름이라고 하는 또 다른 확장을 기한다는 작용의 측면을 생각해본다. 여기서 그 확장의 두 가지 측면, 즉 의미적이며, 시간 사건적 상호 텍스트성을 검토해볼 것이다. 이러한 해석들은 현대적 소통의 측면에서는 서구의 데리다적 은현 관계 및 들뢰즈적 유동성에 연결 가능하나, 보다 근본적으로는 주역 본체의 독자적 통찰 어린 세계관으로 이해하는 것이 중요하다.

이와 함께 태극에서 음양으로, 그리고 다시 태양[노양⚌], 소양[⚎], 태음[노음⚏], 소음[⚍]의 사상과[3] 팔괘, 64괘 및 무한 괘에 이르는 이상의 은유와 유동의 기호 체계가 수리적 계산 또는 기하학적 미분과 함수로 증명되는 과정과, 과학철학적 의미까지도 힘닿는 데까지 고찰하고자 한다. 그리고 결미에는 동아시아적 상관론적 순환 사유로서의 음양 유비의 주역 표상 체계의 현대적 소통 문제를 생각해보고자 한다.

---

3) 아래위 두 개의 효로 구성된 四象의 기호 중. 아래는 안[裏]의 성질을, 위는 밖[表]의 성질을 의미한다.

2. 음양의 기호적 속성과 텍스트

주역이 음과 양의 기호를 통한 세계 표상이라고 한다면, 먼저 기호학의 이론적 토대를 이해할 필요가 있다. 학문으로서의 기호학은 유사한 생각을 지니며 19세기 말 동시대를 살았던 소쉬르(Saussure, 1857~1913)와 퍼스(Peirce, 1839~1914)를 통해 시작되었다. 이 두 사람은 각기 유럽 언어학과 미국 화용론이라고 하는 서로 다른 지적 토대를 지니고 있으며 학문적 교감은 없었던 것으로 보고 있다. 두 사람의 이론은 서로 다른 학문적 배경에 따라 이론을 체계화하였고, 기호학 이론가들은 이 둘의 견해를 통합하려는 움직임도 있었다.[4]

소쉬르는 기호는 기표(Signifiant, Sr.)와 기의(Signifié, Sd.)의 자의적인 결합으로 이루어졌으며, 이미 약속된 관습과 같이 고정적 속성을 지닌다고 생각했다.[5] 반면 퍼스는 기호란 다른 무엇을 인지적으로 대신하는 것이라고 했다. 이렇게 되면 기호는 '가리키고자 하는 것의 등가화된 약호'가 된다. 퍼스는 기호란 대상을 표상하지만 대상과의 동기화 속에서 부단히 생성 변형된다고 생각한다는 점에서 기호의 자의성을 말하되 고정적인 것으로 보는 소쉬르와는 구별된다.[6] 실상 모든 기호에 있어서 표현의 단면과 내용의 단면 사이의 상호관계는, 보편적이며 불변하는 대응관계를 형성하는 것이 아니라, 기호 자체의 문

---

4) 송효섭, 『문화기호학』, 아르케, 2001, 29, 51쪽.

5) 소쉬르의 강의를 들은 학생들의 노트를 제자인 샤를르 바이이(Bally)와 알베르 세슈에(Sechehaye)가 편집한 『일반언어학 강의』(1911~1913)에서는 기표와 기의의 관계를 이렇게 설명하고 있다. "기의와 기표를 연결하는 끈은 임의적이다. 우리는 기표와 기의가 연합해 만들어내는 전체를 기호로 보기 때문에 언어기호는 임의적이라고 표현할 수 있다." 소쉬르는 기호의 임의성이 존재하는 것은 "한 사회에서 수용되는 모든 표현 수단이 근본적으로는 집단의 습관, 즉 관습에 근거하기 때문"이라고 암시했다(루디 켈러 저, 이기숙 역, 『기호와 해석』, 인간사랑, 2000, 190~191쪽). 언어학에서는 '자의적'이란 말을 더 선호한다.

6) '동기(Motivation)'란 기호와 그것이 표상하는 대상체 사이의 유사한 정도를 나타내는 말이다.

제와 함께 문화나 관습 또는 태도 등 기호 전달 여건에 따라 상당히 유동적으로 해석된다.[7]

이렇게 볼 때 소쉬르가 말한 자의성은 고정적 여건에서 오는 의미 부여의 자의성을 말한 것이기는 하나, 이를 시간 사건의 자의성으로까지 확장시켜 나아간다면, 비록 양자의 토대와 출발이 다르기는 하지만 소쉬르와 퍼스의 학리적 접점이 불가능한 것만도 아니라고 할 수 있다. 이렇게 되면 기표와 기의 사이에는 상호 유동적이며 불안정한 상관관계가 형성된다고 할 수 있다.[8] 여기서 기호 해석에 관련된 기호 의미의 다중성이란 역동성이 전개 가능해진다. 주역 기호의 표상 체계를 논할 본고는 바로 기호 해석의 이와 같은 상호 도출 과정에 주목하고자 하는데, 이것을 기호의 텍스트화 과정이라 할 수 있을 것이다.

그러면 주역은 어떠한 성격의 기호성을 띠는가? 먼저 퍼스가 말한 기호의 유형을 보면 기호에는 '도상 기호(Icon), 지표 기호(혹은 표시 기호 Index), 상징 기호(Symbol)'가 있다고 했다. ① '도상'은 기호와 대상체가 양자 간의 실체적 유사성에 기반을 둔 상을 가지는 기호로서, 교회의 종탑이나, 태양, 달, 눈을 가리키는 일(日), 월(月), 목(目) 등의 상형문자가 그러하다. 도상 기호는 비록 그것의 대상체가 존재하지 않는다고 해도 그것을 의미 있게 만드는 성격을 가진 기호이다.[9] ② '지표'의 사전적 의미는 '방향이나 목적, 기준 따위를 나타내는 표지'란 의미로서,

---

7) 김운찬, 「기호와 거짓말」: 신현숙·박인철 편, 『기호, 텍스트 그리고 삶』, 도서출판 월인, 2006, 9~10쪽.

8) 퍼스는 기호가 대상을 드러내고, 그 기호가 전달되어 새로운 해석소를 생성하는 과정은 어느 한 지점에 머물지 않고 끊임없이 생성해내고 있다고 본다. 그래서 그는 해석소를 대상에서 대상의 해석 이전에 존재했을 것으로 생각되는 '직접적 해석소', 해석자가 대상을 통해 실제 산출해내는 '역동적 해석소', 그리고 기호가 지속적인 해석의 확충을 통해 궁극적으로 도달하는 '최종적 해석소'라고 하는 3종의 해석소로 나누어 설명한다(송효섭 엮고 씀, 『기호학』, 한국문화사, 2010, 17쪽).

9) 찰스 샌더스 퍼스 저, 김성도 편역, 『퍼스의 기호 사상』, 민음사, 2009, 155쪽.

기호학에서는 상호 물리적 인접성을 통해 지시 대상과 실존적이며 인과적 연계를 이루는 기호이다. 불과 연기, 비와 구름, 부유함과 손가락에 낀 다이아몬드, 감기와 콧물 또는 재채기, 지능 정도를 나타내는 IQ, 국내총생산으로 한 나라의 경제적 상태를 드러내는 GDP 등은 모두 지표 기호이다. 지표 기호는 대상체와 공통의 성질을 지니고 그 대상체의 영향을 받는 기호이다. ③ '상징'은 문화적 약속에 의하여 자의적으로 선택한 (기호에) 의미가 부여된 기호로서, 학교의 마크, 대부분의 숫자와 언어들이 이에 해당된다. 상징 기호는 주로 연상 법칙에 따라 그것이 표시하는 대상체로 귀결되는 기호이다. 상징 기호는 해석체가 없으면 기호로서의 의미를 상실하는 기호이다. 상징 기호로서의 정의, 어머니, 진선미 등이 의미하는 상징적 의미들은 우리가 만든 것이라기보다는 사회적 관습에 의해 주어진 것으로 본다. 기호와 대상체 사이의 유사 정도를 동기(Motivation)라고 하는데, 도상은 동기성이 높은 반면 상징은 동기화가 상대적으로 약한 비동기 기호이다.[10]

또 언어(기호)학자 벵베니스트(Emile Benveniste)는 기호의 적용 범주를 '언어기호, 도형기호, 사회예절기호, 외적 기호, 종교기호, 예술기호'로 나누어 대부분의 인간행위를 거의 포괄하고 있다. 소쉬르나 퍼스 역시 우리 생활 주변의 '모든 것이 기호'라고 했는데, 이렇게 본다면 실상 대부분의 우리의 삶은 광의의 기호로 가득 차 있다. 우리가 개별적 사유적 체험을 통해 기호의 울타리를 넘으려고 하면 기호는 또 그만큼 자신의 지평을 넓혀, 우리를 기호의 세계에 가두어버린다고 할 수 있을 것이다.[11]

---

10) 김경용, 『기호학이란 무엇인가』, 「용어해설」, 민음사, 1994, 316~328쪽 참조. 그러나 이 비동기성도 사회적 관습에 따라 본래는 약했던 것이 결국 강하게 작용되기도 한다.

한편 구조주의 언어학자 로만 야콥슨(Roman Jakobson, 1896~1982)은 소쉬르와 퍼스를 비판적으로 수용하며 시학의 응축적 기호성을 강조한 20세기 최고의 언어학자이다. 그는 소쉬르의 자의성 이론을 비판적으로 바라보며 언어기호의 도상적 속성에 주목하기도 했다.[12] 또 야콥슨은 주역의 음양론적 사유 방식과 관련하여 음운에 관한 논의 중에 포(Pos)의 말을 인용하여 "대립은 고립된 사실이 아니라 구조의 원리이며, 대립에 의해 상이한 것 두 개가 결합하나 어느 하나가 없으면 다른 하나도 인지되지 않는다"고 했는데, 이와 같은 서구 학자들의 상관 사유는 주역 음양론의 관계론적 사유와 닿아 있다는 점에서 흥미롭다.

이상에서 보더라도 기호의 유형과 분류는 매우 다양하게 전개되고 있으며, 나름의 이론 근거를 가지고 있어 어느 하나로 확정하기 어렵다. 기호학이 발달한 프랑스의 『르 그랑 로베르』 사전에 정의된 '기호'의 뜻을 설명한 것들 중 주역 기호와 관련하여 소개하면 '지표, 표상, 증상; 추상적 주체를 지시하는 간단한 그래픽 형태; 상징 또는 암시적으로 사건, 가치를 표상하는 구상적 비구상적 실재' 정도의 의미가 관련이 있는 것으로 보인다. 현대 기호학의 대부이며 생명기호학(Biosemiotics)을 제창한 시비억(Sebeok)은 '대상-기호' 간의 표현 방식과 근접 강도를 참조하여 기호를 '신호, 증상, 도상, 지표, 상징, 이름'의 6종으로 분류하기도 했다.[13] 본고에서는 기호학의 일반 유형으로 인식되는 도상, 지표, 상징 기호를 중심으로 주역의 [--, —]라고 하는

---

11) 앞의 책, 40~60쪽.

12) 야콥슨, 「언어의 본질에 대한 탐색」(*Language in Literature*, eds. Krystyna Pomorska & Stephen Rudy, The Belknap Press of Harvard University Press, 1987, 413~427쪽), 『문화기호학』, 105쪽에서 재인용.

13) 김성도, 『기호, 리듬, 우주』, 인간사랑, 2007, 107, 231~256쪽.

'음양 기호'의 갈래를 생각해본다.

음양 기호는 그 시원이 확실치는 않다. 다만 하늘과 땅, 해와 달, 남과 여 등 강함과 부드러움이라고 하는 상호 대비되는 속성을 지닌 것들의 실체의 유사성에 기초한 모양을 본뜬 것으로 볼 경우 이는 도상기호에 가깝다.[14] 그렇다면 음양 기호는 대상에 가깝다는 점은 있으나, 구체적 사물의 묘사는 아니므로 도상기호라고 하기에는 무리가 있다.

다음으로 지표와의 관련성 여부를 본다. 음양 기호는 '연기와 불' 과 같이 물리적 인과성이 있지는 않으나, 기호가 가리키는 대상과의 상호 인접적인 메시지 기능이 엿보인다는 점에서 어느 정도 지표적 성격도 조금은 띠고 있다고 할 수 있다. 또 다른 관점에서 보면 한자 의 구성 원리인 육서 중의 지사와 유사하다는 점에서도 지표성이 조 금은 인정된다고 생각된다. 하지만 음양 기호의 시원을 알기 어려운 만큼 확정하기 어렵다.

이번에는 음양 기호가 자의적 의미 부여의 속성을 지닌 상징 기호 인가에 대하여 알아보자. 음양 기호가 비록 단순하지만 자연적 생성 이 아닌 형식적이고 인위적인 고안의 흔적이라고 본다면,[15] 음양 기 호는 상징 기호에 대해서도 열려 있다. 음양 기호는 하늘과 땅, 해와 달, 낮과 밤, 강함과 부드러움, 남과 여, 적극성과 소극성, +와 - 등 무 수한 층위의 이원적 속성을 상징하고 있다. 음양 기호는 대상체와 물 리적으로 구체적으로 연결되지는 않지만, 연상 법칙에 따라 그것이 표시하는 대상체로 귀결된다는 점에서 상징 기호의 속성을 지니고

---

14) 음양 기호가 남녀 성기를 형용한 것이라고 하는 郭沫若의 설도 있는데, 그렇다면 이 논리는 보다 강화된다. 음양기호의 유래에 관한 짧은 논의는 박종혁의 『주역의 현대적 이해』 10쪽을 참조.

15) 이창일, 『주역, 인간의 법칙』, 위즈덤하우스, 2011, 45쪽.

있다고 생각된다. 필자는 음양 기호는 '대상-기호' 간의 동기화 정도가 처음에는 그리 높지 않았지만, 시간이 흐르면서 사회에 폭넓게 수용되면서 그 동기화 정도가 높아지지 않았을까 생각한다. 그렇다면 현 단계에서 괘 구성의 최소 단위인 음양 기호[--, ―]는 '지표적 상징 기호'가 아닐까 추정해보지만,[16] 확증을 위해서는 향후 진전된 논의를 필요로 한다.

그러면 기호는 어떻게 의미와 연결되는가? 소쉬르는 언어란 '차이들의 체계(System of Differences)'라고 보았다. 그는 언어에는 오직 차이들만 있을 뿐이라고 언명한다.[17] 즉 어떤 이름이 의미를 지니게 되는 것은 그 이름 자체의 절대성에 기인하지 않고, 다른 것들과 다른 차이에서 온다는 것이다. 언어는 결국 선택이다. 선택이란 무엇을 드러내기 위해 다른 것을 빼놓아야 한다. 즉 언어는 뜻을 드러내기 위해서는 다른 한편에서는 감추기도 한다고 볼 수 있는데, 그렇다면 언어란 총체적 본질이 아니라 드러냄과 은폐의 근사치에 불과하며; 이런 의미에서 언어는 상호 차이 속에서 본질을 다 드러내지 못하는 차연(différance)의 보충 대리적 은유라고도 할 수 있다.[18]

이렇게 모든 기호에 있어서 표현의 단면과 내용의 단면 사이에는 차이의 강이 흐르고 있으며, 여기서 다양한 의미가 생성된다. 결국 문화 과정 중에서 기호는 필연적으로 그 안에 다중의 의미를 생성 함유하게 된다. 명료하게 무엇을 말한다는 것은, 그것이 지닌 모든 함의를

---

16) 상징 기호가 대상체와의 느슨한 연결 관계를 갖는다는 점에서도 지표 기호를 함의하고 있다(『퍼스의 기호 사상』, 민음사, 2009, 156쪽).

17) Ferinand de Saussure, *Course in General Linguistics*, trans. wade Baskin, New York: McGraw-Hill, 1966. 『기호학이란 무엇인가』, 57쪽에서 재인용.

18) 졸고, 「존재, 관계, 기호의 해석학」, 『중국인문과학』 34집, 2006, 593쪽.

다 전달할 수 없기 때문에 나머지의 희생을 전제로 하기 때문이다. 언어 기호가 지니는 의미의 다중성은 기표와 기의가 차이 속에서 자의적으로 만들어지는 데서 연유한다. 즉 기호가 관계하는 곳에서 소쉬르적으로는 기표와 기의 사이에는 불안정하고 유동적인 상호관계가 형성되는 것이며, 데리다(Jacques Derrida)적으로는 기표의 표류, 라캉(Lacan)적으로는 기의의 미끄러짐, 에코(Umberto Eco)적으로는 거짓말 이론이 생겨나는 것이다.[19] 아프리카 마다가스카르국의 말라가시(Malagasy)어 사용자들은 가능한 한 모호하고 애매하게 말하는 것이 가장 협조적인 대화술이라고 하는데, 언어의 한계를 고려할 때 이해가 간다.[20]

사실 중국에서는 일찍부터 언어에 대한 불신이 퍼져 있었다. 공자의 "글은 말을 다 싣지 못하고, 말은 생각을 다 싣지 못한다"는 언표가 그것이다.[21] 노장과 현학, 선학은 모두 이와 같은 언어의 불안전성에 기대고 있다. 여기에 언어의 한계를 넘어설 보다 총체적인 소통 도구의 필요성이 요구되는데, 기호와 선과 시와 예술이 모두 그러한 범주에 가까우며, 이런 점에서 이들은 언어를 넘어설 광의의 또 다른 기호들이다. 기호는 대상에 대한 실체적 접근에 있어서 차이와 생략과 왜곡의 불완전성을 최소화하고, 두 주체 사이의 완전한 소통을 지향하나 그것은 영원히 채워지지 못한 채 언표된다. 중국문화의 시원을 이루는 주역의 음양 기호와 괘효사 및 하도와 낙서 등의 주역 표상체계는 바로 그러한 방법론적 과정이었으며, 그것은 기표와 기의가 상호 요동하며 흔들리는 가운데 그 실체적 모습을 잠시 현현할 뿐이다.

19) 김운찬, 「기호와 거짓말」, 『기호, 텍스트, 그리고 삶』, 10쪽.

20) 김욱동, 『은유와 환유』, 민음사, 1999, 79, 97쪽.

21) 『周易·繫辭傳(上)』, "子曰, 書不盡言, 言不盡意. 然則聖人之意其不可見乎?"

결국 우리가 밝혀내고자 하는 궁극적인 그 무엇은 실체로서보다는 관계적 유동 속에서 일부 드러나며, 그 드러나는 방식은 논리적 직설의 언어가 아니라 오히려 함축과 생략이 가해진 기호와 이미지의 은유와 환유적 파생실재를 통해 발견할 수 있을지 모른다. 그렇다면 이는 뫼비우스 쉬프트와 같은 건너뜀이며 도약이고, 방법론적으로 새로운 지평으로의 지향이다.[22] 이 같은 논리 선상에서 다음 장부터 주역 기호학의 텍스트화 과정과, 주역 체계를 이루는 '기호-대상' 간의 상호 텍스트적 전이에 대해 기호학, 수리 철학, 문예비평의 시야를 통해 바라보고자 한다.

3. 주역 표상체계의 기호학적 고찰

1) 기호의 시적 지배

주역은 세계 표상에 어떤 방식으로 다가가고 있는가? 분석적 논리적 언술인가? 아니면 기호적 축약과 비유적 함축인가? 주역은 후자를 택하고 있다. 그 이유는 무엇인가? 본장에서는 주역이 택하고 있는 세계의 진리 표상으로서의 기호 체계의 함의를 생각해보고, 그 언술의 의미 생산 방식의 시적 속성에 대해 설명해보도록 한다. 구체적으로 전자는 기호의 코드화와 텍스트화의 과정에 대한 고찰이 될 것이며, 후자는 음양 사유의 기본 속성과 주역의 의미 생산체계의 다중적

---

22) 졸고, 「존재, 관계, 기호의 해석학」.

변용과 다차원적 확장 및 소통에 대한 고찰이 중심을 이룰 것이다. 이를 통해 주역 기호학의 특징을 큰 그림으로 느낄 수 있게 될 것이며, 이어 제4장에서는 보다 구체적으로 주역에서 보이고 있는 은유와 유동의 기호학적 표상에 대해 문예비평적 독법으로 읽어볼 것이다.

전술했듯이 광의의 기호학에서 세계는 모두 기호로 가득 차 있으므로 세계는 곧 기호이다. 그러나 협의로는 기호와 코드가 구분되는데, 이러한 기호의 조직 원리를 코드(Code)라고 한다. 코드화(Codificatin)란 기호가 체계적으로 조직되어 방향성과 지향성을 지니게 되는 과정이다. 그리고 코드에 의해 생산된 산물을 텍스트(Text)라고 부른다.

기호학에서 말하는 '기호→코드→텍스트'로의 의미 확장 과정은 주역에서 다음과 같이 적용 가능할 것이다. 주역 괘의 성립은 음양의 기호에서 효로, 그리고 다시 효에서 괘로 확장되며 만들어져 간다. 여기서 음과 양은 기호이며, 그것의 세계 내 존재 의의는 효로 나타난다. 그리고 이러한 효들이 모여 괘를 이루어 하나의 사건을 완성시킨다. 주역 「계사전」에서 "象이란 象을 말한 것이요, 효란 변화를 이름이다"라는 말을 달리 풀이하면,[23] 괘중의 사건 순서에 따라 6개로 구성되는 각각의 爻는 동태적 변화를 가리키고, 괘는 이것들로 구성된 전체의 모습을 형용한 것이라는 것이다. 그렇다면 주역은 음양을 기본 기호로 하고, 爻를 코드로 삼으며, 괘에서 텍스트화하고 있다고 요약할 수 있다.[24]

이제 이들 각각에 대해 상론한다. 먼저 음양[--, —]에 대해 생각해

---

23) 「繫辭上傳」 제3장, "象者, 言乎象者也, 爻者, 言乎變者也."

24) '기호-코드-텍스트'의 기호학적 삼 항 관계는 김경용의 『기호학이란 무엇인가』(민음사, 1994, 15쪽)를 참고하고, 필자가 이를 주역 기호체계에 응용해본 것이다.

본다. 음양이란 사물의 현상을 표현하는 하나의 도상화한 상징적 기호이다. 음과 양이라는 두 개의 기호에다 이항 대립적 사물과 속성을 포괄 귀속시키는 것이다. 현상적으로는 이항 대립이지만, 전체론적 작용의 관점에서 보자면 이는 하나인 본질을 양면으로 관찰하여 상대적인 특징을 지니고 있는 것을 표현하는 이원론적 기호이기도 하다. 그리고 이러한 방식은 언술적 설명에 의하지 않고 축약된 약호로 표현하므로 산문적이 아니라 시적이다. 텍스트로서의 괘는 이러한 약호들의 순열적 도상이다. 그리고 우리는 이러한 시적 기호 장치들에 대해 해석을 가한다.

본절의 제목인 '기호의 시적 지배'라고 하는 말의 의미를 생각해본다. 이 말은 다시 다음 두 가지 사항에 대한 고찰 결과의 개괄적 표현이기도 한데, ① 하나는 주역 기호 체계 자체의 시적 속성이고, ② 다른 하나는 주역 괘효사 언술 방식의 시적 속성이다. 먼저 주역 기호 자체의 시적 속성에 대해 생각해보자. 제2장에서 언어의 한계성에 대해 논했지만, 언어 없이는 소통이 어려우므로 언어는 대상을 드러내는 불가피한 차선의 최선으로 선택 운용할 수밖에 없다. 그러나 그 한계 역시 명백하여 동아시아 사유에서는 이미 한계를 설파한 언급들이 주역 계사전이나 노장자, 그리고 인도에서 전래한 불교와 선종에서 강조되곤 했다.

그 형성 시기를 정확히 추단하긴 어려우나 주나라의 역이라고 하는 주역에서는 이미 오래전부터 이러한 인식하에 비언어적인 방식을 채용하여 사물로부터 상의 기호를 취하여 진리를 표상하고자 했다.[25]

---

25) 서대원의 『주역강의』(을유문화사, 2008) 같은 책에서는 괘의 명칭과 그것을 설명한 괘효사가 서로 상징 내용이 맞지 않는다고 하면서, 본문이 먼저 있고 나중에 팔괘 등의 괘상이 붙었을 것이라고 추정했다. 이

그리고 그 영향은 중국 및 동아 한자문화권과 서양의 지성계에까지 광범한 영향을 미쳤다. 즉 개괄화된 축약성, 정신적 계열화의 상징성, 그러면서도 구체적 사건에 특정하기 어려운 추상성과 모호성, 그리고 비특정화와 관련된 의미의 확장을 특징으로 하는 주역의 기호 세계는 언어의 지평을 넘어서는 초언어적 소통 방식이다.

이러한 언어 한계를 넘어서는 주역 표상 체계의 총체적 직관성, 축약성, 상징성, 추상성, 모호성, 의미 확장성의 기호 미학은[26] 서구와 달리 대상을 부분이 아니라 전체를 하나로 인식하고 취하게끔 한다.[27] 삶에서 드러나는 거의 모든 종류의 자기표현을 광의의 언어적 표현이라고 한다면, 주역의 기호 표상 체계는 산문적 언어가 아니라, 야콥슨의 방식으로는 진리 표상으로서의 기호계의 본질에 다가가는 은유의 '시적 언어'에 가깝다고 할 수 있다.

두 번째 사항인 괘효사 설명 방식의 시적 속성에 대해 생각해본다. 주역의 괘효사는 대체로 뜬금없는 듯한 비유로 가득 차 있다는 점에 주목할 필요가 있다. 동서고금을 막론하고 성경과 불경 등 종교 경전들이 시대를 넘어 여전한 위력을 발하는 것은 내용상 종교적 진리를 설파하고 있기도 하겠지만, 그 언술과 소통 방식에서 고도의 추상적 은환유로 의미의 다중성을 지니고 있어서 시공을 초월해 부단히 새

렇게 역의 괘상과 괘사의 설명 중 어느 것이 먼저인가에 대한 이론이 존재하기는 하나, 본고는 괘상이 먼저 있고, 이에 대한 경과 전이 달렸다고 하는 일반적 관점에 기초하여 논의를 진행한다. 상과 언어의 선후 관계 및 주역에서 상이 차지하는 중요성에 관해서는 정병석 역주 『주역』 하권, 을유문화사, 2010, 625쪽, 주석 299를 참조.

26) 직관성과 모호성이 함께 자리하고 있는 점은 눈여겨볼 필요가 있다. 아이콘적 기호적 전달이라고 하는 점에서 총체적 직관성을 띠고 있으며, 내적 의미가 다중적 변용이 가하다는 점에서 모호성을 지니고 있는 것이다. 그런 의미에서 용어의 나열 순서는 대체로 분명한 데로부터 점차 의미 확장을 향해 번져나가고 있다.

27) 이러한 총체적 직관성 모호성은 어떤 면에서 이항대립을 超克하는 노자적 '抱一'의 기호학적 표현이라고 도 할 수 있을 것이다.

롭게 읽혀질 수 있기 때문이다. 일례로 주역 제31괘인 '택산(澤山) 함괘(咸卦)'의 설명을 예시해본다.

[咸卦]^28)(택산(澤山) 함(咸): 위태(兌)☱ 아래간(艮)☶의 결합)
함(咸)은 형통하며, 올바르게 하면 이로우니, 아내를 취함에 길하다. 단전에 말하기를, 함(咸) 은 감(感)이니, 부드러움이 위로 올라가고, 굳셈이 아래로 내려가 두 기운이 상응하여 서로 같이하며, 머물러 기뻐하고, 남자는 여성에게 낮춘다. 그런 까닭에 "형통하며, 올바름을 지키면 이로우며, 여성을 취하면 길하다"고 한 것이다. 천지가 감응하여 만물이 조화하여 만들어지고 성인이 사람들의 마음을 느껴 천하가 화평하니, 그 감응되는 바를 살펴 천지만물의 정상을 보아 알 수 있을 것이다.
상전(象傳)에 말하기를, 산 위에 연못이 있는 것이 함(咸)이니, 군자는 비움으로써 사람들을 받아들인다.
초육은 엄지발가락에 느낀다. 상전에 말하기를 "그 엄지발가락에 느낀다"는 것은 뜻이 밖에 있다는 말이다.
육이는 다리의 장딴지에 느끼면 흉하니, 신중히 거하면 길하리라. 상전에 이르기를, 비록 "흉하지만 신중히 거하면 길하다"는 것은 순리에 따르면 해가 없다는 말이다.
구삼은 허벅지에 느끼는 것이다. 그 추종하는 것에 집착하여 있는 까닭에, 그대로 나아가면 부끄러우리라. 상전에 말하기를, "허벅지에 느낀다"고 하는 것은 역시 한 군데 머물러 있지 않아, 그의 뜻이 타인을 추종하는 것이니, 그 집착이 비루한 것이다.
구사는 바르면 길하여 뉘우침이 없으리니, 왔다 갔다를 자주 하면 친구만이 너의 생각을 따르리라. 상전에 말하기를, "바르면 길하여 뉘우침이 없다"는 말은 아직 사사로운 느낌에 해를 입지 않는 것이다. "왔다 갔다 하기를 자주 하는" 것은 아직 크고 빛나지 않다는 것이다.
구오는 그 등에 느끼니 후회가 없을 것이다. 상전에 말하기를, "그 등에 느낀다"는 말은 그 뜻이 말단에 있다는 뜻이다.

---

28) 咸, 亨, 利貞, 取女吉. / 象曰, 咸, 感也, 柔上而剛下, 二氣感應以相與. 止而說, 男下女, 是以亨, 利貞, 取女吉也. 天地感而萬物化生, 聖人感人心而天下和平, 觀其所感, 而天地萬物之情可見矣! 象曰, 山上有澤, 咸, 君子以虛受人. / 初六, 咸其拇. 象曰, "咸其拇", 志在外也. 六二, 咸其腓, 凶, 居吉. 象曰, 雖凶居吉, 順不害也. 九三, 咸其股, 執其隨, 往吝. 象曰, "咸其股", 亦不處也, "志在隨人", 所執下也. 九四, 貞吉, 悔亡, 憧憧往來, 朋從爾思. 象曰, "貞吉悔亡", 未感害也, "憧憧往來", 未光大也. 九五, 咸其脢, 无悔. 象曰, "咸其脢", 志末也. 上六, 咸其輔頰舌. 象曰, "咸其輔頰舌", 滕口說也.

상육은 그 볼과 뺨과 혀로 느낀다. 상전에 이르기를, "그 볼과 뺨과 혀로 느낀다"는 것은 입에 말만 올려놓은 것이다.[29]

이상 주역 하경의 첫 번째인 함괘의 설명은 궁극적으로 무엇을 말하고 있는가?[30] 먼저 괘의 체를 보면 함괘는 위가 태(兌)이고 아래는 간(艮)으로서, 태는 젊은 여자이고 간은 젊은 남자이다. 또 괘덕으로는 간은 독실하여 멈춘다는 의미이고 태는 기뻐한다는 뜻이다. 간은 산으로서 凸의 형상이고, 태는 못으로서 凹의 형상이다. 또 양과 음효가 각각 셋씩 균형 있게 포진되어 있다.[31]

함괘는 괘효사에서 '함'은 모두 '감(感)'으로 해석하고 있는데,[32] 문면상 남녀 간의 신체적 교합으로 말머리를 시작하고 있다. 각 효는 엄지발가락에서 장딴지를 거쳐 허벅지, 그리고 등을 거쳐 얼굴에까지 이르는 남녀의 접촉을 여섯 개의 효사를 통해 순차적으로, 그리고 각 효가 위치한 기본 자리와의 음양 상합의 여부, 강유의 상보성을 가지고 설명하고 있다. 인간사의 도리와 길흉을 따지는 것이라기보다는 남녀의 육체적 애정과 관련된 그 무엇을 말하고 있는 것으로 보이며, 각 효와 효 사이, 그리고 효 내에서도 의미 간극이 커서 종종 맥락 파악에 곤란을 느낀다. 해석을 위해서는 나름의 해석 방향을 택하여 사물의 유비를 통한 은유적 독법으로 읽어야만 가능해진다. 주역 64괘 중 상당수가 이와 같다. 즉 은유와 환유를 통한 확장적 의미 규정이 필요하다. 이렇게 할 때 이 괘는 인간관계의 기본이 되는 부부관계의 도리에

---

29) 해석은 기본적으로 정병석 역주 『周易』(을유문화사, 2010)을 따랐으며, 상세 주석 및 설명은 생략한다.

30) 주역 上經은 순음양으로서 천지자연을 주로 말했으며, 體에 해당된다. 下經은 음양의 상호결합으로서 주로 인간관계를 말하며 用에 해당되는 것으로 본다.

31) 정병석, 『주역』 하권, 14쪽.

32) 그러면 왜 感이라 하지 않았는가? 咸卦는 '感'에서 사사로운 마음을 뺀 무심한 감응을 의미한다.

서 인간 세계 보편적 처신의 규범으로 확장 재해석되며 살아남으며, 결국 이런 방식으로 주역은 경전적 지위까지 오르게 되는 것이다.[33]

앞서 말한 주역 표상 방식의 추상적 표현, 유비적 은유와 환유를 통한 의미의 전이, 문화 소통적 맥락화를 통해 괘는 다층 의미 속에서 흔들리며 확장되고 새롭게 해석된다. 이 같은 과정을 통해 주역의 괘효사는 물리적 시공간과 문화적 한계를 넘어 서로 다른 시대에 맞추어 부단히 재해석되며 의미를 현재화한다. 그 핵심 비결은 직접 서술이 아니라 함축과 추상의 모호한 시적 언술로 이루어져 있다는 데 있다. 계사전에 보이는 다음 언급은 주역의 기호화, 문학적 수사화의 상관성을 잘 말해준다.

> 『주역·계사상』에 공자가 "글은 말을 다 드러낼 수 없고, 말은 생각을 다 드러내지 못한다"고 말했다. 그런즉 성인의 뜻을 다 헤아리지 못하겠는가?[34] 공자는 "성인은 상을 세워 뜻을 밝히고, 괘를 설정하여 진정과 거짓을 다 포괄한다. 수사로써 그 말을 극대화하고, 변통하여 그 이로움을 다하며, 북돋아 그 신묘함을 다 드러낸다"고 하였다.

주역 주에서는 "말로 전하는 것은 얕고, 상(象)으로 전하는 것은 깊기 때문에,[35] 상을 통해서 성인의 뜻을 파악할 수 있다고 했다. 말로 다할 수 없는 그 무엇을 상을 가진 기호로써 드러내며, 언어가 흘려버릴 수밖에 없는 한계성 내용들을 기호로써 다 포괄하여 신묘함의 소통 체계로 삼는다는 것이다. 이렇게 주역 언술 방식이 취하고 있는

---

33) 함괘에 대한 경학으로의 微言大義에 대해서는 廖名春 등 저, 심경호 옮김, 『주역철학사』, 91~92쪽을 참조.

34) 주역 註에서는 "言으로 전하는 것은 얕고, 象으로 전하는 것은 깊기(言之所傳者淺, 象之所傳者深)" 때문에 주역의 象을 통해서 성인의 뜻을 파악할 수 있다고 한 것이다.

35) "言之所傳者淺, 象之所傳者深."

언어초월적 속성, 다시 말하면 주역 텍스트의 기호화, 즉 기호의 코드
화와 텍스트화 및 그 해석의 시적 속성은 주역으로 하여금 같지 않은
시대사회적 여건 속에서 지속적으로 마르지 않는 화수분같이 부단히
새로운 해석을 낳았으며, 이러한 주역의 언술 방식은 '기호의 시적
지배'에 의해 가능했던 것이다.

2) 주역 기호학의 표상체계

본절에서는 이상과 같이 '기호-코드-텍스트'의 기호학적 확장을 보
이는 것으로 인식된 주역 기호학의 체계에 대해 그 구성 요소를 중심
으로 의미망의 전개 양상을 살펴보기로 한다. 사실 주역은 동아시아
를 대표하는 세계 인식의 제안서인 만큼, 역사적으로 방대한 논의가
전개되어 왔으며, 또 그것을 바라보는 시각도 매우 다양하다. 주역의
창시, 음양기호와 괘효사, 그리고 계사전을 비롯한 십익의 저자와 형
성 문제,[36] 이들 전체와 관련된 해석상의 어려움, 주역을 바라보는 관
점으로 인해 갈라진 상수역과 의리역의 갈래와 내용 등 그 문제가 하
나둘이 아니다. 주역의 체계에 대해 이렇게 여러 저작에서 저마다의
관점으로 주역을 해석하고 있는 만큼,[37] 편폭의 제한을 받는 본고에

---

36) '十翼'은 彖傳 상하 2편, 象傳 상하 2편, 繫辭傳 상하 2편, 文言傳, 說卦傳, 序卦傳, 雜卦傳이다. 의미 확
장의 근간이 되는 계사전에 대해서는 후속 논문에서 상론한다.

37) 한국에서 출간된 주역에 관한 다양한 관점을 보여주는 연구서와 주역 번역서들을 소개한다. 『주역의 과학
과 道』(이성환·김기현 공저, 정신세계사, 2009), 『易과 탈현대의 논리』(김상일, 지식산업사, 2006), 『복잡
계와 동양사상』(최창현·박찬홍 공저, 지샘, 2007), 『주역, 인간의 법칙』(이창일, 위즈덤하우스, 2011), 『주
역철학사』(廖名春·康學偉·梁韋弦 저, 심경호 역, 예문서원, 1994), 『주역의 발견』(문용직, 부키, 2007),
『탈현대와 동양적 사유논리』(정진배, 차이나하우스, 2007), 『주역의 생성논리와 과정철학』(박재주, 청계,
1999), 『주역 철학의 이해』(高懷民 저, 정병석 역, 문예출판사, 1995), 『음양과 상관적 사유』(A. C. 그레이
엄 저, 이창일 옮김, 청계, 2001), 『주역의 세계』(카나야 오사무 저, 김상래 옮김, 한울, 1999), 『주역의 이해』
(김일곤·김정남 편저, 한국학술정보, 2009), 『주역의 현대적 이해』(박종혁·조장연, 국민대출판부, 2006),

서 이들을 장황하게 언급하지는 않겠다. 본절에서는 주역 표상 체계가 지닌 기호학적 특성과 관련하여 그 구성 요소를 중심으로 논의를 전개해나가고자 한다.

(1) 상(象)과 역(易)

주역의 형성과 태극과 음양의 이치 및 그 팔괘와 육십사괘로의 변화 발전에 대한 철학적 설명은 역시 주역의 해설인 십익 중의 「계사전」 상하 편에서 다양하게 설명하고 있다.

> ① 옛날 복희씨가 천하를 다스릴 때에 위로는 하늘의 형상을 관찰하고, 아래로는 땅의 형상들을 살폈으며, 새와 짐승의 모양과 지상의 마땅한 모습들을 관찰했다. 가까이로는 몸에서, 멀리는 여러 사물에서 (상을) 취하여서 처음으로 팔괘를 그려, 신령스러운 덕에 달통하고, 만물의 형편을 갈래를 나누어 구분하였다.
> ② 한 번 음이 되고 한 번 양이 되는 것을 도라고 한다. 이런 까닭에 역에는 태극이 있어 양의가 나오고, 양의에서 사상이 나오며, 사상에서 팔괘가 나왔다.
> ③ 그러므로 역이란 상이다. 상이란 본뜨는 것이다. 단이란 재질을 말하고, 효란 천하의 '움직임'을 본뜬 것이다. 이로써 길과 흉이 생기고 소통과 막힘이 생기는 것이다.[38]

『역의 철학: 주역 계사전』(金景芳・呂紹綱 저, 한국철학사상연구회 기철학분과 옮김, 예문지, 1993), 『역으로 보는 시간과 공간』(김동현, 한솜미디어, 2008), 『주역과 철학』(조혁해, 한빛, 2004), 『數易』(옹산 김상봉, 은행나무, 2007), 『주역 산책』(朱伯崑 저, 김학원 역, 예문서원, 1999), 『중국적 사유의 원형』(박정근, 살림, 2004), 『주역선해 연구』(청화, 운주사, 2011): *이하 역주서: 『대산 주역강의』1, 2, 3(김석진 저, 한길사, 1999), 『주역』(정병석 역주, 을유문화사, 2010), 『동파역전』(소식 저, 성상구 옮김, 청계, 2004), 『역주 주역사전』(정약용 저, 방인・장정욱 역, 소명출판, 2007), 『주역 왕필주』(王弼 저, 임채우 역, 길, 2000), 『주역』(최완식, 혜원출판사, 1989), 『주역강의』(서대원, 을유문화사, 2008), 『인문으로 읽는 주역』(신원봉, 부키, 2009).

38) 순서대로 『주역・계사(하)』(2장), "古者包犠氏之王天下也, 仰則觀象於天, 俯則觀法於地, 觀鳥獸之文與地之宜, 近取諸身, 遠取諸物, 於是始作八卦, 以通神明之德, 以類萬物之情". 『주역・계사(상)』, "一陰一陽之謂道(第5章)", "是故易有太極, 是生兩儀, 兩儀生四象, 四象生八卦(第11章)", 『주역・계사(하)』(3장), "是故易者, 象也, 象也者, 像也, 彖者, 材也, 爻也者, 效天下之動者也. 是故吉凶生而悔吝著也."

이 글에서 주역이란 세상의 다양한 형상들을 본떠 상을 세웠으며, 그 체계는 음양에서 사상(四象)으로, 그리고 다시 팔괘로 기호화하고 풀이한 책이며, 이를 통해 인간사의 길흉을 헤아리고 반성적 사유의 계기로 삼는다고 하는 고대인의 주역관을 볼 수 있다. 여기서 '상(象)'의 개념은 주역의 중심 지표이며 동시에 주역을 기호학으로 읽어야 할 까닭을 제시해주고 있다. 상은 대상의 속성을 기호화한 것으로서, 은유와 상징의 유비에 해당한다.

그러면 이러한 총체적 개념으로서의 '역(易)'이란 무엇인가? 『설문해자』에서는 '역(易)'을 하루에도 열두 번씩 색깔을 변화시키는 카멜레온 같은 도마뱀[석척(蜥蜴)]으로 풀었는데, 이것이 변통 관점의 석척 상형설이다. 또한 위백양의 『주역참동계』에서는 '일'과 '월'이 합해 이루어진 회의자로서 해와 달을 형용한 것으로 보는 목적론적 풀이가 있다. 이 외에도 제설이 있으나 모두 변화를 의미한다는 점에서는 공통점이 있다.[39] 한편 역의 두 기초 단위인 음과 양을 보면, 양은 '볕양'으로서 언덕에 해가 비치는 모습이며, 음은 '그늘음'으로서 언덕 뒤편으로 그늘이 진다는 뜻을 담고 있다. 이들을 연결하면 낮과 밤을 상징하는 해와 달의 두 요소가 결합하여 역을 이루고, 이것의 확장으로써 세계를 표상한다고 볼 수 있다.

역사적으로 역에는 세 가지 의미가 담겨져 있다고 본다. ① 낮과 밤이 바뀌듯 변화한다는 개념이 첫 번째이다. ② 그 가운데 늘 같은 모양으로 운행하므로 불변의 속성이 있으며, ③ 이를 간략한 기호로써 표상하니 간명하고 쉽다는 의미가 내재되어 있다. 이것이 정현이

---

39) 최완식 『주역』(8~9쪽) 및 정병석 『주역』(상권, 12쪽) 참조.

「주역건착도」에서 말한 역이 지닌 '변역(變易), 불역(不易), 간이(簡易)'의 세 가지 이치이다. 순서대로 말하자면 변역은 삼라만상의 부단한 변화에, 불역은 그 배후의 불변하는 상도(常道)의 이치에, 그리고 간이는 주역 기호의 포괄적 간이성에 초점을 맞추고 있다.

이번에는 기호로서의 괘상과 그 설명부인 괘사에 대해 생각해보자. 필자는 기호로서의 괘상이 괘사보다 더욱 본질적 실체에 접근해 있으며 보다 완전하고 총체적이라고 생각한다. 왜냐하면 괘사는 이미 기호의 원초적 다의성을 버리고 특정한 방향을 택해 해석하고 있기 때문이다. 즉 괘사는 괘상의 초보적 이해에는 도움이 되겠지만, 총체적 의미를 파악하는 데 있어서는 오히려 방해가 될 수 있다. 이러한 이치는 노자 제1장의 "말로 설명되는 도는 참된 도가 아니다"라는 언설이나,[40] 장자가 말한 "고기를 잡았으면 통발은 잊어야 한다. ······ 뜻을 얻었으면 말을 잊어야 한다"고 하는 말이나 같다.[41] 이것이 바로 비문자적 기호의 힘이다.

앞서 제2장에서는 음양의 기호적 속성을 고찰하였다. 이제부터는 음과 양이 상호관계 속에 펼쳐내는 역동적이며 동태적인 세계를 생각해보자. 그 세부 내용은 무극 혹은 태극에서 시작하여,[42] 음양의 대립보완의 속성, 사상, 팔괘, 육십사괘로의 확장의 순으로 간략히 개괄

---

40) 『老子』, "道可道, 非常道."

41) 『莊子·外物』, "筌者所以在魚, 得魚而忘筌. 蹄者所以在兎, 得兎而忘蹄. 言者所以在意, 得意而忘言. 吾安得夫忘言之人而與之言哉!"

42) 이 외 무극을 태극 이전의 단계 또는 태극의 다른 양상으로 상정할 수 있는데, 「태극도설」을 제창한 '無極而太極'론을 제창한 송 周敦頤 이래로 무극의 선행적 개념이 중시되었는데, 주희는 무극이 태극을 낳는 게 아니라 무극인 동시에 태극이라고 해석하기도 했다(이상 박재주의 『주역의 생성논리와 과정철학』 참조). 양자를 구분하여 보자면 무극은 시공간적 우주론으로 보자면 음양의 기미가 없으며 분화를 위한 어떠한 작용도 하지 않는, 우주의 시원에 해당되는 가장 초기의 혼돈 그대로의 원초적 상태라고 할 수 있다. 음양 발전의 우주론적 논의는 『복잡계와 동양사상』(최창현·박찬홍 공저, 지샘, 2007, 86쪽) 및 『역으로 보는 시간과 공간』(김동현, 한솜미디어, 2008, 72쪽)을 수정 참조.

한다. 태극은 우주 자연이 다양한 사물로 분화하기 이전에 그 기초 요소로서의 음양의 이기가 '구분되기는 했으나, 아직 외부로 표출되기 이전의 내재된 상태'로서, 음양 내재의 잠재태이다. 이는 내적으로 상관 포일(抱一)의 혼연한 세계이다.

이러한 태극에서 분화 표출되어 나온 상태와 요소가 음양 양의인데, 음과 양은 우주 구성에 있어서 상호 대비적으로 이원 계열화한 어느 위상 공간상의 속성적 표상이다. 여기서 간과하지 말아야 할 두 가지 사항은 음과 양이 상호 대비를 통해 주어진 속성들이므로 고립 정형의 것이 아니라 절대적이지 않고 상대적이라는 점이다. 즉 음과 양은 고정된 실체적 논법이 아니라 관계적 논법으로 읽어야 한다. 둥그런 지구 표면에서 동과 서, 혹은 남과 북의 방위를 가지고 생각해 보자. 만약 서쪽으로 계속 나아갈 경우, 나중에는 이전에는 동쪽이었던 곳이 이번에는 서쪽이 되는 이치로서, 이들은 상호 모순되는 가운데 짝을 이루며 상대를 기다리는 대대적(待對的) 상대관계에 있음을 알 수 있다. 두 번째 사항은 음양이 서로를 상반할 뿐 아니라 서로 안고 있음에 대해서이다. 음은 양을 내포하고 있고 양은 음을 내포하는 허실연기의 포일의 관점으로 이해되어야 한다.[43] 과학적으로도 음양 세계관은 20세기 양자 역학의 성과인 쿼크(Quark)의 모습이 시시각각 변하는 가운데 허 속에서 실을 구현하고 있음은 시사하는 바가 크다.

이렇듯 음양은 서로 상대적일 뿐만 아니라 그것이 처한 여건 속에서 또 상호 짝 모순의 관계 속에서 대대적으로 달라지며 변화한다. 앞서

---

43) 火(☲)와 水(☵)의 괘상은 각기 본질적 속성 안에 상반되는 속성을 감추고 있는 모습이다. 실상 『주역』과 『도덕경』에서 말하는 무극이나 태극은 상반되는 양자를 존재론적으로 하나도 아니고 분리된 둘도 아닌 '불一不二'의 '抱一'의 개념으로 이해되어야 할 것이다. 이에 대해서는 김형효의 『사유하는 도덕경』(소나무, 2004) 제10장 및 제22장의 해석(128~135쪽, 210~213쪽)을 참조.

음과 양의 글자 뜻에서 설명했던 언덕 양쪽의 양지와 음지, 그리고 낮과 밤도 시간의 경과와 함께, 즉 지구의 자전과 함께 그 위상이 부단히 변화하며 바뀐다.[44] 그러기에 앞의 계사전 인용 ②번 문장의 "한 번 음이 되고 한 번 양이 되는 것이 도"라고 한 말이나, 계사전 중 같은 문장 중의 "낳고 낳는 것을 역이라고 한다"는 말은 생생불식하여 소장성쇠하는 '음양 상대성'의 관계적 독법으로 읽어야 함을 의미한다.[45] 또 이러한 음과 양은 부분적으로는 상호 대립되는 속성을 우선적으로 현시하지만, 총체적으로는 보완적이기도 하다. 음과 양의 상호 대립은 명제적으로도 당연한 이치이나, 태극에서 보이는 총량의 일정성을 생각해보면 그 보완 관계를 쉽게 짐작할 수 있다. 이러한 보완을 통해 전체로서의 존재는 총체적 균형과 조화를 이루게 된다.[46]

음과 양은 양이 다하는 곳에서 음이 시작하고, 반대로 음이 끝까지 가면 양이 시작된다. 한자어에서 '끝까지 다하다'라는 의미를 지닌 '진'이나 '궁', 또는 '극'은 이러한 플러스와 마이너스의 양면성을 보여주는 어휘들이다.[47] 이 의미를 함수의 미분의 관점에서 검토해보자. 각각 현상과 전조의 관계를 의미하는 함수 $f(x)$와 기울기 $f'(x)$에서, 함수 $f(x)$는 기울기인 $f'(x)$가 +에서 -로 바뀌거나, 혹은 그 반대인 시점에서 극점에 도달하며, 그 점 이후로는 기울기의 부호 변화와 함께 하강하거나 혹은 상승한다.[48] 극은 극한으로서 무한의 개념에 닿아 있는데, 서양 수학자

---

44) "음지가 양지 된다"는 말은 여기서 나왔을 것으로 여겨진다.

45) 『주역·계사전(상)』, "一陰一陽之謂道. …… 生生之謂易."

46) 모순 대립되는 두 요소가 역동적으로 상호작용을 하며 균형을 이룬다고 하는 현대 물리학자 닐스 보어(Niels Bohr)의 원자의 상보성이론, 생명체의 평형 유지 기능. 유가와 도불 사상의 중국 내에서의 역사적 상호 보완성, 중국문학에서 시의 평측률 등 우주 자연의 허다한 현상들이 이러한 대립적 보완의 총체적 균형을 통해 지속 유지됨을 말해준다. 이와 관련된 가장 대표적 견해는 프리초프 카프라에서 보인다.

47) 태극파동의 상세한 내용은 필자의 「한시의 뫼비우스적 소통성」(『중국어문학지』 31, 2009) 중 제5장 '음양 생성의 흐름의 미학'의 제2절 '차이와 파동의 시간 緣起'를 참조.

들은 하나같이 무한을 끝(End)의 개념으로 이해했으나, 역에서는 그 끝과 극을 순환적으로 이해하는 점에서 서로 다르다. 극이란 더 갈 수 없는 끝의 개념이라기보다, 오히려 다음 단계로의 변곡점(Inflection Point)으로 파악한다는 것이다.[49] 앞에서 검토한 미분 도함수에서 극점에서 함수 그래프가 방향 전환하고 있는 것이 그것이다. 결국 이상의 내용에서 음과 양은 내적으로는 상호 포일적으로 작동하며 동시에 외적으로는 대립 보완, 상호 속성의 교차와 내재적 소장 등 그 자체로서 역동적이며 무궁한 순환적 변화를 내재하고 있음을 알 수 있다.

(2) 괘(卦)와 효(爻)

실상 주역은 음·양효들의 관계망으로 구성된 기호 텍스트가 중심을 이루고 있다. 앞서 말한 음양의 내재적 역동성은 먼저 사상으로의 일차 확장을 낳는다. 사상을 음양기호로 표시하면 태양☰, 소양☱, 태음☷, 소음☵이 된다. 이들은 각기 음양 두 효의 순서적 작용으로 만들어진 상들이다. 두 효는 아래가 이면, 위가 표면의 속성을 말하는데, 단순 조합에 의미가 있지 않고 각 효의 순차가 중요한 순열성 기호이며, 각 효의 시간 사건은 기본적으로 아래부터 위로 읽어 나간다.

앞의 태양, 소양, 태음, 소음의 사상을 순서적으로 풀이하면 다음과 같다. 처음의 태양은 양의 극단이므로 이제부터는 점차 음이 생겨나기 시작하나 아직은 양인 소양이 된다. 그리고 음이 점점 자라 음의 극단에 이르게 되는 태음이 되고, 이로부터는 다시 양이 생겨나 아직

---

48) 한편 f'(x)의 극(최대치 혹은 최소치는)은 현상으로서의 f(x)보다 한 템포 선행하여 움직인다.

49) 김상일, 『역과 탈현대의 논리』, 지식산업사, 2006, 219쪽. 이 책은 四象의 이해 등 일부 오류와 과도한 주관성으로 논란의 여지가 없지 않으나, 다양한 통섭적 지식의 융합과 자유로운 창의로 넘치는 책이다.

은 음인 소음이 되며, 다시 양이 커져 태양으로 되돌아가는 순환론적 관계이다. 이는 2진법으로 말하자면 0과 1의 순열로서, 홀수를 양이라 하므로 0은 음이 되고 1은 양이 되며, 아래서부터 읽어가므로 각기 [11, 01, 00, 10]으로 표기할 수 있다.

이제 괘에 대해 알아보자. 주역의 괘는 조합만 가지고는 괘상이 확정되지 않는다는 점에서 순열이다. 이를테면 팔괘의 8종 가운데,[50] '양2음1', 또는 '음2양1'의 조합은 각각 3종의 괘만 가능하고, 순열로 될 때 비로소 서로 다른 8종의 괘가 나온다. 또 그것을 확장하면 64괘가 되는데, 이번에는 확장 방식이 다르다. 부연하면 팔괘는 음양 각 효가 세 번 움직여 순열화하여[2^3=8] 이루어지고, 육십사괘는 이러한 팔괘가 중첩되는 [$2^3 \times 2^3$=64]의 경우의 수로 이루어진다.[51] 이상과 같이 태극에서 시작하여 양의, 사상, 8괘, 64괘로의 확장 과정을 음양 이진법 수식에 기초해 풀어보면, 8괘에 이르기까지는 F(n)=2n(n은 0에서 3까지의 자연수)이 될 것이고, 그 값은 1, 2, 4, 8이 된다. 그리고 64괘는 괘의 모양대로 2개의 팔괘의 순열로 이루어지므로, 그것은 F3 · F3=$2^3 \times 2^3$=64가 된다.[52]

다음으로 음양 기호의 상대성의 분화 확장 방식을 보자. 주역의 음과 양은 생명 탄생의 방식인 제곱 방식으로 분화하여 차원을 넓혀나가고 있다는 점이다. 존재는 '매번 변신과 변형을 이어가는, 급수계열

---

50) 곤(坤☷ 음음음), 간(艮☶ 음음양), 감(坎☵ 음양음), 손(巽☴ 음양양); 진(震☳ 양음음), 리(離☲ 양음양), 태(兌☱ 양양음), 건(乾☰ 양양양): 순서는 사건 발생순인 하단부터 기술함.

51) 필자가 64에 이르는 길을 2^6이라고 쓰지 않고 $2^3 \times 2^3$=64로 쓴 점에 주의하기 바란다. 그 이유는 0, 1, 2, 3, 4의 시공간 차원 구조와 상관 가능하다고 본 때문이다.

52) 그 확장 순서는 보통 태극, 양의, 사상, 팔괘, 육십사괘 순으로 전개된다고 말하지만, 周亦池 같은 경우는 「易經卦象的推演與排列原理的擴展」(『大連大學學報』제3권 제2기, 1993.6)에서 순열과 지수로 풀어내면서 팔괘가 양의에서 나왔다고 하는 주장도 있다.

적 형태의 거듭제곱의 힘'으로 추동된다.[53] 이러한 F(n)=2n의 수식을 철학적으로 풀어보겠다. n을 차원으로 보면 다음과 같이 해석될 수 있다. 만물의 미분화 상태인 0차원에서 함숫값은 1이다. 이것이 불일불이의 '포일'이다. 무극이 태극인 것이다. 1차원의 경우 f(1)=21=2로서 음양 양의는 1차원 선에 해당된다. 2차원의 경우 f(2)=22=4로서 사상은 2차원 면에 해당된다. 3차원의 경우 f(3)=23=8로서 8괘는 3차원 공간에 해당된다. 그리고 64괘는 두 개의 공간에 해당하는 제곱수로서 4차원 시간에 해당된다고 볼 수 있다. 그래서 효명은 시간과 공간이 공존하는 것이 아닐까 싶다. 64괘가 시간과 공간을 상호 직조하는 데서 멈추었으나, 이론적으로는 무한 확장도 가능할 것이다.[54] 그러나 우리네 인간 세상에서의 풀이는 그 의미 확장이 여기까지라고 생각된다. 포일의 관점에서 볼 때 1이니 64 모두 하나이면서 전체이고 전체이면서 하나라는 점에서 그 에너지와 의미는 매우 잠재적이며 내포적이다.[55]

이제 각 효의 자리와 전개를 잠시 살펴보도록 한다. 각 효가 들어가는 자리는 기수와 우수에 따른 양과 음 고유의 위치값을 갖고 있으며, 효 간의 배치 역시 1-4, 2-5, 3-6 자리 간에 위대칭성이 작동된다.

---

53) 김상일, 『역과 탈현대의 논리』, 28쪽.

54) 2009년 역에 대한 필자의 음양 파동의 미분적 시간 연기에 관한 강의를 수강한 동국대학교 사범대학 수학교육과의 이경화 학생은 「역의 수학적 접근과 해석」이라는 리포트에서 효의 수가 무한개인 무한괘의 최대치와 최소치를 무리수 e를 사용하여 수식으로 풀어 무한 확장이 가능함을 보여주었다. 수식 중 극양(음)괘는 양(음)의 효수가 무한개인 괘를 뜻한다. 또 필자의 견해를 수학적으로 확장하여 효와 괘에 수식으로 적용하였으며 Taylor 정리를 활용한 끝에, 결론으로서 '미래의 운명이란 정해진 것은 아니지만 그 범위가 정해져 있으며, 내적인 힘, 즉 의지(노력)에 의해 한정된 영향을 받을 수 있다'고 증명하였다. 보고서는 '중국문학.com(wenxue.kr)'을 참조.

$$\text{Max(극양괘)} = \left(\frac{1}{0!} + \sum_{n=1}^{\infty} \frac{1}{n!}\right) - \frac{1}{0!} = e - 1, \ \text{min(극음괘)} = -\text{Max(극양괘)} = -(e-1) = -e+1$$

55) 정자와 난자의 수정 결합 후, 2배체, 4배체, 8배체를 거치고, 8배체부터는 그 잠재된 힘들이 비로소 각 기관들이 분화로 발현된다고 하는 생물학적 탄생 과정 역시 주역 괘의 확장 과정에 유비할 수 있다.

즉 주역은 음양 상반의 치대칭과 함께 위대칭을 같이 지니고 있다는 것이 된다. 역에서는 효의 위치를 설명할 때 시간과 공간을 함께 아우른다. 효의 명칭을 보면 음효는 1, 2, 3, 4, 5, 6의 앞의 음수인 2와 4를 더한 육으로 부르고, 양효는 양수인 1, 3, 5를 더한 구로 부른다. 그리고 위치에 따라 아래서부터 '초◑(구 또는 육)'에서 시작하여 '◑이', '◑삼', '◑사', '◑오', 그리고 '상◑'이라고 부른다. 이렇게 육효로 구성되는 대성괘의 효들은 초구(또는 초육)에서 시작하여 상구(상육)에서 맺어진다. 여기서 '초'는 시간개념이고, '상'은 공간개념이다. 그렇다면 주역의 기호 세계는 놀랍게도 시공간의 상호 소통성을 보여준다. 각 괘효가 일정한 순서를 통해 배열 해석된다는 점에서 괘는 시간사건 속에서 공간성을 담보해내고 있다. 이렇게 주역 괘효의 텍스트(Text)는 시공교직적인 상호 짜임(Textile)을 보여주고 있다.

이렇게 주역 기호학의 표상 체계는 단순한 음양 기호가 효와 괘로 확장되면서, 시공간적 연계 속에 순열화하고, 사회문화 콘텍스트 속에서 유동적으로 의미망을 확장시켜 나아가며 다의성의 세계를 열어나간 것으로 보인다. 그 표상 체계는 언어적 구체성, 부연성, 명시성에 의하지 않고, 오히려 그 반대인 기호의 총괄성, 개괄성, 모호성에 의지한다는 점, 그리고 다음으로는 음양의 이분적 배열과 다각적인 차원의 상호 작용을 무한 순차화하는 과정을 통해 의미 구도의 열린 세계를 형성해냈다고 생각된다.[56] 이상 주역이 밝히고자 하였던 기의의 세계는 유동하는 기호 속에서 은유와 유동을 통해 마치 뫼비우스 시프트의 건너뜀을 통해 언어의 한계를 넘어 온전한 도의 세계를

---

56) 다각적인 차원이라 함은 각 효의 시간순차만 아니라, 효의 음양과 위치와의 조응 관계, 나아가 서로 떨어진 위치에 있는 효들 사이의 조응까지도 의미 생성에 관여하고 있다는 점을 말한다.

구현하기 위한 기호적 여정이었다고 할 수 있다. 이제 그 체계 구성의 특징과 의미들을 은유와 유동의 기호학이라고 하는 범주에서 구체적으로 살펴보자.

4. 은유와 유동의 기호학

1) 역설과 은유의 열린 지평, 그리고 괘효의 시공(時空) 교직성

음양 두 기호의 다층적 결합으로 구성된 주역 기호의 시적 지배 체계는 어떤 특징을 지니는가? 필자는 역의 기호학적 특징을 크게 시공 소통(疏通)성과 은유의 열린 의미지평, 그리고 음양 생성의 흐름의 기호학이라고 하는 두 가지로 나누어 그 내면적 함의를 생각해보고자 한다. 본 고찰에 앞서 은유성에 대해 생각해본다. 역은 기호의 시적 지배 형식으로 표상되어 있고, 그 기호는 무엇인가를 대체하여 가리킨다는 점에서 일단 총괄적으로 은유적이라고 할 수 있다. 그리고 이 '은유적'이라고 하는 의미는 문예비평에서 다시 은유와 환유로 구분 설명되는데, 이 둘을 변별할 필요가 있다. 아리스토텔레스는 시의 본질은 모방에 있고, 그 효과적 장치로서 중심에 은유를 설정하였다. 이로부터 은유 이론이 시작되었으며, 이후 소쉬르, 폴 리쾨르, 움베르토 에코, 조지 레이코프와 마크 존슨, 로만 야콥슨, 롤랑 바르트, 라캉 등을 거치며 다양한 스펙과 의미화 과정을 보여주며 정밀화되었다.[57] 은

---

57) 김욱동, 『은유와 환유』, 21~23, 75, 82, 102쪽.

유와 환유의 표현들은 임의적으로 말해지는 것이 아니라, 나름의 체계를 가지고 우리의 언어와 사고의 태도 및 행동을 규정한다. 주역 괘효의 의미를 확장적으로 해석하기 전에 수사학에서 중요한 지위를 점하는 은유와 환유를 변별하도록 한다. 먼저 은유이론을 본격 제기한 로만 야콥슨의 말을 상기하자.

> 시적 기능에 대한 경험적인 언어학적 기준은 무엇일까? …… 이 질문에 대한 해답을 위해서는 언어 행위에 이용되는 두 가지 근본적인 배열 방식, 즉 선택(Selection)과 결합(Combination)을 상기하지 않으면 안 된다. …… 이렇게 선택된 두 낱말이 발화의 고리에서 결합되는 것이다. 이때 선택의 근간은 등가성, 유사성과 상이성, 동의어와 반의어 등에 있으며, 결합 곧 배열(Sequence)의 구성을 이루는 밑바탕은 인접성이다. 시적 기능은 등가의 원리를 선택의 축에서 결합의 축으로 투사한다. 다시 말해서 등가성이 배열의 구성 요소로 승격된다.[58]

야콥슨은 언어 행위의 두 가지 중심축을 선택과 결합으로 보고, 선택의 근간이 등가성, 유사성과 상이성, 동의어와 반의어이고, 결합의 근간은 인접성이라고 했다. 유사성의 바탕 위에서 두 말 사이의 연상 작용을 통해 A에서 B로 대체되는 것이 선택, 즉 은유이고, 각 언어 단위가 보다 복잡한 단위 속에서 자신의 문맥을 찾아내어 연결되는 관계성이 결합, 즉 환유가 되는 것이다. 그는 "시적 기능은 등가의 원리를 선택의 축에서 결합의 축으로 투사하는 것"이라고 했다.[59]

이런 의미에서 은유(Metaphor)는 한 종류의 사물을 다른 종류의 사물의 관점에서 이해하고 경험하는 의미의 질적인 도약과 대체(Substitution)

---

58) 로만 야콥슨 저, 신문수 역, 「언어학과 시학」, 『문학 속의 언어학』, 문학과지성사, 1989, 61쪽: 이상 오형엽, 『문학과 수사학』, 소명출판, 66쪽 재인용.

59) 오형엽, 『문학과 수사학』, 소명출판, 2011, 66~86쪽.

이다.[60] 다음으로 환유(Metonymy)는 어떤 개체와 관련되는 인접한 다른 개체를 사용하여 표시하는 의미의 연접적 치환(Replacement)이다.[61] 이 둘은 우리의 경험에 토대를 두고 연상(Association)을 환기시키며 다른 곳으로 의미의 전이를 꾀한다는 점에서는 유사하지만, 은유적 개념이 '유사성'에 기반을 두어 형성되고 환유적 개념은 '인접성' 또는 인과성에 토대를 둔다는 점에서 다르다.

결국 은유는 수직적 계열체, 유사성, 등가성, 질적 변화, 치환, 랑그, 시, 상징주의와 관련되고, 환유는 수평적 통합체, 인접성, 연접성, 맥락, 공시적, 파롤, 산문, 리얼리즘과 관련된다고 할 수 있다. 이를 도표로 요약 정리하면 다음과 같다.[62]

은유	환유
수직적 계열체(선택 대체)	수평적 통합체(결합)
내적 유사성	외적 인접성
치환	맥락
不同 층위 · 영역 간 소통	동일 층위 · 영역 내 소통

60) 한자로 '내포하여 말하다'라는 뜻인 은유, 즉 Metaphor는 Metapherein(메타페레인)이란 라틴어와 만나게 되는데, 이는 '너머로'와 '옮겨 나르다/가져가다'란 의미의 합성어로서, 한 말에서 다른 말로 그 뜻을 옮겨가는 Epiphora, 즉 '의미의 전이'를 뜻한다.

61) 한자로 '바꾸어 말하다'라는 뜻을 지닌 환유는 Metonymy는 Metonomia(미토노미아)에서 왔으며, 이는 이름을 바꾼다는 의미로서, 대체와 치환이다. 환유에는 ① 부분으로 전체를 대신하는 경우(제유 Synecdoche), ② 생산자로 생산품을 대신하는 경우, ③ 통제자로 피통제자를 대신하는 경우, ④ 기관으로 책임자를 대신하는 경우, ⑤ 장소로 기관을 대신하는 경우, ⑥ 장소로 사건을 대신하는 경우가 가능하다(『삶으로서의 은유』, 79~83쪽).

62) 은유와 환유 이론은 현대 수사학, 언어철학의 중요한 어젠다로서 不同한 다양한 견해가 존재한다. 은유와 환유의 비교표는 김욱동(261~262쪽), 김형효(108쪽)에 각각 제시되어 있으나, 양자의 내용이 상치되는 것도 있다. 한편 은유와 환유에 관한 본고의 논의는 주로 다음 책들을 주체적으로 섭렵하였다. 『삶으로서의 은유』(G. 레이코프, M. 존슨 저, 노양진 · 나익주 역, 박이정, 2009, 24쪽), 『은유와 환유』(김욱동, 민음사, 2007, 111쪽), 『구조주의 사유체계와 사상』(김형효, 인간사랑, 2010, 104~108, 328~329쪽), 『상징, 은유, 그리고 이야기』(정기철, 문예출판사, 2004, 376쪽), 『문학과 수사학』(오형엽, 소명출판, 2011, 66~86쪽), 「라캉의 기호적 주체론」(박찬부), 『언어와 기호』 제6집, 한국기호학회, 문학과지성사, 1999, 91~116쪽, 「제유의 우주」(이지훈), 『노자에서 데리다까지』, 예문서원, 2006, 225~244쪽.

이해적 장치	소통적 장치
정신적 전이적	인과적 물리적
시	소설
랑그(Langue)	파롤(Parole)
공시성	통시성

위 표에서 명시적인 특징들을 이분화하긴 했지만, 실상 은유와 환유는 명료하게 구분되는 것만은 아니라 오히려 근저에서 상호작용하고 있기도 하다. 언어학의 은유와 환유 이론을 정신분석학으로 연결한 라캉은 "은유는 무의미로부터 의미가 발생하는 바로 그 지점에 자리 잡고 있다"고 했다.[63] 라캉적으로 은유가 의미의 발생이고, 환유가 무의미 속에 미끄러지는 것이라고 한다면 은유가 환유적 연결 속에서 생성되는 것을 말한다. 그래서 에코 같은 사람은 이 둘이 서로 독립적이거나 배제하지 않으며 서로 닿아 있음을 주장한다. 그런 의미에서 은유와 환유를 합하여 은환유(Metaphtonymy)라고 부르기도 한다.

한편 은유와 환유는 상호 간의 일정한 이러한 차이에도 불구하고 이 둘은 그것이 언어든 기호이든 모두 사물의 본질을 대체하여 발화하는 언술 방식이라는 점에서 대상과는 분명한 거리를 지닐 수밖에 없다. 이는 결국 기호란, 기호가 태생적으로 지닌 의사 전달의 한계성과 또 그로 말미암아 야기되는 텍스트 해석의 열린 지평이라고 하는, 양면 속성을 함께 지니고 있다는 뜻인 셈이다. 이는 주역 기호 체계가 현실적으로는 64괘에서 머물지만, 이론적으로는 무한 괘로의 확장이 가능하고, 또 현 64괘로도 무한 해석학적으로 열린 지평을 지니고 있다는 것에서도 변증이 가능하다.[64]

---

63) Jacque Lacan, trans. Bruce Fink, Ecrits, New York, Norton, 2006, 423쪽(『문학과 수사학』, 81쪽 재인용).

그러면 주역 기호학의 특징은 무엇인가? 먼저 주역 기호 체계는 기호로 구성되어 있고, 기호의 세계는 일차적으로 은유의 세계라는 점이다. '3. 주역 표상체계의 기호학적 고찰'에서 기호의 시적 지배를 각 효의 기호적 은유성과 인접한 효 간의 시적 발화라고 하는 두 가지 측면으로 나누어 설명했으므로 본절에서 상론은 줄이도록 한다. 역은 이러한 유추와 모호성에 기초한 은유, 그리고 나아가 환유의 화법을 통해 환경과 시대에 구속되지 않고 해석학적으로 열린 의미 지평을 확보할 수 있었던 것이다.

그러면 이제부터는 이러한 은유의 바탕을 이루는 음양 기호의 속성을 상호관계의 내용 면에서 살펴보자. 주역 음양 기호 사유의 상관적 특징은 정적 평면 논리를 거부하는 동적 역설(逆說)의 사유를 내재하고 있다는 점이다. 그 역설성은 주역 기호 체계의 기초가 되는 음과 양의 상호 텍스트적 생성 사유에 이미 내재되어 있다. 음과 양은 그저 상호 대립하는 실체로서 읽혀져서는 곤란하다. 고대 서양에서는 사물을 실체로 보아왔다. 고대 서양에서는 어떤 물체가 물에 뜬다고 하면, 그 물체가 뜨는 속성이 있기 때문에 뜬다고 보았다. 그러나 관계론적 사유를 지향하는 동양에서는 사물의 부침은 물과 물체 둘 사이의 비중의 경중에 따른 것이라고 하는 상황을 중시하는 관점으로 바라보았다. 이분법은 동서양 어디에나 존재하지만, 서양에서는 대립하는 실체적 바라보기를 지향하고 있는 반면, 동양에서는 상호관계적 독법으로 이해하는 것이다.

---

64) 주역 64괘가 제63괘 '水火 旣濟[上☵下☲]'를 거쳐, 제64괘 '火水 未濟[上☲下☵]'로 일단 끝나고 있다는 것은 64괘 자체의 순환성을 내포하고 있기도 하지만, 한편으로는 64괘 밖으로도 열려 있음을 의미한다고 보아야 할 것이다.

상대주의에서 음과 양은 상황에 따라 얼마든지 다르게 읽혀질 수 있게 된다.[65] 대대법적 상호 연생의 관계론에서는 음은 영원한 음이 아니고 양은 영원한 양이 아니게 된다. 정지된 고정불변이 아니라 동태적으로 소장성쇠하는 음과 양인 것이다. 그리고 이는 직선의 선형 사유가 아니라 순환의 원형 사유로 이어진다. 그래서 극은 끝이 아니라 새로운 시작이 된다. 하나의 커짐은 다른 하나의 줄어듦이다. 총체적 사유(Wholism) 방식이다.

태극에서 음과 양이 배태되지만, 음은 양을 품고 있고 또 양은 음을 품고 있다. 그래서 「계사전」에서 '한 번 음이 되고 한 번 양이 되는 것이 도'라고 한 것이다. 이와 같이 역이 음양 단위를 고정된 실체로서가 아니라 상호 생성 소장의 상대적 개념으로 제시하고 있다는 것은, 역의 세계관이 분리의 세계관이 아니라 양중음 음중양의 불일불이의 혼융적이며 모순적인 역설(Paradox)의 사유를 그 근저에 지니고 있다는 것을 말해준다. 주역의 이와 같은 내재성은 분리의 양가적 세계관으로는 제대로 읽혀지지 않는다. 이분법의 단순 분리와 대립을 넘어서는 초월과 전이의 동적 사유이다. 이러한 역설의 기호 체계로 인해 역과 괘의 의미들은 현실 속에서 고정되지 않고 부단히 새롭게 읽혀지게 된다.

주역 표상 체계가 보여주는 세 번째 내용은 괘효 전개의 시공교직성이다. '3.-1) 기호의 시적 지배'에서 말한 것과 같이 주역은 기호의 은유적, 시적 지배를 통한 사건과 형상의 시공간적 융회를 보여준다. 주역은 음양 두 기호에 기초하여 여섯 개의 효로 구성된 괘상이라고

---

65) 『주역의 과학과 도』(이성환·김기현 공저, 정신세계사, 2009, 93쪽)에서는 음양이 상호 대립, 상호 의존, 상호 소장, 상호 전화, 분화 법칙, 체용 법칙의 여섯 가지 기본 원리를 지니고 있다고 했다.

하는 그림 기호로 표상된다. 그러면 괘효의 구조를 보도록 하자. 괘는 두 개의 팔괘로 구성되는데, 그 시간 사건적 해석은 아래로부터 시작하여 위로 올라가며 동태적으로 바뀌어가며[역] 진행된다. 앞에서 보았듯이 주역 괘효 중의 명칭에서 제일 처음의 효를 시간 개념인 '초'로 부르는 것과, 마지막 효를 공간 개념인 '上'이라고 부르는 점에 주의하자. 여기서 한자 '초' 자는 '의(衣)'와 '도(刀)'의 합체 자이다. 옷을 재단하기 위해 칼로 양분하여 나누는, 시원으로부터의 분화와 분리의 뜻을 내포하고 있다.[66] 그 분화와 분리는 사건, 구조, 시공 그 어느 것으로도 해독 가능할 것인데, 주역의 초에서 상으로의 이행은 시공 교직성을 담고 있다. 이는 주역의 의미 세계가 시간에서 시작하여 공간으로 끝남을 말하는 것이다.[67] 제1효에서 발화된 사건은 시간의 경과와 함께 다음 효로 옮겨가면서 사건이 전개된다. 그리고 마지막 제6효에서 공간적으로 '사진 찍히게' 되는 것이다. '사진 찍는다'는 것은 흐르는 시간의 경과 속에서 특정 시간의 정지된 공간적 정경을 담아내는 행위이다.[68]

역에서 각 효와 효는 위치에 따라 위상차를 보이며 사건은 차연적으로 전개된다. 그리고 이러한 위계적 공간화는 각 시간의 차이를 두며 일어나는 시간 사건적 전개를 보이므로, 이것이 공간의 시간화이며 또한 시간의 공간화이다.[69] 이렇게 시간과 공간은 상호를 필요로

---

66) 김형효, 『사유하는 도덕경』, 소나무, 2004, 46쪽.

67) 이러한 初와 上의 시공 관점은 창의력 넘치는 김상일의 『역과 탈현대의 논리: 라이프니츠에서 괴델까지 易의 강물은 흐른다』(지식산업사, 2007, 150~163쪽)에서 시사받았다.

68) 이는 마치 원자보다 작은 단위인 Quark의 모습을 카메라로 연속 셔터를 눌러 사진 찍는다고 하면, 물론 쿼크는 관찰자의 영향에서 자유롭지 못하여 쿼크 자체의 모습을 획정하기 어렵기는 하지만, 매양 그 모양이 다르게 찍히는데, 이는 아직까지 발견한 가장 작은 단위인 쿼크라고 하는 물질의 미세 입자가 부단히 운동하고 변하면서 그때마다 다른 모습을 드러내는 것에 유비 가능할 것이다.

69) 20세기 혁명적 과학 패러다임인 양자역학의 단초를 열어준 아인슈타인의 $E=mC^2$은 시간(가속도)과 공간(질량) 간의 상호 조응의 함수식이다.

한다. 그런 의미에서 괘에서 효의 전개는 '공간-시간'의 상호 조응 속에 구현된다. 괘의 효들은 의미의 시공간 선상에서 기호와 의미가 서로 되먹여가면서 의미를 생성해낸다. 시간적인 연기와 공간적인 차이 간격이라는 씨줄과 날줄이 상호 직조해내는 상호 교섭을 거쳐 의미는 이것에서 저것으로 흘러가며 텍스트화하고 도를 이뤄나가고 있는 것이다. 영어에서 텍스트(Text)와 직물(Textile)이 의미를 공유하고 있는 까닭이다.[70]

괘의 시간 선상에서 처음으로[초] 초효가 발화되면 그것의 기표는 물리적으로 사라지지만 의미 작용의 결과인 기의는 흔적을 남기며 다음 제2효로 넘어간다. 이렇게 하여 마지막 제일 위쪽[上]에 위치한 제6효에서는 기의들의 융합이 공간적으로 이루어지게 된다. 여섯 번째 효가 발음되는 순간 이미 사라진 다섯 개의 효가 제6효에 가중되면서 총체적 하나로 형태화한다. 이렇게 하여 시간적 위계성을 넘어 공간화하게 되므로 상이라고 한 것이다.[71]

시각적인 것은 공간에 관계되고, 청각적인 것은 시간에 관계된다. 사유에 필연적으로 영향을 미치는 동서양의 문자를 비교해보자. 데리다는 표의문자는 공간적 속성이 강하고 표음문자는 시간적 속성이 강한데, 서구의 문자는 시간 속성이 강하므로 육성언어인 음성 중심주의(Phonocentrism), 즉 로고스 중심주의(Logocentrism)로 간 것이라 하며 이를 비판적으로 평가했다.[72] 데리다는 이를 지양하고 무한히 흩뿌려지는 기

---

70) 김형효, 『노장 사상의 해체적 독법』, 청계, 1999, 18, 30, 69쪽.

71) 『易과 탈현대의 논리』, 155~163쪽.

72) 데리다가 소리의 세계를 부정적으로 파악한 반면, 들뢰즈는 견해를 달리한다. 들뢰즈는 보이는 세계가 현실성이 지배하는 세계라면, 들리는 세계는 잠재성이 지배하는 세계라고 하며 흐르는 노마드(Nomad)적 유목의 삶에 의미를 더 두었다(강신주, 『철학 VS 철학: 동서양 철학의 모든 것』, 그린비, 2010, 387~398쪽). 이러한 차이는 데리다는 원형의 회복에, 들뢰즈는 본질의 미래적 탐색으로 다른 부면을 본 데서 비롯

호의 산종(Dissemination)적 탈중심화를 주장한다. 이와 같이 서구 전통의 한계를 인식한 데리다의 사유는 현대 해석학 지평의 새로운 돌파이며 동시에 동양적인 것에 대한 재성찰의 계기로 작용한다.

대상을 상형해낸 표의문자 한자는 시각문자이며 속성적으로는 공간성에 연결되는데, 이는 한자가 육성 언어가 아니라 문자 언어이며 그림에 가깝다는 뜻이다. 그러나 한자는 단순한 픽토그램(Pictogram)이 아니라 창조적 상상이 들어간 미토그램(Mythogram)이라고 본다. 그림은 대상의 원형을 직접 투사한다. 그래서 문자 언어는 육성 언어에 비해 직관 소통이 가능하며 그 소통 속도가 빠르다. 르루아 구랑(Leroi-Gourhan)은 태초에 말, 그림, 글이 하나의 융합체였다는 사실을 고생물학적 시각으로 증명했다.[73]

이와 관련하여 김상일은 데리다가 추구했던 '원-글'은 '글=그림'의 논리에서 나온 것인데 이것만으로는 부족하며, 여기에 '글=그림=(원전을 향한 영혼의)그리움'으로 삼박자가 맞아야 비로소 전일(소一)을 향한 진전이 가능하며, 이것이 바로 역의 '상-수-사(辭)' 삼박자의 트로이카 원리라고 주장한다.[74] 기호로써 말하면서 기호에 부재하는 점에서, 주역의 세계는 실의 세계가 아니라 허의 세계이며, 그러나 그 허가 파생 실재, 즉 시뮬라크르적으로 발현하여 실제를 대신하며 역설적으로 작용한다. 그래서 주역 기호의 역설(易說)은 곧 역설(逆說)이기도 하다.

주역의 괘는 그림 기호인 음양을 재료 삼고, 효의 전개 가운데 시간적으로 은환유적인 스토리를 담아낸다. 그리고 이 기호의 세계는

된 것으로 생각된다. 들뢰즈의 잠재성은 '2) 음양 연기의 흐름의 기호학, 태극'에서 좀 더 논하기로 한다.
73) 김성도, 『기호, 리듬, 우주』, 인간사랑, 2007, 403~410, 570쪽.
74) 김상일, 『易과 탈현대의 논리』, 53~55, 150~154쪽.

마지막 제6효에서 그 흐름이 정지된 채 사진 찍히며 의미를 던져낸다. 각 효는 각각 유추와 유비의 은유적 치환으로 의미를 만들어낸다. 여섯 개의 효가 전개되면서, 각 효는 그 위치에 따라서, 또는 연접한 각 효를 지나며, 그리고 효들 간의 상호 조응적 관계 속에서 시간적 전이와 함께 환유적으로 맥락화되며 의미를 구성해내고, 사건을 총체적으로 표상한다. 이렇게 구현된 괘는 다시 시적 은유로 우리에게 의미를 던진다.

이렇게 괘효는 은유적으로 발생된 각 효의 의미가, 효와 효의 전개 과정에서 환유적으로 미끄러지며 전체적으로 맥락화하는 과정을 밟아 나간다. 그리하여 앞 효의 사건은 차이 속에서 다음 효로 미끄러져가며 완결을 지연하며 흘러나간다. 이것이 차연(différance)의 교직화(Textile) 과정이며, 괘라고 하는 텍스트(Text)가 짜여가는 과정이다. 차연이란 말이 '다르다'는 뜻의 differ와 '연기/유예하다'라는 뜻의 defer의 합성어임을 생각해보면, 이는 '차이'라고 하는 공간 개념이 '연기'라고 하는 시간 개념과 만나는, 즉 시간과 공간의 교직화가 일어남을 알 수 있다.

데리다는 기의를 묘사하는 기표와 그 대상체인 기의 사이에는 영원히 합일되지 못하는 차이가 존재하고, 그 차이는 연관되는 다른 기표와 기의로 이전되며 서로를 되먹이는(Feedback) 과정을 반복하며 한없이 지연되고 본체인 '원-기의', 즉 데리다가 말한 '원-글'은 현전하지 않고 기호들 가운데 차연되며 영원히 모습을 드러내지 않는다고 했다.[75] 즉 신은 모습을 드러내지 않고 그 파생의 현존만이 시공간적으로 존재할 뿐이다.[76] 언명[기표]은 실체를 드러내기 위한 것인데,

---

75) 기표와 기의의 상호성에 관한 포스트구조주의 및 정신분석학적 의미에 대해서는 졸고 「존재, 관계, 기호의 해석학」(『중국인문과학』 34집, 2006, 591~595쪽) 제3장 '정해진 답[定答]은 있는가?'를 참조.

실체는 오히려 기표들 사이에 유동하며 흘러 다닐 뿐 자신의 본 모습을 드러내지 않는다. 즉 기호로 자기 언명을 하는 순간 자신이 사라지는 역설이 발생하는 것이다.

주역은 서로 다름[상이(相異)]에서 시작하여 서로 미루어 옮겨[상이(相移), Transition]가면서,[77] 부단히 대상과 마주하며 상호 텍스트적으로 의미를 흩뿌려 나간다. 이렇게 '서로 다름'에서 '서로 옮겨감'으로 전개되는 주역 괘효의 차연의 흐름에서 초효의 시간에서 출발한 괘효의 여정은 상효의 공간에서 하나의 괘로 맺어지는 일점 정지의 순간에 캡처(Capture)되고, 그 지점에서 한 장의 상으로 픽처(Picture)되어 은유의 메시지를 던져내는 것이다. 이렇게 상호관계의 고리 속에서 대립과 보완과 역설을 내포한 채 동태적으로 생성되며 시공을 하나의 차원으로 융회해내는 주역 기호학의 체계가 약 3천 년 전에 이루어졌다는 점은 인류사의 경이로운 일이다.[78]

2) 음양 연기의 흐름의 기호학, 태극

앞 절에서는 '역설과 은유의 열린 의미 지평 및 괘효의 시공 교직성'이란 주제로 역의 기호학적 특징이 애초부터 정적 세계를 부정하고 동적 역설을 내포한 총체 사유를 지향하며, 괘효의 독법은 위치와 대응 및 사를 통하여 기호의 시적 지배를 보여주고 있으며, 괘효의

---

76) 存은 시간상의 있음이며, 在는 공간상의 있음으로서, 존재는 시공간상에 잠시 발현되었다가 사라질 뿐이다.

77) 김상일, 『역과 탈현대의 논리』, 지식산업사, 2006, 153쪽.

78) 20세기 양자역학의 선구인 아인슈타인이 E=mc²의 공식을 통해 時空을 하나로 묶어낸 것을 생각할 때, 그 직관과 통찰은 매우 놀랍다. 인도 불교에서 온 개념인 시간과 공간을 하나로 묶어내는 개념으로서의 宇宙, 世界, 存在와 같은 말이 이를 참증한다.

연접적 전개는 시간과 공간의 상호 교직 속에 흘러나가며 마지막에 캡처되어 픽처로 남아 우리에게 의미를 던져준다고 설명하였다.

본절에서는 주역 기호학의 또 다른 큰 특징으로서 괘효보다 그 원형태인 태극을 중심으로 유동, 즉 흐름의 사유를 미분적 유동과 관련하여 생각해보고자 한다. 본절의 내용은 일정 부분 필자의 「한시의 뫼비우스적 소통성」 중 역의 사유를 논한 제5장 제2절 '차이와 파동의 미분적 시간 연기'와 중복되는 부분이 있다.[79] 흐름의 사유는 주역 특징의 중요한 부분을 이루고 있기에 이를 빼고 논할 수는 없는 까닭이다. 본고에서는 그간의 생각을 더하여 재구성할 것이다.

차이와 흐름의 철학자 들뢰즈(1925~1995)는 『차이와 반복』에서 존재의 실재성(Reality)은 잠재성(Virtuality)과 현실성(Actuality)의 두 가지 측면을 지닌다고 했다. 다시 말하면 실재로서 주어진 상황은 드러난 현실성 외에 다르게 생성 가능한 잠재성도 안고 있다. 그래서 새로운 모습으로 태어나기 위해서는 잠재성의 층위로의 운동이 불가피하며, 이를 탈영토화라고 불렀다. 이와 같은 상념은 태극의 현대적 해석에도 일정한 참고를 제공한다. 주역의 태극으로부터 우리는 이와 같은 내재성의 흐름을 읽어낼 수 있다. 이제까지 본 것은 역의 분화된 상태인 괘와 효였으나, 역의 출발은 음양 양가성 내재의 표현인 태극 또는 그것마저도 드러내지 않은 무극에서 찾을 수 있다. 본고에서는 그 역사적 출발체인 태극 기호의 의미망들을 현대적으로 길어내 본다. 이러한 분석에는 미분 개념을 원용하여 흐름의 의미를 생물학, 사회학

---

79) 졸고 「한시의 뫼비우스적 소통성」(『중국어문학』 31집, 2009, 29~69쪽) 중 제5장 음양론에 관한 부분은 (1) 음양 상보의 총체 심미, (2) 차이와 파동의 미분적 시간 연起, (3) 음양 맥동의 허실 심미로 구성되어 있다.

적으로 해석한 들뢰즈의 관점이 의미 있게 다가온다.

동양에서 주역, 노자, 선, 시학의 중요 어젠다는 역시 언어에 대한 뿌리 깊은 불신이었으며, 그것은 20세기 현대 언어철학에서 분석적으로 재음미된다. 그리고 그 중심에는 데리다에서 이미 보았듯이 '차이'가 존재한다. 대상과 언어기호와의 차이, 기표와 기의의 차이, 이러한 것들이 우리가 '원-대상'으로 다가가는 데 있어서 방해 요소로 작용한다. 그런데 이는 언어적, 정태적 세계에만 머물지 않고 생명체와 그 환경, 나아가 우주 전체에 작용하는 것으로 인식된다. 실상 생명체가 살아가는 장은 끊임없이 차이가 발생하는 장이다.

그러면 이러한 차이를 산출하는 장은 어떤 것인가? 그것은 수학적으로 미분적인 것이다. 들뢰즈의 생철학은 결국 차이에 대한 미분적 고민으로 나타난다. 그의 구조주의가 보여주는 것은 미분적 구조가 생명체에 잠재해 있다는 것이다.[80] 삶이란 하나의 주체가 아니라 흩뿌려진 여러 점 사이를 이어가는 차이의 유목적 여정이요 흐름이다. 여기서 그는 그 차이의 세계 중 어느 하나를 가치적으로 선택하거나 부정하지 않고 인간의 영역과 그 바깥 영역의 관계를 되새기며 그 사이의 연속과 불연속, 미세함에서 거대함에 이르기까지 동적으로 횡단하며 흘러가는 그대로 수용하려는 자세를 보인다.[81] 필자는 이와 같은 의미들이 태극의 선을 통해 일정 부분 맥을 같이한다는 생각에 이르렀다. 그러면 주역 태극에서 나타나는 미분적 의미들은 어떻게 해석될 수 있을까? 태극과 관련한 두 개의 그림을 보자.

---

80) 고이즈미 요시유키 저, 이정우 역, 『들뢰즈의 생명철학』, 동녘, 2003, 28~30쪽.

81) 우노 구니이치 저, 이정우·김동선 역, 『들뢰즈, 유동의 철학』, 그린비 리좀총서 06, 2008, 281, 269~272쪽. 이런 점에서 그의 사유는 있는 그대로 받아들이려는 노장적 세계관과도 맥락이 닿고 있다는 생각이다.

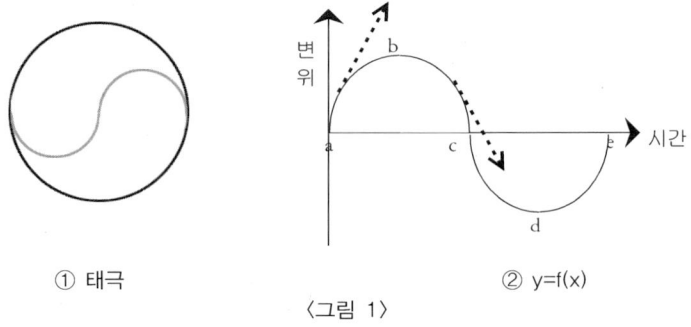

① 태극   ② y=f(x)

〈그림 1〉

그림 ①인 기호로서의 이 태극(☯)은 원과 그 원의 중심을 지나며 흐르는 중앙의 곡선으로 구성된다. 나누어진 양쪽은 각각 양과 음의 영역으로 상징 가능하다. 두 번째 그림은 그것의 내면 곡선을 함수화하고, 임의의 지점에서의 기울기인 미분선을 그어놓은 그림 ②, 즉 $y = f(x)$의 그래프이다. 그림 ①의 원을 거두어내면 그림 ②의 함수가 된다. 그러면 이제 태극 내면의 미분 철학적 독법을 생각해보자.

우측 파동 그래프에서 x축을 '시간(t)'으로, y축을 '위치'라고 상정해보자. 그러면 함수 $y = f(x)$는 원의 주기적 승강을 반복하며 진행할 것이다. 이 중 함수 $y = f(x)$가 x축과 만나는 부분들을 각각 a, c, e라 하고 그 사이의 정점들을 각각 b, d라고 할 때, 이 함수 $y = f(x)$의 움직임을 시간과 관련지어 생각해본다.

일단 a에서 b까지는 현상 플러스 구간 중의 상승기이다. 그리고 b에서 c까지는 현상 플러스 구간 중의 하강기이다. 이제 c에서 d까지는 현상 마이너스 구간 중의 하강기이며, d에서 e까지는 현상 마이너스 구간 중의 상승기로서 이렇게 네 구간을 거치면 1순환을 마친다. 그러면 이러한 움직임을 추동하는 내적 요인(Factor)은 무엇인가? 그것은 바로 함수의 각 단계마다 변화되는 기울기이다. 곡선의 기울기, 즉 모멘텀은 미분을 통해 구할 수 있다.[82] 여기서 곡선 중 각 점에서의 기울기는 바로 접선으로 나타나며, 그것은 미세하게 쪼갠 x가 움직인 동안의 y의 변화량으로 나타내므로 $\frac{dy}{dx} = \frac{\Delta y}{\Delta x}$가 되고, 미분식은 $y = f'(x)$로 나타낸다. 위 우측 그림 ②는 $y = f(x)$ 중의 어느 한 점에서의 접선의 마이너스와 플러스의 기울기를 예시적으로 보여준다.

미분은 미시 세계의 지향과 강도를 가늠하는 유용한 도구이다. 하지만 더욱 미시 세계로 들어가자면 기울어진 곡선을 $\frac{dy}{dx} = \frac{\Delta y}{\Delta x}$로 직선화하는 만큼의 미세한 차이를 지닌다. 결국 미분은 무리수적 무한 근사치에 대한 유리수적 차이를 극복하지 못한다. 즉 실재하는 '물 자체(Ding an sich)', 또는 '원-대상'을 온전히 재현하지 못하는 차이의 한계를 숙명적으로 내포한다. 이렇게 볼 때 미분의 의의는 현상의 이면에서 태동하는 수면하의 방향성을 통해, 그 동태적 지향을 미래적으로 알려주는 내적 힘에 대한 기하학적 수식화의 의미를 지닌다고 할 수 있다. 이제 위 그래프 중 $a \sim e$ 사이의 구간별 흐름을 도표로 나타내면 아래 주석과 같다.[83]

---

82) 모멘텀(Momentum)이란 물체가 한 방향으로 지속적으로 변동하려는 동기부여적인 힘이요 노력이다. 본래 물리학 용어로 동력을 말하며, 추진력, 여세, 타성이라고 한다. 기하학에서는 곡선 위에 있는 한 점의 기울기를 나타내며, 경제학에서는 한계변화율을 뜻한다. 특히 주식시장에서 주가가 상승 추세를 형성했을 때, 그 지속의 유력한 선행 지표가 된다.

83)

	시간 구간	$a{\to}b$	$b{\to}c$	$c{\to}d$	$d{\to}e\,(a')$	$a'{\to}b'$
$f(x)$	$f(x)$의 위치 구간	[+]	[+]	[−]	[−]	[+]
	$f'(x){\to}f(x)$의 기울기 [방향]	+	−	−	+	+
	$f'(x)$의 절댓값 [강도]	작아짐 ↓	⌐	↓	⌐	↓
$f'(x)$	$f'(x)$의 위치 구간	[+]	[−]	[−]	[+]	[+]
	$f''(x){\to}f'(x)$의 기울기 [방향]	−	−	+	+	−
	$f''(x)$의 절댓값 [강도]	커짐 ⌐	↓	⌐	↓	⌐

위의 그래프는 '모멘텀-현상' 간의 시간 연기적인 텍스트이기도 하다. 겉으로 보이는 현상 $y = f(x)$만으로는 진정한 실체의 이해에 이르기 어렵다. 현상은 그 모멘텀인 $f'(x)$를 통해 연기적으로 결정되며, 시차를 두고 수면으로 나타난다. 그리고 그 전조였던 $f'(x)$는 다시 그것의 전조인 $f''(x)$에 의하여 규정되는데, 이는 마치 양파 껍질과 같은 다층적인 연기적 표리 관계이다. 이를 달리 말하자면 이면의 모멘텀인 $f''(x)$는 $f(x)$를 결정하고, 그 $f'(x)$는 다시 $f(x)$의 모멘텀이 되어 현상을 결과한다. 3종의 상관 함수 $f(x)$, $f'(x)$, $f''(x)$의 관계는 손쉽게 '현상, 노력, 의지'로 말할 수도 있을 것이다. 이렇게 미분은 현실에서는 밖으로 드러나지 않지만 내적 동인으로 작동하는 이념적이고 잠재적인 벡터의 장으로서 차이의 분화와 현실화의 동인이다.[84]

이렇게 플러스와 마이너스, 그리고 현상과 이면, 그리고 시차에 관한 미분적 관계로부터 얻게 되는 시사는 주역 태극의 세계가 그 이면을 동태적으로 흐르는 음양의 '방향'과 '강도'들이 개재된 에너지의 파동적 흐름의 세계이며, 이로부터 우리는 양파껍질같이 벗겨낼수록 표리가 상호 연기되는 동형구조(Isomorphism)적 세계 질서를 유추하게 된다.[85] 에너지 흐름의 관점을 동양적으로 해석하면 태극은 음과 양이 서로 관계하여 만들어낸 기의 흐름으로 볼 수도 있다. 그렇다면 태극은 시공의 차연적 연기 속에서 그 내부 요소들인 음양의 상호성 속에 미분적 방향과 강도에 의해 매순간의 앞과 뒤에서, 그리고 순간마다 서로 다른 과정적 의미들을 파생하면서 유동하며 흐르는 세계

---

84) 『들뢰즈의 생명철학』, 38~39쪽.

85) 이 같은 유사 반복의 흐름은 '쿼크-원자-혹성-태양계-우주'나 '나뭇잎과 나무'와도 같은 동형구조의 설명에도 일정한 시사가 될 것이다. 한편 들뢰즈는 次數를 하나씩 감하는 미분의 세계는 잠재태로서의 신체에 대한 각 기관에 비견될 수 있다고 보았다.

질서의 기호적 표상이다.

태극 중심선의 흐름은 멀리서 보면 하나의 선이지만 작게 보면 단순한 선이 아니다. 그 선의 상하에는 미시적으로 수많은 불협화의 뇌동과 단속이 있다. 현상으로서의 수많은 존재의 파편들이 만들어내는 존재적 흐름으로서의 선이기 때문이다. 이러한 존재 발현의 불규칙성은 좀 더 멀리 보게 되면 나름의 맥(Pulse) 또는 주파수(Frequency)를 형성해나간다. 이는 생명체뿐만 아니라, 비생명체에서도 나타난다. 생명체마다 맥이 뛰듯이, 컴퓨터의 커서도 깜박거리고 전류도 음양의 교차 속에 전자기적 추동력을 만들며, 지표 위를 떠다니는 대기도 흐르고, 지구 역시 공전궤도인 황도면과 수직으로서가 아니라 지축이 23.5도 기울어진 채 세차운동(Precessional Motion) 속에 자전을 하며 돈다.[86] 달과 지구가 지구와 태양 주위를 멀리서 돌듯이, 매우 조그만 전자가 원자핵의 아득히 먼 곳에서 돌고 있다. 중국의 율시에서도 평과 측이 서로를 비추어가며 한편의 시율을 형성해나간다.[87] 나아가 각 주파수는 서로 간에 간섭하여 증폭과 소멸을 만들기도 한다. 건물과 다리가 무너지고, 사람 간에 힘을 만들어내는 것도 공명(Resonance)의 원리이다. 이러한 범우주적 맥동성과 상호 공명의 인드라(Indra)망적 비춤의 관계는 모든 존재를 대대적 연기로 추동시킨다.

실상 태극은 삼라만상의 세계를 그려내는 동아시아적 기호 표상이다. 태극의 이면에 잠재된 미분적인 힘들은 자연에서 분화하며 현실화한다. 이들은 미세하게는 매우 불안정하고 요동치는 듯이 보이지

---

86) 팽이를 돌리면 팽이의 회전과 동시에 팽이의 회전축도 수직선을 중심으로 이동을 하게 된다. 이렇게 팽이의 회전축이 이동하는 것을 세차운동이라고 한다. 지구도 자전축이 23.5도 기울어져 있으므로 팽이가 도는 것과 같이 지구는 자전을 하면서 세차운동을 하게 되며, 25,800년에 1회전을 하게 된다.

87) 한시의 음양론에 대해서는 졸고 「존재, 관계, 기호의 해석학」(2006)을 참조.

만, 거시적으로는 세계와 만나면서 안정된 카오스모스(Chaosmos)의 교향악을 연주해내곤 한다. 미분 방정식은 혼란으로부터의 질서이자 역동적 균형인 카오스모스의 세계를 내적으로 표상하고 있다.[88] 태극을 구성하는 이들 음양 상관적인 두 에너지의 흐름은 각개의 효에서 양의로, 그리고 다시 사상으로 나아가고, 다시 그 확장인 8괘를 거쳐 64괘, 그리고 더 나아가 무한괘의 세계로 확장 가능한 구조를 내재하고 있는 것이다.

이러한 차이와 파동의 음양 연기의 다양한 대대적 세계는 주역 각 괘를 구성하는 음양의 효(爻)들의 배열로써, 유비적 은유와 연접의 사건을 전개해내고 시공을 교직해내며 열린 의미 지평을 우리에게 던져준다. 여기에 '목화토금수'의 상생상극의 오행이론이 더해지며 더욱 정교화된 은유와 유동의 주역 기호학의 세계는 동서 문명을 막론하고 오늘날까지도 폭넓은 시사를 제공해주고 있다는 점에서 여전히 마르지 않는 사유의 깊은 샘이다.

5. 맺음말

본 연구는 주역이 태극과 음양의 두 기호로 구성되어 있고, 그것이 모여 괘를 이루며 인간의 삶에 관여하는 형태를 띤다는 점에서 출발하여, 기호학의 관점에서 태극과 음양 기호를 토대로 하는 주역 표상 방식의 특징을 논하였다. 본고의 내용은 크게 세 가지로 요약할 수 있다.

---

88) 『들뢰즈의 생명철학』, 55~64쪽. 멘델레프의 프랙탈 기하학, 로렌츠 끌개, 일리야 프리고진의 소산구조론 등은 그 과학적 예증들이다.

첫째로 음양 기호의 속성과 그 상호 텍스트성의 문제를 살펴보았다. 먼저 대상에 대한 실체적 접근에 있어서 차이와 생략과 왜곡의 불완전성을 최소화하며 동시에 두 주체 사이의 완전한 소통을 지향하나 그것은 영원히 채워지지 못한 채 언표되는 기호의 이중적 속성을 주역 기호의 상관성과 연결하여 보았다. 음양 기호[--, —]를 기호학이론과 결부시켜 잠정적으로 지표적 상징기호로 보고자 했다. 이와 관련하여 태극에서 음양으로, 그리고 노양(태양)==, 소양==, 노음(태음)==, 소음==의 사상과 팔괘, 그리고 수화기제와 화수미제의 64괘를 거쳐, 무한 괘로 확장되는 과정을 수학 철학적으로 설명해보았다.

둘째로 음양과 주역 표상 체계의 기호학에 관한 분석을 통해, 생략과 은유에 근거한 '주역기호의 시적 지배'라고 하는 점을 주역 괘사와 함께 고찰하고, 주역 기호학의 표상 체계를 상(象)과 역(易), 괘(卦)와 효(爻)의 동태적 성격을 분석하였다. 이를 통해 음양→효→괘로 전개되어 나아가는 주역 기호학의 과정 중에서 음양 기호가 구성하는 효와 괘의 상징적이며 동적인 유비와 유추의 속성을 설명하였다. 또 주역 표상 방식의 추상적 표현, 유비적 은유와 환유를 통한 의미의 전이 및 문화적 맥락화를 통해 괘의 의미가 다중적으로 흔들리며 확장되고 새롭게 해석되는데, 이 같은 과정을 통해 주역의 괘효사가 물리적 시공간과 문화적 한계를 넘어 서로 다른 상황 중에서 부단히 의미의 현재화를 추동해냄을 논했다. 그리고 이러한 주역의 언술 방식은 언어초월적 속성을 지닌 기호의 시적 지배에 의해 강화된다고 했다.

셋째로 은유와 유동의 주역 기호학의 특징에서 먼저 대립, 보완, 역설을 특징으로 한 의미 지평의 열림을 도출해내고, 괘효의 시공교직성을 데리다의 관점 및 은유와 환유 이론을 원용하여 논했다. 이러한 기호와 코드의 기본 요소들이 삼효 또는 육효의 전개선상에서 전이와 유동[흐름]이라고 하는 또 다른 확장을 기하고 있음을 고찰하였다. 주목할 것은 '초'효에서 '상'효로 전개되는 공간의 차이와 시간의 연기를 추동력으로 삼는 주역 괘효의 차연의 흐름이 지니는 시공의 상호 교직성이다. 그렇다면 시간적 초효에서 출발한 괘효의 여정은 공간적 상효에서 하나의 괘로 맺어지는 순간에 캡처(Capture)되고, 그 지점에서 한 장의 상으로 픽처(Picture)되며 은유적 메시지를 산출해내는 것이다. 다음으로 태극과 그 중심선의 흐름에서 주역 사유의 동태성을 특징화하여, 들뢰즈의 미분 관점을 태극과 결부시켜 $f'(x)$와 $f(x)$의 미분철학적 의미를 전조와 현상으로 풀어냈다. 또 태극의 중심선에는 미시와 거시 양면에서 파편적 현상과 그것들을 총화시켜 나가는 카오스모스적 질서의 흐름과, 음양 맥동과 대대 연기의 유동의 기호 철학이 담겨져 있음을 말하였다.

본고에서 필자는 주역 기호학의 관점에서 주역의 기본 요소인 음양, 괘효, 상과 역, 기호의 시적 지배, 역설과 은유, 음양의 대대적 연기, 그리고 태극에 내재된 음양 연기적 흐름의 미분 철학적 의미들을 데리다와 들뢰즈 및 문예 이론의 관점들을 적절히 원용 고찰해 보았다. 학제 융합적 성격의 본고가 나름의 의미를 지니기는 하겠으나, 주역 연구사가 유장한 데다 관련 범위와 사안이 크고 방대하여 한 편의 논문으로서 두루 다룰 수는 없는 노릇이다. 본고에서는 주역 기호의 표상 체계와 방식을 기호학적으로 풀어보았으며, 차후에는 주역 표상 체계의 구체적 내용과 쓰임을 계사전 및 이와 연계된 주역 이론의 다양한 확장 양상과 연결해 생각해볼 것이다.

IV

전사사(前四史)의 용례로 본
한대 문학관념[*]

이규일[**]

1. 들어가는 말

　우리가 현재 사용하는 문학이라는 용어는 영어의 'literature'를 번역한 말이며 기록을 뜻하는 라틴어 'litteratura'에서 나왔다. 이 말은 문자를 가리키는 'littera'에서 기원했기 때문에 원의를 따지자면 문자로 기록된 모든 것을 가리킨다. 그러나 중국에서 처음 사용된 문학이라는 용어는 『논어(論語)』에서 사용되었다. "문학이라면 자유와 자하가 있다"는 구절이다. 공자가 말한 문학은 폭넓은 독서와 지식, 즉 학문에 가까운 영역을 의미하고 있다. 독서와 지식도 일반적인 교양이 아니라 정치 방면에 사용될 수 있는 재능으로서의 학문을 가리킨다. 공자가 사용한 학문으로서의 개념은 선진 시기 문학 관념을 대표한다. 선진 시기 '문(文)'의 의미는 문신에서 출발하여 사회 현상과 제도로 발전하고 도덕적 가치까지 포함하게 된다. 하지만 굴원의 작품 이후

＊ 이 글은 「前四史의 文學, 文章, 文人 용례를 통한 한대 문학관념 고찰」(2011.3, 『동북아문화연구』 26)을 보기 쉽도록 수정한 것이다.
＊＊ 영동대학교 중국어과 조교수.

로 문장의 미감에 대한 의식이 형성되면서 한대에는 학술과 구분되는 글쓰기를 특수한 영역으로 인식하기 시작했다. 문학이라는 용어에서 학문의 의미와 비학문적 글쓰기의 의미가 분리되는 현상은 현대적 의미의 문학, 즉 개인적 행위로서의 글쓰기를 가리키는 개념의 등장을 가져왔다. 부가 흥성하여 한대를 대표하는 문학 장르로 발전하고 많은 부작가들이 전문 창작집단을 형성했던 점, 학술의 의미와 글쓰기의 의미가 분화된 점 등은 한대의 문학 관념이 이전의 시기에 비해 두드러지게 변모된 특징이라 할 수 있다. 한대 문학자각론을 제기하는 학자들에게 이러한 현상은 중요한 근거가 된다. 본 논문은 전사사(前四史)라 불리는『사기(史記)』,『한서(漢書)』,『후한서(後漢書)』,『삼국지(三國志)』의 문학, 문장, 문인 용례를 분석하여 한대의 문학 관념을 고찰하고자 한다. 물론 한대의 문학 관념이 선진 시기보다 한층 더 발전한 것은 분명한 사실이지만 여전히 현재의 문학 관념과는 상당한 거리가 있다. 따라서 중국문학사의 흐름 속에서 한대 문학 관념이 갖고 있는 특징과 한계를 함께 논하고자 한다.

2. 한대 역사서의 문학, 문장, 문인

1) 문학 용례

전사사에 문학 용어가 사용된 횟수는『사기』35회,『한서』68회,『후한서』22회,『삼국지』39회이다.『한서』에서 눈에 띄게 많은 회수를 차지하고 있는 것은 문학이 학문, 학술 특히 유학의 의미를 갖고 있던 당시의 관념 속에서 정통 유학사상을 견지한 반고의 사상적 성향과 유학이 사상의 중심적 위치를 차지하고 있던 사회적 환경을 반영하고 있다. 그다음으로 『삼국지』의 수치가 많은 것은 열전에 학문과 글쓰기에 능한 인물이 많아졌기 때문이기도 하며 문학과 관련된 다양한 범주들이 많아졌기 때문이다. 용례를 분석한 결과 전사사에 사용된 문학의 의미는 크게 다음과 같다.

(1) 율령, 법 관련 문서

> 한이 흥하여 소하가 율령을 정리하고 한신이 군법을 펼치고 장창이 장정을 만들고 숙손통이 예의를 정했다. 그리하여 문학이 점점 발전했다.

이 구절은 진·한 교체기의 상황을 적은 부분인데 율령, 군법, 장정, 예의 등 규정과 제도를 모두 문학이라는 용어로 포괄하고 있다. 국가 제도가 명문화되고 문서화되는 시기였기 때문에 문학의 개념에 포함되었던 것으로 보인다. 『사기·몽념열전』에도 "몽념이 일찍이 옥전(獄典) 문서를 썼다"는 기록이 있는데 형법에 관련된 규정을 기록한 문서를 문학이라고 칭한 것이다. 한대 후반으로 갈수록 이러한 의미는 점차 사라지고 있으며 『삼국지』에는 전혀 등장하지 않는다.

(2) 유학, 유가 경전

> 천자가 유학에 관심을 가져 어진 인재를 구했는데 조관, 왕장 등이 문학에 뛰어나 공경이 되었다.

이러한 용례를 보면 문학을 학술과 동일시하는 춘추전국 시기의 문학관념이 한대에도 계속되고 있음을 알 수 있다. 하지만 한대의 문학개념의 변천과정을 종합적으로 보면, 예악, 법도와 문화적 소양을 내포하는 '문(文)'의 의미가 '학(學)'과 결합하여 학술적 성격이 더 강조된다. 특히 한무제 이후 유학이 한대의 중심사상이 되면서 유학은 지식인들이 관직에 오르기 위해 공부해야 하는 분야가 되었다. 이로 인해 문학이란 용어에 학술적 성격, 특히 유학을 의미하는 경향이 심화되었다.

(3) 유학자

> 시황제가 천지에 제사를 지낸 후, 십이 년이 지나 진나라가 망했다. 모든 유생은 진나라가 시서를 불태우고 유학자들을 죽인 것을 미워했으며 백성들은 그 법을 원망했고 천하가 진나라에 등을 돌렸다.

문학이 유학, 유학 서적을 가리키는 용어로 사용되면서 유학자들도 문학이라는 말로 통칭했다. 진나라와 한나라 초기에 과거의 문물과 제도에 대한 지식을 유생들이 독점했기 때문에 학술과 관련된 개념들을 모두 문학이라 칭한 것으로 보인다.

> 소제 때 현량문학에 인재를 천거하여 박사와 제자의 인원이 백 명에 달했고 宣帝 말에는 두 배로 늘었다.

또 위의 인용문처럼 천자가 현량문학(賢良文學)을 선발했다는 구절도 한대 사서에는 다수 등장하는데 현량문학은 한대 인재선발 정책의 세부 항목이다. 한대에는 승상, 어사 등에 의해 추천받은 인재들이 심사를 거쳐 관직에 나갈 수 있었다. 이런 방식을 흔히 '찰거(察擧)'라고 한다. 한무제 때 찰거가 정례화되어 도덕적인 품성을 가진 현량, 유학 경전에 정통한 문학을 정기적으로 뽑았다.

(4) 관직명

> 준불의는 자가 만천이며 발해 사람이다. 『춘추』를 공부하여 군의
> 문학이 되었는데 나서고 물러남이 반드시 예법에 맞아 주와 군에
> 명성이 자자했다.

한대 사서에 가장 많은 횟수로 등장하는 문학 용례 중 하나는 관직 명으로 사용된 사례이다. 한무제 때 중앙에 태학(太學)을 설립하고 각 주 군과 제후국에도 학교를 설립했는데 이 학교들의 교관을 무학연(文學掾), 또는 문학사(文學史)라 불렀다. 문학으로 통칭하기도 했다. 한대의 문학 은 주로 경학에 뛰어난 지식인을 선발했으며 생도들에게 경학을 강수 하고 교화를 시행하는 일을 했다. 위의 인용문에 준불의가 맡았다는 군의 문학은 학교에서 교육과 교화를 담당하는 직책을 말한다. 문학 은 지방 관리인 동시에 지방 관학의 교사인 셈이다. 『한서·유림전』, 『후한서·유림열전』, 『후한서·문원열전』에 등장하는 다수의 문인들은 문학 관직을 맡았다. 『삼국지』에 보면 문학연 외에도 태자문학(太子文學), 평원후문학(平原候文學) 등의 관직명이 등장하는데 위나라 때에 새롭게 신설된 직책으로 전대의 문헌을 장관하고 문서업무를 담당했다.

이상의 사례에서 보자면, 전대 문헌에 대한 지식과 소양을 강조한 유가의 사상적 성향이 '문'과 '학'의 결합을 이끌었고 이렇게 형성된 '문학' 개념은 한대에서 주로 유학과 관련된 분야, 지식과 관련된 분

야, 문서와 관련된 분야를 가리키는 말로 사용되었다. 여기서 한 가지 부연하고 싶은 문제가 있다. 많은 중국학자들은 문학이 현대적인 의미로 사용된 것은 위진의 일이라고 말한다. 대표적으로 한대 문학자 각설을 주장하는 학자로는 장 푸루이(詹福瑞)가 있는데 그는 진수의 『삼국지』에서 문학이 개인적 글쓰기를 의미하는 문장과 동의어로 사용되었다고 말한다. 하지만 본 연구자의 검토로는 『삼국지』에 등장하는 문학 용어도 문장과 완전히 동일한 의미로 보기에는 모호한 부분이 많다. 중국학자들이 대표적인 예로 거론하는 사례는 "초기에 문제가 문학을 좋아하여 저술을 일로 삼아 스스로 엮어 완성한 것이 백 편에 이른다"는 구절이다. 위문제 조비는 문학사에서 여성적인 서정시를 창작한 시인이며 『전론·논문』에서 문기론(文氣論)을 제기한 이론가로 서술하고 있기 때문에 이 부분이 현대적 의미의 문학으로 사용되었다고 이해할 수도 있다. 하지만 이 구절의 뒷부분을 보면 "또 여러 유생을 시켜 경전을 편찬하고 종류별로 모은 것이 천여 편인데 황람(皇覽)이라고 불렀다"는 구절이 이어진다. 이 구절로는 조비가 좋아했다는 문학이 순문학, 즉 서정문을 좋아했다는 말인지 학술을 좋아했다는 말인지 단정하기 어렵다. 본 연구자의 생각으로는 "문제가 문학을 좋아하여"라는 구절은 이전 역사서의 서술패턴을 『삼국지』의 저자인 진수가 답습한 것이라고 생각된다. 예를 들면 『사기·강후주발세가』의 "주발이 문학을 좋아하지 않았다"나 『한서·두전관한전』의 "관부가 문학을 좋아하지 않고 임협을 좋아했다"는 기록처럼 개인의 성향을 설명하면서 학문 애호 여부를 거론하는 경우가 한대 사서에는 다수 등장한다. 때문에 이 구절로 위진 시기에 문학의 의미가 순문학과 동등하게 사용되었다고 단정하기는 어렵다.

2) 문장 용례

문장은 원래 색채, 무늬의 의미에서 출발하여 점차 예악법제 등 문명과 문화를 의미하는 개념으로 사용되었다. 예를 들어 『고공기(考工記)』에 나오는 "푸른색과 붉은색을 '문'이라 한다. 붉은색과 흰색을 '장'이라 한다"나 『장자(莊子)』에 나오는 "화려한 문장을 제거하고 현란한 채색을 없앤다" 등의 사례는 문장의 초기 의미, 즉 현란하고 화려한 수식미, 색채미를 의미한다. '문'의 초기 의미가 무늬, 문신을 의미했고 '장'의 의미도 무늬, 색채를 의미했기 때문이다. 쉬중수(徐中舒)의 『갑골문자전(甲骨文字典)』은 갑골문에 새겨진 '문(文)' 자에 대해 "똑바로 서 있는 사람의 형상을 본뜬 것이며 가슴에 그림이 새겨진 문양이 있다. 고로 문신의 문(紋)을 문(文)이라 한다"고 해석했다. '문'과 '장'에 대해 『설문해자(說文解字)』에서는 "문(文)은 뒤섞인 그림이니 엇갈린 무늬를 본뜬 것이다", "장(章)은 음악이 끝나 하나의 장이 된다"고 설명한다. 장을 완성된 한 단락의 음악으로 해석했는데 소리의 고저장단이 어울린 형태로 보았기 때문에 마찬가지로 소리의 무늬인 셈이다.

『논어』에도 문장이라는 용어가 자주 등장한다. 「공야장(公冶長)」 편에는 "선생님의 문장은 들을 수 있었습니다"라는 말이 있고 「태백(泰伯)」 편에는 "숭고하도다. 그가 이룬 공업이여. 찬란하도다. 그가 만든 문장이여"라는 구절이 있다. 주희를 비롯한 후대의 많은 유학자들은 이 구절의 문장을 예악법도로 해석했다. 즉 공자가 평생 추구했던 주나라의 제도이다. 아래에 인용하는 『순자(荀子)』의 구절도 문장이 도통(道統)의 의미로 사용된 사례라고 할 수 있다.

저 심신을 단정히 하는 사인(士人)은 귀함을 버리고 천함을 택했고 부유함을 버리고 가난함을 택했고 편안함을 버리고 수고로움을 택했다. 얼굴이 검게 타도 자신의 자리를 버리지 않으니 이런 까닭에 천하의 기강이 끊어지지 않고 문장이 없어지지 않았다.

이 내용이 추구하는 것은 부귀와 같은 세속적인 가치에 상대되는 가치, 유가에서 강조하는 정신적이고 인격적인 가치이다. 이런 가치를 추구함으로써 이어지는 문장의 전통은 바로 도통이다. 문장의 의미는 시각적인 색채미와 수식미를 가리키는 말에서 윤리적인 사회질서, 규율의 의미로 확대되어 사용되었다. 유가의 정신과 핵심적 가치가 담긴 개념이라 할 수 있다.

그러나 한대에 와서 문장의 의미는 문자 기록, 글쓰기의 영역을 가리키는 말로 사용되기 시작했다. 문학이 유학과 학술을 가리키는 개념이 되면서 문장은 글쓰기를 가리키는 개념이 된 것이다. 『사기·유림전』에 다음과 같은 기록이 있다.

신이 조서(詔書)와 율령(律令)이 내려온 것을 삼가 살펴보니 천인의 경계가 분명하며 고금의 깊은 뜻과 소통하고 문장이 바르며 훈계의 뜻이 깊고 두터우며 은혜를 베푸심이 매우 아름다웠습니다.

이 기록을 보면 문장이라는 용어가 문서에 기록된 글을 가리키는 개념으로 사용되고 있다. 즉, 지식이나 품행과는 무관한 글쓰기의 영역을 의미한다. 글의 내용에 대해서 따로 언급한 것으로 보아 이때의 문장은 글의 형식적 측면, 즉 문체를 말하고 있다. 문체의 시각으로 보자면 조, 서, 율, 령이 모두 실용적인 문서에 속하지만 여기서는 폭넓은 의미의 풍격(style)으로 볼 수 있다. 이러한 특징은 동한으로 가면서 더욱 명확해진다. 다음은 『한서·공손홍복식아관전찬』의 기록이다.

> 한대에 인재를 얻어 이에 크게 흥성했는데 유아(儒雅)로는 공손홍, 동
> 중서, 아관이 있었다. …… 문장으로는 사마천, 사마상여가 있었다.

여기에서 문장은 유아와 상대되는 개념이다. 유아는 유학에 대한
소양을 가리키며 문장은 글쓰기, 즉 문서의 제작과 관련된 능력을 가
리킨다. 물론 이때의 글쓰기가 현대적 의미의 순문학을 가리키는 것
은 아니다. 사마상여는 부작가로도 명성이 있지만 사마천은 순수 문
학에 종사한 작가라고 볼 수는 어렵기 때문이다. 적어도 이 인용문에
서 확실한 것은 학문, 유학에 대한 소양을 가리키는 말과 글쓰기의
능력을 가리키는 말이 구분되고 있다는 점이다.

『삼국지·위서·왕첨이류부전』에는 문학과 문장을 직접 대비시킨
사례가 있다.

> 그러므로 성실한 사인(性實之士)은 화평과 바름을 섬기고 청정한 사
> 인(淸靜之人)은 현허한 도와 물러남을 숭상하고 문학에 능한 사인(文
> 學之士)은 추론이 주밀한 것을 좋아하고 법리에 능한 사인(法理之士)은
> 분석과 정밀한 분류에 밝고 생각이 깊은 사인(意思之士)은 깊은 생각
> 의 돈독함을 알고 문장에 능한 사인(文章之士)은 논점을 적고 글을
> 짓는 것을 좋아하고 제도에 밝은 사인(制度之士)은 교화의 간략함과
> 요점을 귀하게 여기고 책모에 능한 사인(策謀之士)은 밝은 생각이 은
> 밀한 곳까지 닿음에 찬탄한다.

이 단락은 하후혜(夏候惠)가 유소(劉劭)를 추천하면서 한 말인데 문학
과 문장이 명확하게 구분되어 사용된다. 문장은 글쓰기 방면의 재능
을 가리키고 있으며 문학은 어떤 관점에 대해 논리적으로 사고하고

전개하는 능력을 말하고 있다. 여기서도 문장이 순문학을 정확하게 지칭하지는 않는다. 『삼국지』의 저자 진수는 진나라 때 사람이고 유소는 한위교체기의 사람인데 문장에 대해 "논점을 적고 글을 짓는" 것으로 정의한 것을 보면 이 문장이 개인적인 글쓰기라기보다는 실용적 기능에 더 중점을 둔 용어라는 것을 알 수 있다.

3) 문인, 문사 등의 용례

전대 문헌에 대한 지식을 문학이라 하고 문서제작 능력을 문장이라고 부르는 상황에서 이러한 능력을 갖춘 사람을 부르는 용어도 있었을 것이다. 후대에는 이러한 사람을 통칭하여 문인이라는 용어를 사용하지만 전사사에서는 문인보다 문리(文吏)라는 용어가 통용되었다. 문인의 용례는 『사기』 0회, 『한서』 0회, 『후한서』 1회, 『삼국지』 3회이고 문리의 용례는 각각 5회, 11회, 10회, 2회이다.

> 종일 힘써 전쟁을 치르며 적의 목을 베고 포로를 잡아도 막부에 전공을 올리면 한마디도 대답하지 않다가 문리가 법으로 옭아맨다.

> 공신을 물러나게 하고 문리를 받아들였으며 활과 화살을 거두고 말과 소를 해산시켰다. 비록 도가 아직 옛날과 같지 않지만 이 역시 창이 난무하는 전란을 그치게 했다.

각각 『사기·장석지풍당열전』, 『후한서·광무제기』의 기록이다. 인용문에서 보이듯 문리는 관직의 명칭이다. 문신(文臣)의 의미로 사용하여 무신(武臣)에 대비시키기도 했고 법을 집행하는 관리의 명칭이기도 했다. 문헌을 통해 얻은 지식으로 정무에 필요한 문서작성 등의 업무를 전담했기 때문에 이러한 명칭이 붙은 것으로 보인다. 후한 왕충의 글을 보면 같은 지식인이라 할지라도 고금의 서적에 두루 통달한 사람과 고금의 문장을 인용하여 글을 쓸 수 있는 사람을 구별하여 말했다. 왕충은 전자의 기능을 가진 사람을 통인(通人)이라 했고, 후자의 기능을 갖춘 사람을 문인(文人)이라고 했다. 후한에 가서 지식인의 기능이 점차 분화되는 양상을 볼 수 있는 대목이다. 독서를 통해 지식과 소양을 갖추는 것만으로는 다양해진 관리의 업무를 모두 충족시킬 수 없기 때문에 문서를 작성할 수 있는지 여부가 중요한 문제가 된 것이다. 이러한 상황으로 볼 때 한대에는 글을 짓는 행위가 특별한 기능이라는 관념이 형성된 것으로 보인다.

또 문사(文辭), 사(辭)라는 용어도 사용되었는데 의미와 성격은 문장처럼 글(text)을 가리키고 있다.

> 내가 들은 바로는 허유, 무광은 뜻이 매우 높다고 하던데 그에 대한 문사(文辭)는 대략적인 것도 보이지 않으니 어찌 된 것일까?

> 굴원이 죽은 후 초나라에 송옥, 당륵, 경차 등이 있어 모두 사(辭)가 뛰어나 부(賦)로 평판을 얻었다.

『사기・백이전』, 『사기・굴원전』의 기록이다. 여기서 사용된 문사, 사는 글, 기록, 글쓰기를 가리키는 용어이다. 지식이나 학문의 의미는 완전히 배제된 개념이다. 특히 두 번째 인용문을 보면 부 창작에 필요한 문체의 수식기능을 가리키고 있다. 문장을 아름답게 꾸미는 것은 실용성과는 무관한 것이며 순문학이 시작되는 첫 번째 징후이다.

사마천이 이 점을 간파한 것은 단순히 고대 문헌을 인용하여 실용적 문서를 제작하는 일과 문학적 욕구를 위해 글을 아름답게 꾸미는 일을 구분하는 인식이 있었기 때문이다.

4) 학술과 문학 개념의 분화

『사기』 84권에는 「굴원가생열전」이 있는데 굴원과 가의를 다룬 열전이다. 열전은 특별한 의미를 가진 역사인물을 다루는 편장이다. 그런데 사마천이 열전에 굴원과 가의를 넣은 것은 개인적 성향의 글쓰기가 특수한 영역이라는 인식이 표현된 것이다. 사마천은 그들의 전기를 기술하면서 작품의 배경과 작가의 심리에 대한 부분도 상세히 적었고 그들의 대표 작품도 열전 속에 인용했다. 역사 속에서 굴원과 가의의 중요한 의미는 학술과 구분되는 글쓰기를 시작한 문인이라는 점이다. 문장의 고유 영역이 형성되었기 때문에 굴원이나 가의 같은 문인도 한대의 역사서 속에서 주목을 받을 수 있었다. 당대의 요사렴(姚思廉)은 『양서·문학전』에서 "옛날 사마천, 반고는 사마상여전을 지었다. 사마상여는 한나라 조정의 대사에 간여하지 않았으니 아마도 문장이 뛰어남을 취한 것 같다"고 했다. 요사렴의 생각처럼 문인들이 한대 사서에 기록된 것은 그들의 문학적 재능과 창작의 성과를 기록할 만한 역사적 사건으로 생각하는 관념이 형성되었기 때문이다. 전목(錢穆)은 사관들이 문인의 창작 활동을 특별하게 기술한 것을 새로운 문학관념의 등장으로 생각했다. 그가 특별히 주목한 것은 『후한서』에 「문원열전」이 배치된 점이다. 『사기』와 『한서』에는 문인들도 개인적으로 열전에 기록했는데 『후한서』에서는 문인들의 기록만 따로 기록한 열전을 둔 것이다. 이는 글 잘 쓰는 사람을 특별한 재능이 있는 사람으로 보는 정도의 인식을 넘어 글쓰기를 한 범주로 묶을 수 있는, 또 묶어야 하는 성격의 것이라는 의식이 생긴 것이다. 특히 「문원열전」을 「유림열전」의 바로 뒤에 둔 것으로 보아 글쓰기가 유학과 관련된 것이라는 생각이 어느 정도는 작용한 것 같다.

한대에 학술과 문학이 구분되는 현상에 대해 가장 영향력 있는 학설을 제기한 사람은 궈샤오위(郭紹虞)이다. 그는 다음과 같이 말했다.

> '문학'과 '문장'의 구분이 있었기 때문에 '학(學)'과 '문(文)'이 나뉘고 둘이 되었다. 그렇지 않았다면 '문학'이라는 말로 둘을 모두 포괄했을 것이니 옛 학자들은 ('학'과 '문'이) 둘이라는 것을 알지 못했을 것이다. 하지만 이때 '문학'과 '문장'의 구분은 있었지만 '학'을 '문학'이라 불렀으니 지금 말하는 '문학'의 의미와는 다르다. 이 점이 문학관념 발전의 두 번째 단계라는 견해의 이유이나.

'학'과 '문'은 학술과 문학을 말한다. 이 두 가지가 다른 영역이라는 것을 의식한 점은 문학사의 측면에서 매우 중요한 현상이라고 할 수 있다. 아직 각 영역의 특성이 명확하게 수립되고 구분되지는 않았지만 적어도 현대적 개념의 문학, 즉 창작으로서의 글쓰기가 학술과는 다르다는 점을 인식한 것이다. 궈샤오위는 문학관념 발전의 과정을 총 세 단계로 본다. 첫 번째 단계는 주, 진 시기이며 두 번째 단계는 여기서 말하는 양한 시기, 세 번째 단계는 위진남북조 시기이다. '문'이 문신이나 채색을 뜻하는 원시적인 의미에서 문자, 문헌과 관련된 영역을 의미하게 된 것은 획기적인 전환이지만 모든 인문적인 문화 활동을 문학이라 칭하면서 창작의 특수한 성격을 의식하지 못한 점이 첫 번째 단계의 한계였다. 하지만 한대에는 개인적 글쓰기를 학술과 구분하는 의식이 생겼다. 그리고 훗날 남조 문필지변을 통해 순문학과 실용문이 구분되고 창작의 활성화와 순문학의 심미성에 대한 인식이 가능해진다. 이런 의미에서 한대는 세 번째 단계의 기초 과정이 되는 것이다.

하지만 앞서 인용한 기록들은 학술과 문학을 구분하는 의식이 형성되기 시작했음을 보여주는 것이지, 이 자체로 문학이 학술의 영역에서 독립했다고 보기는 어렵다.[1] 사서에는 학술적인 글과 문학적인 글을 통칭하는 경우도 많다. 『사기』에는 논설(論說)이나 저술(著述), 장주(章奏), 사부(辭賦) 등의 다양한 문체를 일괄적으로 서(書)라고 통칭했다. 고대 문헌도 서라고 했고 문인들이 쓴 여러 형식의 글도 서라고 호칭했다. 『사기·유림전』에는 동중서(董仲舒)에 대해 "학문을 닦고 글(書)을 짓는 것으로 일삼았다"고 적었으며 「사마상여열전」에서는 사마상여가 병이 나자 천자가 사신을 보내며 그의 글(書)을 가져오라고 했는데 사신이 돌아와 "집에 글(書)이 없다"고 대답한 일화가 있다. 동중서는 문인이라기보다 학자에 해당하기 때문에 그가 쓴 글은 학술저작이다. 반면 사마상여의 글은 주로 순문학 장르인 사부를 가리킨다. 특히 한무제가 그의 사부를 몹시 좋아했기 때문에 그의 유작이라도 잃지 않으려고 사신을 보낸 것이기 때문에 후자의 서(書)는 분명 사부를 말한다. 학술적 성격의 글과 문학적 창작의 글을 명확히 구분하지 않은 것이다. 그런데 동한의 반고는 사마천이 사용한 서의 개념을 구

---

[1] 루친리(逯欽立)는 문학(순문학과 실용문을 모두 포함한 의미의 문학)과 전문 학술저작을 구분하는 의식이 동한 왕충의 『논형·초기』에서 시작되어 동진 초기에 완성된다고 보았다. 루친리는 궈샤오위의 견해보다 훨씬 늦은 시점을 제시하고 있는데 이 시기의 문학관념이 성숙하지 못함을 강조하고 있다(루친리의 논문 「문필을 말하다(說文筆)」를 참고할 것. 『한위육조문학논집(漢魏六朝文學論集)』, 루친리, 섬서인민출판사(陝西人民出版社), 1984년, 322~327쪽에 수록되었음).

분하여 사용했다. 예를 들어 『사기·가의전』에는 "시를 외우고 글을 잘 써 온 군에 알려졌다"고 기록하며 글을 '서'로 적었는데 『한서·가의전』에는 같은 내용을 쓰며 글을 '문(文)'으로 적었다. 서라는 개념은 문자로 된 일반적인 기록을 가리키기 때문에 문학적 표현과 감정의 전달, 언어적 수식이 가미된 문(文)의 개념과는 의미가 다르다. 반고는 이 점을 의식한 것 같다.

그런데 또 『한서·양웅전』의 기록에도 학술적인 글쓰기와 개인적 글쓰기가 혼용된 사례가 있다.

> 실로 옛것을 좋아하고 도(道)를 좋아했으며 그 뜻은 문장으로 후세에 이름을 남기고자 했다. 경(經)은 『주역』보다 위대한 것이 없다고 생각하여 「태현(太玄)」을 짓고 전(傳)은 『논어』보다 위대한 것이 없다고 생각하여 「법언(法言)」을 짓고 사잠(史篇)은 『창힐』보다 좋은 것이 없다고 생각하여 「훈찬(訓纂)」을 짓고 잠(箴)은 「우잠(虞箴)」보다 좋은 것이 없다고 생각하여 「주잠(州箴)」을 짓고 부(賦)는 「이소」보다 깊은 것이 없다고 생각하여 그 작품의 내용을 펼쳐 넓게 하고 글은 상여보다 아름다운 것이 없다고 생각하여 부 네 편을 지었는데 모두 본 작품의 뜻을 깊이 헤아린 것이며 서로 모방하여 재능을 펼쳤을 뿐이다.

이 글에서 반고는 양웅이 문장으로 후세에 이름을 남기고자 해서 「태현」, 「법언」, 「훈찬」, 「주잠」, 「반리소」와 사마상여를 모방한 부를 지었다고 했다. 「태현」, 「법언」, 「훈찬」은 『주역』, 『논어』, 『창힐』을 모방한 작품으로 글의 성격이 경(經), 자(子), 사(史)에 속하는 학술저작이라고 할 수 있다. 반면에 「주잠」, 「반리소」와 사마상여를 모방한 「감천부(甘泉賦)」, 「우렵부(羽獵賦)」 등은 서정과 미의식을 표현한 개인적 글쓰기 작품이다. 경, 전, 사, 잠, 부를 열거한 것으로 보아 잠, 부의 문체로서의 특징은 의식했지만 학술저작과 잠, 부 작품을 모두 문장이라 칭했다. 학술성이 배제된 글에 대한 전문적인 호칭이 없었기 때문에 문장이라는 용어로 학술적인 글쓰기와 개인적 글쓰기를 모두 가리키고 있는 것이다. 학술과 문학이 다른 것이라는 인식은 있었지만 두 분야를 명확히 개념으로 구분하는 용어는 없었기 때문이다.

3. 전사사 서술에 나타난 한대 문학관념

1) 『칠략(七略)』에 나타난 문체관념

서한 시기 유흠(劉歆)이 『칠략』을 정리하면서 시부(詩賦)를 독립적으로 구분한 것도 동일한 맥락이다. 『칠략』은 중국 최초의 종합적인 도서분류 목록이라 할 수 있다. 그가 분류한 『칠략』에는 집략(輯略, 학술 簡史), 육예략(六藝略, 유가경전류), 제자략(諸子略, 전국 시기의 九流十家), 시부략(詩賦略, 문학작품), 병서략(兵書略, 군사 서적), 술수략(術數略, 수학, 천문, 역법), 방기략(方技略, 의약, 巫術)의 일곱 종류가 있다. 『칠략』 중 집략은 육략의 의의와 학술적 원류를 개괄하고 있으며 나머지 육략의 구분 내용은 다음과 같다.

육예략	역, 서, 시, 예, 악, 춘추, 논어, 효경, 소학의 9종
제자략	유, 도, 음양, 법, 명, 묵, 종횡, 잡, 농, 소설의 10종
시부략	굴원부(屈原賦), 육가부(陸賈賦), 손경부(孫卿賦), 잡부(雜賦), 가시(歌詩)의 5종
병서략	병권모(兵權謀), 병형서(兵形勢), 병음양(兵陰陽), 병기교(兵技巧)의 4종
술수략	천문, 역보, 오행, 시서(蓍龜), 잡점(雜占), 형법의 6종
방기략	의경, 경방(經方), 방중, 신선의 4종

유흠이 시부 항목을 별도로 분류한 것은 특별한 의미가 있다. 이 현상은 중국문학사에서 문학작품과 학술저작이 구분된 최초의 사례로 평가된다. 예를 들면 굴원 등의 개인 창작품을 육예, 제자, 병서 등과 대등한 분야로 인식한 점이나 시부의 개인적이고 서정적인 내용과 문체가 논어, 춘추 등의 학술저작이나 천문, 역법 등 실용이론서와 구분된다고 인식한 점에서 그러하다. 운문인 시부를 산문인 기타 장르들과 구분한 점은 후대 남조 문필지변의 효시가 된다. 청대 유천혜(劉天惠)의 「문필고(文筆考)」는 『칠략』의 분류를 예로 들어 "서한에서는 경(經)과 자(子)를 예(藝)로 보고 시부는 문(文)으로 보았다"고 했고 궈샤오위는 한대에 문학과 학술이 구분되지 않았다면 육조에서도 문필지변이 없었을 것이라고 말했다. 또 시부를 굴원부, 육가부, 손경부, 잡부, 가시의 다섯 가지로 세분화한 점도 문학적 특징에 대한 인식이 작용한 결과로 보인다. 네 가지는 부이고 한 가지는 시인데, 일단 부와 시의 차이는 음악과의 관계에 있으므로 둘을 나눈 것은 쉽게 이해할 수 있다. 하지만 부를 네 가지로 나눈 것은 근거가 애매하다. 유흠이 직접 그 이유를 설명하지 않았으니 정확한 기준은 알 수 없지만 나름대로 당시의 문학관념이 작용한 것은 분명하다. 그간 이 문제에 대한 연구자들의 의견 가운데 가장 영향력이 있는 관점은 류스페이(劉師培)의 학설이다. 류스페이는 문체의 표현방식에 따라 구분했다고 보았다. 그는 우선 主客賦(雜賦)와 나머지 굴원부, 육가부, 손경부를 총집(叢集)과 분집(分集)으로 구분하고 분집을 다시 세 가지로 나누었다. 첫째는 마음의 감회를 토로하는 부로 굴원부가 이에 해당되며 『시경』에서 기원한다. 둘째는 화려한 문사를 구사하는 부로 육가부가 이에 해당되며 종횡가에서 기원한다. 셋째는 이치를 펼치는 부로 손경부가 이에 해당되며 유가와 도가에서 기원한다. 류스페이의 견해에 따르자면 유향이 이미 부의 문체를 서정, 수사, 사상의 세 가지 각도에서 구분하는 정도의 문학관념을 갖고 있었다고 볼 수 있다. 그 외에도 이 네 종류의 부를 문체의 특징에 따라 구분하거나 풍간(諷諫)의 정도에 따라 구분하거나 풍아송(風雅頌)의 특징에 따라 구분하는 등의 다양한 학설이 제기되었다. 『칠략』은 원본이 산실되어 『한서·예문지』에 수록된 내용만 전해진다. 시부략을 세분화한 기준이 무엇인지는 기록이 없어 알 수 없지만 부의 문체적 특징에 대해 어느 정도는 인식했던 것 같다. 특히 문학과 학술을 구분하는 의식이 형성되기 시작한 시점에서 문학 내부의 특징을 기준으로 문체를 분류했다는 것은 주목할 만한 현상이다. 다만 한대 문학관념의 한계를 보여주는 것은 시와 부의 문체적 특징에 대해 직접적인 설명이 없다는 점 외에도 『시경』을 「시부략」에 넣지 않고 「육예략」에 넣은 점이다. 이는 『시경』을 문학작품이 아니라 유가 경전으로 보는 당시의 관점이 반영된 것이다. 도서를 분류하는 이론적인 기준에서는 학술과 구분되는 문학의 특징을 인식했지만 실제 문학작품에 대해서는 문학성보다 학술성에 더 주안점을 두었다. 당시 문학과 학술의 미묘한 관계를 보여주는 현상이다. 『칠략』의 분류는 한대의 다른 문학현상들보다 더 성숙한 문학관념을 보여주는 사례라고 할 수 있다. 시부의 문체적 특징에 대해 고려한 점은 중국 문체론의 발전사에서도 상당히 초기에 속하는 사례이다. 특히 운문인 시부를 산문인 기타 영역들과 구분한 점은 남조의 문필지변에 직접적인 영향을 주었다. 주지하다시피 운의 유무로 문과 필을 구분하는 것이 유협을 비롯한 남조 문인들의 대표적인 관점이었기 때문이다.

2) 한부 창작에 나타난 문학관념의 한계

한대 문학을 대표하는 문체는 부(賦)이다. 문학에 재능이 있는 문인들은 모두 부를 짓는 일에 몰두했다. 『한서・예문지』에는 한대에 지어진 부가 모두 1,004편으로 기록되어 있다. 뛰어난 부 작가들이 문학집단을 형성하며 활동하기도 했는데 초기에는 유비(劉濞), 유무(劉武), 유안(劉安) 등 제후의 빈객으로 몸담고 있는 경우가 많았다. 서한을 대표하는 문인 사마상여도 그의 작품 「자허부(子虛賦)」가 당시 천자인 한무제를 감동시켜 관직을 얻었다. 한무제는 문학을 좋아하여 사마상여의 작품을 보고 "짐이 이 사람과 한 시대에 살지 못하다니"라고 찬탄했다고 한다. 한무제가 부 창작을 적극 권장했기 때문에 부는 일시에 크게 활성화되어 황실에 전문 창작집단이 형성되었다. 반고의 「양도부서(兩都賦序)」에는 한무제부터 한선제까지 부가 대단히 흥성했음을 보여주는 기록이 있다. 여기에 '언어시종(言語侍從)'이라는 용어가 나오는데 이들이 바로 전문 창작집단이다. 『한서・예문지』에 따르면 언어시종의 부는 말할 것도 없고 여기에 열거된 공경대신들도 작품 수가 적지 않다. 한부의 흥성이 정치권력과 밀접한 관련이 있음을 짐작할 수 있다. 이들을 전문 창작집단이라고 말하는 것은 이들이 문학적 재능으로 선발되어 궁중에서 전문적으로 창작에 종사했기 때문이다.

언어시종들의 지위는 정식 관료인 공경대신과 구분되며 주로 연회나 사냥 등에서 황제의 오락적 수요를 충족시키는 역할이었다. 『한서・엄조전』에는 "특히 총애한 사람은 동방삭, 매고, 엄조, 오구수왕, 사마상여였다. 사마상여는 자주 병을 칭하여 일을 피했다. 동방삭과 매고는 근거 없는 지론을 펴 천자가 광대처럼 이들을 데리고 있었다"는 기록이 있다. 또 이들은 스스로도 궁중의 배우처럼 오락에 종사하는 신분이라는 것을 인식하고 있었다. 『한서·매고전』의 내용을 보면 매고는 "부를 짓는 것은 배우 같은 짓이어서 광대 같은 대접을 받는다. 광대같이 되었음을 스스로 후회했다"고 말했다. 언어시종들도 애초에는 정치적으로 야심과 포부가 있었고 자신들의 문학적 재능이 국가대사에 기여하기를 희망했다. 하지만 결과적으로 매고의 고백처럼 작가도 작품도 궁중의 광대처럼 오락과 소일의 대상으로 인식되었다.

열정적으로 창작에 몰두하는 문학집단이 형성된 것은 문학의 발전을 위해 고무적인 현상이다. 하지만 이 문학집단에서 경쟁적으로 양산한 작품들은 황제에 대해 아부에 가까운 정도의 찬사로 점철되었고 결국 부의 문학적 기능은 황제의 오락거리의 역할을 넘지 못한다. 이러한 문제는 부 작가들 내부에서 먼저 반성적으로 논의되었다. 앞서 거론한 매고 외에 양웅도 『법언(法言)』에서 부 작품을 시인(詩人)의 부와 사인(辭人)의 부로 이분화했다. 후자는 경차, 당늑, 송옥, 매승 등의 부를 가리키고 전자는 그가 가장 이상적으로 생각하는 형태의 작품인 굴원의 부를 말한다. 그는 굴원의 작품이 "위로는 옛 일을 끌어 살피게 하고 아래로는 금수를 인용하니 그 드러난 뜻이 양웅이나 사마상여는 미치지 못한다"고 했다. 양웅은 사마상여도 몹시 추종하여 의식적으로 사마상여의 작품을 배우려고 했었는데 굴원의 작품은 그보다 더 높은 수준으로 평가했다. 법도를 중시하고 지나침을 경계하는 생각은 문학의 사회적 효용을 강조한 것으로 유가적 문예관이 반영되었다. 양웅이 말하는 법도는 천자에게 정치의 득실을 조언하는 풍간기능을 말한다.

양웅은 자신의 창작 속에서 풍간을 실천하고자 노력한 바 있다. 그의 대표작 「감천부(甘泉賦)」, 「하동부(河東賦)」, 「우렵부(羽獵賦)」, 「장양부(長楊賦)」
는 모두 성제의 실정과 제사, 수렵의 규모에 대해 풍간하고자 지어졌다
고 서문에서 명확하게 밝혔다. 양웅은 부 창작을 통해 지식인으로서의
사회적 책무를 실천하고자 했고 또 그것이 가능하다고 믿었다. 반고의
「양도부서」에 나타난 바와 같이 부를 시의 지류라고 인식한다면 공자
의 시교 사상이 부에도 적용될 수 있기 때문이다. 하지만 이후 양웅은
부의 풍간 효능에 한계를 느껴 부를 짓는 일을 그만두었다.

> 양웅은 부는 풍간을 해야 한다고 생각했다. 반드시 유사한 사물을
> 펼쳐 말하고 화려한 언어를 다해 과장되고 사치스럽게 꾸미며 남
> 들이 더하지 못하도록 다투었다. 이미 그 풍자가 정도(正道)로 돌아
> 갔지만, 읽는 사람들은 이미 간과해버린다. 옛날 무제가 신선을 좋
> 아하여 사마상여가 「대인부(大人賦)」를 지어 올렸다. 풍간하고자 했
> 으나 무제는 오히려 날아올라 구름 위로 오르는 느낌을 빚다. 이
> 렇게 볼 때, 부는 권하기만 할 뿐 그치게 하지는 못함이 명백하다.
> 또 광대인 순우곤, 우맹 등처럼 법도도 없고, 현인군자 詩賦의 올
> 바름도 없으므로, 이에 다시 짓지 않았다.

이 글을 보면 풍간의 효용과 화려하고 과장된 표현방식은 서로 조
화를 이루기 어렵다. 신선에 미혹된 무제의 마음을 돌리려고 「대인부」
를 지었는데 무제는 오히려 화려하고 거침없는 문체에 도취되어 더욱
신선에 빠졌다는 것이다. 또 부의 화려한 문체는 작가들의 생존방식과
직결된 문제였기 때문에 풍간의 효과를 높이기 위해 형식미를 포기할
수도 없었다. 부는 언어시종들이 정기적으로 바치거나[獻賦] 천자의 명
령으로 짓는[使賦] 경우가 많았기 때문에 대부분 천자의 성덕과 업적을
예찬하는 내용들이었고 형식미에 치중하여 화려한 수사를 추구했다.
부를 짓는 사람들은 이러한 내용과 형식미를 극대화하여 천자를 즐겁

게 하고 천자의 총애를 얻고자 했다.

이러한 이유로 인해 양웅은 부에 대해 "어린 아이가 벌레모양을 새기는" 따위의 일이기 때문에 "장부는 할 만하지 않다"고 규정했다. 당시 가장 활발하게 창작되었던 문체였고 자신도 몰두하여 창작했던 부의 의미를 부정한 것이다. 그 배경에는 교화를 추구하려는 유가적 문학관념과 오락적 특성을 강조해야 하는 당시의 창작환경, 화려한 외형미를 부각시켜야 하는 문체적 특징 등 여러 가지 문제가 결합되어 있다. 이 현상도 '문'과 '학'이 섞이고 나뉘는 한대 문학관념을 반영하고 있다. 부는 관념이 아니라 작가들의 문학성이 구현된 실제 창작물이며 풍간에 대한 양웅의 강박관념은 유학이 창작의 영역에서 실제로 영향력을 발휘한 것이기 때문이다.[2] 동한 후기 서정소부의 유행은 부가 교화에 도움이 되어야 한다는 의식이 약화되면서 형성되었다. 보다 성숙한 문학관념의 과정으로 넘어가는 단계라 할 수 있다.

4. 나오는 말

이상에서 한대 문학관념에 대한 검토를 통해 나타난 가장 중요한

---

2) 유학이 사회의 중심적인 사상이 되면서 경전으로 전해지는 성인의 도에 대한 경외심은 지식인 사회의 보편적인 분위기였다. 때문에 새로운 글을 짓는다는 것은 성인을 거스르는 일이라는 의식이 있었고 이러한 관념은 창작활동에 큰 영향을 주었다. 유가에서 말하는 "옛것을 전술(述)할 뿐 창작(作)은 하지 않는다(述而不作)"는 관념이다. "술이부작"은 『논어』에서 공자가 했던 말이다. 오직 위대한 것은 성인이 만든 도이기 때문에 공자 자신조차도 도를 설명하고 전수할 뿐이지 그 외에 다른 내용을 직접 지을 수 없다는 것이다. 이에 대한 단적인 사례가 있다. 서한 말년 양웅이 경전을 모방하여 「법언」, 「태현」을 짓자 많은 유생들이 그를 비난했다. "창작"은 성인만 할 수 있는 일인데 양웅이 창작을 하여 성인을 능멸했으며 그의 글이 성인의 도를 훼손했다는 것이다. 위기를 느낀 양웅은 문자만 지은 것이며 내용은 성인의 도를 전술했다는 논리로 스스로를 변론했다. 자신은 언어와 문자로만 지었을 뿐이며 글 속에 담긴 정신과 도는 옛 성인들의 것 그대로라는 말이다. 이러한 사례를 보면 당시 글쓰기가 도의 구현에만 의미가 있을 뿐, 그 범위를 벗어나기 힘들었던 문화적 환경을 알 수 있다.

현상은 학술과 문학 개념의 분화이다. 전사사의 용례에서 보듯 문학이라는 용어는 현대에 사용되는 개념과는 큰 차이가 있다. 본문에서 서술한 것처럼 크게 ① 율령, 법 관련 문서, ② 유학, 유가 경전, ③ 유학자, ④ 관직명의 의미로 사용되었는데 모두 유학과 깊은 연관이 있다. 이러한 의미가 생성된 가장 핵심적인 배경은 지식과 관련된 전문적인 기능을 유학자들이 장악하고 있었고 그로 인해 이들이 관직에서 문서처리 직무를 담당했기 때문이다. 글쓰기 행위는 문학 대신 문장이라는 용어가 사용되었다. 문장이 문체를 지칭하는 경우도 있지만 용례로 볼 때 순문학 분야를 전문적으로 지칭하는 개념은 아니었고 학술을 의미하기도 했다. 또 그 외에 문사(文辭)라는 용어를 사용하여 글쓰기의 수식 기능을 가리켰다. 이러한 용례들을 보면 한대에는 학술과 글쓰기를 구분하고, 수식이라는 글쓰기 고유의 특징을 인식한 정도의 관념은 형성된 것으로 보인다. 용례 외에도 『한서 · 예문지』나 문인열전의 기록을 통해 한대의 문학관념이 투영된 현상들을 발견할 수 있었다. 『칠략』이 시와 부를 독립적으로 구분한 점, 전문적인 부 창작집단의 형성 등이다. 이러한 현상들은 문학의 고유한 영역과 특수성에 대한 인식이 이 시기에 형성되기 시작했음을 보여준다. 하지만 이 자체로 문학 개념이 정립되었다고 보기 어려운 한계가 있는 것도 사실이다. 문학 개념의 형성 여부를 판단할 수 있는 또 하나의 지표는 그 시기 창작활동이 어느 정도 왕성했는지, 그리고 그 창작을 주도했던 문인 계층이 뚜렷한 창작의식을 갖고 문학 활동을 했는지 여부라고 할 수 있다. 이를 통해서도 이전 시기와 구분되는 새로운 시대의 문학환경과 한계를 함께 발견할 수 있을 것이다.

V

문예창작 원천으로서
'흥회(興會)'의 개념과 역사성[*]

조성천[**]

1. 들어가는 말

중국시론가들은 이미 육조(六朝)시대부터 '흥회(興會)'로써 문예창작의 빌생을 설명하었디. 때문에 중국시론에서 '흥회'는 ㄱ 역사성을 가지고 있으며 문예창작의 발생에 관한 중요 비평 용어가 되었다.

졸고는 '흥회'의 개념을 분석, 고찰하는 데 초점을 맞추고 그것이 역사적 연진 과정을 거쳐 문예 개념으로 자리매김되고 문예창작의 원천으로서 주창되는 과정을 탐구한다. 이와 같은 측면에서 '흥회'에 대한 탐구는 고대 시론가들의 문예 발생에⁴⁾ 관한 관점을 고찰하는 것이다.

---

* 이 글은 졸고 「중국시론상 '흥회(興會)'의 역사성과 문예 미학적 의의」(『中國語文論叢』 第27集, 2004)를 토대로 이루어졌다. 중국고전문학이론은 빛바랜 과거의 정신유희가 아니며 현대의 예술창작에도 여전히 이론 자양이 될 수 있는 문학에 대한 소중한 담론이며 문화유산이다. 오늘날 우리는 이러한 오래된 정신문화유산에서 새로운 인문정신을 부흥시키고 그것을 소통, 확산시켜 우리의 미래가치를 창조해야 있다. 이러한 취지에서 이 글은 원래 글과 체제를 달리하여 대중과의 거리를 좁히고자 하였다.

** 을지대학교 교수, 중국고전문학비평 전공.

2. '홍회'의 개념과 출현배경

중국의 고대 시론가들은 '홍회'를 문예 창작의 원천으로 여겼다. '홍회'란 시인의 심령이 현실 경물에 직면하여 촉동을 받아 감흥이 고조되었을 때 시인의 내면에서 폭발하는 일종의 강렬하고 억제할 수 없는 창작 욕망이나 창작 격정이라 할 수 있다. 따라서 '홍회'를 현대 문예미학 개념으로 말하면 '창작충동'이다. '홍회'를 이와 같이 정의하면, 그것은 또한 『문경비부론(文鏡秘府論)』에서 말하는 '감흥'이다. 성복왕(成復旺)은 '홍회'를 심(心)과 물(物)이 서로 우연히 만나서 "미감이 도래할 때의 정신상태"라고 하였으며 그것의 개념은 오늘날의 '창작영감'에 가깝다고 하였다(『中國美學範疇辭典』, 中國人民大學, 290쪽).

중국시론에서 '홍회'는 이미 육조시대부터 출현하여 문예 창작의 중요한 원리로 강조되었다. '홍회'는 원래 『세설신어(世說新語)·상예(賞譽)』에 나오는 문예 개념이다. 왕선패(王先霈)는 "그것은 하나의 합성어로 그중의 흥(興)은 희열의 정서를 의미하고, 회(會)는 시기(時候)를 나타내어 홍회는 희열의 정서가 일어나는 시기"를 말하는 개념이라 하였다(「試說詩人興會」). 『세설신어사전』(장영언(張永言) 주편)에서는 '홍회'를 "홍치(興致)는 감촉된 바가 있기 때문에 일어나고 발동하는 것"으로 해석하여 '홍치'와 같은 개념으로 여겼다. 중국시론에서 일찍이 '홍회'의 개념을 사용하여 문예 발생을 설명한 사람은 바로 심약(沈約)이다. 그는 사령운의 시의 창작에 대해서 다음과 같이 총괄적으로 말하였다.

이에 송대(宋代)에 이르러 안연지(顔延之)와 사령운이 명성을 떨쳤다. 사령운의 홍회는 특출하고 안연년(顔延年)의 체재(體裁)는 명쾌하고

엄밀하였으니 모두가 전대의 뛰어난 작품에서 법을 삼아 후대에
모범을 내리게 된 것이다『송서(宋書)·사령운전론(謝靈運傳論)』).

    심약은 사령운의 시는 주체가 객체의 우연적인 촉발을 받아서 발
생한 창작 감흥이 문사로 표현되어 작품이 뛰어나다고 여겼다. 그의
이른바 "흥회표거(興會標擧)"는 이를 말한다. 이선(李善)은 심약의 『송
서·사령운전론』에 대한 주석에서 '흥회'를 "정흥(情興)이 모여진 것
(興會, 情興所會也)"이라고 해석하였다. 안지추 또한『안씨가훈(顏氏家訓)·
문장(文章)』에서 모든 문예가의 창작 강령으로 "흥회를 드러내어 성령
(性靈)을 이끌어내야 한다(標擧興會, 發引性靈)"고 제시하였다. 심약(沈約)이
말한 "흥회표거(興會標擧)"나 안지추가 말한 "표거흥회(標擧興會)"는 모두
'흥회'를 창작 이념으로 표방하고 있다는 점에서는 거의 같다.
    이처럼 '흥회'는 원래 『세설신어·상예』에 나오는 개념이었는데
육조시대 심약, 안지추 등이 그것을 문예 영역으로 이끌어 들여 시인
이 경물에 직면하여 내면에서 용솟음치는 창작 충동을 나타내는 개
념으로 사용하고 이것을 시가 창작의 중요한 원리로 표방하였다.

3. '육의(六義)'의 '흥'과 '흥회'

    '흥회'라는 개념은 당(唐)·송(宋)대에는 널리 통용되지 못하였다. 당
·송대에는 '흥회'보다는 오히려 '흥'의 개념이 '흥회'와 같은 개념으
로 보편화되고 통용되었다. 여기에는 다음과 같은 중요한 이유가 있
다. 본래 '흥'이란 『주례(周禮)·춘관(春官)』의 '육시(六詩)' 혹은 『모시서

『毛詩序)』의 '육의(六義)'의 한 개념으로, 그것을 수사 기법의 관점에서 해석하여 '탁유(托喩)'라고 하였다. 그러나 위진 남북조(魏晉南北朝) 시기에 이르러서 그것에 새로운 함의를 부여하고 새롭게 해석하려는 시도가 있었다. 때문에 위진 남북조 시기부터는 '흥'의 의미에 있어서 점차 분기가 일어나기 시작하였다. 그 첫 번째 시도가 지우(摯虞)에게서 이루어졌다. 그는 『문장유별론(文章流別論)』에서 "흥이란 감(動)이 있는 말이다 (興者, 有感之辭也)"라고 하여 '흥'을 단순히 수사 기교의 관점에서 해석한 것이 아니라 시인이 경물로부터 감응을 받아서 시인의 내면에 발생하는 심미 감수로 해석하였다. 때문에 지우가 말하는 '감(感)'이란 바로 『예기(禮記)‧악기(樂記)』의 "경물에서 감수하여 움직인다(感於物而動)", 유협(劉勰)의 『문심조룡(文心雕龍)‧명시(明詩)』에서 이른바 "경물에 감응하여 감수된다(應物斯感)"의 '감'과 같은 의미이다. 유협 또한 『문심조룡‧비흥(比興)』에서 비록 '탁유'의 관점을 연용하였지만 '흥'에 대해서 "흥이란 일으킨다는 것이다. …… 감정을 일으킨다는 것은 함의가 은미한 사물에 의탁하여 정의(情意)를 기탁하는 것이다. 사물에 의탁하여 정을 일으키기 때문에 흥의 수법은 이루어진다"라고 하여 "감정을 일으킨다 (起情)"로 그것을 해석하였다. 종영(鍾嶸)은 예술 효과의 측면에서 그것을 해석하여 "문(文)은 이미 다하였지만 의(意)가 남음이 있는 것이 흥이다"라고 하였다. 그리고 '흥'을 '삼의(三義)' 중에서 가장 첫머리에 놓았다. 종영은 '흥'을 이미 '비유'의 예술 기교로서 이해한 것이 아니라, 시가 작품이 완성되어 발생하는 예술 효과로 이해하였다.

당대에 이르러 왕창령(王昌齡)의 『시격(詩格)』, 교연(咬然)의 『시의(詩議)』, 편조금강(遍照金剛)의 『문경비부론(文鏡秘府論)』, 공영달(孔穎達)의 『모시정의(毛詩正義)』 등에서는 또한 '육의'의 '흥'을 예술 기교의 관점에서 새롭게 해석하고 새로운 함의를 부여하려는 시도를 진행하였다. 그러나 '육의'의 '흥'을 "경물에 감촉되어 감정을 일으킨다(感物動情)"의 관점에서 새롭게 해석하여 그것의 의미에 있어서 획기적인 전변을 가져오도록 한 사람은 가도(賈島)이다. 가도는『이남밀지(二南密旨)』에서 '육의'의 '흥'을 "경물에 감촉되어 감정을 일으킨다"의 관점에서 해석하여 "경물에 감동하는 것을 흥이라 한다. 흥이란 정이다. 외부에서 경물에 감촉을 받아 내부에서 정에 요동이 일어나니 정이 오는 것을 막을 수 없다. 때문에 흥이라 한다"라고 하였다. 가도는 '흥'을 시인의 심령이 경물에 감촉을 받아 시인의 내면에 솟아나는 창작 감흥으로 해석하였다. 때문에 여기에서 말한 정은 바로 '흥'과 같은 의미이다. 가도가 말한 '흥'은 바로 '흥회'와 같은 의미이다. 가도는 '육의'의 '흥'이 수사 기법에서 심리 감수로 발전되는 과정에서 교량 역할을 하였다.

　가도가 '흥'에 대해서 이러한 해석을 내린 이후, 송대(宋代)에는 '육의'의 '흥'을 "경물에 감촉하여 감정을 일으킨다(觸物起情)"라는 측면에서 해석하려는 경향이 두드러졌다. 이로써 "송 이후의 문예가들은 거의 흥을 심과 물이 서로 만나서 발생하는 심미 감수로 해석하여 흥이 탁유가 된다는 진부한 관점을 버렸다. 동시에 흥을 예술 창작의 성패, 고저의 관건으로 올려놓았다(성복왕,『神與物遊』, 140쪽)." 예를 들면 장계(張戒)는『세한당시화(歲寒堂詩話)』권하에서 "두보(杜甫)의 뜻은 그가 평소에 쌓은 것이 이와 같은 것이니 눈앞의 경(景)은 마침 의(意)와 합치되어 뜻밖에 시의 가락으로 발로되었으니 육의 가운데 이른바 흥이다. 흥은 경에 감촉되어 얻게 되니 이렇게 되어야 물을 취하게 된다"라고 하였고, 호인(胡寅)은 「여이숙이서(與李叔易書)」에서 '흥'에 대해 "경물에 감촉하여 감정을 일으키는 것을 흥이라 하니 물이 정을 움직이는 것이다"라고 하였다. 갈립방(葛立方)은 『운어양추(韻語陽秋)』 권2에서 "예로부터 시를 뛰어나게 하였던 사람들은 흥이 없지 않았었다. 물을 보면 감수가 있게 되니 흥이 솟아났다"라고 하였다. 양만리(楊萬里)는 「답건강부대군고감문서달서(答建康府大軍庫監門徐達書)」에서 "내가 애초에 이러한 시를 짓는데 의도가 없었으나 이러한 경물, 이러한 사건이 뜻하지 않게 나에게 촉동을 일으켰고 나의 뜻 또한 이러한 경물, 이러한 사건에 감흥을 받았으니 촉동이 먼저 있었고 감흥이 뒤따르자 이로써 시가 나오게 된 것이니 내가 어찌 간여해서였겠는가? 하늘에 의한 것이다. 이를 흥이라 한다"라고 하였다. '육의'의 '흥'은 이처럼 "경물에 감촉하여 감정을 일으킨다"로 해석됨으로써 그것은 더 이상 예술 기교로서가 아니라 시가 창작의 동인으로서 인지되었다.

명대(明代)에 이르게 되면, 학경(郝敬) 등의 시론가들은 '흥'을 '육의'의 부속 개념으로 논의하기는 하였지만, "경물에 감촉하여 감정을 일으킨다"는 측면에서 그것을 해석하였다. 그러나 사진(謝榛) 등의 시론가들은 '흥'을 '육의'의 부속 개념에서 완전히 탈피시켜 부(賦)나 비(比)와 병렬하여 논의하지도 않았다. 그것은 완전히 하나의 독립 개념으로 출현하여 창작 감흥을 나타내는 것으로 전용되었다. 이러한 실례를 사진의 『사명시화(四溟詩話)』의 곳곳에서 찾을 수 있다.

시(詩)는 구(句)를 짓는 것을 세우지 않고 흥으로 주(主)를 삼아 (그것이) 넘쳐흐르는 상태에서 시편(詩篇)을 이루니 이는 시가 하늘의 조화에 들어가는 것이다(권2).

붓을 달려 시를 이루게 하는 것은 흥이다(권3).

무릇 시를 짓는 데 있어서 슬픔과 기쁨이 모두 흥에서 나오니 흥이
아니면 시를 짓는 것이 뛰어나지 못하다. 즐거움의 뜻은 한정이 있
고 비애의 뜻은 무궁하다. 즐거움을 묘사한 시는 흥 가운데 얻어지
는 것이 비록 뛰어나지만 그러나 마땅히 짧은 글이어야 하고, 비애
의 감정을 묘사한 시는 흥 가운데 얻는 것이 더욱 뛰어나지만 수많
은 말이 반복되어지는 데 이르러 길수록 더욱 뛰어나다. 이백과 두
보의 전집을 숙독해보면 바야흐로 어느 곳, 어느 때 흥으로 쓰지
않음이 없는 것을 알겠다(권3).

사진의 관점을 통해서 그가 말하는 '흥'은 바로 심과 물이 서로 만
나서 발생하는 창작 감흥을 나타내는 개념으로, 그것은 시가 창작의
관건 요소로서 인지되어 창작 강령으로 주창되고 있다.

이러한 과정을 통해서 '흥'은 중국시론상에 심과 물이 서로 만나서
발생하는 창작 감흥을 나타내는 개념으로 출현하게 되었다. 이로써
'흥'은 '흥회'와 거의 같은 개념이 되었다.

4. 창작 감흥으로서 '흥'

중국시론상에서 출현하는 '흥'은 또한 본래부터 심과 물이 서로 만
나서 발생하는 창작 감흥을 나타내는 개념으로 사용된 경우도 많았다.
'흥'의 개념을 이러한 측면에서 고찰하고자 할 때 먼저 『세설신어』가
운데 왕자유(王子猷)의 '산음수흥(山陰垂興)'의 유명한 고사가 연상된다.

왕자유가 산음(山陰)에 거처하고 있었는데, 저녁에 큰 눈이 내리자
잠에서 깨어 창문을 열어놓고 술을 따르라 하고서 사방을 둘러보
니 모두 새하얗게 빛나고 있었다. 일어나 이리저리 거닐면서 좌사

(左思)의 「초은시(招隱詩)」를 읊조렸다. 갑자기 대안도(戴安道)가 그리워졌다. 그때 대안도는 섬(剡)에 있었다. 곧바로 야밤에 작은 배를 타고서 그곳에 갔다. 하룻밤 지나니 거의 이르게 되었는데 문에 당도하자 들어가지 않고 돌아왔다. 옆 사람이 그 까닭을 물으니 왕자유가 말하기를 "내가 본디 흥에 겨워 갔다가 흥이 다하여 돌아오니 어찌 꼭 대안도를 만나야만 하겠는가?"라고 하였다.

왕자유가 말한 '흥'은 바로 경물로부터 촉동을 받아서 솟아난 감흥을 말한다. 후대 시론가들이 시가 창작에서 감흥이 일어야 창작을 할 수 있고, 감흥이 사라지면 창작을 할 수 없다는 주장은 바로 왕자유의 '산음수흥' 고사와 밀접한 관계가 있다.

유협(劉勰)은 『문심조룡・물색(物色)』에서 "정왕사증, 흥래여답(情往似贈, 興來如答)"이라고 하였는데, 이에 대한 해석에서 주진보(周振甫)는 "감정으로 경물을 오게 하는 것은 예물 보내는 것과 같고, 경물이 창작 흥회를 일으키는 것은 답례하는 것과 같다"라고 하였다. 조중읍(趙仲邑)은 "감정의 서발은 마치 그것의 상호 간에 주고받는 것과 같고, 흥회의 도래는 바로 그것의 답례를 받는 것과 같다(『문심조룡역주』, 漓江出版社, 380쪽)"라고 하였다. 이에 대한 해석에서 두 사람의 해석이 완전히 일치하지는 않지만, 두 사람 모두 그중의 '흥'을 '흥회'로 보는 데 있어서는 일치된 관점을 보였다.

종영은 『시품(詩品)』 권상에서 사령운의 시를 "흥회가 많고 재예가 높다(興多才高)"로 품평하였고, 『시품』 권중에서 도잠(陶潛)의 시를 "문사와 흥회가 온화, 완곡하며 적당하다(辭興婉愜)"라고 품평하였다. 진원승(陳元勝)은 "흥다재고"의 '흥'을 '흥회'라고 해석하였고(『시품변독(辨讀)』, 安徽教育, 53쪽), 조욱(曹旭)은 "사흥완협"의 '흥'을 '흥치(興致)', '흥회'로 해석하였다. 그리고 조욱은 "사흥완협"은 "그 시가 흥회가 많다는 것을 말한 것이다(『시품집주』)"라고 하였다. 종영이 두 곳에서 말한 '흥'은 모두 직접적으로 창작 감흥을 나타내는 의미로 사용되었다.

당대에 이르러 수많은 시인들과 시론가들이 시가 창작을 설명하면 서 '흥'으로 창작 감흥을 표현하였다. 왕창령(王昌齡), 교연(皎然)에게서 이를 살펴보자.

> 의(意)로써 문(文)을 지으려면 흥을 타고서 즉시 지어야 한다. 만약 (정신이) 번잡하게 되면 즉시 그쳐서 마음으로 하여금 피곤함이 없도 록 해야 한다. 항상 이처럼 그것을 운용하여 바로 흥이 멈춤이 없 게 해야 하고 정신이 피로함이 없게 해야 한다. …… 지필묵을 항시 몸에 지니고 다니면서 흥이 오면 즉시 기록해야 한다. …… 강산(江 山)이 가슴에 가득 차서 합치되어 흥을 일으키니 모름지기 (번거로운) 일들을 끊고서 정흥(情興)에 전임해야 한다. 이로 해서 만약 한 편의 시가 지어지게 되면 모두 빼어난 작품이 된다. 흥이 조금이라도 없 어지게 되면 또한 시가 이루어지시 못하니 기다렸다가 니중에 흥 이 생기게 되면 이루어야 하고 억지로 하여 정신을 손상시키게 해 서는 안 된다(왕창령, 『시격(詩格)』).

> 혜강(嵇康)의 흥은 고원(高遠)하고, 완적(阮籍)의 뜻은 우아하면서 밝다 (교연, 『시의(詩議)』).

> 무릇 시는 창작의 마음을 갈고 다듬는 것이니 정으로 바탕을 삼고 흥으로 조리를 삼아야 한다. 이렇게 된 후에 청음(清音)이 풍률(風律) 을 운치 있게 하고 아름다운 시구가 그 문채(文彩)를 더욱 빛나게 한 다(교연, 『시의』).

진응란(陳應鸞)은 교연이 말한 "이러한 흥은 모두 심미감수이다(『詩味 論』, 巴蜀書社, 204쪽)"라고 하였다. 교연이 말한 "혜강(嵇康)의 흥은 고원 (高遠)하고"에서의 '흥'은 창작 감흥을 말한다. 그러나 "흥으로 조리를 삼아야 한다(以興爲經)"의 '흥'은 사실 '비흥(比興)'의 '흥'인지 아니면 창작 감흥의 '흥'인지 애매한 면이 있다. 그러나 진응란의 해석대로라면, 그것은 또한 창작 감흥을 나타낸다.

명대(明代)에 이르러서는 상술한 것처럼 사진(謝榛)의 『사명시화(四溟詩話)』에서 사용된 '흥'은 완전히 창작 감흥을 나타내는 전용개념으로 사용되었다.

지금까지의 논술은 중국시론상에 '흥'이 본래부터 심과 물이 서로 만나 발생하는 창작 감흥을 나타내는 개념으로 출현된 경우를 살펴본 것이다. 때문에 중국시론에 창작 감흥을 나타내는 개념으로서 '흥'은 두 가지 과정을 통해서 출현되었다. 하나는 본래부터 창작 감흥을 나타내는 개념으로서 '흥'이 존재해왔고, 다른 하나는 원래 예술 기교로서 '육의'의 '흥'이 해석의 과정을 거쳐서 창작 감흥을 나타내는 '흥'으로 변화, 발전되었다. 중국시론에는 이 두 가지 과정에서 제기된 '흥'이 때로는 명확하게 구분되지 않고 혼용된 경우가 많았다.

지금까지 '흥'에 대한 고찰을 통해 보건대, 중국시론에서 '흥'은 대략 세 가지 측면에서 출현하였다. 하나는 '육의'의 '흥'으로서 예술 기교를 나타내는 것, 다른 하나는 '육의'의 '흥'으로부터 분기되어 창작 감흥을 나타내는 개념으로 전용된 것, 셋째는 본래부터 전문적으로 창작 감흥을 나타내는 것이다. 중국시론에 출현하는 '흥'을 고찰할 때, '흥'에는 이러한 측면에서 그 함의가 내포되어 있다는 것을 유의해야 한다.

5. '감(感)', '감응(感應)', '정(情)', '정흥(情興)'으로서 '흥회'

중국시론상에서 주체가 객체의 촉발을 받아서 발생하는 창작 감흥이 반드시 '흥'이나 '흥회'라는 개념으로만 표현된 것은 아니다. 고대 시론가들은 그것이 발생하는 과정을 '감물(感物)'설(또는 '物感'설) 등으로 설명하였고, 이러한 과정에서 발생하는 창작 감흥을 '감(感)', '감응(感應)', '정(情)', '정흥(情興)' 등 다양한 개념을 통해 표현하였다. 예를 들면 『예기(禮記)・악기(樂記)』에서의 "경물에 감촉되어 움직인다(感於物而動)"의 '감(感)'은 비록 '감촉'의 의미가 강하지만 거기에는 이미 '감흥'의 감수까지를 포괄하고 있다.

위진(魏晉) 이후 육기(陸機)는 『문부(文賦)』에서 시를 음악의 부속 존재로부터 독립시켜 전적으로 시의 독자적 측면에서 그것의 발생 과정을 심과 물의 관계로 설명하였다. 그는 사시(四時)의 추이와 자연 만물의 변화가 시인의 정서를 촉발시킴으로써 그것이 시문에 드러난다고 하였다. 그는 자연 만물의 촉발로부터 창작 감흥이 도래할 때의 정신 상태에 대해서 가장 정채 있고 탁월한 언급을 하였다. 그는 창작 감흥이 도래할 때의 고도로 흥분된 정신 상태를 '응감(應感)'이라는 개념으로 표현하였다. 그리고 그것이 문예 창작에 미치는 중요 작용 및 특징에 대해서 형상적인 묘사와 분석을 하였다.

> 저 응감의 (출몰하는) 시기, 통하고 막히는 단서와 같은 것은 오는 것을 막을 수 없고, 가는 것을 멈추게 할 수 없어 간직하고 있으면 경(景)이 없어지는 것 같고 가버리고 나면 메아리가 있는 것과 같다. 바야흐로 천기(天機)가 분등할 때는 어찌 그렇게 종잡을 수가 없는가? 생각은 가슴속에서 바람처럼 일어나고 말은 입안에서 샘솟듯 흘러

나온다. 분분히 왕성하게 솟아나 말 달리듯 쏜살같은데 오직 털끝만큼이라도 잡히면 문(文)은 아름답게 눈에 넘쳐흐르며 음(音)은 밝게 귀에 가득하다. 육정(六情)이 막혀 흐르지 못할 때 지(志)는 떠나가고 신(神)은 막혀 고목처럼 우뚝 솟아 있고 마른 물줄기처럼 갈라져 정신을 잡아끌면서 오묘한 것을 찾고 혼백을 피곤케 하여 스스로 찾을 뿐이지만, 갈피(理)는 어두컴컴하게 더욱 은복되어 있고 생각(思)은 솟아날 듯만 하다. 이래서 육정(六情)이 막히어 고갈되었을 때는 후회가 많고 천기가 분등하여 의(意)에 따라서 할 때는 과실이 적다.

육기는 '천기준리(天機駿利)', 즉 시인의 내면에서 '응감'이 솟아날 때는 문사(文思)가 막힘이 없이 용솟음쳐 생동적이고 기세 넘치는 창작이 이루어지지만, '육정저체(六情底滯)', 즉 '응감'이 고조되지 못할 때는 문사가 막혀 낙필(落筆)이 어려워지기 때문에 설사 억지로 생각을 짜내고 무리하게 창작을 한다 하더라도 단지 도로(徒勞)에 불과할 뿐이라고 하였다. 육기는 오직 '응감'의 고조 상태라야 시적 감정이 막힘없이 용솟음치면서 영감이 발동하여 상상의 나래가 비약하고 생동적인 형상이 분등하여 뛰어난 작품이 이루어진다고 하였다. 그는 '응감'이 시가 창작의 성패의 관건임을 말한 것이다. 육기는 또한 '응감'의 출몰하는 시기, 통하고 막히는 단서는 인위적으로 제어하거나 파악할 수 없고 또한 이르고 사라지는 데 자취가 없다고 하였다. 때문에 그는 "비록 이 물이 나에게 존재하였지만 내 힘으로는 미칠 바가 아니어서 항상 빈 가슴만 어루만지며 스스로 아쉬워하였으니 나는 저 열리고 막히는 원인을 알지 못하겠다"라고 하였다. 때문에 육기가 말한 "응감지회(應感之會)는 바로 흥회를 의미"한다(성복왕, 『신여물유』, 161쪽).

유협(劉勰) 역시 심과 물의 상호 촉인(觸引), 감발(感發)의 관계로 문예의 발생을 설명하였고, 사시의 자연 경물이 시인의 심령을 격탕시켜

자아내는 창작 감흥을 '감', '정' 등의 개념으로 표현하였다. 그는 『문심
조룡·명시(明詩)』에서 "사람이 칠정(七情)을 품수하였으니 외물에 응하
여 감(感)을 한다. 외물에 감(感)하여 뜻을 읊조리니 자연 아닌 것이 없
다"라고 하였다. 또한 『문심조룡·전부(詮賦)』에서 "저 등고(登高)의 취
지를 찾으면 대개 물을 보고 정을 일으키는 것이다. 정은 물로써 흥
기되기 때문에 의(義)는 반드시 명아(明雅)하고, 물은 정으로 보이기 때
문에 사(辭)는 반드시 교려(巧麗)해진다"라고 하였다. 그리고 『문심조룡·
물색(物色)』에서 "계절마다 그 경물이 있게 되고 그 경물에는 모습이
있으니 정은 경물로 변화되고 사는 정으로 나오게 된다"라고 하였다.
유협이 말한 '감', '정'은 모두 창작 감흥을 나타내는 개념이다.

종영 또한 『시품(詩品)·서(序)』에서 천지의 원기가 사시의 자연 만물
을 변동시키고, 시시의 자연 만물의 변화가 또한 시인을 감촉시킴으
로써 감흥을 불러일으킨다. 이로부터 성정을 요탕(搖蕩)시키고 그것이
무영(舞詠)으로 나타남으로써 시가가 발생한다고 하였다. 종영이 말한
"원기가 만물을 움직이고 만물은 사람을 감촉시킨다(氣之動物, 物之感人)"
의 '감' 역시 『예기·악기』에서의 "경물에 감촉되어 움직인다(感於物而動)"
의 '감'과 거의 같은 의미이고 그것이 가지는 함의는 위에서 설명한
바와 같다. 단지 전자의 주체는 '물'이고 후자의 주체는 '인(人)'이다.
여기에서 창작 감흥이 또한 '감'으로 표현되었다.

소통(蕭統) 또한 「답진안왕서(答晉安王書)」에서 "여름과 가을이 바뀌기
시작할 때 감촉되어 발생하는 흥이 저절로 높아지고, 경물을 보고서
정을 일으키니 시가로 바뀌어진다"라고 하였다. 그가 말한 '감', '정'
은 모두 창작 감흥을 말한다.

이상에서 『예기·악기』와 육기, 유협, 종영, 소통 등은 모두 창작

감흥을 '감(感)', '응감(應感)', '정(情)' 등의 개념으로 표현하였다. 그리고 이들은 창작 감흥을 형상화함으로써 문예가 발생한다고 여겼다. 사실 이들이 말한 '감', '응감', '정'은 바로 '흥회'('흥')와 동일 개념이다. 때문에 유협이 말한 '도물흥정(睹物興情)'의 '정(情)'과 갈립방(葛立方)이 말한 '도물유감(觀物有感)'의 '감(感)'은 개념은 둘이지만 의미는 하나이다. 소자현(蕭子顯)의 "정흥(情興)을 그리고 묘사한다(圖寫情興)", 이선(李善)의 "흥회는 정흥이 모인 것(興會, 情興所會也)", 허학이(許學夷)의 "한위(漢魏) 사람들의 시는 정흥에 근본을 두었다(漢魏人詩, 本乎情興)" 등이 말한 '정흥(情興)'이란 바로 '정(情)'과 '흥(興)'이 각각 개념은 다르지만, 의미가 같아서 하나로 합성되어 동일한 개념을 나타낸 것이다. 문예 이론에서 등장하는 '감흥(感興)', '흥감(興感)' 등도 이러한 맥락에서 출현한 개념이다.

6. 문예 창작의 원천 - '흥회'

'흥회'라는 문예 개념이 비록 당(唐)·송대(宋代)에는 '흥'에 비하여 널리 사용되지 못하였지만, 청대(淸代)에는 보편적으로 사용되었다. 특히 귀장(歸莊), 왕부지(王夫之), 왕사정(王士禎), 원수정(袁守定), 원매(袁枚) 등은 '흥회'라는 문예 개념을 사용하여 시가 창작의 발생을 설명하였다.

먼저 귀장이 「오문창화시서(吳門唱和詩序)」에서 '흥회'로써 시가 창작이 이루어지는 과정을 설명한 경우를 살펴보자. 그는 시를 짓는 것과 고문(古文)을 짓는 과정을 비교하여 말하였다. 고문을 지을 때는 반드시 기(氣)를 고요히 하고 정신을 집중하여 깊이 생각하고 정밀하게 선택하여 고문에서 표현하고자 하는 뜻을 표출해야 하기 때문에 그것은 마땅히 깊은 방에서 독좌해야 하고 깊은 밤에 이루어져야 하고 향을 피우고 차를 마셔야 한다고 하였다. 그러나 시를 지을 때는 반드시 '흥회'의 출현을 기다려야 한다고 하였다. 때문에 깊은 방은 산에 오르고 물에 이르는 것만 못하고, 고요한 밤은 좋은 날 좋은 때만 못하며, 독좌하여 향을 태우고 차를 마시는 것은 고명한 친구 훌륭한 벗들과 잔을 돌리며 통음하면서 즐거워하는 것만 못하다고 하였다. 귀장은 시에서 표현되는 '흥회'란 바로 시인이 산에 오르고 물에 이르거나 혹은 좋은 날 좋은 때를 만나서 혹은 고명한 친구 훌륭한 벗들과 잔을 돌리며 통음하면서 출현되어지는 것으로 여겼다. 이것은 바로 '흥회'란 시인의 심령이 현실 경물과 교감함으로써 솟아나는 것을 말한다. 귀장은 '흥회'가 솟아나면 이에 운(韻)을 나누고 초에 눈금을 새겨 시가 이루어질 시각을 정하면 시인들이 기묘를 경쟁하고 민첩을 다투면서 그들의 호방한 기개, 뛰어난 문재, 훌륭한 심회, 심원한 흥취가 뒤섞여 나오게 됨으로써 훌륭한 시가 된다고 하였다. 귀장은 조비(曹丕) 등의 남피(南皮)의 유람, 왕희지(王羲之) 등의 난정(蘭亭)의 집회에서 여러 명승을 묘사한 시들은 모두 이러한 과정을 통해서 천고의 뛰어난 작품이 되었다고 하였다. 그러나 아무리 훌륭한 문재(文才)가 있다 하더라도 후세에서는 그와 같은 작품을 지을 수 없는 것은 바로 남피의 유람, 왕희지 등의 난정의 집회와 같은 독특한 분위기를 감상함으로써 발생되었던 '흥회'와 같은 심미 감수를 더 이상 재현시키기가 어렵기 때문이라고 하였다.

왕부지는 "오로지 흥회가 특출한 것으로 시를 이루면 자연히 정경이 모두 이르니 정경에만 의지하는 경우에는 정경을 얻을 수 없다"라고 하여, '흥회'를 '정경교융(情景交融)' 예술 형상 구성의 중요한 요건으로 여겼다. 뿐만 아니라 그는 '흥회'를 시가 생성의 중요한 원리로 표방하였다. 그는 장무순(臧懋循)의 「인일송범동생환오담연지연(人日送范東生還吳澹然之燕)」을 품평하여 "흥회로써 장(章)을 이루어 훌륭한 것이 되었다. 뒤에 경릉(竟陵), 왕사임(王思任)은 묘사에 있어서 눈을 어지럽게 하였으니 이것을 마치 다다를 수 없는 은하수처럼 보았다"라고 하였다. 그는 장무순의 작품이 뛰어나게 된 것은 바로 '흥회'로써 작품을 이루었기 때문이라고 하였다. 그러나 경릉파나 왕사임 등은 '흥회'를 도외시하고 단지 전인들의 작품에서 각종의 미사여구를 따다가 이리저리 배열하는 방식으로 시를 써서 사람들의 이목만을 현란하게 하였다고 하였다. 왕부지는 『석당영일서론내편(夕堂永日緖論內編)』에서 "정을 머금어 훌륭하게 표현을 하고 경물에 직면하여 마음을 자아내고 사물을 자세히 관찰하여 신묘를 얻게 되면 영롱 활발한 시구를 얻게 되고 자연조화의 신묘에 이를 수 있다"라고 하였다. 이것은 바로 왕부지가 제기한 시가 창작의 원칙이다. 여기에서 시가 창작 원칙으로서 강조된 것은 '흥회'이다. 왕부지는 '흥회'의 상태에서 붓을 들어야만 영롱 활발한 시구를 얻게 되고, 자연의 신묘에 들 수 있다고 하였다. 만약 '흥회'가 없이 단지 자구에서 기교만을 추구한다면 성정이 사라지고 생기는 삭연해진다고 하였다. 왕부지는 피일휴(皮日休), 육구몽(陸龜蒙) 등의 '송릉체(松陵體)'가 영원히 '소승(小乘)'으로 전락한 것은 바로 단지 모든 시를 운에 의거에서 제작하고 자구와 전고(典故)의 기교만을 강구하였기 때문이라고 하였다. 그러나 피일휴, 육귀몽 두 사람의 시가 그런대로 읊조릴 만한 점이 있었던 것은 바로 그들에게는 조금은 '흥회'가 있었기 때문이라고 하였다. 왕부지는 한유(韓愈)는 '흥회'와는 관계없이 험운(險韻), 기이한 글자, 옛 구절, 방언 등만을 늘어놓는 기교만을 자랑하여 그의 시는 단지 '주령(酒令, 벌주놀이)'에 불과하다고 하였다. 그는 황정견(黃庭堅), 미불(米芾) 등은 더욱 이러한 장애 속으로 빠졌고, 왕사임은 그것의 흐름을 이어서 자신이 본래 가지고 있는 뛰어난 재정(才情)조차 돌아보지도 않고 샛길을 찾았으니 진실로 애석하다고 하였다.

왕부지는 또한 『석당영일서론내편(夕堂永日緖論內編)』 특히 29, 30, 31, 34조목을 통해서 문파 건립의 기원, 전승, 목적, 폐악 등에 대해서 깊이 있는 논술을 하는 데 많은 지면을 할애하였다. 그는 특히 그의 창작 원칙의 관점에서 각종 문파들의 창작 방식에 대해서 신랄한 비판을 하였다. 그가 각종 문파의 창작 방식에 대해서 철저히 부정적인 태도를 가졌던 것은 바로 문파가 건립되어 야기되는 '흥회'와 같은 예술 생명의 부재 현상에 대한 비판이었다. 그는 시인이 현실 경물에 직면하여 촉동을 받아 감흥이 고조되었을 때 솟아나는 창작 격정에 의한 창작이라야 그것이 신묘한 필치가 된다고 하였다. 때문에 '흥회'는 그가 진정으로 추구하는 시가 창작의 중요한 원칙이었다. 그는 역대 시가의 품평에 있어서도 '흥회'를 품평의 주요 기준으로 삼았다. 그는 내붕(來鵬)의 「청명일여우인유옥입당장(淸明日與友人遊玉粒塘莊)」을 품평하여 "나는 특히 그 흥회를 맛본다"라고 하였다. 그는 내붕의 작품은 창작 격정이 강렬하게 폭발하여 상상의 날개가 비약하고 생동하는 무수한 형상들이 분등할 때 시인이 눈앞의 경물을 취하여 그것을 가볍게 표출시킨 것이라고 여겼다. 그는 또한 도잠(陶潛)의 「독산해경(讀山海經)」의 "미우종동래, 호풍여지구(微雨從東來, 好風與之俱)" 2구를 품평하여 "흥회가 뛰어나고 절묘할 뿐만 아니라 안배가 더욱 훌륭하다"라고 하였다. 그는 패경(貝瓊)의 「우취암암(寓翠岩菴)」을 품평하여 "흥이 일어나서 의(意)를 자아내게 되었고 의(意)가 다하여 언(言)이 그치게 되었으니 40자가 한 편을 이루게 되었다"라고 하였다. 그는 시인이 경물에 감촉을 받아 내면에 발생한 창작 감흥으로부터 시인이 작품에 표현하려는 주관 감정(意)이 생기고, 그것이 완전하게 표현되어 말이 그치게 됨으로써 한 편의 시가 이루어지는 창작 과정을 설명하고 있다. 여기에서 그는 한 편의 시를 이루게 하는 창작 동인은 바로 '흥(興)'이라는 것을 강조하고 있는 것이다.

왕사정은 「어양시화(漁洋詩話)」에서 "고인들의 시에서는 다만 흥회가 초묘(超妙)한 것을 취하였다"라고 하였다. 그는 고인들의 '흥회' 위주의 창작 태도를 말하고 있지만 그가 추구하는 창작 이념은 '흥회'임을 알 수 있다. 그는 「어양문(漁洋文)」에서 무릇 '시의 도'에는 '근저(根柢)'가 있고 '흥회'가 있다고 하였다. '흥회'란 거울 속의 모습, 물속의 달, 얼굴의 색, 영양의 뿔처럼 그것의 자취를 찾을 수 없다고 하였다. 이것은 자취를 파악할 수 없는 '흥회'의 신묘한 특징을 말한 것이다. '근저'란 '풍아(風雅)'를 근본으로 그것의 근원을 도출하고, 『초사(楚辭)』와 한위(漢魏)의 악부시(樂府詩)를 거슬러 올라가 그것의 흐름을 통달하고, 구경(九經), 삼사(三史), 제자(諸子)를 널리 보고서 그것의 변화를 궁구하는 것이다. '근저'를 한마디로 말하면 『시경』, 『초사』, 악부시, 역사서, 제자서 등을 통해서 탐구된 시의 기원, 흐름, 변화에 대한 학문적 기본 지식이다. 때문에 그는 '근저'란 학문에서 궁구되는 것이라고 하였다. 반면에 '흥회'란 시인의 심령이 경물에 감촉을 받아서 '성정(性情)'에서 발로되는 것이라고 하였다. 여기에서 왕사정은 '흥회'를 '시의 도'라고 말할 정도로 그것을 시가의 창작 원리로 천명하고 있다. 뿐만 아니라 그는 또한 시가 창작에는 반드시 시의 기원, 흐름, 변화에 대한 학문적 기초 지식도 중요하기 때문에 '근저'도 또한 '시의 도'라고 여겼다. 원수정은 『점필총담(占畢叢談)』 권5에서 '흥회'의 문예 미학적 의의에 대해서 "문장의 도는 흥회를 맞이하여 성령(性靈)을 서발하는 것이다"라고 하였다. 그리고 '흥회'가 시인의 흉중에서 발생하는 현상에 대해 "모름지기 평소에 경(經)을 먹고 사(史)를 먹고서 문득 감회가 생기도록 해야 하고 경(景)을 대하고 물(物)을 감촉하여 환히 (마음에) 깨달음이 있게 되어 일찍이 토해내고 싶은 말, 막아내기 어려운 뜻이 있게 된다"고 하였다. 때문에 만약 이러한 과정이 없이는 "비록 정기를 닳도록 하고 사려를 마르게 한다 하더라도 그 흉중에 본래 없는 것을 생기게 할 수는 없으니, 마치 연못에서 구슬을 말하나 연못에는 본래 구슬이 없고 산에서 옥을 캐려하나 산에는 본래 옥이 없어서 비록 연못을 미르게 하고 산을 평탄하게 하여 그것을 구한다 하더라도 소용이 없는 것과 같다"고 하였다. 원수정이 말한 바에서 '흥회'의 문예적 의의, 그것이 시인의 흉중에서 발생하는 상황, 그리고 그것의 양성과 획득에 관한 심미 관점을 볼 수 있다.

원매는 『수원시화(隨園詩話)』 권2에서 시를 고치는 것이 시를 짓는 것보다 어렵다고 하였다. 그것은 '흥회'가 도래하여 시적 감정이 막힘없이 용솟음치고 영감이 발동되어 상상의 나래가 비약하고, 형상이 분등한 상태에서 한 편의 시를 짓기는 쉽지만, '흥회'는 이미 사라지고 시의 큰 틀은 이미 결정되어져서 어떠한 시적 감정이나 영감도 발동하지 않고, 어떠한 형상이나 상상도 비약하지 않은 상황에서 시를 고치는 것은 시를 짓는 것보다 어렵다고 한 것이다. 원매는 유협이 말한바 "만 편에 대해서는 풍부하지만, 한 글자에 대해서는 막히게 된다"를 인용하고 그것에 대해서 "진실로 (창작의) 즐거움과 괴로움을 나타낸 말이다"라고 하였다. 원매는 유협이 말한 바를 시가 창작에서 '흥회'가 발동하였을 때의 창작의 즐거움과 '흥회'가 사라진 뒤에 창작의 괴로움을 토로한 것으로 해석하고 있다.

고대 시론가들은 이처럼 '흥회'는 시가 창작의 관건이 된다고 여겼기 때문에 만약 '흥회'가 도래하지 않을 경우에는 억지로 창작에 임하지 말고 반드시 그것이 용솟음치면서 분등할 때를 기다렸다가 창작에 임하여야 한다고 하였다. 왕사원(王士源), 왕사정, 송대준(宋大樽) 등이 말한 바의 "흥을 기다렸다가 창작에 나아간다(佇興而就)"는 바로 이를 의미한다.

왕사원은 맹호연(孟浩然)의 시에 대해서 서(序)하여 "매번 시를 짓는데 흥을 기다렸다가 착수하였다"라고 하였다. 왕사정의 『대경당시화(帶經堂詩話)』 권3 「현해문일(懸解門一)」에는 「저흥류(佇興類)」 다섯 조목이 들어 있다. 왕사정의 「저흥류」라는 전문 항목과 「저흥류」의 제일 조목에서 인용한 내용은 그가 강조하고자 하는 창작 강령을 알 수 있게한다. 송대준 또한 『명향시론(茗香詩論)』에서 '저흥(佇興)'의 문제를 언급하였다. 그는 시가 창작에서 만약 '흥'이 없이 억지로 창작에 임한다면 단지 흔적만을 남긴다고 하였다. 송대준이 말한 '아경(俄頃)'이란 창작 격정이 폭발하여 상상의 나래가 비약하고 생동하는 예술 형상이 분등하는 찰나의 시각을 말한다. 따라서 열자(列子)가 바람을 기다렸다가 그것이 일자마자 일거에 만 리를 날아갔듯이, 시인은 창작 격정이 폭발하여 상상의 나래가 비약하고, 생동하는 형상이 분등하는 순간이 오기를 기다렸다가 그것이 도래했을 때 그것의 순간적인 시각을 민첩하게 포착하여 그것을 영원의 예술로 형상화시켜야 한다는 것이다.

비록 장르에 있어서는 다르지만 시와 그림은 창작 원리가 같기 때문에 그림 그리는 원리 또한 시의 창작 원리가 동일하게 적용된다. 청대(淸代)의 왕욱(王昱)이 「동장논화(東莊論畵)」에서 그림을 그리는 데 있어서 요구한 '양흥(養興)'도 바로 이것이다. 그는 "그림을 그리기 전에 온전히 흥을 양성해야 한다. 혹 구름과 샘을 보기도 하고 혹 꽃과 새를 보기도 하며 혹 산보하면서 맑은 노래를 부르기도 하고 혹 향을 사르면서 차를 마시기도 한다. 가슴속에 쌓임이 있게 되면 재기가 발휘되려고 간질간질하게 되어 성정이 발로 되리니 곧바로 지필을 펼쳐야 하고 흥이 다하면 그쳤다가 흥이 생겼을 때 다시 그것을 지어야 한다"라고 하였다. 추일계(鄒一桂)는 『소산화보(小山畵譜)』에서 그림을 그리는 데 반드시 '흥회'를 기다렸다가 그것이 도래했을 때 붓을 잡아야 하는 것은 바로 "반드시 흥회가 저절로 이르러야만 바야흐로 천기(天機)가 활발해진다"라고 여겼기 때문이다 이로써 '흥회'(또는 '흥')야말로 모든 문예 창작의 근원이며 원천임을 알 수 있다.

7. 나오는 말

'흥회'는 중국시론상에서 복잡다단한 역사적 연진 과정을 거쳐서 출현된 문예 개념이다. 육조시대는 이미 '흥회'의 개념이 맹아되었지만, 문예 개념으로써 확실하게 자리 잡지는 못하였다. 육조시대는 이미 육기, 유협, 종영 등의 문예 비평가들이 문예 비평의 토대를 견고하게 쌓았고, 문예 관점을 설명하기 위한 문예 개념이 광범위하게 출현하였기 때문이라 여겨진다. 당·송대는 '육의'의 '흥'이 '경물에 감촉하여 감정을 일으키는 것'으로 해석되어, 창작 감흥을 대변하기 위한 더할 수 없이 좋은 문예 개념이 됨으로써, '흥회'는 여전히 '흥'의 언저리에 자리할 수밖에 없었다. 그러나 '흥'과의 상호 밀접한 관계로 인해서 당·송대는 '흥회'가 자리할 수 있는 공간과 토대는 충분히 마련된 시기이다. 명·청대에서 특히 청대는 문예가들이 '흥회'로써 문예 발생을 설명하였을 뿐만 아니라 그것으로 문예 품평의 기준을 삼았다. 이로써 청대는 '흥회'의 사용이 보편화되고, 중요한 문예 개념으로 자리하게 되었다. 청대에 문예가들이 어떠한 이유에서 '흥회'를 문예 개념으로 채용하게 되었는지 지금까지 논의된 바는 없다. 이것은 향후의 연구 과제이다.

육조에서 청대에 이르기까지 문예가들은 '흥회'를 주체와 객체의 상호 감촉의 결과로 발생하는 것으로 여기고, 문예 창작의 원천으로서 그것의 문예적 의의를 부여하였다. 때문에 그것은 모든 문예의 발생을 '심물교감(心物交感)' 내지는 '정경상생(情景相生)'의 결과로 설명하려는 문예가들의 관점을 대변하는 것이다. '흥회'는 또한 '정경교융(情景交融)' 예술 형상 구성의 관건이다. 문예가들은 경은 정에 의하여 기운이 생동하고, 정은 경에 의하여 정취가 그윽하게 표현되어 필묵 외에서 무한한 운미가 감도는 예술 형상은 '흥회'로부터 이루어진다고 여겼다. 그리고 '흥회'는 예술 작품의 우열 및 진가(眞假)에 관련된 것이 되었다. 문예가들은 문예 창작에서 '흥회'가 용솟음치는 상태에서의 창작은 '대승(大乘)'의 예술이 되어, 독자의 영혼을 울리게 되지만, 그것이 발생하지 않는 상태에서 붓을 드는 것은 '소승(小乘)'의 것이 되어, 문자의 유희에 지나지 않는다고 여겼다. 결국 중국시론상에 '흥회'의 고찰은 문예 발생의 본질과 진정한 예술 정신에 대한 탐구이다.

VI

중국시학에 대한 후대의 해석과
수용의 두 가지 양상*

최일의**

1. 도연명의 시에 대한 중국 역대의 해석과 수용의 양상[1]

우리가 문학사를 읽다 보면 흔히 시인의 문학적 성취에 대한 평가가 옛날이나 지금이나 항상 일정하였을 것이라는 착각을 하기 쉽다. 많은 후대 평론가들이 그 시인과 시를 다양하게 해석하면서 수용해왔고, 그 수용의 양상 역시 역대로 많은 변천을 거듭해오면서 현재와 같은 위상으로 자리매김하였으며, 그것은 앞으로도 변화될 수 있는 충분한 개연성을 지니고 있다는 사실을 우리가 쉬이 간과하기 때문이다.

도연명(陶淵明)보다 약간 앞선 시대에 활약하였던 육기(陸機)를 예로

---

* '1. 도연명의 시에 대한 중국 역대의 해석과 수용의 양상'은 졸고 『陶淵明詩話』를 통한 陶詩의 수용과 해석의 양상에 관한 연구(『중국문학』 제57집, 한국중국어문학회, 2008.11)를 참고하여 정리한 것이고, 제2장은 졸고 「从朝鮮後期诗话窥见接受袁枚诗與诗论之状况」(『中国学报』 第60辑, 韓國中國學會, 2009.12)과 졸고 「十九世紀朝鮮詩壇的性靈觀與淸朝袁枚之關係」(『中国文學』 第64辑, 韓國中國語文學會, 2010.8)를 종합적으로 참고하여 정리한 것이다.

** 강릉원주대학교 중어중문학과 교수.

1) '1. 도연명의 시에 대한 중국 역대의 해석과 수용의 양상'은 주로 『陶淵明詩話』에 수록된 평론들을 근거로 삼아 연구를 하였다. 이 책은 도연명 및 陶詩에 관한 역대 평론들을 한 데 엮어놓은 책이다. 여기에는 모두 후대 평론가 62명의 평론 103칙이 수록되어 있는데, 평론이 발표된 조대별 분포를 보면 남조 3칙, 송대 54칙, 금·원대 2칙, 명대 23칙, 청대 21칙이다. 이 책은 남조에서 청대에 이르는 역대 평론가들의 관점을 총체적으로 일목요연하게 파악할 수 있게 하는 특징이 있다.

들어보면, 그는 『문부(文賦)』를 통해 뛰어난 시가이론을 남기기는 하였지만 시는 한대 악부와 고시를 모방하여 지은 것이 대부분으로 수식에 너무 치중하여 감동을 주는 힘이 없다고 문학사에 기술되어 있다.[2] 그러나 이러한 평가도 많은 우여곡절을 겪으며 현재와 같은 모습으로 정해졌다는 사실에 우리는 주목해야 한다.

유협(劉勰)은 『문심조룡(文心雕龍)·명시(明詩)』에서 육기를 화려한 서진(西晉) 시가의 특징을 대표하는 시인 중 한 사람으로 거론하였고, 종영(鍾嶸)은 『시품(詩品)』에서 상품 11인 중 한 사람으로 육기를 선정하기도 하였다. 심약(沈約)은 『송서(宋書)·사령운전론(謝靈運傳論)』에서 역시 육기가 당시에 특별히 빼어났던 시인이라고 논평하였다.

그러나 나중에 평이하고 질박한 평담(平淡)미를 강조하는 송대에 이르게 되면서 육기는 진정성과 독창성이 결여된 것으로 폄하되기 시작하는데, 이런 평가는 후대로 계속 계승되어 명대 호응린(胡應麟) 같은 경우 『시수(詩藪)』에서 육기의 시문은 질박함은 없이 화미(華靡)하기만 하며 지나치게 형식을 강구하였다고 비판하기도 하였다. 이렇듯 평가에 차이가 발생하는 이유는 시대마다 시대정신과 심미적 취향이 조금씩 다르며 평론가 역시 여기에서 자유로울 수 없기 때문이라고 생각된다.

1) 도연명의 인품과 지향 정신에 대한 역대의 해석과 수용

도연명이 활약한 뒤에 나온 남조의 평론들, 예컨대 유협(劉勰)의 『문심조룡·명시(明詩)』, 심약(沈約)의 『송서(宋書)·사령운전론(謝靈運傳論)』, 소

---

2) 김학주·이동향 공저, 『中國文學史1』, 한국방송통신대학출판부, 1987, 125쪽 참조.

자현(蕭子顯)의『남제서(南齊書)·문학전론(文學傳論)』등에서 당시 대표 시인들을 논평할 때 도연명을 거론하지 않은 것을 보면 그가 생존했던 당시는 물론이요, 그 뒤로 꽤 오랜 시간 도시(陶詩)는 주목받지 못했음을 알 수 있다.

남조 문인들이 도연명에게 주목하여 높이 평가해준 점이 있다면 그것은 오히려 그의 품격과 인덕, 곧 인품이었다. 이처럼 인품을 포함한 도연명 전체로 고찰 범위를 넓혀 수용사적 측면을 규명한다면, 도연명에 대한 최초 수용자는 남조 송(宋)의 안연지(顔延之)라고 할 수 있다. 그는『도징사뢰(陶徵士誄)』에서 도연명의 아름다운 절개와 지조 등 인품에 대해서 찬미하였는데, 다만 그의 시에 대해서는 역시 언급하지 않았다.

종영 역시 "매번 그의 문장을 볼 때마다 그 사람의 인덕을 생각하게 된다"고 하고, "풍도와 재화가 맑고 화려하다"고 하여 도연명의 인품을 찬양한 적이 있다.

소통(蕭統)도 적극적으로 도연명의 인품을 수용한 사람인데, 그는 "가슴속에 품은 생각을 논함은 밝고 진솔하였다. 또한 끊임없이 뜻을 굳건히 하고 편안한 마음으로 도를 즐기고, 고통 속에서도 굳은 절개를 지켰다. 몸소 밭가는 것을 부끄럽게 여기지 않고, 재물 없음을 병으로 여기지 않았다"고 하여 가난 속에서도 지조를 지키며 유유자적할 수 있는 인격정신을 찬미하였다.

당대에 들어서면서 시대정신과 심미적 취향이 변화하면서 도연명의 인품 가운데서도 주로 은일의 고상한 풍모와 음주를 즐기는 풍류스러운 취향이 문인들에 의해 적극적으로 수용되고 흠모하는 대상이 되었다.

당인들이 도연명의 인품에 주의한 것은 당대에 은거가 보편화되었기 때문이었다. '종남첩경(終南捷徑)'이라는 말이 유행할 정도로 은사를 우대하는 시대적 분위기에서 귀거래를 외치고 전원에서 유유자적한 도연명은 동경의 대상이 되기에 충분했던 것이다. 초당의 왕적(王績)으로부터 시작하여 장구령(張九齡), 맹호연(孟浩然), 고적(高適), 이백(李白), 안진경(顏眞卿), 전기(錢起), 맹교(孟郊), 백거이(白居易) 등이 모두 도연명의 전원을 지키는 고상한 품덕과 은일의 초탈한 정신을 찬미하였다.

도연명이 시에 음주를 직접 노래한 것은 당인들이 그를 수용하게 된 또 하나의 원인이 되었다. 음주는 도연명에 이르러 아화(雅化)되고 시화(詩化)되어서 당인들은 음주 풍류를 즐기면서 '구애받지 않고 넓으며[曠達]', '세속의 일을 잊고 홀로 서며[遺世獨立]', '한가롭게 스스로 만족스럽게 여기는[悠然自得]' 고아한 형상으로 도연명을 받아들였던 것이다. 주중선(酒中仙) 이백이 가장 적극적이었고, 백거이도 자기 자신을 취음선생(醉吟先生)이라 부르기도 하였다.

그런데 여기서 분명히 지적하고 넘어가야 할 점은 바로 많은 당대 시인들이 도연명의 품덕을 흠모하기는 하였으나 일부 문인들은 도연명의 은일과 출세라는 처세방식과 인생태도에 대해서 비판을 제기하기도 하였다는 점이다. 정치가 안정되고 경제가 발전하였던 성당시기를 중심으로 한 당대의 시대정신은 문인들로 하여금 유가사상의 기초 위에서 호방한 정치적인 포부를 지니고 적극적으로 입세하여 공명을 쌓기를 고취하였기에 도연명의 출세방식은 당시의 공리적이고 진취적인 보편적 가치관과 어긋났던 것이다.

왕유는 도연명이 관리에게 허리를 굽히기 싫어 전원으로 귀향하며 세속을 회피한 행위에 대해 비판하였고, 이백은 도연명의 인품에 대해서는 앙모하면서도 그의 귀향과 은거에 대해서는 불만족스러워하였으며, 두보 역시 도연명을 존숭하면서도 "임금을 요·순의 위에 이르게 하고 다시 풍속을 순화시키겠다(致君堯舜上, 再使風俗淳)"(「봉증위좌승장이십이운(奉贈韋左丞丈二十二韻)」)는 현실 참여와 세상에 대한 구제 의지가 강하였기에 도연명이 세속을 벗어나 은거한 것은 '겸제천하(兼濟天下)'라는 유가의 도를 통달하지 못한 것으로 간주하였다.

남조에서 당대에 이르기까지 도연명의 인품에 대한 평가가 주로 고아(高雅)·광달(曠達)한 은일 고사(高士)라는 개인적인 형상에 초점이 모아져 있었다면,[3] 송대에 들어서면서는 도연명의 인품에 대한 기존의 인식이 더욱 심화되며 그에 대한 위상도 부단히 상승하여 마침내 '남조 진·송대 제일의 인물(晉宋第一輩人)'로 간주되기도 하였다는 점이 새로운 특징이라 하겠다.

송인들의 도연명 인품에 대한 앙모의 주요 동기는 무엇보다 권력에 굴하지 않는 고상한 절개와 지조 때문이었다. 도연명이 오두미(五斗米)를 위해 독우(督郵)에게 계속 허리 굽히기가 싫어서 은거하였다는 것은 주지의 사실인데, 매요신(梅堯臣)은 "도연명은 본래 고상한 절개를 지녀서 일찍이 관리에게 굴하지 않았다"고 하였고, 황정견(黃庭堅)은 도연명이 독우에게 차라리 허리를 좀 굽혔더라면 그처럼 궁핍과 고독을 염려하지 않아도 괜찮았을 것이라며 그의 지조를 반어적으로 찬미하였다. 사치를 일삼으면서도 명교와 의리를 고상하게 담론하는 진·송대의 위선적인 인물들에 비해 도연명은 "오직 굶주림과 추위의 고통을 인내한 뒤에 절개와 의리의 여유를 간직할 수 있었던" 인격을 지녔기에

---

3) 1947년 蘇望卿은 「陶淵明歷史的影像」에서 "진대에서 당대에 이르기까지 일반인들은 도연명을 고아·광달한 은일 인물로 보았다. …… 그의 시는 그가 살던 당시에는 인정받지 못하였다(從晉到唐, 陶淵明在一般人眼里是個高雅曠達的隱逸人物. …… 他底詩他那個時代是不認識的)." "당대인들은 정말로 도연명을 인정하지 않았다.(唐朝人實在太不認識淵明了)"고 하였다. 李劍鋒, 「加强陶淵明接受史硏究」, 19쪽에서 재인용.

진·송대 인물들보다 훨씬 뛰어난 것으로 간주되기도 하였다.

송인들이 도연명을 찬미한 또 다른 측면은 참된 본성에 따라 가난을 즐기며 영욕과 득실에 얽매이지 않고 세속에 초연한 고상한 흉금과 정취였다.

소식은 도연명이 참된 본성[眞]에 맞게 행동하는 것을 귀히 여겼기에 벼슬이나 은일 중 그 어느 것을 선택하는 데도 구속되지 않을 수 있었다고 하였고, 유극장(劉克莊)은 사람들은 흔히 영욕과 득실로 인해 자신의 천성과 진실을 꺾고 굽히기 마련인데 도연명은 이런 것들을 마음에 두지 않았기에 그의 시가 절창이 될 수 있었다고 보았다. 이처럼 도연명은 "세상을 초월하고 모든 외물에 마음을 두지 않는 사람", "세상일에 구애받지 않고 초연히 세상 밖에 뜻을 둔 사람" 등으로 자주 묘사되곤 하였다.

한편 도연명이 지향한 정신을 살피려면 어쩔 수 없이 중국 고대 사상의 양대 근원인 유가와 도가 사상이 그에게 미친 영향에 대해서 논의하지 않을 수 없다.

적어도 당대까지 문인들은 전원에 돌아가 은거한 도연명의 사상은 도가의 출세의 정신과 무위자연사상이라고 인식하였다. 종영이 그를 "고금 은일 시인의 으뜸(古今隱逸詩人之宗)"이라고 평가한 논평이 대표적인 예이다. 또한 소통이 말한 '가없이 넓음[曠]'과 '참됨[眞]', 맹호연이 말한 '세속에 대한 생각이 없음(無俗情)' 등도 모두 도연명의 도가적 특징을 지적한 것이다.

그런데 송인들은 전인들에 비하여 도연명을 단순히 도가사상의 영향만을 받은 은일 고사로서 간주하는 데서 그치지 않고 도가와 유가의 복합적 성격을 지닌 것으로 인식하였으며, 심한 경우 오직 유가적 경향만을 지녔다고 주장하기도 하였다.

진덕수(陳德秀)는 도연명이 지향한 정신이 노자·장자에게서 나왔다는 일부 논자들의 주장을 부정하면서 도연명의 학문은 유가 경전에서 나왔으며, 그가 비록 영욕과 득실을 동일하게 여기면서 구애받음 없이 넓은[曠達] 도가의 풍도를 지니고 있었지만 그러나 그의 시에는 여전히 세상에 뜻을 두고 비량과 감개를 느끼는 등 현실적이고 공리적인 유가의 정신도 함께 갖고 있다고 여겼다.

인품 수양을 고취하는 이학사상의 유행으로 송인들은 급기야 그들이 최고의 정신경계로 간주하고 있는 유가사상의 도를 도연명이 실현하였다고 간주하여 '지도(知道)', '문도(聞道)', '달도(達道)' 등의 찬사를 보낸다.

소식은 사람들이 도연명이 유가 성현의 도를 몰랐다고 주장하자 그의 「음주」시에도 도에 대해서 명확히 인식하고 있는 시구가 세 구나 존재한다고 하면서 이를 정면으로 반박하였다. 육구연(陸九淵)도 도연명이 이백·두보처럼 유가 성현의 도에 뜻을 두었다고 주장하였다. 송인들은 또 도연명이 도에 통달하였다고 간주하며 그의 포부와 회포를 공자 문하의 안회에 비유하기도 하였다.

원·명·청 삼대의 논자들은 대부분 송인들의 논의 경향을 그대로 계승하고 반복하면서 도연명의 인품을 찬미하고 추앙하였다.

그런데 원대와 명대로 들어서면서 한 가지 특이한 점은 도연명의 흉금을 중시하는 논의들이 빈번하게 전개된다는 점이다. 원대 왕이(王禕)가 도시의 창작은 "대개 흉중에 쌓인 식견에 의해서 이루어졌다"고 하였고, 명대 낭영(朗瑛)은 도연명이 가슴에 담은 "흉금[胸次]은 크고 둥글며 불순물이 조금도 없었다"고 하였으며, 초횡(焦竑)은 도연명의 넓고 깊은 흉금이 시의 기초가 되었기에 "화려하게 새기고 문채를 모으기만 하면서 진실한 흉금[胸臆]과 관련이 없던 자들과는 달랐다"고 하였다. 심지어 도연명이 최고의 인물이 되고 최고의 작가가 될 수 있었던 것은 오직 흉금[胸次]이 고상하였기 때문이라고 주장한 논자도 나타나게 되었다.

청대에 이르러 도연명에 대한 연구는 더욱 고조되었는데,[4] 그 가운데 가장 특징적인 경향을 지적하자면 송대부터 조금씩 진행되어 왔던 도연명의 유가화의 정도가 극에 달했다는 점이다. 그 이유는 명나라의 유민 문인 집단이 자신들의 처지와 비슷하다고 여겼던 도연명을 열정적으로 존경하고 흠숭하였기 때문이며, 여기에 다시 청대 조정에서 정주(程朱)이학을 강력하게 제창했던 것과 밀접한 관련이 있다고 말할 수 있다.

도연명은 유가의 성현에 뜻을 두었으며, 그가 지은 시는 매번 성현의 도에 합치되었고 그 언어는 성현보다 더 순수하다고 보기도 하였다. 또한 심덕잠(沈德潛)·유희재(劉熙載) 등은 도연명의 연원이 『논어(論語)』라고 보기도 하였다.

이처럼 성현의 도에 뜻을 두면서 『논어』를 연원으로 하고 있기에 그를 공문(孔門)의 제자로 추천할 수 있다는 주장도 제기되었다. 심덕잠은 도연명이 만약 다행히도 공자의 문하에 나열된다면 계차(季次)와 원헌(原憲)의 아래에 있을 수도 있다고 보았고, 온여능(溫汝能)은 또 그를 공자의 문하에 둔다면 안회(顏回)·증자(曾子) 등의 여러 현인과 가슴속에 품은 생각을 나란히 할 수 있을 것이라고도 보았다.

---

4) 『陶淵明集』만 하더라도 인쇄된 게 30~40여 종이었고, 도연명과 관련 있는 저작은 100여 종 이상이었다고 한다. 高建新, 「陶淵明在元明淸及近代的地位及影響」, 44쪽 참조.

청대에 이르러 도연명이 지향한 정신과 사상을 유가적으로 보는 경향이 더욱 강화된 데서 알 수 있듯이, 논자들은 자신이 처한 시대상황과 심미적 취향에 따라 유가적인가, 또는 도가적인가를 놓고 끊임없이 논쟁을 벌여왔다. 심지어 일부 논자들은 도연명의 정신이 선(禪)과 가깝다고 여기기도 하였다. 갈립방이 도시에 기탁된 뜻이 고원하고 철리적 정취가 풍부하여 절묘하게 선리(禪理)를 얻었다고 하면서 도연명이 '제일의 달마(第一達摩)'라고 간주하였던 것이 그 좋은 예이다.

이런 논쟁은 어쩌면 도연명이 지향한 정신과 사상이 철리적 보편성을 지니고 있음에 기인한 것으로 생각되기도 한다.[5] 현대학자 주자청(朱自淸)이 통계를 낸 결과에 의하면, 도시에서의 전고는 『장자(莊子)』에서 인용한 게 가장 많아 모두 49번이었고, 그다음이 『논어』로 모두 37번이었으며, 세 번째는 『열자(列子)』로 모두 21번이었다고 한다.[6] 주자청의 통계에서도 알 수 있듯이 좀 더 객관적인 측면에서 분석하자면 도연명이 지향한 정신은 중국 전통 사상의 정신을 골고루 흡수한 철리적 보편성을 지녔다고 보아야 할 것이다.

2) 도연명 시의 풍격과 위상에 대한 역대의 해석과 수용

남조는 문채가 화려한 미문(美文)을 숭상하던 시대이다. 이런 기풍의 영향으로 남조 문인들은 도연명의 인품에 대한 수용 경향과는 달리 질박하고 담박한 도연명의 시에 대해서는 그리 환영하지 않았다.

---

5) 陳文忠, 『中國古典詩歌接受史硏究』(安徽大學出版社, 1998), 279~288쪽 참조.

6) "陶詩用事, 『莊子』最多, 共四十九次, 『論語』第二, 共三十七次, 『列子』第三, 共二十一次(朱自淸, 『陶詩的深度』)." 王明輝, 「淸人極度儒化陶淵明現象及其成因」, 7쪽에서 재인용.

도연명의 시를 최초로 직접 수용하고 해석한 인물은 종영(鍾嶸)이다. 그는 당시 평론가들이 주목하지 않았던 도연명의 시에 대해서 처음으로 언급하면서 연원이 응거(應璩)에게서 나왔고 시적 성취는 중품에 해당된다고 보았다. 비록 도시에 대한 평가가 높지는 않지만 그러나 이는 곧 주목받지 못하던 도시를 그가 어느 정도 인정하고 수용하였다는 것을 의미한다. 다만 도시의 언어가 "어찌 농가에서 쓰는 언어일 뿐이겠는가?" 반문하며 옹호하는 듯하면서도 "세상 사람들은 그의 질박하고 직설적인 문체에 탄식한다"고 지적하고 있는 데서 우리는 그가 여전히 질박한 도시를 매우 환영하고 있지는 않다는 사실을 잘 알 수 있다.

남조 문인 중에서 도시를 가장 높게 평가하고 애호하였다는 점에서 도시에 대한 진정한 의미의 최초 수용자는 역시 소통(蕭統)이라고 해야 하겠다. 당시 시단 전체가 대부분 도시를 애호하지 않는 분위기에서 그는 "도연명의 문장은 보통 사람들과 무리 짓지 않고, 문채는 빼어나고 아름다우며 분방하고 밝아서 홀로 뛰어나다"고 찬미하였다. 또한 『문선(文選)』에 도시 가운데 7제(題) 8수의 시와 「귀거래혜사(歸去來兮辭)」 1편을 수록하였는데, 거기에 「음주(飮酒)」 20수 중 제5수를 선록함으로써 도시 중에서뿐만 아니라 역대 시사에서도 불후의 명작이 되게 하였으니 도연명의 진정한 지음(知音)이라고 부를 만한 것이다.

그러나 도시의 진솔한 감정과 질박하고 평이한 문체의 가치를 발견하고 전면적으로 도시의 풍모를 인식하기까지는 아직도 많은 시간이 더 필요하였다.

수대(隋代)에 들어서 질박한 도시를 싫어하였던 남조와 달리 정치와 도덕을 위한 실용적인 목적에 부합하지 않는다는 또 다른 이유로 문인들은 도시를 환영하지 않았다.

당대에 들어서면서 초당(初唐) 시기 문단에는 여전히 남조의 화려한 시풍이 유행하여 문인들은 대우를 쓰고 조탁을 늘어놓은 그런 작품을 선호하였기에 자연 도시를 냉대할 수밖에 없었다. 그런데 성당 시기로 들어서면서 시인들은 당시 진취적이고 호방한 시대정신의 영향으로 문학에 대해 주체적인 자각을 하고 좀 더 다양한 풍격의 시를 창작하기 시작하면서 더 이상 화려한 시풍이 문단을 독차지하지 못하게 되었다. 이런 배경하에 도연명은 비로소 시인으로서 주목을 받기 시작한다.

도연명 수용사에서 성당 시기의 두드러진 점은 바로 시인들이 집단적으로 도연명의 전원시의 가치를 발견하고 깊이 학습했다는 점이다. 왕유(王維)·맹호연(孟浩然)·저광회(儲光羲)·위응물(韋應物)·유종원(柳宗元) 등 산수전원시를 쓴 많은 시인들이 도연명의 영향을 받았으니, 성당시기부터 도연명의 전원시는 중국고전시가의 창작에 큰 영향을 미치기 시작하였다고 할 수 있다. 그러나 설사 도연명의 전원시가 시가창작에 영향을 미쳤을지라도 당시의 성당 기상과 같은 시대적 사명감을 고취하는 진취적인 시대정신은 여전히 일부 문인들로 하여금 도시의 풍격에 대해서 불만을 갖고 비판을 제기하게 만들었다.

도연명을 유가의 도에 통달하지 못했다고 비판한 적이 있었던 두보는 도시의 풍격에 대해서도 마찬가지로 고고(枯槁)하다고 불만족스러워하였다. 두보는 시의 장구 배치나 대우 및 운율 등 구조적 측면에서 엄밀성을 추구하며 정교한 아름다움[精美]을 강구하였기 때문에 도시가 정밀한 예술적 구조를 결여하여 '고고'하다고 비판하게 된 것으로 보인다.

백거이는 유가의 효용론적 관점에서 출발하여 도시가 고결하고 고아하지만 현실정신이 결핍되고 전원 취향에 치우쳐『시경』의 큰 의의이자 정신인 육의(六義)에 합치되지 않는다고 인식하였다. 그런데 그는 강주(江州)에 좌천되어 사상에 심각한 변화가 생기면서 도시의 한적하고 담박한 회포와 고아한 취향을 좋아하기 시작하였고 자각적으로 도시를 학습한 시를 짓기 시작하였다.

이처럼 진대로부터 당대에 이르기까지 도시의 오묘함을 알아주는 인물은 확실히 적었다. 그러나 송대에 이르면서 당시 시대정신 및 심미 취향과 도시가 본래 지니고 있던 심미적·철리적 정취가 서로 부합됨에 따라 도시는 문인들에 의해 널리 인정받고 수용되게 된다. 수용환경과 주체의 조건이 변하면 자연 새로운 인식과 관점을 갖게 되고 새로운 해석과 수용을 하게 되듯이, 도시에 대한 전면적인 인식은 송대를 기다려야만 했다.

도시가 송대에 널리 환영받게 된 이유는 대략적이나마 다음 세 가지로 귀납할 수 있다.

첫째, 구양수(歐陽修) 등의 고문운동에 의해 평이한 글쓰기가 가능해졌기 때문이다. 구양수가 이끈 고문운동은 송대 산문창작을 진일보시켜 좀 더 평이하고 명확하며 자연스러운 풍격의 글쓰기를 가능하게 하였다. 때문에 평이하고 생동하며 자연스러운 특징을 지녔던 도연명의 「귀거래혜사(歸去來兮辭)」·「도화원기(桃花源記)」·「오류선생전(五柳先生傳)」·「한정부(閑情賦)」·「감사불우부(感士不遇賦)」·「자제문(自祭文)」 등의 사부(辭賦) 산문이 문인들에 의해 크게 환영받게 되었다. 구양수는 특히 「귀거래혜사」를 중시하며 서진·동진 시기를 통틀어 이만한 문장이 없었다고 찬미하였다. 때문에 송대 도연명이 크게 추앙을 받은 것은 고문운동과 밀접한 관련이 있으며, 도연명의 사부산문에 대한 최초 수용자는 구양수라는 사실을 잘 알 수 있다.

둘째, 매요신(梅堯臣) 등이 시문혁신운동을 일으키며 평담(平淡) 풍격을 주장하였기 때문이다. 송대 초기에 시문혁신운동은 복고주의 사조 아래서 송시의 발전을 추구하였는데, 그 과정에 평담 풍격은 일종의 심미취향과 이상으로 확립되기 시작하였다. 매요신은 "시 창작은 예나 지금이나 평담하게 짓기가 어렵다"고 하였는데 이 평론은 송인들의 평담 시관에 관한 경전적인 언론이 되었다. 매요신이 이처럼 평담을 숭상하고 송시의 시풍을 평담 풍격으로 새로이 개창하면서 송시의 면모가 일신되고 그 결과 송시만의 고유한 틀을 형성하게 되었다. 이 과정에서 그들이 도시의 평담한 특징에 주목하고 중시했던 것은 어쩌면 당연한 귀결이었을 것으로 생각된다.

셋째, 당시 성행하였던 이학의 청심과욕(淸心寡慾) 사상은 도시에 담긴 철리적 정취[理趣]를 파악해내고 애호하게 하였다. 도시의 담박하고[恬淡] 조용하고 한가로운[從容閑適] 철리적 정취를 간결하면서 자연스러운[簡淨自然] 언어에 기탁한 점은 송시의 심미취향과 서로 잘 부합하였기에 송인들은 도시를 애호할 수밖에 없었던 것이다.

도시의 평담 풍격이 내포하고 있는 개념범주를 최초로 정확히 파악하고 규정한 인물은 소식이다. 도시에 대한 진정한 해석사는 어쩌면 소식에 의해서 처음으로 쓰이기 시작하였다고 해도 과언이 아닐 것이다.

소식은 도시가 "질박하지만 사실 아름답고[質而實綺], 야위었지만 사실 기름지며[癯而實腴]", "겉은 말랐지만 속은 기름지고[外枯而中膏], 담박한 듯하지만 사실 아름다우며[似淡而實美]", "산만하고 느슨한 듯하지만

[散緩] 기이한 정취가 있어[奇趣]", "사실 그냥 평이하고 담박한 게 아니라 아름답고 화려함이 지극함에 이른 것이다"라고 보았다.

도시의 언어 풍격인 평담이 질박(質朴) 내지는 질직(質直)으로만 인식되었던 당대까지의 경향과는 달리 소식은 이처럼 질(質)과 기(綺), 구(癯)와 유(腴), 고(枯)와 고(膏), 담(淡)과 미(美), 산완(散緩)과 기취(奇趣) 등의 상호 대립된 개념들이 조화 통일되어 이루어진 개념으로 개괄하고, 풍부한 맛을 끊임없이 자아내게 한다는 미적 특징을 파악해냄으로써 도시의 가치를 더욱 긍정하게 만들었다. 한편 이처럼 확대된 평담 풍격의 개념 범주는 도시에 대한 해석 차원에서 멈추지 않고 송시 전체에 대한 요구로 확대되어 새로운 송시풍(宋詩風)으로 자리하게 만들었으며 또한 당시(唐詩)의 그늘을 벗어날 수 있는 새로운 출로를 열어주는 역할을 하기도 하였다.

도시에 대한 후대의 수용사상 최초로 평담(平淡) 또는 충담(沖淡)과 자연(自然)이란 풍격용어를 한데 결합하여 도시의 풍격을 개괄한 사람은 송대 이학가 양시(楊時)이다. 그는 "도연명의 시에서 미칠 수 없는 점은 바로 맑고 담박하며[沖淡], 깊고 순수함[深粹]이 자연스러움[自然]에서 나왔다는 점이다"라고 주장하였다. '충담(沖澹)'·'심수(深粹)'는 시가 쉽고 밋밋한 맛을 주지만 그러나 담긴 의미는 심원하다는 뜻인데, 이렇듯 대립이 통일된 맛과 정취는 그냥 이루어지는 것이 아니라 인위적인 조탁이 지극한 경지에 이르러 자연스럽게 흘러나온 것이라는 주장이다.

뒤이어 남송 주희(朱熹) 역시 "도시는 평담하며 자연스러움에서 나왔다"고 주장하고 있는 것을 보면 이제 '평담·자연'은 도시 풍격에 대한 전형적이고 대표적인 풍격 용어로 자리 매겨지게 되었고 후인들이 도시를 논의하는 데 하나의 전형적인 틀로 간주하게 되었다는 사실을 잘 알 수 있다.

송대에 도시에 대한 재평가가 가능하도록 만들었던 소식은 설사 이백·두보와 같은 대가라고 할지라도 도연명에 견줄 수 없다고 평가할 정도로 도연명의 위상을 높였다. 당시 소식이 문단에서 차지하였던 지위를 고려하면 그의 주장이 당시 문인들에게 얼마나 광범위하게 영향을 미쳤을지 가히 미루어 짐작할 수 있다.

이런 논평들을 살펴보면, 우리는 송인들이 이미 도시를 하나의 모범적인 학습대상이자 비교의 준거로 간주하고 있다는 사실을 발견할 수 있다. 급기야 진덕수는 도시는 "『시경』 삼백 편과 초사의 뒤에 덧붙여서 시의 근본 준칙으로 삼아야 한다"고 주장하기도 하였다. 이백·두보의 성취를 앞지른다고 보았고 또 『시경』·초사 등과 거의 동렬에 설 수 있다고 보았으니, 이를 보면 송인들은 도연명의 시 사상 지위를 최고 정점에 올려놓았다는 사실을 잘 알 수 있다. 도연명의 명성은 이처럼 송대에 이르러 비로소 지극한 경지에 이르게 된 것이다.

송대 이후, 원·명·청 삼대의 평론가들은 송대의 관점을 계승하여 대부분 도연명의 고상한 인격과 평담·자연의 시풍에 대해 찬미하였고 또 도시가 시 사상 최고의 지위에 올랐다는 사실을 긍정하였다. 도연명의 시 사상 지위는 원·명·청대에 이르러 더욱 공고해졌다고 할 수 있다.

원대 진역증(陳繹曾)은 도시가 『고시십구수(古詩十九首)』의 수준을 뛰어넘었으며 성당 시기 여러 작가의 풍모와 운치는 모두 도시에서 나온 것이라고 하였고, 방회(方回)는 도시에 독보적 지위를 부여하여 도연명이 사령운 등 다른 시인들과 병칭되는 것을 반대하기도 하였다.

명대 이동양(李東陽)은 도시가 질박하고 후덕하여[質厚] 읽으면 읽을수록 더욱 오묘함을 발견할 수 있는데, 위응물은 평이함으로 시를 그르쳤고, 유종원은 지나치게 정밀하게 깎고 다듬었기에 이 둘을 도연명과 나란히 병칭하는 것은 정확하지 못하다고 보았다. 또한 호응린(胡應麟)은 도연명의 오언시는 오랜 세월에 걸쳐 평담 시풍의 종주가 되었다고 평하였다.

청대 왕사정(王士禎)은 도시는 응당 중품에서 상품으로 발탁되어야 한다고 주장하였다. 심덕잠(沈德潛)은 "도연명의 시는 맑고 원대하며 한가롭고 활달함[淸遠·開放]이 본색이지만, 그 가운데 또한 스스로 연박하고 깊으며[淵深] 질박하고 무성한[朴茂] 일단의 특징까지 지니고 있으니 사람들이 도달하길 바랄 수 없는 경지인 것이다"고 추앙하였고, 당대 시인들 중 도시를 학습한 왕유·맹호연·저광희·위응물의 풍격 특징이 모두 다른 것은 한 사람에게서 배우긴 하였지만 그들의 성품이 친근하게 여기는 바를 각각 터득한 것이기 때문이라고 분석하기도 하였다.

원·명·청 삼대 평론가들의 도시 풍격에 대한 평가 역시 어떤 새로운 관점을 제시하기보다 송대의 관점을 계속 답습하여 반복하였다고 말할 수 있다.

2. 청대 원매의 시학에 대한 한국 조선시단의 해석과 수용의 양상

1) 18세기 조선 후기 시단의 청대 시학에 대한 수용 상황

　중국 청대(淸代) 시인 원매(袁枚, 1716~1798)가 활동했던 시기는 한국의 조선(朝鮮, 1392~1910) 후기에 해당한다. 조선 후기는 대략 영조(英祖, 1724~1776)에서 순종(纯宗, 1907~1910)까지의 시기이다.

　18·19세기 조선은 일반적으로 실학(實学)의 시대로 불린다. 이 기간에 조선의 수공업은 이전보다 더욱 발전하였으며 상품유통과 대외무역도 활발하게 전개되었다. 사회경제가 변화 발전하면서 의식형태에도 변화가 생기기 시작히였다. 봉건계층이 날로 부패하고 몰락해가던 상황에서 조국의 운명을 걱정하던 학자들은 새로운 사상문화와 사회 개혁의 길을 찾기 시작한 것이다.

　이런 상황에서 조선의 사절로서 청나라와 빈번하게 내왕하였던 일단의 학자들은 공리공론을 일삼는 유가사상이 더 이상 국가사회의 발전을 도모할 수 없다는 회의를 하기에 이른다. 그들은 국가의 민생과 사회 진보에 도움을 줄 수 있는 학문을 연구해야 한다고 주장하였으니, 이리하여 실학파의 사상이 싹트기 시작한 것이다. 유형원(柳馨远, 1622~1673)과 이익(李瀷, 1682~1764)은 모두 실학파의 선구자이다. 박지원(朴趾源, 1737~1805)은 조선 후기 실학파의 대표인물인데 그는 이들의 사상을 계승하여 실학사상의 발전에 새로운 공헌을 하였다.

　조선 후기 한시비평계의 대표적인 인물은 이익·박지원·이덕무(李德懋, 1741~1793)·박제가(朴齐家, 1750~1805)·유득공(柳得恭, 1749~1807)·

이서구(李書九, 1754~1825) · 정약용(丁若鏞, 1762~1836) · 김정희(金正喜, 1786~1856) 등이 있었으니 모두 비교적 높은 비평의식을 가지고서 시화 등의 저작을 통해 자신의 시가이론주장을 전개하였다.[7]

조선시단은 과연 언제부터 중국 청대 시인과 시풍의 영향을 받기 시작하였는가? 조선 후기 실학파 시인들이 출현하기 이전에는 대부분의 조선학자들의 사상기반은 주로 전통 화이(華夷)관점에 있었기 때문에 그들은 만주족이 세운 청나라를 깔보면서 청나라의 학술문화를 배척해왔다. 그들은 오직 선진 시기부터 명나라 때까지의 문학성취만을 인정하였고, 참고하고 배울 만한 대상도 오직 명나라의 문학까지만으로 한정하였다.

조선시대 후기의 비교적 저명한 시인으로 이덕무(李德懋) · 박제가(朴齊家) · 유득공(柳得恭) · 이서구(李書九) 등이 있었는데, 이들 네 사람은 모두 박지원의 영향을 받았다. 이들의 시작품은 『사가시집(四家詩集)』(일명 『한객건연집(韓客巾衍集)』)이란 이름으로 편찬되었고 그 이후 중국시인들의 호평을 받기도 하였다. 청대 시인 이조원(李调元)은 이들 네 시인의 시를 총평하면서 "이제 사가(四家) 시인의 시를 보면 그 재주가 깊고 웅대하며, 그 음절은 낭랑하고, 그 기운은 힘차고 넓으며, 그 문사는 정중하다"고 하였는데, 그로부터 조선시단에서는 이들을 사가(四家), 또는 한시사가(漢詩四家)라고 부르기 시작하였다.

사가시인들은 이전 시인들이 존명배청(尊明排淸)하던 행태와는 전혀 다르게 청나라의 문물은 오랑캐의 것이 아니라 중화의 것이라고 인식

---

7) 조선 후기 시화 중에는 중국시인과 시론을 언급한 저작이 아주 많은데, 이런 중국시와 시인 관련 언론만을 전문적으로 수록해놓은 책이 바로 鄭健行 · 陈永明 · 吴叔钿 등이 选编한 『韩国诗话中論中国诗资料选粹』이다.

하고 적극적으로 청나라의 선진적인 문물제도를 수용하려고 하였다.
박제가(朴齊家)는 『북학의외편(北學議外編)·존주론(尊周論)』에서 말했다.

> 그러나 청나라가 천하를 이미 차지한 지 백여 년이 되었지만 자손
> 과 문화가 나오는 것이나 궁실·배·수레·농경의 방법, 최·노·
> 왕·사씨와 같은 사대부의 씨족이 그대로 있다. 그 사람들을 덮어
> 놓고 오랑캐라 하고 그들의 방법까지도 함께 버린다면 크게 안 될
> 일이다. 만약 백성에게 이롭다면 비록 그 방법이 혹 오랑캐에게서
> 나왔다 해도 성인은 장차 그것을 취할 것이니 하물며 옛날 중국의
> 것임에랴 더 말할 나위가 있겠는가!

뿐만 아니라 그들은 조선 민족의 주체의식과 자존의식을 지니고서
여기에 근거하여 적극적으로 조선의 청나라에 대한 지위를 긍정하기
도 하였다.

이들 사가 시인들은 1778년 조선사절단의 신분으로서 북경에 파견
되어 가기 이전에 이미 청나라의 학술서적과 시문선집에 매우 흥미
를 느끼고 사방팔방으로 돌아다니면서 수집하고 통독을 하였다. 이덕
무는 그의 『청비록(淸脾錄)·왕완정(王阮亭)』에서 청나라 시인인 왕사정
(王士禎)의 시선집인 『대경당집(帶經堂集)』이 한국에 전해진 시기와 이 책
을 소장하게 된 상황을 상세히 소개하였다.

> 『대경당전집』이 우리나라에 들어온 것은 겨우 20년이 되었고 수장
> 하고 있는 집이 두세 집밖에 되지 않았고 또한 그가 누구인지도 몰
> 랐다. 내가 일찍이 남에게서 빌려보았는데 넓고 방대하여 눈이 휘
> 둥그레 크게 떠지고 입이 벌어져, 늦게 보게 된 것을 한탄하였다.
> 이에 시를 지어서 "중국의 훌륭한 일을 공연히 흠모만 하니, 왕완
> 의 문필과 왕사정의 시로다"라 하면서 마침내 유득공·이서구·박
> 제가 여러 사람에게 자랑하고 과시하였다. 모두 익숙하도록 읽어서

눈과 귀에 배었는데, 널리 퍼지게 되어 천지간에 왕사정이 있는 줄
을 알고 점점 그를 추앙하게 되었다. 지금 겨우 5~6년이 되었는데,
왕사정을 표창한 공로는 나도 사양하지 않는다.

위 글에 의하면 1750년 전후, 즉 영조(英祖) 재위 시에 조선시인들은
처음으로 왕사정의 『대경당집』을 입수할 수 있었고 그 숫자도 2~3인
에 지나지 않았다는 것을 알 수 있다. 그렇지만 그 뒤로부터는 더욱
많은 중국의 시선집을 구입하여 읽을 수 있었던 것으로 보인다. 『대경
당집』 이외에도 전겸익(錢謙益)의 『열조시집(列朝詩集)』, 왕사정의 『감구집
(感舊集)』, 진유숭(陳維崧)의 『금시협연집(今詩篋衍集)』, 심덕잠(沈德潛)의 『국조
시별재(國朝詩別裁)』 등을 구입하여 읽을 수 있었다.

이런 과정을 거쳐서 사가 시인들은 청대 시단의 상황에 대하여 비
교적 상세히 알게 되었는데, 그들이 1778년 연행을 가기 직전의 관심
대상은 주로 왕사정의 신운시였다. 이에 대해 이덕무는 『청비록·
왕완정』에서 말했다.

나는 왕사정의 시를 몹시 좋아하여 일찍이 명나라 300년 동안만 이
런 바른 노래가 없었던 것이 아니라 송·원대에도 역시 드물었다
고 생각했다. 비록 당나라에서 시가 극성하였을 때와 비교하더라도
반드시 잠삼·저광희·위응물·맹호연의 자리 아래로 내려가지는
않을 것이다. 시를 아는 사람들도 역시 지나친 말이라고 여기지 않
는다.

이리하여 사가시인의 초기 시풍은 자연 신운시파의 특징을 띠게
되었다. 청대의 반정균(潘庭筠)·육비(陸飛)·엄성(嚴誠) 등의 시인들은 일
찍이 사가시인들의 시를 읽고 신운파의 풍격을 띠고 있음을 지적한
바 있었다. 이들 사가시인들은 이처럼 왕사정시의 영향을 받아서 신

운시풍을 띠었기에 그들 이전의 조선시단의 시풍과는 확연히 다른 시풍을 이루게 되었다고 할 수 있다. 이에 대해 김택영(金澤榮)은 「신자하시집서(申紫霞詩集序)」에서 말했다.

> 영조 이후로 시풍이 일변하여 이용휴(李用休)·이가환(李家煥) 부자와
> 이덕무·유득공·박제가·이서구 제가는 혹은 기이함을 주로 하고
> 혹은 지나치게 새로움을 주로 했는데 한 시대의 오르내린 자취는
> 바야흐로 옛날로 거슬러 올라가자면 성당·만당과 같다.

원매의 시와 시론의 경우, 우리는 이덕무의 『청비록(淸脾錄)』에서 한국 최초의 기록을 찾을 수 있다. 이 점에 근거하자면 아무리 늦어도 1778년 연행 이전에 사가시인들은 이미 원매에 대해서 어느 정도 알고 있었을 것으로 추론할 수 있다.

이덕무의 시화집인 『청비록』 4권은 1778년(정조 2년) 1월에 편찬되었는데, 『청비록』에서는 고려시대부터 조선시대에 이르기까지 600여 년간의 한시를 수집하였고 거기에 비평을 가하였는데, 그 밖에도 청대 시인과 시가에 대해 기록하여 총 28조를 남겨놓고 있다.

이덕무는 『청비록』에서 이조원(李調元)의 원매에 대한 두 차례의 평론을 상세히 기록하였다.

> 원매의 자는 자재이다. 이우촌(조원)이 그를 찬미하며 "자재는 현재
> 제일의 재인이다. 자재는 저술이 매우 풍부하며 나이가 지금 70여
> 세에 이르렀다. 관직이 서길사에서 제일의 지현에까지 올랐지만 벼
> 슬을 여기에서 그만두었다. 그러나 세상의 그를 아는 사람이든 모
> 르는 사람이든 모두 그를 찬양한다. 나는 『미자헌한담』에서 그의
> 일에 대해 모두 기록하였다. 그는 회고시에 가장 뛰어났다. …….
> 이우촌이 또 말했다. "원매와 장사전은 모두 한림이었으나 세속을

떠나 조정에 벼슬을 살지 않고 산수와 강호에서 구속 없이 방탕하
게 생활하였다. 이부주사인 정진방, 학사 육석웅·기윤·육비지·
서길사 왕여조·소첨 저정장 등은 모두 요즘 세상의 박학들이다."

위의 기록은 비록 이조원의 평론을 다시 실은 것이긴 하지만, 이덕
무가 자기 시화집에 이를 수록했다는 것은 곧 이덕무 본인이 원매의
재능과 시풍 및 청대 시단에서의 지위 등에 대해여 모두 긍정적으로
평가하였기 때문이라고 생각해볼 수 있다.

그런데 현대 중국학자 장백위(张伯伟) 교수는 이조원이 말한, 원매의
"올해 나이 70여 세(年今七十餘)"란 말에 근거하여 다음과 같이 말하였다.
"이미 원매의 나이가 70세(1786)를 초과하였다고 언급하였으니 그렇다
면 조선의 정조 10년(1786) 이후이니, 아마도 이덕무의 『청비록』 초고본
(1778)에 실린 말이라고 간주할 수 없다. 다시 말해서 이덕무가 원매를
인지했던 시기는 『청비록』의 초고본이 완성되었던 정조 2년(1778년)이
아니라 초고 수정본이 완성된 이후의 시기라고 간주할 수밖에 없다"
고 하였다.

필자는 장백위 교수가 주장한 이덕무의 원매 인지 시기가 1778년
이전이 아니라 그 이후였다고 보는 관점에 동의하지 않는데, 그 이유
는 아래와 같다.

첫째, 조선 시인 유금(柳琴, 1741~1788, 號 彈素)이 1776년 연행을 가서 북
경에 들어갔을 적에, 한시사가의 시선집인 『한객건연집(韓客巾衍集)』을
들고 가서 반정균과 이조원에게 보여줬고, 유금 또한 이조원의 『미자
헌한담(尾蔗軒卟談)』을 입수하여 조선으로 들고 들어올 수 있었다. 유금
은 한시사가 중의 한 사람인 유득공(柳得恭)의 숙부이고, 또 이덕무가
자신의 『청비록』에서 원매를 거론할 때 인용하였던 책이 『미자헌한

담』이었던 것을 상기해본다면, 우리는 이덕무가 1776년에서 1778년 사이에 이르는 때에 이조원의 『미자헌한담』의 존재와 여기서 또한 원매가 거론된 사실을 이미 알았을 가능성이 아주 높은 것으로 추정할 수 있다. 이 때문에 이덕무가 『미자헌한담』에서 언급한 원매를 다시 자신의 『청비록』에서 인용한 것은 『청비록』 초고본이 출판되었던 1778년 이전에 초고본을 준비하던 때였을 가능성이 아주 높다고 얘기할 수 있다.

둘째, 한시사가 시인들보다 비교적 더 일찍 이름을 날렸으며 그들에게 큰 영향을 미쳤던 박지원(1737~1805, 號 燕岩)이 일찍이 그의 1780년의 연행을 상세히 기록한 『열하일기(热河日记) · 피서록(避暑錄)』에서 윤가전(尹嘉鈴)의 소개를 통하는 형식으로 원매가 "고상하게 행동하며 구속을 빋지 않는 문시로서 버슬하는 것을 닭가워하지 않고 사수에 몸을 의탁하여 지냈는데, 회고시를 가장 잘 지었다(最工懷古之作)"라고 말한 적이 있다. 이어서 그는 원매의 회고시인 「박랑성(博浪城)」시 전문을 『열하일기 · 피서록』에 수록하기도 하였다. 여기에 근거하여 추론하자면 박지원이 1780년 연행을 가서 중국에 머무를 적에 이미 원매를 알았을 것으로 추정할 수 있다.

셋째, 우리가 또 방증으로 삼을 수 있는 자료가 하나 더 있으니 박지원이 일찍이 그의 「절구(绝句) · 사수(四首)」 중 제3수에서 원매의 시와 그의 성취에 대해서 언급한 적이 있다. "육국의 왕이 재주가 다하자 한 번 몽치를 휘두르며 왔으니, 산 귀신은 소리 없고 화씨벽(和氏璧)은 슬프다. 『미자헌한담』에서 최고로 꼽았으니, 중원에 원매와 같은 사람이 몇 사람이나 있겠는가!" 이 시의 제1구와 제2구는 각각 원매의 「박랑성」 시의 제4구와 제6구이다. 이로부터 알 수 있는 것은 박지원 역시 이덕무와 마찬가지로 이조원의 『미자헌한담』을 통해서 원매와 그의 회고시인 「박랑성」을 알았을 것으로 추정할 수 있다.

그런데 여기서 또 주목해야 할 것은 누군가가 박지원의 시에 주석을 달면서 "누군가 연행가는 것을 전송하면서 지은 것이거나 혹은 본인이 연행을 갈 때 되는 대로 노래한 시로 보인다(似送人入燕, 或燕行時雜詠)"고 하였다는 점이다. 이 주석에 근거하자면 우리는 박지원이 원매를 인지한 시기가 그와 이덕무가 함께 연행을 갔던 1778년 이전이거나, 아니면 그 자신이 재차 연행을 또 갔을 때인 1780년 이전이라는 것을 알 수 있다. 어쨌든 확실한 것은 모두 1780년 이전의 일이라는 사실이다. 이덕무는 평상시에 박지원과 교제가 아주 깊어서 수시로 내왕하며 학문과 지식을 서로 교류하였기에 우리는 박지원과 관련된 자료를 방증으로 삼아서, 이덕무가 아무리 늦어도 1780년 이전에 이미 이조원의 『미자헌한담』과 거기에 언급된 원매를 알고 있었다고 추론할 수 있다.

이상의 사실을 종합하면, 이덕무가 원매를 인지하고 『청비록』에 수록한 시기는 초고본이 완성되었던 1778년 이전이지 결코 장백위 교수가 주장한 것처럼 1786년 이후로 볼 수는 없다고 하겠다.

그렇다면 이덕무는 왜 원매의 "지금 나이가 70(1786)여 세(年今七十餘)"란 말을 기록하고 있을까?

학자들의 고증에 의하면, 현존하는 조선본 『청비록』과 정조 2년(1778) 이전에 편찬된 원래의 『청비록』 초고본은 약간 달랐다고 한다. 뿐만 아니라 중국의 이조원이 편찬한 『속함해(续函海)』에 수록되어 있는 중국본 『청비록』과도 약간 다른 점이 있다고 한다.8) 이것은 곧 이덕무와 이조원 모두 『청비록』의 초고본에 손을 대서 수정을 조금씩

가했다는 것을 알 수 있다.

그런데 '연금칠십여(年今七十餘)'란 문자기록은 현존하는 조선본이나 중국본 모두 동일하다는 점에 우리가 주의를 기울일 필요가 있다. 그래서 우리는 여기서 한 가지 추론을 해볼 수 있다. 즉, 이조원이 『청비록』을 『속함해』에 수록할 때 원매의 당시의 실제 나이에 근거하여 원문의 원매의 나이를 '연금칠십여'로 고쳤을 가능성이 있다. 그리고 이덕무 역시 1786년 전후에 이조원과 계속 연락을 주고받고 있던 박제가·이서구 등을 통해서 이조원의 『속함해』에 수록된 중국본 『청비록』을 열람한 뒤, 본래 『청비록』 초고본에 있던 일부 기록을 수정하였을 가능성이 충분히 있다고 볼 수 있다. 다시 말해서 『청비록』의 초고본에는 원래 그렇게 기록되어 있지 않는데 『속함해』에 기록된, 즉 『청비록』을 수록할 당시 원매의 실제 나이를 수정하여 기록한 자료에 근거하여 이덕무 역시 다시 수정을 가한 것이라는 얘기다.

설사 이 추론이 사실이 아니라고 하여도 장백위 교수의 견해처럼 1778년 『청비록』 초고본에는 원매가 실려 있지 않았다든지, 그러므로 이덕무가 원매를 인지한 시기가 1786년 이후였을 것이라는 식으로 단정 지을 수는 없다고 생각한다. 만약 1786년 이후였다면 이덕무는 이미 원매와 그의 문학에 대해 상세히 알았을 것이 확실하기 때문에 자신의 시화집인 『청비록』에 간접적으로 이조원의 말을 빌려서 원매와 그의 문학을 언급하는 형식을 취하지는 않았을 것이라고 생각한다.

그렇다면 1778년 사가시인들이 연행하기 이전에 왜 원매에 대한 평론은 동시기 중국시인인 왕사정과 주이존(朱彝尊, 1629~1709), 심덕잠

---

8) 鄺健行, 「『续函海』中『清脾錄』與朝鮮传本差異原因论测」(『第四屆国际东方诗话学术研讨会会议论文集』), 27쪽 참고.

(沈德潛, 1673~1769) 등에 비해서 많지 않았을까? 필자는 여기에 두 가지 이유가 있다고 추정하고자 한다.

첫째, 원매는 역대시가선집을 편찬한 적이 없으나 왕사정과 심덕잠은 모두 자신들이 편찬한 역대시가선집을 갖고 있었기 때문이었다. 당시는 인쇄술이 발달하지 않았기 때문에 중국의 한문 전적이 조선에 보편적으로 유통될 수는 없었다. 그래서 조선의 학자들은 대부분 중국의 시를 골고루 많이 모아 놓은 역대시가선집에 의지하여 한시를 학습할 수밖에 없었던 것이다.

둘째, 원매 자신이 편찬한 시집과 문집도 쉽게 구매할 수가 없었다. 이덕무가 자신의 저작 중에서 인용하고 있는 중국의 서적의 목록을 보면 그 가운데는 전겸익(錢謙益)의 『열조시집(列朝詩集)』, 왕사정의 『대경당집(帶經堂集)』·『향조필기(香祖筆記)』·『거이록(居易錄)』·『분감여화(分甘餘話)』, 주이존(朱彝尊)의 『정지거시화(靜志居詩話)』, 여악(厲鶚)의 『송시기사(宋詩紀史)』, 심덕잠(沈德潛)의 『국조시별재(國朝詩別裁)』 등이 수록되어 있다. 그러나 원매의 시집과 문집은 한 권도 언급되어 있지 않다. 그 이유는 어디에 있을까?

그런데 원매가 스스로 조선의 학자를 언급한 기록이 『수원시화』에 보인다. 그 기록에 의하면 조선의 박제가(朴齊家) 같은 경우는 중국으로 연행을 왔을 때 직접 원매의 시문집을 구입하려고 하였지만 구입하지 못하였다고 한다. 이처럼 원매의 시문집은 중국 서적 시장에서도 찾기가 쉽지 않았다는 것을 알 수 있으니 하물며 조선의 서적 시장에서는 더 말할 나위가 없다고 하겠다.

방명부가 경사에서 와서는 하는 말이 고려(당시는 조선)국의 사신인

박제가 등이 값을 높게 매겨 『소창산방집』과 유하상의 시를 구입
하려고 하였으나 결국 구입할 수 없어서 만족하지 못한 채 떠났다
고 한다.9)

상대적으로 보자면 성령파(性靈派)의 부장(副將)이라고 할 수 있는 장
사전(蔣士銓, 1725~1785)의 시집은 당시에 매우 구입하기가 쉬웠다고 한
다. 이 때문에 박제가는 성령파 장사전 시의 영향을 받고 『회인시방
장심여오십수(懷人詩倣蔣心餘五十首)』와 『속회인시십팔수(續懷人詩十八首)』를
쓸 수 있었던 것이다.

2) 1778년 연행 이후 사가시인의 원매 수용 상황

사가시인들은 모두 박지원의 실학사상의 영향을 받고 공리공론을
일삼는 유가사상을 반대하는 반(反)전통사상을 지니고 있었다. 그들
중 이덕무·박제가·유득공 3인은 일찍이 조선사절단이 되어 중국을
차례로 다녀온 적이 있으며 그 기간에 북경에 있던 많은 청나라 학자
및 시인들과 문화적 교류를 하기도 하였다. 이서구는 중국에 가보지
는 못하였지만 다른 세 사람을 통해서 청나라 시인들과 시를 주고받
으며 인연을 맺을 수 있었다.

이덕무와 박제가는 1778년 1차 연행 때에 북경에서 중국시인인 반

---

9) "方明府从京师来, 说高丽[朝鲜]国使臣朴齐家以重價购『小倉山房集』及劉霞裳诗, 竟不可得, 怏怏而去(『随
园诗话补遗』)." "方藕船明府云 : 高麗進士李承熏·孝廉李喜明·秀才洪大容(原本作 '榮', 誤) 等, 俱在都中
購『隨園集』, 問余起居·年齒甚殷. 嘻, 余愧矣!(『随园诗话补遗』)" 그러나 이와 같은 전언은 원매에게 잘못
전해졌을 가능성이 많다. 李承熏은 正祖七年(1783)에 연행을 가서 주로 천주교 서적을 가지고 왔고, 洪大容은
英祖四十一年(1765)에 연행을 가서 오직 『紀效新書』·『水滸傳』 등만을 가지고 왔을 뿐, 원매의 작품은 없었
다. 그렇기에 洪奭周는 『鶴崗散筆』 卷二에서 다음과 같이 지적하였다. "近世袁枚 『小倉山房集』 自言高麗使
臣來購己文集, 列使臣姓名, 有吾先人諱字 先人以布衣從吾祖考孝安公赴燕, 未嘗爲使臣, 時亦未嘗知有枚文
也" 張伯偉, 『淸代詩話東傳略論稿』(中華書局, 2007年版), 141~142쪽 참고.

정균(潘庭筠)·이정원(李鼎元)·이기원(李驥元)·당락우(唐樂宇)·축덕린(祝德麟) 등과 교류관계를 맺을 수 있었다. 그 가운데 축덕린은 원매와 우정이 매우 깊은 인물이었는데, 그의 시풍은 성령시파적인 경향을 띠었으며, 당시의 학술경향에 보조를 맞추어 고증학 방면에도 상당한 조예를 갖고 있었다. 이덕무와 박제가는 축덕린을 포함한 중국시인들과의 교류를 통하여 성령파의 시풍과 당시 성령시파가 시단에 유행하고 있었던 구체적인 상황, 그리고 당시 최신 학술경향이 고증학으로 기울고 있다는 사실 등에 대해 상세히 알게 되었다. 당시까지 조선의 문인과 학자들은 오직 송명이학과 신운(神韻)시 시풍에 익숙하던 상황이었는데, 중국의 최근 학술계와 시단의 동향을 접하면서 그들은 영향을 받지 않을 수 없었고 그러한 학술경향과 시풍을 조선에 들여오기로 결심하게 되었을 것으로 추론할 수 있다.

이조원은 조선사절들과 내왕하며 그들과 아주 친밀하게 지냈던 청나라 학자 중의 한 사람이다. 그는 조선 사가시인들을 위해서 그들의 『한객건연집(韓客巾衍集)』에 서문을 써주기도 하였고 자신의 시화집인 『우촌시화(雨村诗话)』에 이덕무의 『청비록』과 유득공의 시들을 소개하기도 하였다. 조선 후기 시인들이 중국에 이름이 알려지게 된 것은 이우촌의 공로가 크다고 말하지 않을 수 없다. 그래서 이덕무는 그의 사람됨을 찬탄하면서 "아아! 중국인이 친구를 사귀는 데 정감과 말이 이처럼 진실되구나"라고 하였다.

1790년에 박제가는 또 한 차례 유득공과 함께 연행을 갈 기회가 있었는데 이때도 그들은 북경에서 수많은 학자들과 광범위하게 교류를 하였다. 그들 가운데는 기윤(紀昀)·팽원서(彭元瑞)·심초(沈初) 등의 고관과 옹방강(翁方綱)·완원(阮元) 등의 고증학자 및 나빙(羅聘)·장문도(張問陶)

등의 성령파 문인들이 있었다.

나빙은 자가 둔부(遁夫)이고 호는 양봉(兩峰)이며 별호가 화지사승(花之寺僧)이었는데, 양주팔괴(揚州八怪) 가운데 한 사람으로 원매·장사전 등과 교류를 하고 있었다. 또한 한림원(翰林院) 서길사(庶吉士)였던 장문도(張問陶; 1764~1814)는 자가 중치(仲治), 호가 선산(船山)으로 성령파의 주요 시인이었다. 이 점에 근거해서 우리는 그들이 나빙·장문도 등과 교류할 기회를 가졌기 때문에 성령파 시학의 특징에 대해서 확연하게 알 수 있었으며 또한 성령파가 당시 시단에서 성세를 이루고 있었다는 사실도 확실하게 인지하였을 것이라고 단언할 수 있다. 당시 시단의 상황에 대해 홍량길(洪亮吉)은 "건륭 중엽 이후로 사대부들의 시 중에서 세상 사람들은 원매·왕사정·장사전·조익의 시를 높이었다"고 하였다.

박제가는 비록 원매를 만난 적이 없었지만 그의 성령시의 특징이 성정을 위주로 한다는 사실을 잘 알고 있었기에 평상시에 원매의 시가에 대해서 좋은 인상을 갖고 있었다. 우리는 그의 아들인 박장암(朴長馣)이 박제가 사후에 편찬한 『호저집(縞紵集)』에서 이 사실을 알 수 있다.

원매는 과거에 급제한 뒤에 나이가 겨우 약관이었는데 마침내 시에 있는 힘을 다하여 오로지 성정을 주로 하였다. 그는 장사전과 이름을 나란히 하였다. 원매는 스스로 "평생 동안 남의 시를 모으거나 남의 시의 운을 써서 시를 짓는 일을 하지 않았다"고 말하였다. …… 장사전과 사이가 더욱 좋아서 서로가 서로를 높이고 칭송하였다. 원매는 일찍이 장사전과 시를 논하면서 "나는 평소 황정견을 좋아하지 않고 양만리의 시를 좋아하는데, 그대는 양만리를 좋아하지 않고 황정견을 좋아하시니 조화를 이루면서도 자기 입장을 고수한다고 하겠습니다"고 하였다. 선군께서는 원매의 시를 마음속에 품고 계셨다.

비록 박제가의 초기 시가 다른 사가시인들과 마찬가지로 신운파의 시풍을 띠고 있었지만, 그러나 성령시인들과 교류를 하면서 변화가 생겨 점차적으로 성령시풍을 수반하기 시작하였다. 그는 일찍이 「별선산길사(別船山吉士)」와 「증장선산문도귀사천(贈張船山問陶歸四川)」(『貞蕤詩集』卷三) 시를 써서 장문도에게 준 적이 있는데 바로 「증장선산문도귀사천」 시에서 다음과 같이 노래했다. "촉의 나그네는 시를 지어 벽계산을 묻는데, 행인은 말을 몰아 점제(黏蟬)현을 나오네. 그리우면 언제나 돌아보는 곳이 있으니, 강물은 동쪽으로 흐르고 해는 서쪽으로 진다네."[10] 그런데 박제가는 이어서 주를 달아 "여기 쓴 '선(蟬)'의 음은 '제(提)'이다. 왕사정이 '선(先)'의 운으로 잘못 압운을 하였기에 오늘 이를 바로잡는다"고 하였다. 이 언급은 그가 이미 왕사정의 시풍에서 점차 벗어나기 시작하였음을 말해주는 것이라고 할 수 있다.

그런데 우리는 조선의 사가시인들이 당초에는 먼저 원매의 회고시에 주목하였다는 사실을 발견할 수 있다. 이덕무가 『청비록』에서 원매가 "회고시에 가장 능하다(最工懷古)"고 하면서 「박랑성(博浪城)」과 「두목묘(杜牧墓)」를 예로 들고 있는 것을 보면 이 점을 잘 알 수 있다.

박제가 역시도 1777년에 쓴 『희방왕어양세모회인육십수(戲倣王漁洋歲暮懷人六十首)』에서 직접적으로 원매의 회고시인 「두목묘」 중 "하인해상사훈묘(何人解上司勳墓), 지유강동영사원(只有江東詠史袁)"이란 시구를 인용하고 있는 시가 있기도 하다.

하늘가에 소식 전해 천자의 사자가 타는 수레 되돌리고, 두곡의 꾀

---

10) "蜀客題詩問碧雞, 行人驅馬出黏蟬. 相思總有回頭處, 江水東流日向西." '점제(黏蟬)'는 한(漢)나라 때 현(縣)의 이름으로서 낙랑군(樂浪郡)에 속해 있었으니, 바로 우리나라 한반도의 영역 내에 있었다.

꼬리와 봄꽃은 한바탕 넋을 잃게 하네. 누가 두목의 묘를 이해할
수 있을까, 다만 강동 땅 영사시의 원매만이 있을 뿐이네.

　　나중에 박제가는 한걸음 나아가 장사전의 『회인시사십구수(懷人詩四十
九首)』를 모방하여 『회인시방장심여오십수(懷人詩倣蔣心餘五十首)』와 『속회
인시십팔수(續懷人詩十八首)』 등의 회인시(懷人詩)를 쓰기도 하였다. 그가 쓴
『희방왕어양세모회인시육십수(戲倣王漁洋歲暮懷人六十首)』와 『회인시방장심
여오십수』는 모두 성령파 시인인 홍양길(洪亮吉, 1746~1809)과 손성연(孫星
衍, 1753~1818), 장문도(張問陶, 1764~1814) 등을 시제(詩題)로 삼아 그들의 위인
과 학문을 소개하고 있는 시이다.

　　유득공은 1796년에 편찬한 청대시인 시가선집인 『병세집(幷世集)』에
서 이미 이덕무의 『청비록』에 기록된 원매의 회고시 두 수 외에도 또
한 추가로 「사태부사(謝太傅祠)」・「나소간묘(羅昭諫墓)」・「무후건릉(武後乾陵)」・
「희마대조송무제(戲馬臺弔宋武帝)」 등 네 수의 원매의 시를 수록하였는데
이 시들 역시 모두 회고시인 점이 우리의 눈길을 끌게 한다. 한편 『병
세집』은 원매 외에도 성령파 시인인 장문도・나빙・장도악(張道渥)・
공협(龔協)・장복조(莊復朝)・장회기(莊會琦)・웅방수(熊方受) 등의 성령시를
수록하고 있다.

　　연행 이후 사가시인들은 모두 원매가 중국시단에서 차지하고 있는
지위와 성령시의 특징에 대해서 상세히 알게 되었다. 박제가는 벌써
원매의 성령시의 특징이 "한결같이 성정을 위주로 한다(一主性情)"는 사
실을 잘 알고 있었다.

　　유득공은 『연대재유록(燕臺再遊錄)』에서 원매와 장사전의 시가를
응당 최고의 자리로 추존해야 한다고 말하고 있다. 또 이서구 역시

『성서장종인회자연문기도강각기육수(成書狀種仁回自燕聞其渡江却寄六首)』 중 제5수에서 원매를 추존하는 말을 한 적이 있다.

시인들 중의 거짓된 문체는 그대의 재단에 맡기는데, 중원의 가장 고아한 재능을 지닌 시인은 누구인가? 전에는 남쪽 안휘의 시윤장(施 閏章)과 북쪽 산동의 송완(宋琬)이 유명했는데 지금은 있는가? 성대한 명성을 지닌 이로는 일찍이 원매라는 한 사람을 말한 적이 있다네.

그런데 사가시인들은 왜 원매와 성령시의 관심을 유독 그들의 회 고시와 회인시에 집중했던 것일까? 우리는 이 점에 대해 대략 두 가 지 원인으로 추론해볼 수 있다.

첫째, 사가시인들은 실학자로서 평상시에 민족의 주체의식과 자존 의식을 강하게 가지고 있었다. 그들이 회고시를 애호한 것도 바로 역 사에서 교훈을 찾고 그것을 모범으로 삼아 국가민족의 생존과 발전 에 공헌을 하기 위해서였다.

유득공이 연행 이전에 썼던 시가들인 『서경잡절십오수(西京雜絶十五首)』 (1769)·『송경잡절구수(松京雜絶九首)』(1769)·『웅주잡절삼수(熊州雜絶三首)』 (1773)·『강도잡감사수(江都雜感四首)』(1775年前後) 등은 모두 역사유적지를 유람하며 수시로 떠오르는 개인적인 감상을 노래한 데 불과하였다. 청나라 시인 이조원은 일찍이 이 시들이 왕사정의 신운시인 「진회잡절 (秦淮雜絶)」과 마찬가지로 "처량하여 미혹되게 하고 슬픈 듯 농염한(悽迷 哀艶)" 신운의 정취를 지니고 있다고 평가한 적이 있었다.

그러나 유득공이 1778년 여행을 다녀온 뒤에 쓴 『이십일도회고시 (二十一都懷古詩)』(1778)에서는 완전히 시풍이 변화하였다. 그는 여기서 투 철한 역사의식을 지니고서 민족의 역사와 문화에 대해 적극적인 관심을 표명하고 포폄을 가했으며 아울러 민족문화에 대한 자부심을 드러내기도 하였다. 유득공이 이렇게 변화할 수 있었던 이유는 틀림 없이 그가 연행 이후 역사의식에 변화가 있었기 때문이며 또한 원매 등 성령시파의 회고시의 영향을 받았기 때문이라고 유추할 수 있다.

둘째, 그들은 청나라의 선진적인 문물과 학술사상을 들여오고자 하였는데 바로 여기에서 회고시의 방식이 활용되었던 것이다. 박제가 의 『회인시방장심여오십수』와 『속회인시십팔수』는 모두 고증학적인 창작방식을 통해 독자에게 청나라 학자와 문인 등에 관한 상세한 지 식을 소개하고 있는데, 역시 선진적인 문물제도를 받아들여서 국가발 전에 도움이 되게 하기 위해서였다고 볼 수 있다.

한시 사가시인 외에도 다른 기록들을 통해 우리는 조선 시단의 원매 시학에 대한 수용 상황을 엿볼 수 있다. 조인영(趙寅永, 1782~1850, 號 雲石) 은 일찍이 「독수원시화유감병서정축(读随园诗话有感)幷序 丁丑)」이란 시를 쓴 적이 있는데, 이 시의 제목에 조그만 글자체로 병기되어 있는 '정축(丁 丑)'년은 바로 순조(純祖) 17년(1817)이었다. 원매의 『수원시화(随园诗话)』 12 권과 『보유(补遗)』 10권은 건륭(乾隆) 55년(1790)과 57년(1792)에 각각 간행 되었으니, 이 점에 비추어보면 우리는 『수원시화』가 중국에서 간행된 지 얼마 안 되어 조선에 유입되어 읽히기 시작했음을 알 수 있다.

또한 19세기의 문인이었던 신석우(申錫愚, 1805~1865, 號 海藏)는 『자하 연담(紫霞軟譚)』에서 당시 신운시에 매우 뛰어났던 신위(申緯, 1769~1845, 號 紫霞)에게 조선시단의 상황을 물을 때 신위가 원매를 언급한 사실을 함께 기록해놓고 있다.

내가 말했다. "요즘 중화인의 문집으로 압록강 동쪽으로 유입되어 전파되고 있는 것들은 대부분 시집이니 역시 기이하다 할 만하겠습니다." 노인 어른께서 말씀하셨다. "막 영명도위의 책상 위에 원매의 문집인『소창산방집』이 있는 걸 보았다네." 내가 말했다. "'선인들은 약초 캐러 봉래산으로 갔고, 넓은 물결 모래는 망해대에 이어져 있다'고 노래한 원태사이지요?" 자하께서 말씀하셨다. "그렇다네."

이 점에 근거하자면 우리는 19세기 초기에서 중기에 이르는 시기에『수원시화』외에도 또한『소창산방집(小倉山房集)』을 포함한 원매의 시문집이 조선 시단에 유통되었음을 잘 알 수 있다.

이제 지금까지의 논의를 종합해보면, 우리는 조선 후기 문인들이 청대 원매를 수용한 상황에 대해 아래와 같은 결론을 얻을 수 있다.

조선의 시단은 언제 중국 청대의 시가를 수용하기 시작하였는가? 조선 후기 실학파 시인들이 출현하면서 존명배청(尊明排淸)을 반대하고 적극적으로 청대의 선진적인 문물제도를 수입하면서 시작되었다고 할 수 있다.

조선 시단에서는 언제부터 원매를 인지하기 시작하였는가? 우리는 이덕무의『청비록』에서 관련된 최초의 기록을 발견할 수 있는데, 이 점에 근거하자면 한시 사가시인들이 아무리 늦어도 1778년 연행을 가기 이전에는 이미 원매를 인지하였다고 할 수 있다.

조선 후기 시단에서 원매를 수용한 주요 시인들로는 누가 있는가? 그들은 과연 모두 원매의 시 가운데서도 성령시만을 수용하였는가?

이덕무・박제가・유득공 등 사가시인들은 연행 이후 원매의 청대 시단에서의 지위와 그의 성령시의 특징에 대해서 상세히 알게 되었다. 그렇지만 그들은 원매의 시학에 대하여 성령시가 아닌 회고시와 회인시에 관심을 집중했던 것을 밝힐 수 있었다. 그들은 실학자로서 역사에서 교훈을 찾고 그것을 모범으로 삼아 국가민족의 생존과 발전에 공헌하고자 하였으며, 고증학적인 창작방식을 통해 독자들에게 청나라 학자와 문인 등에 관한 상세한 지식을 소개하고자 하였기 때문에 원매의 회고시와 회인시에 관심을 집중하였다고 할 수 있겠다.

VII

건설적 모방론의 탐색을 위한 시론[*]

홍광훈[**]

1. 서언

  전통계승과 '창신(創新)'[1]의 관계에서 일어나는 논란과 갈등은 유사 이래로 오늘날까지 끊임없이 이어져온 인간사회의 근본 문제 가운데 하나일 것이다. 그리고 아직까지 모두가 다 만족할 수 있는 합의점을 찾지 못하고 있는 과제인 만큼 인류가 지금과 같은 모습으로 존재하는 한 앞으로도 오랫동안 이에 대한 논란과 갈등은 계속될 것이다. 사회가 보수와 진보를 두고 대립하는 것도 바로 이와 같은 맥락이라고 할 수 있을 것이다. 문학을 포함한 제반 예술행위는 특히 대단히 주관적인 것이어서 더욱 그러할 수밖에 없다고 하겠다.

  중국문학사에 있어서도 당연히 이러한 현상은 현저히 드러나 있다. 수없이 반복되는 복고(復古)운동 또는 전통의 모방 열풍, 이에 대한 반발과 비판, 새로운 대안 모색의 과정을 거치면서 중국문학사 역시 다른

  * 이 글은 『중국어문학』 56집(2010)에 실렸던 것을 수정 보완한 것이다.
  ** 서울여자대학교 중어중문학과 교수.
  1) 이 단어는 아직 국내의 국어대사전 등에도 실려 있지 않지만, 동양학의 학술용어로 흔히 사용되므로 편의상 그대로 사용한다.

지역의 문학사들과 마찬가지로 그 양과 질의 발전과 함께 문학의 여러 문제에 관한 광범위하고도 심도 있는 논의를 축적해왔다고 할 수 있다.

이 문제를 두고 끝없이 논란과 갈등이 이어지는 것은 시대의 조류와 사회적 추세, 유파 및 개인의 입장과 취향, 견식과 재능의 차이 등 여러 복합요인이 작용하고 있다고 해야 할 것이다. 이에 따라, ① 전통계승과 '창신'의 어느 한쪽으로 치우치지 않고 함께 중시하는 부류, ② 전통계승에만 치중하고 '창신'을 소홀히 하는 부류, ③ '창신'만을 강조하고 전통계승을 부정적으로 보는 부류, ④ '창신'의 당위성을 인정하면서도 전통계승 쪽에 무게를 두는 부류, ⑤ 전통계승의 필요성을 인정하면서도 '창신'의 중요성을 더욱 강조하는 부류가 있을 수 있다.[2]

문학에서의 전통계승은 결국 모방을 통하여 이루어진다. 따라서 전통계승이 필요하다면 모방은 당연히 거쳐야 할 과정이라고 할 수 있다. 오늘날은 일반적으로 모든 새로운 작품은 지나간 작품 및 지나간 전통과의 연결 선상에 있다는 인식에서 모방은 피할 수 없을 뿐 아니라 작가의 정당한 권리로까지 인정되고 있다. 특히 창작의 초급단계에서 모방은 반드시 거쳐야 할 과정으로 여겨지고 있는 상황이다. 심지어 모방과 표절의 경계를 넘나든다는 비판을 받을 만한 작품들까지도 그 나름대로의 창작 의도가 인정된다면 새로운 창작의 일환으로 각광을 받고 있을 만큼 모방이 문학뿐 아니라 예술 창작 전반의 일반적인 현상이 되다시피 했다.

그런데 중국문학이론사를 전체적으로 조망해보면, 한편으로는 모방의 필요성은 인정하면서도 한편으로는 이를 부정적으로 여기는 경

---

2) 이를 테면, ①은 陸機, 劉勰, 韓愈, 蘇軾 등, ②는 李夢陽을 비롯한 明代 復古派, ③은 三袁과 袁枚 등 性靈派, ④는 黃庭堅, 朱熹, 嚴羽, 沈德潛 등, ⑤는 鍾嶸, 張戒, 葉燮 등을 각각 예로 들 수 있을 것이다.

향도 대단히 강하게 드러남을 발견하게 된다. 이러한 경향은 후대로 갈수록 더욱 두드러져 보인다. 이는 서양 문학이론사가 근대의 낭만주의 등 일부 유파를 제외하면 전체적으로 고전의 모방을 당연시하여 이를 장려한 것과 대조된다.

본 논고에서는 중국문학사 전반에 걸쳐서 모방에 관한 논의들을 조망, 그 탐색을 통해 건설적 이론의 수립을 시도하고자 한다. 모방의 당위성과 목적, 이상적 모방을 위해 모방자가 가져야 할 기본의식, 긍정적이고 적극적인 모방을 위한 방법론 등을 탐색해보려는 것이다.

이를 통하여 부정적이고 소극적으로 평가되는 경향이 많았던 전통시대의 다양한 모방론들을 긍정적이고 적극적인 창작방법론으로 정립, 이를 재평가하고 나아가 오늘날의 문학창작에 이바지할 수 있도록 하려는 것이 본 연구의 목저이다. 한 이론가나 유파를 연구대상으로 하지 않고 중국문학이론사 전체를 거시적으로 조망하는 것이므로 자칫 진부한 자료들의 나열과 함께 일반론적으로 흐를 우려도 없지 않겠으나, 모방의 문제에 관한 전반적인 정리 작업은 필요한 것인 만큼 감히 이 연구를 진행하는 바이다.

2. 모방의 문제에 관한 기본 논의

1) 모방의 당위성 문제

역대의 많은 작가들이 모방에 힘을 기울이고 이론가들이 이를 강조할 수밖에 없었던 까닭은 다음의 세 가지로 설명할 수 있을 것이다.

이를 통해 우리는 창작과정에서의 모방행위가 필요불가결하다는 사실을 인정할 수 있을 것이다.

첫째는 오랜 세월 동안 수많은 작가들에 의해 축적되어 온 문학창작 경험을 통하여 창작의 가장 이상적인 모형과 방법이 이미 형성되어 있다는 점을 인정하지 않을 수 없었기 때문이다.

그러므로 이러한 전통의 경험을 잘 받아들여야 문학다운 문학을 할 수 있는 작가의 기본 소양을 갖출 수 있게 되고, 나아가 각자의 독창적 재능을 발휘하여 새로운 창작에 임할 수 있다고 생각한 것이다.

이는 문학의 근본적인 개념과 직결된다. 즉 문학이란 언어로써 작가의 감정과 사상, 사물의 형상과 이치, 인간세상의 수많은 관계와 교류와 사건들을 예술적으로 아름답게 표현해야 한다는 사실이다. 다시 말해 아무리 훌륭한 내용이 작가의 내면에 있다고 하더라도 그것을 효과적으로 잘 드러내지 못한다면 예술작품으로 성립되지 않는 것이다.

따라서 짜임새 있고 탄탄한 내용의 구성과 가장 적절한 표현 및 묘사를 추구하기 위한 방법과 기교의 습득과 연마는 작가가 갖추어야 할 가장 기본적인 소양이다. 그러므로 이를 등한히 하고 문학행위에 나선다면 만용이라고밖에 할 수 없을 것이다. 중국의 '도학파(道學派)'나 '성령파(性靈派)', 서양의 '낭만파(浪漫派)'와 같이 아무리 '작가 내면세계의 자연스러운 발로'가 문학의 본령이라고 주장하더라도, 이를 제대로 표현하지 못하면 문학이 될 수 없는 것이다.

또한 예술행위란 혼자만의 일로 그치는 것이 아니라 작가가 처한 사회에서 일정한 감상자를 대상으로 이루어지는 것이므로 기본적으로 이에 대한 배려가 없어서는 안 된다. 사회통념에 위배되는 불순하고 저질스러운 내용을 담아 감상자를 오도하고 혐오감을 준다거나,

기본적인 형식미를 무시하고 구성을 난잡하게 하거나, 중언부언하고 문법에도 맞지 않는 요령부득의 표현을 남발하여 감상자에게 괴로움을 준다면, 이는 작가로서의 기본 소양을 갖추었다고 할 수 없다.

그러므로 문학에서의 '독서성령(獨抒性靈: 다만 내면세계만을 펼친다)'은 작가의 권리라고 할 수 있겠지만, 그에 못지않게 좋은 내용을 효과적으로 잘 표현하고 상응하는 형식미를 갖추기 위한 다양한 학습에 노력을 기울이는 것은 작가의 기본의무라고 해야 할 것이다. 그러한 학습은 당연히 지금까지 축적되어 온 수많은 전인(前人)의 경험과 노력의 결과를 통하여 진행하는 수밖에 없는 것이다. 이는 바로 창작을 위한 가장 효과적인 수단이 되는 셈이다.

유협(劉勰)을 비롯하여 후대의 수많은 이론가들이 이른바 '법도'니 '격률(格律)'이니 하는 것들을 제기하여 문학 창작의 기본 지침으로 삼도록 주장한 까닭이 바로 여기에 있는 것이다.

둘째는 후대로 갈수록 작가가 창작력을 발휘할 수 있는 개척의 여지가 점점 줄어든다는 점이다.

후대 작가의 입장에서 보면, 문학에서 다룰 수 있는 소재나 내용, 표현 양식과 방법 등 모든 면에서 오랜 세월에 걸쳐 이미 수많은 작가에 의해 그 영역이 점유되어 버렸음을 통감하지 않을 수 없었던 것이다.

이런 상황에서 작가가 섣불리 자기의 재능만을 믿고 경솔하게 창작에 임하게 되면, 자칫 옛 사람과 유사한데다 그 성취도도 훨씬 떨어지는 작품을 써낼 우려가 있다. 그러한 작품은 의도하지 않았지만 결과적으로 서투른 모방작으로 취급될 수 있어 작가의 노력은 헛된 것이 되고 만다. 이백(李白)이 황학루(黃鶴樓)에서 시를 지으려다 최호(崔顥)의 시가 벽에 적혀 있는 것을 보고 붓을 던졌다는 고사는 바로 이러한 사정을 상징적으로 잘 말해주고 있다. 종영(鍾嶸)의 『시품서(詩品序)』에 "(자기가 지어놓고) 혼자 보면서 놀랄 만한 작품이라고 말하지만, 여럿이 보면 결국 평범한 수준으로 떨어지고 만다(獨觀謂爲警策, 衆睹終淪平鈍)"고 한 대목도 이와 같은 고루과문(孤陋寡聞)을 지적한 것이라 할 수 있다. 이 면에서 육기(陸機)의 「문부(文賦)」에 보이는 다음과 같은 말은 의미심장하다.

> 반드시 지어진 것이 다르지 않으면, 은연중에 옛사람의 작품과 같아지는 경우도 있다. 비록 내 가슴속에서 구상되어 나온 작품이라 하더라도, 다른 사람이 나보다 먼저 그러한 작품을 지었을까 두렵다. 만약 염치를 상하게 하고 의로움에 허물이 된다면, 이 역시 아깝기는 하지만 반드시 버려야 한다(必所擬之不殊, 乃闇合於義篇. 雖杼軸於予懷, 怵他人之我先. 苟傷廉而愆義, 亦雖愛而必捐).

이는 물론 문학에서의 독창성의 귀중함을 강조하는 대목이지만, 한편으로는 후대로 갈수록 앞 사람으로 말미암아 그만큼 창작의 여지가 좁아지고 있다는 작가의 고충을 토로한 것이기도 하다.

이와 같이 전통은 작가의 창작에 소중한 경험과 다양한 자료를 제공해주는 보고이기도 하지만 자유로운 창작을 제약하는 큰 부담으로 작용하기도 한다. 그렇다고 이를 피해갈 수는 없는 일이다. 그러므로 작가는 더욱더 전통을 잘 배우고 활용함으로써 그 새로운 경지를 개척해나가야 한다. 이에 유협은 『문심조룡(文心雕龍)』의 「물색(物色)」 편에서 다음과 같이 그 방향을 제시하고 있다.

> 『시경(詩經)』과 『초사(楚辭)』에 표현된 것들은 아울러 중요한 부분들을 다 차지하고 있기 때문에 후진이 뛰어난 필력을 가지고 있어도

이와 다투기가 두렵다. 이에 모두가 그 묘사된 방법을 이어받아 그 기교를 빌리고 그 문체의 기세를 따라서 새로운 것을 펼쳐내어야 하니, 그 중요한 부분을 잘 포착한다면 비록 낡은 것이라도 더욱 새롭게 되는 것이다. …… 옛날부터 문인들은 시대가 달라도 전인의 자취를 이어받았으니, 그것을 종합하여 변화를 가져오고 계승과 '창신'으로 성과를 거두었다(詩騷所標, 并據要害, 故後進銳筆, 怯於爭鋒. 莫不因方以借巧, 即勢以會奇. 善於適要, 則雖舊彌新矣. …… 古來辭人, 異代接武, 莫不參伍以相變, 因革以爲功).

이와 같이 작가는 전통의 모방 자체에 목적이 있는 것이 아니라 창작의 새로운 경지를 개척하고 보다 자유로운 영역을 넓혀나가기 위하여 전통을 적극적으로 학습함으로써 이를 진취적으로 활용해야 하는 것이다.

따라서 이러한 상황과 고충과 입장을 충분히 이해한다면 오늘날까지 오랫동안 비판받아 오던 많은 이론가들의 견해를 반드시 부정적인 시각으로만 바라볼 수 없다는 사실을 새삼스럽게 인식할 수 있게 된다. 이를테면 황정견(黃庭堅)의 이른바 '점철성금(點鐵成金)' 등과 같은 주장도 새로운 각도에서 긍정적으로 재조명해 보아야 할 것이다.[3]

세 번째는 훌륭한 원작에 대한 동경 등으로 인하여 의도적으로 모방하는 경우이다.

여기에는 제목이나 내용 속에서 원작을 밝히는 것과 이를 숨기고 마치 자기의 순수한 창작인 것처럼 꾸미는 경우가 있다. 전자는 '의

---

[3] 黃庭堅, 「答洪駒父書」: "스스로 말을 만드는 것이 가장 어려우니, 杜甫가 시를 쓰고 韓愈가 글을 지을 때에 한 자도 출처가 없는 것이 없었다. 대체로 후대 사람들이 읽은 책이 적어서 한유와 두보가 스스로 그러한 말을 지어내었다고 생각할 뿐이다. 옛날에 문장을 잘 지은 사람들은 참으로 모든 것을 잘 융화시켜 만들어낼 수 있었으니, 비록 옛사람의 낡은 말을 취하여 문장 속에 넣어도 한 알의 영단처럼 효력을 발휘하여 쇠를 두드려 금으로 변하게 하는 것 같았다(自作語最難, 老杜作詩, 退之作文, 無一字無來處. 蓋後人讀書少, 故謂韓杜自作此語耳. 古之能爲文章者, 眞能陶冶萬物, 雖取古人之陳言入於翰墨, 如靈丹一粒, 點鐵成金也)." 이러한 견해에 대해 金代의 王若虛는 『滹南詩話』에서 "다만 표절의 교활한 자일 뿐(特剽竊之黠者耳)"이라고 혹평했다.

고(擬古)'이고 후자는 '표절(剽竊)'이다. 후자의 경우는 올바른 문학행위가 아니므로 논외로 해야 한다.

이른바 '의고'는 작가 자신이 특정 원작의 내용이나 형식 및 표현방식 등에서 특별히 흥취를 느끼거나 기타 여러 가지 필요에 의해서 이루어진다. 이는 단순 모방의 차원을 떠난 또 다른 형태의 창작행위로 보아야 마땅하다.

이러한 창작행위는 동서고금을 막론하고 흔히 있어 왔다. 중국문학사에서는 한대(漢代) 이래로 위진남북조(魏晋南北朝) 시기에 걸쳐서 특히 성행하였다. 양한대(兩漢代)에는 굴원(屈原)과 송옥(宋玉) 등의 소(騷)와 부(賦)를 그대로 본떠서 자신의 감회를 서술하거나 사물을 묘사한 작품이, 위진(魏晋) 이후에는 악부(樂府)와 고시(古詩)의 제목과 그 의경(意境)을 취하여 쓴 작품이 셀 수 없을 정도로 많다. 대표적인 예로 육기(陸機)와 도연명(陶淵明)의 문집에는 「의고시(擬古詩)」라는 이름의 작품이 각각 14수와 9수가 실려 있다.[4] 포조(鮑照)의 악부시(樂府詩) 「의행로난(擬行路難)」은 모두 18수나 된다. 그리고 『문선(文選)』에서는 특별히 '잡의(雜擬)'라는 단원을 두어 모두 63수의 작품을 수록해 놓았다. 당시에는 이러한 '의고작(擬古作)'을 단순히 모방작이라고 하여 결코 타기하지 않았다는 사실을 보여주고 있다.

이에서 그치지 않고, 종영은 『시품(詩品)』에서 육기를 상품(上品)에 두어 '태강지영(太康之英)'으로 높이 평가하고, '고시(古詩)'조에서는 또 "육기가 본떠서 지은 14수는 글이 따뜻하고 아름다우며 뜻은 슬프고도

---

4) 陶淵明의 작품 중에는 이 밖에도 「雜詩」 12수, 「詠二疏」 2수, 「詠三良」, 「詠荊軻」과 「挽歌」 등 樂府詩 4수도 擬作의 범주에 넣을 수 있다. 이렇게 되면 전체 작품의 삼분의 일 정도가 擬古作인 셈이다. 車柱環, 「淵明의 怨詩와 東坡의 和作」 참고. 『韓譯 陶淵明全集』, 서울대학교출판부, 2002, 354쪽. 이 밖에 「閑情賦」와 「感士不遇賦」도 擬古作이다. 王瑤, 『中古文學史論』, 北京: 北京大學出版社, 1998, 218, 220쪽 참고.

심원하여 사람의 마음을 놀라게 하고 혼백을 움직이니, 거의 한 글자에 천금의 가치가 있다고 할 만하다"고 극찬하고 있다. 성률(聲律), 용사(用事), 대구(對句) 등 일체의 인위적 형식을 반대하고 '자연영지(自然英旨)'를 중시하는 종영이 이와 같은 모방작을 높이 평가했다는 것은 놀랄 만한 일이다. 또한 그가 '중흥제일(中興第一)'의 작가로 꼽는 곽박(郭璞)에 대해서는 '헌장반악(憲章潘岳)', 강엄(江淹)에 대해서는 '선어모의(善於摹擬)'라고 하여 모방을 긍정적으로 표현했다. 뿐만 아니라, '풍화청미(風華清靡)'라 하여 대단히 높이 평가한 도연명(陶淵明)의 「환언작춘주(歡言酌春酒)」와 「일모천무운(日暮天無雲)」 두 수 중 후자는 「의고시(擬古詩)」 9수 중 제7수이다.

이와 같은 당시의 풍조에 대해 송대(宋代) 이후의 평론가들은 주로 부정적인 시각으로 보는 경향이 강하다. 예를 들면 다음과 같은 비판이 주류를 이루었다.

> 양한(兩漢) 사이에 지어진 사부(辭賦)에는 전혀 새로운 말이 없고 오직 굴원(屈原)과 송옥(宋玉)의 작품을 본뜬 것으로 다만 글자만 다르게 바꾸어 놓은 것을 일찍이 이상하게 생각하였다. 그런데 진(晋)과 송(宋) 이후에도 시인들의 작품 중에는 그 병폐가 여전하다. 이와 같이 하여 비록 정교하다 한들 역시 말할 가치가 있겠는가? 아마 당시에는 옛 사람을 모방하는 것을 모두 긍정적으로 생각하였기 때문에 이를 비난하는 사람이 없었던 것 같다.[5]

그렇다면 과연 후대의 평가대로 당시의 의고 작품들이 고인(古人)의 작품을 흉내 내기만 했을 뿐 문학적인 가치는 전혀 없는 것이었을까?

---

5) 葉夢得, 『石林詩話』 卷下: 嘗怪兩漢間所作騷文, 未嘗有新語, 直是規模屈宋, 但換字不同耳. 至晋宋以後, 詩人之詞, 其弊亦然. 若是雖工, 亦何足道? 蓋當時祖習共以爲然, 故未有譏之者耳.

만약 그러하다면 당시의 풍조가 아무리 의고를 좋아하고 그것을 최대한으로 용인하였다고 하더라도, 그러한 작품들을 『문선』과 『시품』에서 그와 같이 소중하게 다루지는 않았을 것이다. 이에 그 표본으로 육기의 작품과 원작의 고시(古詩)를 비교함으로써 그 실체의 일면을 살펴본다.

明月何皎皎, 밝은 달은 어찌 저리 빛나서,
照我羅床幃. 내 비단 침상 휘장 비추나.
憂愁不能寐, 근심으로 잠 못 이루어,
攬衣起徘徊. 옷 집어 들고 일어나 배회한다.
客行雖云樂, 나그네 길 즐겁다고 하나,
不如早旋歸. 서둘러 곧장 돌아감만 못하리니.
出戶獨彷徨, 문 나와 홀로 방황함에,
愁思當告誰. 울적한 마음 누구에게 말할까.
引領還入房, 목 빼고 바라보다 도로 방에 드니,
淚下沾裳衣. 눈물이 흘러 옷을 적시네.
-「고시십구수(古詩十九首)」 其十九-

安寢北堂上, 북쪽 방 안에 편안히 누워보니,
明月入我牖. 밝은 달이 내 창으로 들어온다.
照之有餘暉, 저 달 비침에 빛이 넘치나,
攬之不盈手. 이를 잡아도 손에 차지 않네.
涼風繞曲房, 찬바람 굽은 방 감돌고,
寒蟬鳴高柳. 가을 매미 높은 버들에서 우는구나.
踟躕感節物, 배회하며 시절과 사물에 마음이 움직이니,
我行永已久. 내 떠나온 지도 이미 오래되었도다.
遊宦會無成, 떠도는 벼슬길에 만날 수가 없어,
離思難常守. 이별의 정은 늘 견디기 어려워라.
-「의명월하교교(擬明月何皎皎)」-

위에서 보는 바대로 육기의 작품에 만약 다른 제목을 붙여놓았다면 전혀 원작이 어느 것인지 알아내기 어려울 정도로 외형상으로 모방의 흔적이 별로 보이지 않는다. 다만 작품 속에서 느껴지는 '의경(意境)'이 비슷할 뿐이다. 그렇다고 해서 육기의 작품이 원작의 내용을 그대로 본뜬 것도 아니고 오히려 작가 자신의 정황과 감회가 작품 속에 잘 스며들어 있다. 그러므로 이러한 작품을 모방작이라 하여 배척한다면 단견이라 하지 않을 수 없다.

이러한 문학창작의 경험들은 당대(唐代)에도 이어지고 있다. 일설에 의하면 이백(李白)은 일생에 세 번이나 『문선』의 작품들을 의작(擬作)했다고 한다. 그중 「의한부(擬恨賦)」 1편이 그의 문집에 실려 있는데, 그 단락과 구법이 강엄(江淹)의 원작과 조금도 차이가 없다고 일컬어진다.[6] 또한 그의 수많은 고풍시(古風詩)ㅏ 악부시(樂府詩)들 중에는 모방의 흔적이 역력히 보이는 작품이 적지 않다.[7] 그러나 이런 이유로 이백의 작품을 폄하할 수는 없는 것이다.

'낡은 말을 힘써 버리라(陳言之務去)「답이익서(答李翊書)」'고 부르짖은 한유(韓愈)의 역작 「원도(原道)」는 첫머리에서 『중용』의 시작부분을 그대로 흉내 내고 있다.[8] 특히 눈여겨볼 만한 부분은 그의 일생 대표작으

---

6) 「擬恨賦」의 王琦 注: "단락과 구법이 거의 모두 원작을 본뜨고 있어 조금도 차이가 없다. 『酉陽雜俎』에 다음의 말이 보인다: '李白은 전후로 세 번이나 『文選』을 擬作하였지만 여의치 않아 바로 불태웠다. 오직 「恨賦」와 「別賦」만 남겼으나 지금은 「別賦」가 이미 없어지고 다만 「恨賦」만 남았다(段落句法, 蓋全擬之, 無少差異. 『酉陽雜俎』: '李白前後三擬 『文選』, 不如意輒焚之, 惟留恨別賦. 今「別賦」已亡, 惟存「恨賦」矣)"『李太白全集』(台灣: 河洛圖書出版社. 1975), 제1권, 6쪽.

7) 예를 들면, 李白의 「行路難」 3수 중 제1수에서 "잔을 멈추고 젓가락을 던지며 먹지 못하고, 칼을 뽑아 사방을 돌아보니 마음만 멍해지네(停杯投筋不能食, 拔劍四顧心茫然)"라고 한 것은 鮑照의 「擬行路難」 18수 중 제6수의 첫머리 "밥상을 앞에 두고 먹을 수가 없으니, 칼을 뽑아 기둥을 치며 길게 탄식하네(對案不能食, 拔劍擊柱長太息)"라는 구절을 그대로 베낀 것이다.

8) 『中庸』: "天命之謂性, 率性之謂道, 修道之謂敎" 「原道」: "博愛之謂仁, 行而宜之之謂義, 由是而之焉之謂道, 足乎己無所待於外之謂德."

로 꼽히는 「진학해(進學解)」가 철저한 모방작이라는 점이다. 이 작품은 한유가 국자감 학생들에게 훈계하다가 도리어 학생의 야유 섞인 질문을 받고 거기에 답하는 식으로 설정되어 있다. 그 문답과정에서 학생의 질문에 비록 야유가 섞여 있지만 결국 한유의 도덕과 학문과 청빈(淸貧)을 칭송하고 있다. 이는 『문선』에 수록되어 있는 동방삭(東方朔)의 「답객난(答客難)」과 양웅(揚雄)의 「해조(解嘲)」를 그대로 본뜬 것이다. 양웅이 동방삭을 본뜨고 한유가 다시 이 둘을 본뜬 셈이다. 뿐만 아니라 이 작품은 압운(押韻)된 변려체(騈儷體) 문장도 상당 부분 섞여 있어 문장의 형식 면에서도 고문운동가답지 않게 전대의 형식을 답습하고 있는 셈이다.9) 그러나 이 작품을 모방작이라고 배척하거나 그 가치를 깎아내릴 수는 없는 일이다. 비록 형식을 흉내 내었지만 그 속에는 작가 자신의 사상과 감정이 잘 담겨져 있고 문장의 전개과정에서도 작가 나름대로의 독창성을 드러내고 있기 때문이다.

황정견의 '환골탈태(換骨奪胎)' 이론도 결국 육기와 한유의 이와 같은 모방행위를 염두에 둔 것이라고 말해도 좋을 것이다.

이상에서 본 바대로 모방을 위한 단순 모방이 아니라 창작에 이바지하기 위한 건설적이고 진취적인 모방은 후대의 작가로 하여금 창작의 영역을 그만큼 넓힐 수 있도록 하는 역할을 하는 것이다. 뿐만 아니라 후대의 작가가 전인의 작품을 내용과 형식, 그리고 표현방법 등에서 어떻게 이를 교묘히 변형하여 새로운 모습을 보여주고 있는가를 원작과 비교하여 살펴보는 것도 독자의 입장에서는 문학 감상에서의 하나의 큰 즐거움이 된다고 볼 수 있다. 그러므로 이는 대단

---

9) 이에 관해서는 고광민의 「한유 進學解의 패러디(parody) 연구」, 『中國語文學誌』, 第17輯, 2005.6. 참고.

히 바람직한 일이라고 해야 할 것이다.

2) 모방과 '언지(言志)'의 문제

그럼에도 불구하고 앞에서 예로 든 섭몽득(葉夢得)과 같은 후대의 많은 비평가들이 모방을 부정적으로 보는 이유는, 일단 앞에서 언급한 대로 시대의 조류와 사회적 추세, 유파 및 개인의 입장과 취향, 견식과 재능의 차이 등 여러 복합요인이 작용하고 있다고 해야 할 것이다. 그러나 더 근본적으로 살펴보면 중국의 전통사회 전반에 걸친 문학에 대한 일반적인 가치관의 문제가 가장 큰 요인이 될 수 있다.

그 가치관의 실체는 바로 작품과 인간의 관계가 어떠하여야 하는가 하는 중국적 전통 관념에서 찾을 수 있다. 오늘날 주류를 이루고 있는 현대 서양문학이론과는 달리 문학에 대한 중국의 전통 관념은 작품은 작가와 같아야 한다는 것이다. 이른바 '문여기인(文如其人)'론이다. 즉 문학작품은 작가의 내면세계가 있는 그대로 드러나는 것이며, 반드시 그렇게 되어야 올바른 문학으로 인정될 수 있다는 관념인 것이다.

이러한 근본관념은 중국문학이론 정립의 초기단계에서 이미 결정되었다고 해도 과언이 아니다. 바로 유가적 문학이론의 근간인 '시언지(詩言志)'와 '사무사(思無邪)'이다. 이 주장은 후대로 갈수록 중국 전통 문학 관념의 주류로서 자리를 굳히며 문학이론을 지배해왔다고 할 수 있다. 유가 계통의 학자 겸 문인들은 물론이고, 도가 성향의 문인, 성령파(性靈派) 및 순수 문인 성향의 이론가들까지 이 근본관념에서 벗어나는 주장을 하거나 외면하는 사람은 대체로 보이지 않는다. 따라서 작품에서 표현된 내용과 그 작가의 행실에서 드러나는 내면세계가 다르다고 판단될 때에는 그 작가는 물론 작품까지 비난과 타기의 대상이 되는 것이 일반적인 관례였다.

이러한 전통 관념 속에서 양웅(揚雄) 같은 사람도 사부(辭賦)는 물론 『논어(論語)』, 『주역(周易)』 등에 이르기까지 다방면의 모방을 시도하고 행실 면에서 논란이 적지 않았음에도 '심성심화(心聲心畵)'의 가르침을 빼놓지 않았다. 모방의 정도를 지나쳤다고 비난받아 오던 명대(明代) 복고파(復古派)의 영수 이몽양(李夢陽)도 이와 같은 주장을 잊지 않았다.

> 만약 나의 정서로써 지금의 일을 서술하는데, 옛 법식에 한 자 한 치도 어긋나지 않게 따르고 그 말은 답습하지 않는다면, …… 이것이 어찌 불가하겠습니까?10)

이는 당연히 고인이 정해 놓은 전범의 틀에서 한 치도 벗어나지 않으려는 자신의 주장을 합리화하기 위한 것이지만, 그 정도로 문학은 작가 내면세계의 순수한 표출(表出)을 귀히 여긴다는 전통 관념이 중국 전통사회에 뿌리 깊게 박혀 있음을 방증하는 말이기도 하다.

'언지'를 중시하는 이러한 관념은 후대로 갈수록 더욱 강화되었다. 사령운(謝靈運)과 도연명(陶淵明)에 대한 평가가 당대(唐代)를 거쳐 송대(宋代)에 이르면서 극명하게 달라지고, 종영의 『시품』에서 당대(當代)에는 파격적으로 「중품」에 놓은 도연명을 「상품」으로 올려야 한다는 주장이 명·청대에 누차 제기된 것도 어찌 보면 이와 같은 사정에서 그 이유를 찾을 수도 있을 것이다. 두 작가는 각각 육조(六朝)시대의 '언지(言志)'

---

10) 李夢陽, 「駁何氏論文書」: 若以我之情, 述今之事, 尺寸古法, 罔襲其辭, …… 此奚不可也?

와 '영물(詠物)'을 대표하는 상징적 존재로 볼 수 있다. 그런데 당대(當代)에는 '언지'보다 '영물'이 중시되던 시기였으나 후대에 그 추세가 바뀌면서 두 작가에 대한 평가도 역전된 것이라 할 수 있다. 이러한 사정을 다음의 대목에서 확인할 수 있다.

> 건안(建安)과 도연명, 완적(阮籍) 이전의 작가들은 시로써 오로지 뜻을 말했는데, 반악(潘岳)과 육기(陸機) 이후에는 시로써 오로지 사물을 읊었다. 이를 겸하여 가진 작가는 이백(李白)과 두보(杜甫)이다. 뜻을 말하는 것은 바로 시인의 근본 취지이고, 사물을 읊는 것은 시인에 있어 여가의 일일 뿐이다.[11]

'언지'의 영향은 이에서 그치지 않고, 사물의 묘사 방법에서도 그대로 반영된다. 예컨대 육조시대에 널리 논의되고 상찬(賞讚)의 대상이 되었던 '형사(形似)'의 기법이 송대(宋代) 이후로는 천박한 것으로 바뀌어 대신 '신사(神似)'가 그 자리를 차지한다는 점이다.

이처럼 뿌리 깊이 보편화되어 간 전통관념 속에서 모방을 다분히 부정적으로 보는 경향이 그만큼 더 강해져 갔다고 할 수 있다. 모방이란 내용보다는 주로 형식에 치우치는 폐단을 낳아 작가의 내면세계를 바로 드러내는 데 장애가 될 수 있다는 생각이 우세해졌던 것이다. 그 여파는 어쩌면 오늘날의 일부 문학사가들에게까지 이르고 있는지도 모른다.

이러한 중국의 상황을 서양과 비교해보면 더욱 그 사정을 잘 이해할 수 있다. 예컨대 서양은 문학사의 초기부터 문학과 인간 내면세계의 관계에 주목하기보다는 문학이 인간사회와 자연세계의 현상과 사

---

11) 張戒, 『歲寒堂詩話』卷上: 建安陶阮以前, 詩專以言志; 潘陸以後, 詩專以詠物. 兼而有之者, 李杜也. 言志乃詩人之本意; 詠物特詩人之餘事.

물을 얼마나 객관적으로 잘 묘사하느냐 하는 문제에 더 관심을 가져왔다는 점에서 중국과 대조된다.12) 물론 서양에도 역대의 문학 견해들에서 작품과 인간 내면세계의 관계를 중시하여 훌륭한 인격자가 훌륭한 내용의 작품을 쓸 수 있으므로 작가가 인격적 수양에도 힘쓸 것을 강조하는 주장이 없었던 것은 아니지만, 그 정도가 중국에 비할 만큼 주류를 이루지 못했다. 오랜 세월 동안 축적되어 온 방대한 이론 체계 속에서 그러한 주장은 그렇게 큰 비중을 차지하지 않는다.13)

이와 같이 문학의 근본 관념에서 현격한 차이가 나는 이유는 중국은 문학사의 초기단계에서부터 서정시가 주류를 이루어왔고, 서양은 고대 희랍부터 서사시와 극시(劇詩)가 주류를 이루었기 때문이라고 생각할 수 있다. 이렇게 서로 다른 상황에서 중국은 자연히 '정(情)'에 주목하고, 서양은 '경(景)'과 '물(物)'에 치중하게 되었던 것이다. 즉 중국은 작가 내면세계의 올바른 표현에 착안한 반면, 서양의 작가들은 처음부터 어떻게 하면 자연의 사물을 객관적으로 잘 표현하고 이야기를 이상적으로 꾸밀 것인가에 관심이 집중되었다고 할 수 있다. 그렇게 오랜 경험과 노력을 거친 결과 그중에서 가장 이상적이라고 인정되는 형식과 방법이 하나의 규범으로 정립되어 모든 작가는 이에 따라야 한다고 생각하기에 이르렀던 것이다. 그리고 그러한 규범을 잘 따라서 창작된 작품들 역시 후대 작가들이 본받아야 할 전범으로서

---

12) 日本의 比較文學者 우에다 마코토(上田真)도 서양의 문학이론사는 문학이 자연계와 인간의 현실세계를 객관적으로 정확히 模寫하기 위하여 여하히 노력해야 하는가 하는 문제에서 시작되어 줄곧 이를 해결하기 위한 다양한 실험의 역사라고 주장했다. 또 그는 日本은 그러한 노력에 치중하기보다는 사물에 대한 작가의 주관적이고 내면적인 표현을 중시하여 서양의 경우와 대조된다고 했다. 『日本の文學理論』, 東京: 明治書院, 1975, 9~11쪽 참조. 결국 이러한 작가의 내면세계를 중시하는 문학관은 中國을 중심으로 한 東洋的 특성이었다고 말해도 좋을 것이다.

13) 李家驤, 『中西文論源流縱橫論』, 上海社會科學院出版社, 2005, 135쪽 참고.

이를 통해 창작의 방법과 기교를 체득해야 한다고 주장하게 되었다. 서양문학이론 체계의 근간이 되어온 아리스토텔레스와 호라티우스의 『시학』이 바로 그러한 사정을 잘 알려주고 있다.

이로써 볼 때 결국 중국은 처음부터 모방에 대한 관심이 상대적으로 적었던 반면, 서양은 문학이론 자체가 자연의 모방에서 나아가 전범의 모방을 염두에 두고 시작되었다고 해도 지나치지 않으며 그러한 전통이 오늘날까지 이어지고 있다고 보아야 할 것이다.

이에 오늘날에는 이러한 모방에 관한 여러 이론을 종합 분석하여, 그 장단득실을 따져보고 나아가 이를 두루 융화시켜 건설적인 방법론을 탐색하는 것이 무엇보다 중요하다고 하겠다.

3. 건설적 모방론의 수립을 위하여

1) '통변(通變)'과 중용(中庸)

정상적인 작가의식을 가진 작가라면 모방 자체를 목적으로 모방하는 경우는 없을 것이다. 모방은 어디까지나 새로운 작품의 창작을 위한 과정이며 수단일 뿐이다. 전대(前代)나 당대(當代)의 작품을 그대로 흉내 내어 자기의 작품으로 세상에 내어놓는다면, 이는 분명히 불순한 목적과 의도가 있는 것이므로 그러한 작가는 진정한 작가로서 인정받지 못할 것이며, 그 작품은 세월의 시련을 견디지 못하고 언젠가는 도태될 것이다. 우리는 문학사를 통하여 이 같은 사실을 확인하고 있다.

그러므로 이런 도리를 인식하고 있는 작가는 전통의 학습과 모방의 단계에서 그치는 것이 아니라 늘 새로운 것을 추구하려고 노력하게 된다. 그 노력 끝에 이루어지는 것이 바로 '통변'이다. '통변'은 모방의 목적이며 올바른 모방의 자연적인 결과이다.[14] 『주역』에서 밝히고 있듯이 '통변'은 문학 이전에 우주만물과 인간세상 모든 일의 근본원리인 셈이다. 공자(孔子)가 말한 '온고지신(溫故知新)'도 이 같은 이치와 통한다고 할 것이다. 지난 것을 익혀야 그 연결 선상에서 일어나는 새것을 알 수 있고 새것을 알기 위해서는 지난 것부터 알아야 하는 것이다. 지난 것을 익히는 것은 그 자체가 목적이 아니라 새것을 알기 위한 수단인 셈이다.

유협(劉勰)이 이러한 '통변'을 본격적으로 논의하기 오래 전에 이미 육기(陸機)는 「문부」에서 다음과 같이 말했다.

> 백대(百代)의 일문(佚文)들을 거두어들이고, 천 년에 걸쳐 남은 운율들을 모은다. 아침에 이미 피어난 꽃은 사절하고, 저녁에 아직 펼쳐지지 않은 꽃봉오리를 열게 하리라(收百世之闕文, 採千載之遺韻. 謝朝華於已披, 啓夕秀於未振).
> 변화의 도리를 깨닫고 그 차례를 알게 된다면, 새 물줄기를 열어 샘물을 받아들이는 것과 같다. 만약 기회를 잃고 뒤쳐진다면, 언제나 말단만을 잡고 그 끝을 잇게 된다(苟達變而識次, 猶開流以納泉. 如失機而後會, 恆操末以續顚).

앞의 말은 작가가 전통의 학습을 거쳐 철저한 작가정신으로 창작에 임해야 함을 강조하고 있다. 뒤의 말은 문학 변천의 도리와 전후 순서를 알아야 왕성한 창작력을 발휘할 수 있으니, 그 변화의 기회를

---

14) 다음과 같은 말이 바로 이러한 도리를 나타내고 있다고 할 수 있다: "시의 길은 바꾸고 되돌아가는 것에서 벗어나지 않는다. 바꾼다는 것은 옛것을 바꾼다는 말이고, 되돌아간다는 것은 옛날로 돌아간다는 말이다. 바꾸면 되돌아갈 수 있고, 되돌아가면 바꿀 수 있으니, 두 길이 아닌 것이다(詩道不出變復, 變謂變古, 復謂復古, 變乃能復, 復乃能變, 非二道也)." 吳喬, 『圍爐詩話』 권1.

잃으면 언제나 남에게 뒤처진다는 뜻이다. 성령파(性靈派) 원매(袁枚)로부터 격조(格調)에 얽매인다는 비판을 받은 심덕잠(沈德潛)도 『설시수어(說詩晬語)』에서 이러한 원리를 다음과 같이 말했다.

> 옛것에 얽매이어 '통변'하지 못하면, 글씨를 배우는 사람이 체본을 그대로 베끼는 데에만 열중하는 것과 같다(泥古而不能通變, 猶學書者但講臨摹).

이와 같이 '통변'을 겉으로 내세워 강조하고, 하지 않고를 떠나서 이를 염두에 두지 않는 작가와 이론가는 없겠지만, 저마다 시대상황, 사회추세, 개인조건 등이 다르기 때문에 '통변'의 방식과 양태가 달라진다.[15]

명대(明代)의 이몽양(李夢陽)과 이지(李贄)의 경우는 그 극단의 좋은 예가 될 것이다. 전자는 현실을 개혁하는 '창신'의 명분으로 전통에 몰입하였으나 그 결과 오히려 '창신'이 저조하였고, 후자는 현실 개혁을 위하여 현실의 연장 선상에 있는 전통을 모두 타파해야 한다고 주장했지만, 오히려 더 오랜 과거의 전통 속으로 회귀한 결과가 되었다.[16]

그러므로 '통변'에서의 '중용'이 요구되는 것이다. 우리는 문학에서의 통변을 논의할 때 다음과 같은 말을 되새겨볼 필요가 있다.

---

15) 皎然, 『詩式』: 예컨대 陳子昂은 복고가 많으나 변화는 적고, 沈佺期와 宋之問은 복고는 적으나 변화가 많다(如陳子昂復多而變少, 沈宋復少而變多). 吳喬, 앞의 책: 晋·宋에서 陳·隋까지, 大曆에서 唐末까지는 변화가 복고보다 많아 流俗을 면치 못했으나 여전히 복고에서 어긋나지는 않았으므로 명편이 많았다. 그다음은 말하기 어렵다. 宋代 사람들은 오직 변화만 추구하고 복고는 없었으므로 唐代 시인의 뜻이 모두 없어졌고, 明代 사람들은 오직 복고만 추구하고 변화하지 않았으므로 마침내 광대와 같은 꼴이 되었다(晋宋至陳隋, 大曆之唐末, 變多於復, 不免於流, 而猶不違於復, 故多名篇. 此後難言之矣. 宋人惟變不復, 唐人之詩意盡亡. 明人惟復不變, 遂爲叔敖之優孟).

16) 梁會錫은 李贄 역시 당시 문단의 변화를 道家的 경지에서 추구하고 있다는 점에서 역시 復古의 한 유형으로 보았다. 「復古의 유형과 그 문학사적 기능」, 『中國文學』, 제39집, 2003.5. 참고.

시대마다 적합한 것을 지음에 질박함과 우아함이 번갈아 쓰인다.
통변으로 이에 응하고 중용으로써 통변한다. 중용하면 오래 가고
통변하면 커질 수 있다.[17]

이와 같이 '중용의 통변'이 가장 이상적일 터이지만, 유협도 올바
른 통변의 방법에 대하여 명확히 밝히지 못했다. 「통변」 편의 앞에서
는 "통변에는 정해진 것이 없으나, 문학은 반드시 새로운 소리를 참
작해야 한다(通變無方, 文必酌於新聲)"고 하고, 뒤에서는 다시 "지난 것과
바뀐 것을 잘 섞어 운용하는 것이 통변의 방도이다(參伍因革, 通變之數也)"
라고 했다. '참오인혁(參伍因革)'의 방도로 "먼저 널리 보고 세밀하게 살
펴서 그 강령을 종합하고 요점을 파악하여야 한다(先博覽以精閱 總綱紀而攝契)"
고 하였지만, 그 뒤의 말들은 대단히 추상적이다.

이에 다음에서 올바른 모방과 '통변'을 위한 요소들을 살펴보고자
한다.

2) 역사의식

문학은 언제나 인간세상의 상황에 따라 변하고 그 흥폐가 시대의
변화에 밀접하게 연결되어 있다[18]는 이치는 누구나 인정하는 바이다.
그러므로 작가와 이론가가 역사의식을 가져야 하는 것은 당연한 도
리이다. 올바른 모방, 즉 '중용의 통변'을 지향하기 위해서는 가장 먼
저 이 역사의식이 있어야 한다.

이 부분에서는 시대의 다름에 따라 문학도 다를 수밖에 없다는 점

---

17) 『隋书』 卷32, 「經籍志」: 遭时制宜, 质文迭用, 应之以通变, 通变之以中庸. 中庸则可久, 通变则可大.
18) 『文心雕龍 · 時序』: 文變染乎世情, 興廢繫乎時序.

을 의식하지 못하고 지나친 복고로 치달았다고 비판받는 이몽양의 경우를 반면교사(反面教師)로 삼을 만하다. 따라서 그를 가장 신랄하게 비판했던 성령파와 섭섭(葉燮)의 말을 귀담아 들을 필요가 있다.

> 생각건대 무릇 시대에는 오름과 내림이 있으니, 문학의 '法'은 앞의 것을 따라가지 않고 각각 그 변화를 극대화하고 각각 그 취향을 다하는 것이다. 그래서 귀한 것이다.19)
> 문학이 옛날에서 오늘날로 변하지 않을 수 없는 것은 시대가 그렇게 시키는 것이다. …… 무릇 옛날은 옛날대로의 때가 있었고, 오늘날은 오늘날대로의 때가 있는 것이다. 옛 사람들이 남긴 말의 자취를 답습하여 이를 거짓 옛것으로 삼는다면, 이는 한겨울에 여름 갈옷을 입는 꼴이다.20)
> 대저 천지가 생겨난 이래로 고금의 시대 기운이 번갈아 바뀌면서 이어져왔다. …… 어찌 유독 시의 길만이 고정되어 변하지 않을 수 있겠는가?21)

그러므로 작가는 전통을 배우되 언제나 현실을 염두에 두고 서로 비교하여 장단점을 살펴가면서 현실에 접목할 수 있는 방도를 강구해야 하는 것이다. 그러한 의식을 가지고 진지하게 모방에 임한다면 새롭게 지향할 길을 저절로 깨닫게 될 것이다.

그렇지 않을 때에 엘리엇이 지적한 대로 "맹목적으로 좇아서 되풀이되는 전통이라면 차라리 처음부터 새것을 찾는 것이 더 낫다"는 역설이 나오는 것이다. 따라서 전통을 대할 때 과거가 과거라는 인식과 함께 그 현재적 의미에 대한 인식도 가짐으로써, 동시에 시간의 흐름

---

19) 袁宏道, 「序小修詩」: 唯夫代有升降, 而法不相沿, 各極其變, 各窮其趣, 所以可貴.

20) 袁宏道, 「雪濤閣集序」: 文之不能不古而今也, 時使之也. …… 夫古有古之時, 今有今之時, 襲古人語言之迹而冒以爲古, 是處嚴冬而襲夏之葛者也.

21) 葉燮, 『原詩・內篇』: 蓋自有天地以來, 古今世運氣數, 遞變遷以相禪, …… 寧獨詩之一道, 膠固而不變乎?

속에서 차지하는 자기의 위치와 자신이 속해 있는 시대에 대하여 날
카롭게 의식해야 하는 것이다.[22]

3) '전익다사(轉益多師)'

섭섭은 '시필성당(詩必盛唐)'을 주장한 칠자(七子)에 대하여 다음과 같
이 비판했다.

> 그들이 시를 속박한 정도는 엄했다고 할 수 있다. 주장이 엄하면 그
> 길은 반드시 한곳으로 돌아간다. 그들이 자료를 취하는 방법은 모두
> 그 양을 정해서 제한해 놓은 것 같으니 좁지 않을 수가 없었다.[23]

광범하고 다양한 전통의 유산 가운데에서 유독 특정 시기나 작가
만을 모범으로 삼고 나머지는 다 배제한다면 너무나 편벽되어 올바
른 전통계승이 될 수가 없다. 이몽양(李夢陽)의 주장대로 한다면 후대의
모든 작품은 성당의 틀에서 벗어나면 안 된다. 성당의 경지가 아무리
심원하다고 하더라도 그렇게 되면 문학의 세계가 너무나 단조롭고
삭막해지지 않을 수 없게 된다. 이런 상황을 두고 소식(蘇軾)은 일찍이
다음과 같이 염려하였다.

> 문장의 쇠퇴함이 오늘날 같았던 적이 없다. 그 근원은 실로 왕안석
> (王安石)에게서 나왔다. 왕씨의 문장이 좋지 않은 것은 아니지만, 사
> 람들이 자기와 같아지는 것을 좋아하는 데 병폐가 있다. …… 그런

---

22) 엘리엇의 「傳統과 個人의 才能」 참고.

23) 『原詩·外篇·上』: 其所以繩詩者, 可謂嚴矣. 惟立說之嚴, 則其途必歸於一. 其取資之數, 皆如有分量以
限之, 而不得不隘.

데 왕씨는 그 학문으로 천하를 동일하게 하려고 하고 있다. 아름다
운 땅은 식물이 나게 하는 것은 같지만 나는 식물이 다 다르다. 오
직 황폐하고 척박한 땅에서는 온통 누런 띠와 흰 갈대만 보일 뿐이
니, 이것이 바로 왕씨가 추구하는 동일함이다.[24]

편벽된 전통 학습의 결과는 문학사회 전체뿐만 아니라 작가 개인
적으로도 스스로를 비루하고 왜소하게 만드는 꼴이 된다. 그리고 그
모방 대상을 그대로 따라 한다면 결코 그 경지를 벗어나지 못할 것이
다. 이와 같이 한 시대나 한 작가만을 고집하여 배우려는 태도를 두
고 장계(張戒)는 하나만을 똑같이 배우면 결국은 그 대상을 초월할 수
없는 아류로 그쳐 집 안에 다시 집을 짓는 꼴이 되니 더욱 그 왜소함
이 드러난다고 지적했다.[25]

이 부분에서는 유협이 "아이들이 문장 꾸미는 것을 배울 때에는 반
드시 전아(典雅)한 작품부터 먼저 배워야 한다"고 하였고,[26] 엄우(嚴羽)는
"입문(入門)이 바르고 뜻을 높게 세워야 한다"[27]고 강조한 바 있으며, 섭
섭도 동일한 견해를 피력했지만,[28] 이는 성당만을 배우고 그 이후의

---

24) 「答張文潛書」: 文字之衰, 未有如今日者也. 其源實出於王氏, 王氏之文, 未必不善也, 而患在於好使人同
己. …… 而王氏欲以其學同天下. 地之美者, 同於生物, 不同於所生, 惟荒瘠斥鹵之地, 彌望皆黃茅白葦,
此則王氏之同也.

25) 『歲寒堂詩話』: "其始也學之, 其終也豈能過之. 屋下架屋, 愈見其小." 이 점에서 日本의 英文學者 후카세
모토히로(深瀨基寬)의 「傳統과 正統에 대하여」에 보이는 다음 대목을 음미해볼 만하다: "傳統을 어떠한
一定不變의 것으로 묶어서 생각하여, 傳統이란 모든 變化에 敵意를 갖는 것으로 여김으로써, 역사상 前
段階의 어느 부분을 永久히 保存할 수 있는 것으로 이해하여, 그 단계로의 復歸를 직접적인 目的으로 할
때, 도리어 傳統은 스스로를 否定하게 된다. 傳統은 스스로가 直接的인 目的으로 될 경우 언제나 그 反對
쪽에서 갑자기 얼굴을 나타내는 숨바꼭질의 명수로서, 過去에 있어서의 歷史的 條件의 內面을 잘 살펴서
그 조건을 낳은 生命力을 捕捉하는 자에게만 안심하고 몸을 맡기는 무섭고도 성질 고약한 장난꾸러기인
것이다." 시노다 하지메(篠田一士) 編, 『傳統과 現代』, 東京: 平凡社, 1969, 30쪽 참조.

26) 『文心雕龍·體性』: "재능은 하늘로부터 받은 것이지만, 학습은 처음 익힐 때에 신중히 해야 한다. 나무
를 다듬고 실을 물들일 때 성공 여부는 첫 작업에 달려 있다. 그릇이 만들어지고 무늬가 정해진 다음에는
이를 뒤바꿀 수가 없는 것이다. 그러므로 초학자가 문학수업을 할 때에는 반드시 모범적인 작품부터 본받
아야 한다(才有天資, 學愼始習. 斲梓染絲, 功在初化. 器成綵定, 難可翻移. 故童子彫琢, 必先雅製)."

27) 『滄浪詩話』: "入門須正, 立志須高."

것은 보지도 말아야 한다는 칠자의 주장과는 그 성격이 다른 것이다.[29]

이들은 작가가 처음 입문과정에서 이상적이지 못한 것부터 배우게
되면 자칫 그것이 굳어져 올바른 방향을 잃어버릴 수 있음을 염려하
여[30] 입문과정에서는 우선 가장 모범적인 것을 교재로 삼아서 기초를
바로 다지고 점차 그 범위를 넓혀가야 한다는 입장으로 이해해야 옳다.
장계와 엄우는 모두 송시(宋詩)를 싫어했지만, 다른 시대의 작품들과 비
교하여 장단득실을 알기 위하여 자세히 읽어야 한다고 주장했다.

그러므로 작가는 전통 계승에서 '전익다사'[31]를 강조한 두보(杜甫)
와 양의(良醫)는 '우수마발(牛溲馬勃)'까지도 버리지 않는다[32]는 한유(韓愈)
와 같은 자세로 임하는 것이 가장 이상적이라 할 수 있을 것이다.[33]
엘리엇도 앞의 글에서 "발전도상에서는 셰익스피어나 호머는 말할
것도 없고 구석기시대의 암벽화까지도 버려질 수 없다"고 주장하여
이 점에서 완전히 일치하고 있다.

---

28) 『原詩』: "문학이란 아름답게 표현해야 하는 것이므로 반드시 앞 사람을 본받아 그 아름답고 모범적이며
   우아하고 예스러운 것을 골라서 이를 따라야 한다(文辭者, 斐然之章采也. 必本之前人, 擇其麗而則, 典而
   古者, 而從事焉)."

29) 桐城派는 전혀 반대의 주장을 하고 있는데, 이는 七子가 "文必秦漢, 詩必盛唐"만을 고집하는 것에 대한
   비판을 역설적으로 표현한 것으로 이해된다. 方苞 「古文約選序」: "처음 배울 때 예스럽고 우아한 것만
   추구하면 반드시 明代 七子와 같은 가짜 문체로 흘러가게 된다(始學而求古求典, 必流爲明七子之僞體)."

30) 예컨대 張戒는 앞의 책에서 "蘇軾이 議論으로 시를 쓰고 黃庭堅은 또 기이한 글자들만 모아 이어서 쓰므
   로 시의 정도가 아닌데도 배우는 사람들은 그 장점을 얻기 전에 먼저 단점부터 얻는다(學者未得其所長,
   而先得其所短)"고 비판하였다.

31) 「戲爲六絕句」 제6수의 마지막 구절: "이리저리 많은 본받음을 더하는 것이 너의 스승이다(轉益多師是汝師)."

32) 「進學解」에 나오는 말.

33) 秦觀은 「韓愈论」에서 韓愈도 杜甫와 마찬가지로 문장에서 여러 작가의 장점을 쌓아서 杜甫와 함께 詩文
   의 兩大 集大成者가 되었다고 극찬하면서, 만약 그들이 여러 작가의 장점을 받아들이지 않았다면 그러한
   경지에 이를 수 없었을 것이라고 했다. 『淮海集箋注』, 上海古籍出版社, 2000, 卷22, 751쪽.

4) '오(悟)'와 '식(識)'

위에서는 모방자가 가져야 할 기본적인 의식을 살펴보았고, 여기에서는 모방의 구체적 방법을 살펴보기로 한다.

'오'와 '식'은 역대의 많은 이론가에 의해 제기되었으나, 그 구체적 의미는 조금씩 차이가 있는 것 같다.

'오'는 선종(禪宗)의 전성기인 송대에 주로 유행하던 말로 깨닫는다는 의미는 거의 비슷하나 이론가들의 주장마다 그 대상에 차이가 있다. 가령 엄우가 말하는 '묘오(妙悟)'는 풍격의 높은 경지를 깨닫는다는 의미로 쓰였고, 강서시파(江西詩派)의 여본중(呂本中)이 말하는 '오입(悟入)'은 시의 '법도'를 깨달아 이에 얽매이지 않으면서 자유자재로 이를 구사할 수 있는 이른바 '활법(活法)'의 경지에 이르는 것을 가리켰다.

'식'은 사물이나 대상을 안다는 말이지만, 안다는 것은 그 도리를 깨닫고 난 다음의 결과이므로 결국 '오'의 의미와 대동소이하다고 하겠다. 유협도 "정세의 변화를 환히 알고 문학의 형식을 두루 밝히면, 새로운 뜻이 생겨나도 난잡해지지 않고 언어가 기이해져도 지나치지 않게 된다"[34]고 하였는데, 그 근본적인 의미는 서로 상통한다고 볼 수 있다."

특히 '식'에 대해서 섭섭과 같은 이론가는 이것이 작가가 갖추어야 할 가장 중요한 소양이라고 강조했다. 그가 제기한 작가의 소양인 '재(才)', '식(識)', '담(膽)', '력(力)' 네 가지 중 '식'만이 후천적인 노력으로써 얻어질 수 있는 것인데, 이 '식'이 결여되면 다른 조건들이 아무

---

34) 「風骨」: 洞曉情變, 曲昭文體, 然後能莩甲新意, 雕畫奇辭. 昭體故意新而不亂; 曉變故辭奇而不黷.

리 훌륭해도 기댈 곳이 없게 되므로 가장 중요하다고 하였다. 그리고 바로 이 '식'이 있음으로써 옳고 그름이 분명해지고, 옳고 그름이 분명해지면 취할 것과 버릴 것이 정해진다고 하였다. 그렇게 되면 다른 사람의 발꿈치를 따라가지 않을 뿐 아니라 고인의 발꿈치도 따라가지 않게 된다고 하였다.[35]

　'오'와 '식'에 이르는 방법은 유협이 통변의 첫걸음으로 '박람정열(博覽精閱)'을 제시한 것과 마찬가지로 후대의 이론가들 역시 이구동성으로 '숙독(熟讀)'을 권하고 있다. 그렇게 아침저녁으로 몰입하여 숙독하게 되면 작품의 경지가 가슴속에서 서서히 발효되어(醞釀胸中), 오래되면 저절로 '오입(悟入)'의 경지에 이르게 된다는 것이다. 따라서 이러한 경지는 엄청난 노력을 기울인 결과 얻어지게 되는 것이다.[36]

　이 공부가 쉽게 이루어질 수 없는 것이기 때문에 마치 『대학(大學)』에서 제시한 '격물치지(格物致知)'와 같은 방법으로 깨우쳐 나아가야 한다고 주장하기도 한다. 즉 고인의 작품을 통독하면서 그 하나하나를 사물의 이치와 현실 속의 일들과 작가의 감정으로써 깊이 관찰하고 분석하며 연구해야 한다는 것이다.[37]

　이에서 그치지 않고, 이러한 공부를 위한 전제조건으로서 우선 작가의 내면세계를 깨끗이 정리하여 전통을 순수하고 객관적으로 받아들이는 것도 무엇보다 중요하게 여겨진다. 내면세계에 바람직하지 못한 선천적, 후천적 습성이 존재하는 상태에서는 전통을 올바르게 받아들일 수 없다는 뜻에서이다. 예를 들면 다음과 같은 섭섭의 주장이다.

---

35) 『原詩·內篇』.

36) 呂本中, 「與曾吉甫論詩第一帖」: "깨달음의 이치는 바로 노력을 얼마나 기울이느냐에 달려 있다(悟入之理, 正在工夫勤惰間耳).

37) 葉燮, 『原詩·內篇·下』: 何得易言有識. 其道宜如 『大學』 之始於格物, 誦讀古人詩書, ——以理事情格之.

무릇 시를 짓는 사람은…… 자기의 본래 모습을 말끔히 버려야 하니, 마치 의사가 고질병을 치료할 때와 같다. 먼저 그 내면의 묵은 때를 모두 씻어내어 맑고도 비어 있도록 정리해야 한다. 그리고 서서히 고인의 학식과 오묘한 이치로써 이를 채워야 한다. 이렇게 오래 지나면 다시 고인의 모습도 버릴 수 있다. 그런 다음에 장인의 마음을 드러낸다면 내가 고인을 흉내 낸 것이 아닐 뿐 아니라 고인이 나의 부림을 받는 것이다.[38]

작가의 내면을 비우라는 이러한 이른바 '허정(虛靜)'의 공부는 주희(朱熹)를 비롯한 여러 이론가에 의해 자주 강조되었다.[39] 이는 전통 앞에서 시인은 끊임없이 개성몰각(個性沒却)을 추구해야 한다고 주장한 엘리엇의 견해와 일맥상통하고 있어 흥미롭다.[40] 요컨대 바로 이와 같은 경지에 이르면 올바른 통변이 가능해진다고 볼 수 있을 것이다.

결국 올바른 통변에 이르기 위해서는 역사의식을 가지고 전통의 전체 내용을 깊이 고찰하고 분석하여 그 맥락을 이해하고 관건을 잘 포착해야 한다는 것이다. 올바른 통변에 이르지 못한 편벽된 복고론자(復古論者)들은 바로 이러한 도리를 깨닫지 못하였기 때문에 실패할 수밖에 없었던 것이다. 그런 의미에서 이몽양과 같은 과격한 복고론

---

38) 夫作詩者, …… 痛去其自己本來面目. 如醫者之治結疾, 先盡蕩其宿垢, 以理其淸虛, 而徐以古人之學識神理充之. 久之, 而又能去古人之面目, 然後匠心而出, 我未嘗摹擬古人, 而古人且爲我役.

39) 『朱熹集』卷64, 「答鞏仲至書」第4: "반드시 먼저 古今의 체제와 雅俗의 향배를 알아야 하며, 이어서 또 작가의 내면에 남아 있는 낡은 찌꺼기를 다 씻어내어야 합니다(須先識得古今體製, 雅俗鄕背, 仍更洗滌得盡腸胃間夙生葷血脂膏)." 王世貞, 『藝苑卮言』권1: "지금 이후로는 깨끗한 회 서 말로 그 장을 깨끗이 씻어내어, …… 西漢 이후 六朝까지, 그리고 韓愈와 柳宗元의 문장 중 훌륭한 것들을 골라서 이를 숙독하여 깊이 이해함으로써 드넓은 기상이 몸에 배도록 할 것이다(自今而後, 擬以純灰三斛, 細滌其腸, …… 西京以還至六朝及韓′柳, 便須銓擇佳者, 熟讀涵泳之, 令其漸漬汪洋)." 이 점에서는 張戒도 올바른 '言志'를 위하여 동일한 방법론을 제기한다. 그는 단사(段師)가 강곤륜(康崑崙)에게 琵琶를 가르치는데 10여 년 동안이나 악기를 가까이 하지 못하게 함으로써 그 과거의 습관을 다 잊도록 한 고사를 예로 들면서, 소식과 황정견의 습관을 말끔히 씻어낸 다음에야 唐詩를 논할 수 있고, 唐詩의 聲律 습관을 말끔히 씻어낸 다음에야 六朝詩를 논할 수 있으며, 六朝詩의 조탁하는 습관을 말끔히 씻어낸 다음에야 曹植, 劉楨, 李白, 杜甫의 시를 논할 수 있다고 하였다. 『歲寒堂詩話』卷上.

40) 엘리엇, 앞의 글 참고.

자의 근원적인 병폐는 모방 자체에 있었던 것이 아니라 이러한 도리를 깨닫지 못한 '무식(無識)'에 있었다고 한 원종도(袁宗道)의 말은 정곡을 찔렀다고 할 수 있다.[41)]

5. 결어

이상에서 모방과 관련된 중국문학이론사에서의 여러 논의를 전반적으로 살펴보았다. 보다 훌륭한 문학창작을 위한 준비과정에서 모방은 반드시 필요할 뿐 아니라, 기성의 작가에게도 전대의 작품들은 창작에 있어서 무진장의 보고가 될 수 있으므로 이를 능동적으로 슬기롭게 활용하는 것도 창작과정의 중요한 일환임을 확인하였다.

그러나 중국의 경우 문학 관념의 근본적인 차이로 인하여 서양에 비해 모방을 다분히 부정적으로 여기는 경향이 강했다. 물론 한대 이후 위진남북조 시기를 걸쳐 오랫동안 모방의 풍조가 유행하기도 했지만, 후대로 갈수록 이를 부정적으로 평가하는 경향이 컸다.

이는 바로 중국 고대 문학관의 근저에 '언지'의 이념이 자리 잡고 있기 때문으로 풀이된다. 역대의 수많은 영물과 서사 작품들도 대체로 그 자체에 목적이 있는 것이 아니라 결국 '탁물언지(託物言志)', 즉 '언지'를 위한 영물과 서사였다고 해도 좋을 것이다. 따라서 '언지'보다는 형식에 치우치기 쉬운 문학에서의 모방 행위를 일반적으로 그다지 달가워하지 않았던 것으로 여겨진다.

---

41) 論文: "然其病源, 則不在模擬而在無識."

이러한 경향은 후대로 갈수록 더 두드러져 보인다. 그로 인하여 모방의 혐의를 받아온 전대의 많은 작품들이 선입견에 의해 폄하되어 버리고 각고 끝에 갖추어놓은 이론들도 단지 형식에만 치우친다는 이유로 외면당하거나 매도되는 경우가 많았다.

예컨대 육기의 「의고시」와 같은 작품과 황정견의 '점철성금'과 '환골탈태'의 이론이 그러하다고 볼 수 있다. 육기의 작품은 한유의 「진학해」와 마찬가지로 모방작이지만 그 문학적 성취도가 결코 후자에 비해 열등하다고 단언할 수 없다. 황정견의 두 가지 이론 역시 전자는 중국문학 전반의 일반적인 관습인 '용사(用事)'를 말한 것에 다름 아니고, 후자는 바로 위에 든 두 작가의 창작방법을 설명한 것이라고 할 수 있다.

창작에서 이런 수법에만 전적으로 의지하면 그것도 문제가 되겠지만, 이러한 창작수법 자체를 '표절' 또는 무가치한 일로 비난하는 것도 단견의 소치라고 하지 않을 수 없다.

고전의 모방을 중시하는 서양문학이론의 전통과 현대의 창작풍조를 함께 놓고 본다면 중국의 전통 모방작 및 모방이론들은 새로이 평가되어야 할 부분이 적지 않을 것이다.

따라서 이제 이러한 전통시대의 문학작품과 이론들을 오늘날의 관점에서 분석해보고 당시의 상황으로써 이해하여 객관적이고도 합리적인 방법으로 전면 재평가하는 데 노력을 기울여야 한다.

본 논고의 취지도 바로 이러한 작업에 이바지하고자 하는 데 있으며, 이러한 방법으로 탐색된 중국 고대의 모방론은 오늘날의 창작에 임하는 작가들에게도 작가의 기본 소양을 갖추게 하는 지침 및 창작력 계발을 촉진시키는 길잡이 역할을 할 수 있을 것으로 기대된다.

VIII

당시(唐詩)의 비유에 대한 인지언어학적 접근[*]

김준연[**]

1. 서론

시에서 자주 다루는 주요한 개념으로 이미지, 상징, 그리고 비유가 있다. 비유는 묘사적 양식으로만 이미지를 사용하지 않고 비교에 의해서 어떤 관념을 말하거나 전달하는 것을 가리킨다. 이때 근거가 되는 것은 유추, 즉 두 사물 사이의 유사성 또는 연속성이다. 다시 말해서 두 사물의 동일성에 의하여 비유가 성립된다는 것이다. 이러한 비유의 갈래로는 직유, 은유, 의인, 환유, 제유, 반어, 역설, 풍자 등이 있으며, 이 가운데 직유와 은유가 특히 중요하다. 중국 고대 시가의 특수성을 고려하면 인유(引喩)도 비유의 범위에 넣어 다루는 것이 바람직할 것이다.

중국에서 비유를 뜻하는 말은 비(比)이다. 동한의 유학자인 정현(鄭玄)은 비의 뜻을 풀이하여 "현재의 잘못을 보고 감히 지적하여 말하지 못하고 비슷한 부류를 취하여 말하는 것"이라 했다. 그런데 이는 한

---

* 이 글은 『중국어문논총』 제49호(2011)에 실렸던 것을 일부 수정한 것이다.

** 고려대학교 중어중문학과 부교수.

대의 유가들이 정치 교화에 얽매여 비를 대단히 좁게 해석한 것이라 하지 않을 수 없다. 후대로 내려와 남조의 유협(劉勰)은『문심조룡(文心雕龍)』「비흥(比興)」편에서 다음과 같이 더 자세히 언급했다.

> 그렇다면 무엇을 일러 '비'라 하는가? 대체로 사물을 묘사하여 뜻을 덧붙이고, 분명하게 말하여 사실과 부합하게 하는 것이다.

문학작품에서 의미 전달에 긴요한 이미지를 창조하려는 목적으로 비유를 사용할 때는 의미가 분명하고 사리에 맞는 것을 써야 한다는 사실을 유협이 충분히 인식하고 있었다는 것을 보여준다. 특히 이미지를 통한 사고에서 비유가 차지하는 역할을 명확히 파악했다는 점에서 정현의 견해보다 발전된 것이라 하겠다. 그러나 유협 이후로 비유에 대한 논의는 현재까지 거의 답보 상태에 있다고 해도 과언이 아니다. 당시(唐詩)에 쓰인 다양한 비유에 대해 몇몇 시화(詩話) 부류의 저작에서 단편적으로 언급하고 있을 뿐 이를 종합적이고 체계적으로 다룬 예를 찾기가 쉽지 않다. 예컨대 국내에 널리 알려진 주광첸(朱光潛)의『시론』이나 류뤄위(劉若愚)의『중국시학』만 보더라도 이미지, 전고(典故), 의경(意境) 등은 상세히 논한 반면 비유에 대해서는 별 내용이 없다. 이런 시학 관련서보다는 수사학(修辭學)을 전문적으로 다룬 책에서야 비유에 대한 깊은 논의를 발견하게 된다. 그러면 중국시 연구에서는 어째서 이렇게 비유가 등한시되었던 것일까? 가오여우공(高友工) 등은 이에 대해 다음과 같은 분석을 제시한다.

중국시에서 은유가 거의 눈에 띄지 않는 경향이 있다는 사실은 두 가지 의미에서 당연한 결과를 동반한다. 첫째는 때때로 원관념은 그저 암시될 뿐이고 오로지 보조관념만 등장한다는 것이다. 둘째는 때때로 원관념과 보조관념이 모두 등장하지만, 지시물로 기능하는 어떤 문법적 요소에 의해서도 표시되지 않는 둘 간의 관계를 오로지 그들이 공유하는 자질에 의해서만 식별할 수 있다는 것이다.

즉, 중국시에서는 종종 원관념이 생략되거나 원관념과 보조관념의 관계가 불분명하기 때문에 은유 관계를 파악하기가 어렵다는 것이다. 물론 이것이 중국시의 특징일 수 있다. 예컨대 아래 시처럼 비유 관계가 명확한 경우는 그다지 많지 않을 것이다.

一日不作詩, 하루라도 시를 짓지 않으면,
心源如廢井, 마음의 샘은 못 쓰는 우물과 같아,
筆硯爲轆轤, 붓과 벼루는 도르래가 되고,
吟詠作縻綆, 읊조림은 두레박줄이 되네,
朝來重汲引, 아침에 와서 다시금 물을 길으면,
依舊得淸冷, 언제나처럼 시원한 물 얻는다,
書贈同懷人, 시 지어 지기에게 보내니,
詞中多苦辛. 시어 가운데 고달픔이 많아라.
-가도(賈島), 「친구에게 장난삼아 주다(戲贈友人)」-

이 시에서는 작시의 행위를 우물에서 물을 긷는 것에 비유하였다. 그래서 원관념인 '마음의 샘', '붓과 벼루', '읊조림', '시' 등을 보조관념인 '우물', '도르래', '두레박줄', '시원한 물' 등으로 형상화하였다. 원관념과 보조관념이 일대일 대칭을 이루어 이해하기 쉽다. 그러나 실상 중국시에서 이러한 작품은 그 수가 얼마 되지 않는다. '장난삼아 준다'는 제목에서도 느껴지듯이 이 시는 놀이의 분위기가 강하게 드러난다. 원관념이 지나치게 드러나거나 보조관념과의 관계가 너무 뚜렷하면 함축이나 여운이 부족하다고 생각되었기 때문일 것이다. 일반적인 중국시, 특히 당시는 대개 다음과 같은 부류가 많다.

> 春城無處不飛花, 봄날 성 안에는 꽃 날리지 않는 곳 없고,
> 寒食東風御柳斜. 한식 날 봄바람에 어화원(御花苑)의 버들 늘어진다.
> 日暮漢宮傳蠟燭, 날 저무니 한나라 궁궐에서 촛불이 전해져,
> 輕煙散入五侯家. 가벼운 연기가 다섯 제후의 집으로 흩어져 들어간다.
> -한굉(韓翃), 「한식(寒食)」-

제3구에서 '한나라 궁궐'이라 했다고 하여 이 시를 한나라 때의 일을 노래한 영사시(詠史詩)로 보는 사람은 아마 거의 없을 것이다. '한나라'는 원관념인 '당나라'를 비유하는 보조관념이라고 생각하는 것이 당시를 이해하는 기본 요령인 까닭이다. 이어서 '봄날', '꽃', '한식', '버들', '촛불', '가벼운 연기', '다섯 제후' 등이 모두 보조관념으로 파악된다. 그렇다면 이 시어들의 원관념은 다 무엇인가?

청나라 왕응규(王應奎)는 이 시를 평하여 "당나라가 망한 것은 환관이 군권을 쥐었기 때문인데, 실제로 대종이 그들에게 군권을 주었다. 이 시가 지어진 것은 덕종 건중 연간 초반으로서 단지 '오후(五侯)' 두 글자만으로 뜻을 보였으니, 당시 가운데 『춘추(春秋)』와 통한 것이다" 라고 했다. '촛불'의 원관념을 '(군권을 쥐는) 자루[柄]'로 파악했음을 알 수 있다. 신선한 발상이기는 하지만, 역대의 평론가들이 다 왕응규처럼 비유의 원관념과 보조관념에 지대한 관심을 가졌던 것은 아니다. 왜냐하면 비유의 문제를 깊게 파고들지 않더라도 환관을 풍자하려 한 의도를 파악하기가 크게 어렵지 않기 때문이다.

문제는 우리가 '환관에 대한 풍자'라는 결론을 도출하기 위해서만

이 시를 연구하거나 교육할 것인가 하는 것이다. 이에 대한 답을 얻기 위해서는 시란 무엇인지부터 원론적으로 검토해볼 필요가 있다. 그러한 예로 이형기는 시의 특징을 아래와 같이 다섯 가지로 정리하였다.

① 1인칭 현재 시제의 문학.
② 형태상 가장 짧다.
③ 언어의식이 가장 날카롭다.
④ 의도적으로 음악성을 추구한다.
⑤ 상상력에 의존하는 정도가 가장 높다.

당시 나름의 특징이 있다는 것을 인정한다고 해도 '환관에 대한 풍자'만으로는 위의 다섯 가지 특징 가운데 무엇을 파악한 것인지 알 수 없다. 적어도 이미지, 상징과 더불어 비유의 문제를 논하지 않는다면 언어의식이나 상상력에 접근하기 어려울 것이다. 비유는 득수한 현상이라기보다는 의미를 부여하는 인간의 기본 책략이기 때문이다. 또 R. J. 로드리게스는 시인들이 시를 창작하면서 정신적인 비약을 한다는 실제적 증거가 비유라 전제하면서, 시를 가르치려면 학생들을 비유에 몰입하도록 유도해야 한다고 주장하였다. 이렇게 본다면 비유 또한 당시의 연구와 교육에 꼭 필요한 요소라 아니할 수 없다. 그러면 중국시를 대표하는 당시를 대상으로 다양한 비유 현상을 분석하면서 시의 본질적인 특징에 보다 가까이 가보자.

2. 개념적 혼성 이론에 의한 당시 비유 분석

1) 인지언어학과 개념적 혼성 이론

이 글에서는 당시의 비유 현상을 탐색하기 위한 기본적인 방법으로 인지언어학적 접근을 선택하고자 한다. '인지(認知)'는 지각한 내용에 주체적 해석을 부여한 것을 말한다. 이런 인지적 관점에서 언어를 연구하려는 새로운 접근방식이 바로 인지언어학이다. 인지언어학에서는 언어의 구조가 인간의 개념적 지식, 신체적 경험, 담화의 의사소통 기능 등과 관련되어 있으며 그러한 요인들에 의해서 동기가 부여된다고 본다. 이는 언어능력을 인지능력과 무관한 자율적 체계로 보아온 구조주의와 생성주의에 대한 일종의 반성으로 여겨진다.

화자가 어떤 표현을 비유적으로 사용하는 경우는 글자 그대로의 의미로 써서는 의도한 효과를 낼 수 없다고 느낄 때이다. 인지언어학에서는 이러한 비유를 인간의 인지 능력과 관련해 설명해야 한다고 본다. 비유적 의미가 드러나는 것도 궁극적으로는 인간의 인지적 활동이나 그 작용 원리에 대한 탐색의 과정에서 찾을 수 있다고 생각하기 때문이다. 즉 언어의 의미는 세상에 대한 경험과 문화적 배경, 그리고 백과사전적 지식 등을 반영하는 까닭에 인간의 언어 능력과 인지 능력은 자율적으로 독립된 것이 아니라 필연적으로 상호 관련되어 있다는 것이다. 따라서 일상의 언어 표현을 통해 비유적인 의미를 이해하고 인식하는 과정은 거의 자동적이며 무의식적으로 일어나는 관습적인 경험의 결과라 할 수 있다. 예컨대 '시간은 돈이다'라는 비유를 이해하기 위해서는 각각의 실제 사물, 즉 '시간'과 '돈'을 포함하는 '인지 영역(cognitive domain)'에서 특정한 속성이나 측면들을 선택적으로 조작하고 부각시키는 환유 작용이 필요하다. 비유에 대한 인지언어학적 접근은 이처럼 원관념과 보조관념에 대한 사전적 의미의 추구에 그치지 않고 인지 과정에 참여하는 능동적 주체의 활동을 크게 부각시킨 점에서 커다란 호응을 얻고 있다.

여기서는 여러 인지언어학적 접근 중에서도 개념적 혼성 이론(Conceptual Blending Theory)을 주로 원용할 것이다. 이 이론은 1993년부터 포코니에(Fauconnier)와 터너(Turner)에 의해서 전개된 것으로, 개념적 혼성이라는 인지과정을 이용하는 인지언어학의 한 갈래다. 개념적 혼성은 두 입력공간, 두 입력공간에 공통적인 총칭공간(總稱空間), 두 입력공간에서의 선택적 투사(投射)에 의해 창조되는 혼성공간(混成空間)으로 구성된 '네 공간 모형'을 가리킨다. 코울슨(Coulson)은 "개념적 혼성은 일련의 비합성적인 개념적 통합의 과정으로서, 그 과정 속에서 발현구조(發現構造)를 생산하기 위해 의미구성을 위한 상상의 능력이 환기된다"고 하였다. 다시 말해서 개념적 혼성 이론이란 입력공간에서 혼성공간으로 반영된 요소들이 혼성에 의해 원래 없던 의미를 새롭게 띠는 모습을 살피기 위한 도구인 셈이다. 이를 알기 쉽게 나타내면 오른쪽 <그림 1>과 같다.

이와 같은 개념도를 개념적 통합망이라 칭한다. 포코니에는 개념적 혼성이 이루어지기 위한 조건으로 공간횡단 사상(寫像), 총칭공간, 혼성공간, 발현구조의 네 가지를 제시하

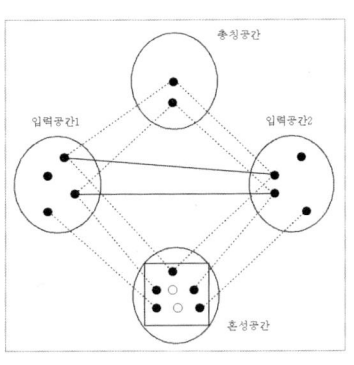

〈그림 1〉 개념적 통합망

였다. 공간횡단 사상이란 두 입력공간 사이의 체계적인 대응관계를 말하며, 개념도에서 실선으로 표시된다. 이때 각 입력공간에 있는 점들은 입력공간을 구축하는 요소(실체, 속성, 관계)이다. 총칭공간은 두 입력공간이 공유하는 추상적인 구조와 조직을 반영하는 포괄구조이다. 그리고 혼성공간은 입력공간1과 입력공간2가 선택적으로 반영되어 이루어지는 공간이다. 혼성공간에는 합성(composition), 완성(completion), 정교화(elaboration) 등의 방법으로 두 입력공간에 없는 구조가 생성되는데, 이를 발현구조라 한다.

이와 같은 개념적 혼성 이론이 당시의 비유를 분석하는 데 쓸모 있는 도구라고 생각하는 이유는 '사건 통합', '융합', '비대응요소 결합'이라는 개념적 혼성의 특징 때문이다. '사건 통합'은 여러 사건을 하나의 사건으로 통합하는 것이고, '융합'은 각 입력공간의 요소들을 의미적으로 통합하는 것이며, '비대응요소 결합'은 혼성공간을 이용해 논리적 허점을 적절하게 처리하는 것이다. 이는 유달리 전고(즉, 인유)를 많이 사용하고, 감정과 경물의 교차 또는 융합을 추구하는 당시의 특성을 고스란히 반영할 수 있다고 여겨진다. 개념적 혼성 이론에서 말하는 '사건 통합'의 실례를 살펴보면 다음과 같다.

> 1853년에 노던라이트호가 샌프란시스코에서 보스턴까지 항해하는 데 76일 8시간이 걸렸다. 1993년에 그레이트어메리칸2호가 같은 항로로 항해하고 있다.

이것은 항해 기록을 깨기 위해 출발한 선박의 소식을 전하는 기사문이다. 총칭공간의 추상적인 구조인 '항해 연도, 배, 현 위치, 항로'에 따라 입력공간1에는 1853년의 노던라이트호, 입력공간2에는 1993

년의 그레이트어메리칸2호가 입력된다. 혼성공간에서 개별적인 두 사건이 통합되면서 새로운 발현구조인 '배 경주'가 등장하게 된다. 즉 노던라이트호와 그레이트어메리칸2호가 1993년에 기록을 위한 경주를 하는 것으로 해석된다는 뜻이다. 이와 같은 발현구조를 중국시의 용어를 빌려 표현한다면 '언외지의', 즉 말 너머의 뜻이라고 생각된다. 이것이 혼성공간의 발현구조가 당시에 쓰인 비유의 함축미를 밝혀내는 데 도움을 줄 것이라고 생각하는 가장 큰 이유이다. 개념적 혼성 이론을 통해 유종원(柳宗元)의 시 「강의 눈(江雪)」을 분석한 다음의 사례를 살펴보자.

> 千山鳥飛絶, 온갖 산에는 날던 새 사라지고
> 萬徑人蹤滅. 모든 길에는 인적이 끊겼다
> 孤舟簑笠翁, 외로운 배에서 도롱이와 삿갓 쓴 노인
> 獨釣寒江雪. 홀로 눈 내리는 강에서 낚시질 한다

이 시의 둘째 연이 혼성공간을 구성한다. 입력공간1과 입력공간2는 각기 의미구성 요소를 가지고 있고 또 그 수도 서로 다르다. 입력공간1에 입력된 것은 '낚시'라는 인지틀(Cognitive Frame)이고, 입력공간2에 입력된 것은 외로운 배, 도롱이와 삿갓, 홀로 낚시질하기, 차가운 강의 눈이다. 그러나 두 공간 모두 똑같은 구성요소, 즉 '낚시'-기본적인 배역은 모두 주체자, 시간, 공간, 도구, 대상이다-를 포함한다. 이렇게 같은 요소가 두 입력공간의 공간횡단 사상을 형성하며, 동시에 혼성공간으로 투사된다. 그런데 혼성공간으로 투사된 요소 중에는 두 입력공간이 공유하는 부분도 있고 그렇지 않은 부분도 있다. 일반적으로 사람들의 '낚시' 인지 틀 안에는 '도롱이와 삿갓', '차가운 강의

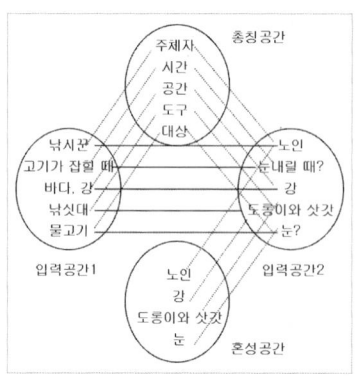

〈그림 2〉「江雪」의 개념적 통합망

눈'이 없다. 이 틀이란 것은 사람들이 경험에 근거하여 만든 개념과 개념 사이에서 상대적으로 고정된 연관 모형이기 때문이다. 혼성공간에 더 많은 배경지식을 더해 발전된 인지적 결합을 이끌어낼 수 있다. 왼쪽 <그림 2>에 나타난 혼성공간의 발현구조를 살펴보면 [도롱이와 삿갓을 쓴 어떤 노인이 혼자 강에서 배를 타고 눈을 낚시질 한다]는 의미가 된다. 이것은 '낚시'의 일반적인 인지 틀, 즉 [낚시꾼이 낚싯대를 들고 와서 물고기를 낚는다]와 달라진 것에 틀림없다. 결국 이 시를 이해하는 관건은 '도롱이와 삿갓', '(낚시의 대상이 된) 눈'에 있다는 사실을 알 수 있다. 이는 문맥에서 문장을 이해하는 것은 의도된 개념적 혼성이 어떤 종류의 것인가를 아는 것이라는 포코니에의 주장을 연상시킨다.

이 시에 대한 일반적인 해설, 이를테면 추셰여우(邱燮友)의 『신역당시삼백수(新譯唐詩三百首)』의 평과 비교해보면, 개념적 혼성 이론에 의한 분석이 적어도 비유에 대해서는 상당히 날카로운 시각을 보여준다는 사실을 느낄 수 있을 것이다.

> 이 시의 앞 두 구절은 '눈'을 암시하고, 제3구는 '강'을 암시하며, 제4구에서야 '강의 눈'을 끄집어냈다. 전체 시에서 경치를 그려낸 것이 훌륭해 시에 회화성이 있다. 왕유와 유종원의 시는 이 방면의 표현에서 가장 큰 성과가 있었다. 이 시를 읽으면 맑고 깨끗해 속세를 벗어난 광경이 분명하게 우리 눈앞에 펼쳐지는 듯하다.

시에 사용된 비유의 의미를 크게 따지지 않는 대개의 작품 분석은 위의 예처럼 다분히 인상비평적이다. 또 이처럼 짤막한 산수시를 설명할 때는 풍격이나 회화미 정도를 언급할 뿐이다. 그러나 의미는 언어 표현에 주어지는 것이 아니라 개념적 혼성에 의해서 구성된다는 것, 그리고 개념적 혼성은 투사에 의한 발현구조를 담은 혼성공간을 중요시한다는 점을 염두에 두면 비유를 더 깊이 이해할 수 있을 것이다.

2) 당시의 비유 사례 분석

개념적 혼성 이론을 주요 도구로 삼아 당시의 비유에 인지언어학적으로 접근하고자 하는 이 글에서는 주로 대장(對仗), 인유, 의인화에 시의 개념적 혼성, 그리고 여기에서 비롯되는 발현구조를 탐색하고자 한다. 왜냐하면 이런 환경에서 비유가 가장 많이 보이고 또 개념적 혼성도 비교적 활발하게 일어나기 때문이다.

(1) 대장에서의 개념적 혼성

당나라 시대의 주요한 문학사적 특징 가운데 하나는 근체시가 완성되고 크게 발전했다는 것이다. 근체시는 가운데 두 연을 중심으로 대장을 사용하는 것이 일반적이다. 그래서 당시의 비유도 어느 한 구절에 단독으로 쓰이기보다는 대장 연의 위아래 구절에 나란히 쓰이는 경우가 많다. 그런데 앞서 살펴보았듯이 당시의 비유는 대부분 함축성이 강해 언뜻 눈에 띄지 않을 때가 있고, 그것이 대장 연을 이루는 두 구의 긴장 관계 속에 숨어 있을 때는 더욱 그러하다. 이런 부류의 비유를 제대로 이해하고자 할 때 개념적 혼성 이론을 통해 인지언어학적으로 접근한다면 좋은 성과를 거둘 수 있으리라 생각한다. 그 예로 먼저 다음 유우석(劉禹錫)의 시를 살펴보자.

巴山楚水淒涼地, 파산이 있고 초의 강물 흐르는 처량한 땅에,
二十三年棄置身. 23년 동안 내버려진 몸.
懷舊空吟聞笛賦, 옛일 생각하며 괜히 피리소리 듣고 지은 부를 읊
　　　　　　　조리지만,
到鄕翻似爛柯人. 고향에 가면 오히려 선계에서 놀다 온 사람 같겠지요.
<u>沈舟側畔千帆過</u>, 물에 잠긴 배 옆으로 수많은 돛단배 지나가고,
<u>病樹前頭萬木春</u>. 병든 나무 앞에 수많은 나무가 봄을 맞이합니다.
今日聽君歌一曲, 오늘 그대가 부르는 노래 한 곡을 들으며,
暫憑杯酒長精神. 잠시 한 잔 술에 의지하여 정신을 북돋웁니다.
-「백거이가 양주에서 처음 만나 자리에서 써준 시에 화답하여(酬樂
天揚州初逢席上見贈)」-

　이 시는 화주(和州)에서 관직 생활을 하던 유우석이 임기를 마치고 낙양으로 돌아오던 중에 양주(揚州)에서 백거이를 만나 쓴 것이다. 밑줄 친 셋째 연은 불우한 자신의 처지를 슬퍼한 '물에 잠긴 배(沈舟)'와 '병든 나무(病樹)'라는 은유로 인해 생동감이 있다. 소위 잘나가는 이들인 '수많은 돛단배(千帆)'와 '수많은 나무(萬木)'와도 좋은 대조를 이루는 까닭에 명구로 일컬어졌다. 그런데 출구와 대구를 각기 개별적인 은유로만 바라보지 않고 융합시켰을 때 은유의 창조성이 더 잘 드러난

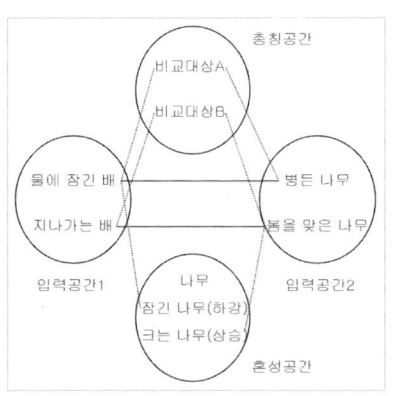

〈그림 3〉 유우석 시 셋째 연의 개념적 통합망

다. 왼쪽 <그림 3>을 보자. 입력공간1과 입력공간2의 선택적 투사로 형성된 혼성공간에서는 '(나무로 만든) 배'와 '나무'의 동질성이 의미구성의 요소가 되어 '아래로 잠기는 나무'와 '위로 크는 나무'의 대립이라는 새로운 발현구조가 나타난다. 이것은 입력공간1에서 '수직(잠기다)'과 '수평(지나가다)'이 대립했던 것이나 입력공간2에서 '질병'과 '건강'이 대립했던 것과는 또 다른 양상의 대립이다. 이를 살피기 위해서는 먼저 '방향적 은유'에 대한 이해가 필요하다. 레이코프와 존슨은 개념적 은유를 구조, 방향, 존재론의 세 종류로 나누었다. 이 가운데 '방향적 은유'는 공간적 방향과 관련된 것이다. 예컨대 '위-아래' 방향에 관한 개념적 은유에서 '위'는 '많음, 좋음, 힘 있음'을 나타내고, '아래'는 '적음, 나쁨, 힘없음'을 나타낸다. 이런 관점에서 보면 '수직-수평' 또는 '질병-건강'에 비해 '하강(Down)-상승(Up)'의 방향적 은유는 이 시의 주제, 즉 권세를 가진 자와 못 가진 자의 대비를 더 잘 감지할 수 있도록 해준다는 것을 알게 된다.

다음의 예를 더 보자. 이군옥(李群玉)의 「두승상의 연회에서 미인에게 주다(杜丞相筵中贈美人)」라는 칠언율시이다.

裙拖六幅湘江水, 치마는 여섯 폭 상강의 물을 끌고,
鬢聳巫山一段雲. 머리에는 무산의 한 조각 구름 솟았네.
風格只應天上有, 이런 자태는 다만 천상에만 있을 터,
歌聲豈合世間聞. 노랫소리 어찌 속세에서 들으랴.
胸前瑞雪燈斜照, 가슴 앞의 서설은 등불이 비스듬히 비쳐서이고,
眼底桃花酒半醺. 눈 밑의 복사꽃은 술이 반쯤 취해서이리라.
不是相如憐賦客, 사마상여가 부 짓는 이를 좋아하지 않았다면,
爭教容易見文君. 어찌 쉬이 탁문군을 보게 하셨으랴.

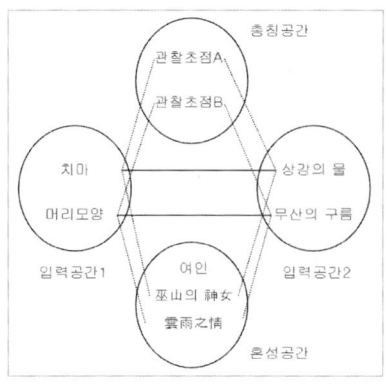

<그림 4> 이군옥 시 첫째 연의 개념적
통합망

이 시는 가운데 두 연뿐만 아니라 밑줄 친 첫째 연에도 대장이 사용되었다. 일반적인 대장과 달리 대칭의 조합을 살짝 비틀어 위 구 3, 4자인 '여섯 폭(六幅)'과 아래 구 5, 6자인 '한 조각(一段)'이 대를 이루고, 그다음은 반대로 '상강(湘江)'과 '무산(巫山)'이 대를 이루었다. 이 시는 제목으로 보아 두승상이 베푼 연회석상에서 이군옥이 가기(歌妓)에게 써준 시로 이해된다. 시인은 첫 연에서 이 여인을 묘사하며 치마와 머리모양을 관찰의 초점으로 삼았다(총칭공간). 긴 치마를 입고 머리를 높이 빗어 올린 것이 특징인 기녀였던 모양이다. 첫째 연을 한 구절씩 따로 보면 그다지 새로울 것이 없다. 입력공간1과 입력공간2에서 나타내려는 것은 상강의 출렁이는 강물처럼 벽록색에 주름이 있는 치마를 입고, 무산의 구름처럼 쪽 지어 높이 빗어 올린 머리모양을 했다는 것일 따름이기 때문이다. 아마 당시의 기녀가 대체로 그런 모습이었을 것이다. 그런데 이렇게 평범한 여인이 위 <그림 4>에서 보는 바와 같이 혼성공간을 거쳐 새로운 인물로 재탄생한다. 출구에서 색채를 나타내는 데 쓰였던 '상강(의 물)'과 대구에서 모양을 묘사하는 데 쓰였던 '무산(의 구름)'에서 '상강'과 '무산'이 관찰과 묘사의 대상인 '여인'과 1차 융합을 일으켜 '상강의 여신' 또는 '무산의 신녀'가 연상되고, '구름'과 '물'은 그에 따른 2차 융합으로 '운우지정(雲雨之情)'을 연상시키는 까닭이다. 독자가 이 시를 감상하면서 에로틱한 분위기를 강하게 느끼게 된다면 그것은 바로 이러한 개념적 혼성에 의해서일 것이다.

(2) 인유에서의 개념적 혼성

당시에서는 인유, 즉 전고의 사용을 통해 비유적 의미를 전달하는 경우 역시 자주 볼 수 있다. 이런 전고는 과거와 현재를 연결하는 고리의 역할을 하는 까닭에 개념적 혼성 이론에서 말하는 '사건 통합' 또는 '융합'이 자주 일어난다. 다음의 예를 보자.

> 牛渚西江夜, 서강 우저에서의 밤,
> 靑天無片雲. 푸른 하늘에 한 조각 구름도 없다.
> 登舟望秋月, 배에 올라 가을 달을 바라보며,
> 空憶謝將軍. 공연히 사장군을 생각한다.
> 余亦能高詠, 나 또한 소리 높여 노래할 수 있건만,
> 斯人不可聞. 이 분은 들을 수 없네.
> 明朝掛帆席, 내일 아침 돛을 올리면,
> 楓葉落紛紛. 단풍잎 어지러이 떨어지리라.

이백(李白)의 「밤에 우저에 묵으며 옛 일을 떠올리다(夜泊牛渚懷古)」라는 시다. 우저는 지금의 안휘성(安徽省) 당도현(當塗縣) 서북쪽에 있는 산이다. 동진(東晉)의 장군 사상(謝尚)이 우저에 진주했다가 마침 그곳에서 「영사시(詠史詩)」를 낭송하던 원굉(袁宏)을 만나 담소를 나누고 그의 재능을 높이 사 조정에 천거했다는 이야기가 전해진다. 시의 원문에는 이렇게 자세한 내막이 없이 '사장군'만으로 표현되어 있는 까닭에 이 시를 읽는 독자들은 전고의 내용을 되새기며 입력공간을 구축해야 한다. 그래서 중국의 역사와 문화를 익히 알고 있지 않는 독자에겐 전고가 마치 수수께끼처럼 시의 의미를 파악하는 데 장애요인이 되

기도 한다. 이제 이 시에서 인유에 의해 어떻게 개념적 혼성이 일어나는지 살펴보면 아래 <그림 5>와 같다.

　입력공간1은 이백이 시를 지은 현 시점에 일어난 일이고, 입력공간2는 동진 때 같은 장소에서 일어난 일이다. 이와 같은 공간횡단 사상이 발생하는 이유는 같은 시간(가을 달밤)과 장소(우저)라는 동질성에서 찾을 수 있다. 그런데 입력공간2는 사상(사장군)을 제외한 나머지 입력요소들(이탤릭체로 표시)을 모두 전고에서 뽑아내야 하는 까닭에 관련된 역사적 사실을 잘 알고 있지 못하면 공간횡단 사상이 원활하게 이루어지지 않게 된다. 입력공간1과 입력공간2에서 선택적으로 투사된 의미요소들이 혼성공간에 모여 형성하는 발현구조는 [사상이 후원해주지 않는 이백]이 된다. 이는 입력공간1이나 입력공간2와는 다른 새로운 의미구조라 할 수 있다. 결과적으로 이백은 곧장 원굉에 비유된 것이 아니라 사실은 [사상이 모른 척한 원굉]에 비유되었기 때문이다.

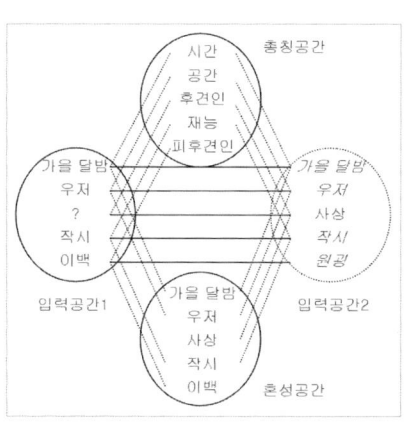

〈그림 5〉 이백 시의 개념적 통합망

이런 발현구조를 이해할 때 이 시의 '비애미'를 제대로 감상할 수 있다고 본다면, 당시의 비유에 대한 인지언어학적 접근의 필요성에 공감하게 된다.

　맹호연(孟浩然)의 「친구의 농가를 찾아가(過故人莊)」라는 시를 통해 인유에서의 개념적 혼성에 대해 더 알아보기로 하자.

故人具雞黍, 친구가 닭과 기장밥 갖추고서,
邀我至田家. 나를 초대하기에 농가로 갔다.
綠樹村邊合, 푸른 나무들이 마을가에 모여 있고,
靑山郭外斜. 파란 산 성곽 밖으로 비껴 있다.
開軒面場圃, 창을 열고 밭을 마주한 채,
把酒話桑麻. 술잔 들고 뽕과 삼 이야기한다.
待到重陽日, 중양절이 되기를 기다렸다가,
還來就菊花. 다시 와서 국화에 가보련다.

널리 알려진 바와 같이 맹호연은 당대를 대표하는 산수전원시인의
한 사람이다. 특히 전원시의 개창자라 할 도연명(陶淵明)의 시를 잘 계
승한 것으로 평가받았다. 위에 든 시는 맹호연의 여러 시 중에서도
도연명 시의 풍격에 가장 근접했다는 견해가 많다. 개념적 혼성 이론
이 이 시가 어째서 그런 평가를 받는지 잘 설명해주리라 생각한다.
먼저 도연명 시 가운데 다음 구절들을 음미해보자.

田家豈不苦, 농가에서 어찌 고생스럽지 않으랴만,
弗獲辭此難. 이런 어려움 마다할 순 없나니.
-「경술년 9월에 서쪽 논에서 올벼를 수확하고(庚戌歲九月中於西田穫早稻)」-

嘯傲東軒下, 동쪽 창 아래에서 느긋하게 휘파람 불며,
聊復得此生. 애오라지 다시 이 삶의 참맛을 얻는다.
-「음주시(飮酒詩)」 20수 중 일곱째 수

相見無雜言, 서로 만나도 잡스러운 말 없이,
但道桑麻長. 그저 뽕과 삼 자란다는 얘기다.
-「전원으로 돌아와(歸園田居)」 5수 중 둘째 수

採菊東籬下, 동쪽 울타리 아래에서 국화를 캐다가,
悠然見南山. 한가로이 남산을 바라본다.
-「음주시(飮酒詩)」 20수 중 다섯째 수

맹호연의 「친구의 농가를 찾아가」 시에는 이상과 같은 도연명 시의 표현들이 군데군데 무늬처럼 아로새겨져 있다. 이런 표현들로 인해 어떤 '친구'로부터 초대를 받았는지 시인이 명시적으로 밝히지 않았어도 그 '친구'가 도연명과 유사한 삶을 살고 있다는 것을 매우 분명하게 느낄 수 있다. 그것은 <그림 6>에서 보는 것처럼 '초대(invitation)'의 도식(schema)에서 나타날 수 있는 가장 원형적인 사항들이 입력공간1로부터 입력되면서 입력공간2의 인유가 동시에 작동하는 이른바 '공간횡단 사상' 때문이다. 각각의 입력공간에서 입력된 내용들이 혼성공간에서 만나는 순간, 시인이 방문한 '친구'는 '사건통합'이라는 인지적 기제에 의해 동진의 시인 도연명으로 이해된다. 다시 말해서 '도연명의 초대를 받아 그의 농가를 찾아가 동헌에서 도연명이 차려낸 닭과 기장밥을 먹으며 뽕과 삼 이야기를 하다 다음에 국화가 필 때 다시 오기로 한 맹호연'이라는 발현구조가 생성된다는 것이다. 이렇게 볼 때 이 시는 풍격상의 유사성을 넘어 시인이 시간과 공간을 뛰어넘어 도연명과 교유하는 진정한 벗이라는 자부심을 보여주고 있으며, 그런 특징이 개념적 혼성 이론에 의해 충분히 확인된다고 할 것이다.

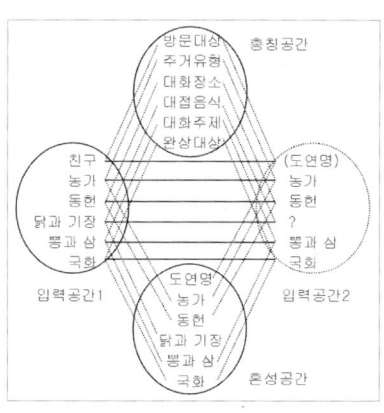

〈그림 6〉 맹호연 시의 개념적 통합망

(3) 의인화에서의 개념적 혼성

의인법도 주체와 객체 사이의 동질성을 바탕으로 하고 있다는 의미에서 일종의 비유로 간주된다. 당시에서 자주 의인화되는 사물로는 풀과 나무, 해와 달, 비와 바람, 산과 내, 동물과 기물 등이 있다. 이백의 「봄 생각(春思)」이라는 시에서 "봄바람은 내 마음 알지도 못하면서 무슨 일로 비단 휘장 안에 들어왔을까?(春風不相識, 何事入羅幃?)"라 한 것은 의인화의 대표적인 예다. 의인화된 구절에서 종종 의미구조를 파악하기 위해 개념적 혼성을 고려해야 할 경우가 있다. 일례로 두보(杜甫)의 「봄에 바라보다(春望)」라는 시를 살펴보자.

> 國破山河在, 나라는 깨졌어도 산과 내는 그대로 있어,
> 城春草木深. 성에 봄이 오니 초목이 깊어간다.
> 感時花濺淚, 시절을 느껴 꽃을 보고도 눈물을 뿌리고,
> 恨別鳥驚心. 이별을 한탄해 새 소리에도 마음 놀란다.
> ……(후략)

위와 같은 우리말 번역이라면 이 시는 의인법을 사용한 것이 아니다. '눈물을 뿌리고'와 '마음 놀란다'의 주체가 꽃이나 새가 아니라 여전히 시인일 것이기 때문이다. 그런데 '눈물을 뿌리고'와 '마음 놀란다'의 주체를 꽃과 새로 보아야 한다는 주장도 있다. 이러한 주장의 근거도 개념적 혼성의 시각에서 살펴볼 수 있으리라고 생각한다.

먼저 두보의 원래 구상을 유추해보자. 이 시는 율시이고 위에 인용된 네 구절은 전체 시의 첫째, 둘째 연이므로, 율시의 일반적 구조상 기승전결의 '기'와 '승'에 해당한다. 첫째 연에 사용된 주요 수사법은 대비이다. '깨진 나라'와 '그대로 (온전히) 있는 산과 내', 그리고 봄이

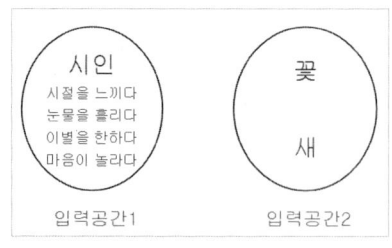

시인
시절을 느끼다
눈물을 흘리다
이별을 한하다
마음이 놀라다

입력공간1

꽃
새

입력공간2

〈그림 7〉두보 시 둘째 연의 시인과 꽃/새

와서 '(인적 없는) 성'과 '깊어가는 초목'이 좋은 대조를 이룬다. 둘째 연은 이런 시상을 이어받아 깨진 나라에서 봄을 맞아 괴로워하는 시인과 온전한 산과 내, 깊어가는 초목에서 여전히 멀쩡한 꽃과 새를 대비시킨 것이다. 따라서 두보가 본래부터 의인법을 사용했다고 여겨지지는 않는다. 그렇다면 꽃과 새를 주체로 보는 견해는 어불성설인 것일까? 이 시를 인지언어학적으로 접근해보면 그렇다고 말하기 어려울 듯하다.

 <그림 7>에서 보는 바와 같이 두보의 원 구도에 따르면 입력공간1과 입력공간2 사이에는 공간횡단 사상이 일어나지 않는다. 시인이 꽃이나 새와 아무런 동질성 또는 유사성이 없는 까닭이다. 그러나 독자의 인지과정은 이와 다를 수 있다. '인지'란 지각한 내용에 주체적 해석을 부여하는 것이라 했는데, 이 해석과정에서 독자가 해석의 근거로 삼는 것들이 모두 시인이 의도한 범위 이내로 국한되지는 않는다. 오히려 일반적 지식이 인지과정에 먼저 참여할 가능성이 높다. 그것 가운데 하나는 오언시의 통상적인 리듬이다. 오언시의 한 행을 이루는 다섯 글자는 흔히 의미상 2-3으로 나누어진다. 이런 리듬에 따르면 위 시의 둘째 연은 아래와 같이 분절된다.

感時-花濺淚, 시절을 느껴 꽃도 눈물을 뿌리고
恨別-鳥驚心. 이별을 한탄해 새도 마음 놀란다

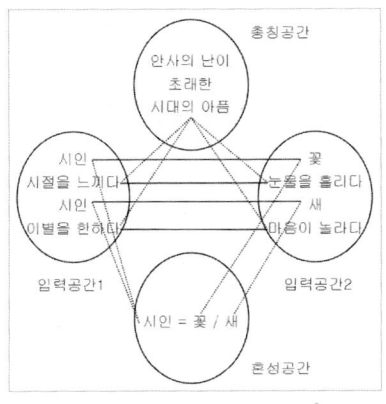

<그림 8> 두보 시 둘째 연의 개념적 통합망

2-1-2의 분절을 2-3으로 바꾸어 '꽃'과 '새'를 주체로 받아들이는 순간 입력공간1과 입력공간2 사이에는 <그림 8>과 같은 공간횡단 사상이 일어난다. '시절을 느끼고 이별을 한하는' 시인과 '눈물을 흘리고 마음이 놀라는' 꽃과 새 간에 동질성 또는 유사성이 감지되기 때문이다. 독자들은 꽃에 이슬이 맺힌 모습을 두고 '눈물을 흘린다'라고 받아들일 수 있고, 새가 즐겁게 노래하지 않고 '우는' 이유를 두고 '마음이 놀란' 까닭이라고 얼마든지 소화해낼 수 있다. 이렇게 인지된 시인과 꽃/새는 혼성공간으로 투사되어 새로운 발현구조를 만들어낸다. 즉 사람과 동식물 사이에 일체감을 끌어내는 것이다. '괴로워하는 사람'과 '아무렇지 않은 동식물'을 대비시키려 했던 두보의 본래 의도와 상관없이 이런 의미구조에서 꽃과 새는 의인화되어 시인을 비유하게 된다. 달리 말해서 시인은 눈물을 흘리는 꽃이요 마음이 놀란 새인 것이다. 이처럼 개념적 혼성 이론을 통한 인지언어학적 접근은 이 시의 의인화 과정을 더 체계적으로 설명할 수 있다.

이와는 또 다른 의인화의 사례로 이상은(李商隱)의 「매미(蟬)」 시를 예로 든다.

本以高難飽, 본디 높은 곳에서는 배부르기 어려운데,
徒勞恨費聲. 부질없이 울며 한탄한다.

五更疏欲斷, 오경이 되니 뜸해지다 멈추려 하는데,
一樹碧無情. 한 그루 나무는 푸르러 무정하기만 하다.
薄宦梗猶泛, 하찮은 벼슬아치 가시나무처럼 여전히 떠다니고,
故園蕪已平. 옛 동산은 황무지처럼 이미 평평해졌다.
煩君最相警, 그대 수고롭게도 가장 나를 일깨워주지만,
我亦舉家淸. 나 또한 온 집안이 청빈하다네.

이 시는 사물에 대한 묘사를 통해 시인의 정서를 잘 그려냈다 하여
영물시의 걸작으로 칭송받는 작품이다. 그러나 매미를 빌려 자신의
고상하고 깨끗함을 비유했다고만 이해한다면 피상적인 관찰에 그칠
지도 모른다. 시인이 겉으로는 애써 매미의 고결한 측면을 부각시키
는 듯하지만 혼성공간에 선택적으로 투사되는 매미의 모습을 살펴보
면 그것이 전부는 아닌 것으로 보이기 때문이다. 이 시에서 매미와
시인의 상관관계를 따져보기 위해서는 먼저 인지언어학 또는 인지시
학(cognitive poetics)에서 다루는 직시(直示, deixis)의 개념에 착안할 필요가
있다. 직시는 주체의 위치성의 요소를 사용하여 해당 장면 속의 어떤
것을 가리키는 현상이다. 이 시에서는 제7구의 '그대(君)'와 제8구의
'나(我)'가 인칭적 직시어이다. 영물

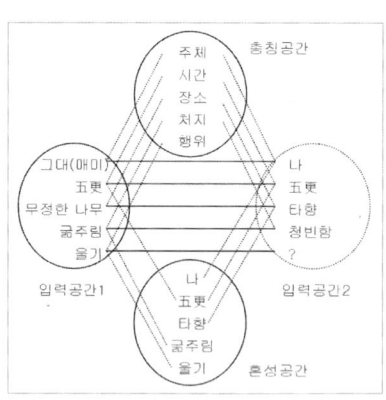

<그림 9> 이상은 시의 개념적 통합망

시에서 이처럼 이야기 화자(narrator)
와 이야기 청자(narratee)가 등장하는
것은 매우 드물다. 이들 직시어는
각각 '매미'와 '시인'을 가리키는
데 사용되었다고 볼 수 있겠으나,
사람이 아니라 곤충인 '매미'가
실질적으로 '이야기 청자'가 되
기는 어려운 것이 사실이다. 그런

까닭에 독자의 인지과정에는 매미 외에 다른 '함축 독자(implied reader)', 예컨대 시인이 그의 심정을 토로할 만한 주변 사람들이 개입되게 된다. 이러한 직시 중심(deitic center)의 이동에 따라 본래 화자와 청자였던 '나'와 '매미'는 '비대응요소 결합'과 같은 인지과정을 거쳐 독자로부터 '실질적으로는 동일한 화자'라는 새로운 지위를 부여받는다. 다시 말해서 전체 시가 '매미'인 '나'의 진술이 되어 '함축 독자'를 거쳐 '실제 독자(real reader)'에게 전해진다는 것이다.

직시 중심 이동의 중간 과정에는 위 <그림 9>에서 보는 바와 같이 입력공간1과 입력공간2로부터 혼성공간으로의 선택적 투사가 동반된다. 그 결과는 꿈에 나비가 되었다던 장자(莊子)처럼 매미가 된 '내가' 타향에서의 굶주림에 지쳐 새벽까지 울부짖는 모습이다. 현실 생활에서 주변의 매미가 우는 것은 배가 고파서가 아니고 우리에게 무엇을 일깨워주려는 것은 더더욱 아니다. 단지 짝짓기를 위한 노력일 뿐이다. 그런데 이 시에서는 선택적 투사를 통해 매미의 생태에서 짝짓기는 제외된 채 울음만 남았고, 여기에 '굶주림'이 추가되며 의인화되었다. 음식에 대한 굶주림은 감정이나 그 감정과 연관되는 행동에 대한 욕망에 대응한다는 쾨벡세스의 말처럼 이것은 일종의 개념적 은유이다. 시인은 충족되지 않는 욕망에 잠 못 이루며 우는 것이다. 이런 관점에서 본다면 이 시에 대해 매미를 빌려 자신의 고상하고 깨끗함을 비유했다는 해설이 필경 미흡하게 느껴지는데, 그 부족한 부분을 개념적 혼성 이론에 의한 인지언어학적 접근이 얼마간 보완해 주지 않는가 한다.

3. 결론

언어와 다른 인지적 능력 사이의 밀접한 상호관계를 강조하는 것이 인지언어학의 가장 큰 특징이다. 이런 연구방법론의 성과로는 언어와 사고에 대한 통합적 관점의 제시, 경험적 정립의 재검토, 개념적 현상에 대한 초점 부여, 형식주의와 기능주의의 관심에 대한 통합 등이 있다. 포코니에와 터너가 개념적 혼성 이론을 집대성하여 펴낸 책의 제목을 『우리는 어떻게 생각하는가』라 명명한 것은 언어학, 심리학, 철학 등이 주축을 이루는 인지언어학의 학제적 성격을 잘 보여준다.

이 글에서는 인지언어학의 여러 방법론 중 주로 혼성공간의 발현 구조를 탐색하는 개념적 혼성 이론을 이용하여 당시의 비유에 접근해보고자 했다. 당시에서 비유가 자주 나타나는 유형을 대장, 인유, 의인화의 세 가지로 보고, 각각의 사례에서 개념적 혼성이 어떻게 이루어지는지, 그리고 그 과정에서 어떤 발현구조가 탄생되는지 알아보았다. 그 결과 지금까지 '언외지미(言外之味)' 또는 '함축과 여운'이라고 모호하게 설명되었던 부분이 개념적 혼성이라는 개념을 통해 상당 부분 명쾌해졌다고 판단된다. 물론 당시에서의 비유 현상은 다른 언어권에 비해 상대적으로 덜 발달된 것이 사실이다. 그러나 중국고전문학, 특히 고전시를 연구하고 교육하는 현장은 성과가 높은 연구방법론을 받아들이거나 학제적 연구에 관심을 기울이는 노력이 다소 미흡하다고 판단되므로, 이러한 방법론의 검토와 적용이 충분히 의미를 가질 것으로 생각한다.

또 최근에는 인지언어학 방면의 성과가 시의 연구에도 크게 반영되어 시인의 사고와 정서가 어떤 절차로 텍스트에 기호화되는지, 텍

스트를 통해 독자가 어떤 절차로 사고와 정서를 재현하는지를 연구
하고 밝혀내려는 '인지시학'이 대두되고 있다. 당시의 연구와 교육도
이제 구절의 해석이나 대의의 파악에 그칠 것이 아니라, 궁극적으로
사람 자체를 향하는 인문학 본연의 위상을 정립해야 할 것이다. 그런
차원에서 개인의 인지과정을 중시하고 시의 의미를 과학적으로 분석
해보고자 한 이 글이 이런 방향으로 한 걸음 더 나아가는 데 일조할
수 있기를 기대한다.

IX

부재를 통한 존재의 심화[*]
당대(唐代) 심방불우시(尋訪不遇詩)의 기본 구조와 미학적 의의

서성[**]

1. 머리말

당시 가운데 사람을 찾아갔다가 만나지 못하고 돌아오는 일을 제재로 하여 쓴 시들이 있다. 가장 잘 알려진 시로는 아마도 가도(賈島)의 「은자를 찾아갔으나 만나지 못하고(尋隱者不遇)」일 것이다.『전당시(全唐詩)』를 열람하다 보면 의외로 이러한 제재의 시들이 더러 있고, 또 이 가운데 명작이 상당수 있음을 알게 된다. 그 제목들에는 보통 '심(尋)' 또는 '방(訪)'이란 글자가 들어가 있고, 말미에 '불우(不遇)'란 글자가 붙어 있는 경우가 많다. 필자는 이러한 소장르를 '심방불우시(尋訪不遇詩)'라 명명하기로 한다.

사람 사이의 연락이 쉽지 않았던 고대에는 미리 연락을 하지 않고 찾아가는 경우가 많았다. 가까이 사는 이웃이 아닌 경우 먼 길을 가거나 또는 오랜 시간을 두고 겨우 찾아갈 때도 많았을 것이다. 이때 상대가 자리에 없을 경우 그 실망은 각별하였을 것이다. 고대에는 이러한

---

* 이 글은 『중국어문논총』 47집(2010)에 실렸던 것을 수정 보완한 것이다.

** 열린사이버대학교 중국비즈니스학과 교수.

일이 흔히 있기 마련이었고, 이러한 인상은 누구나 갖는 것이어서 시인들 가운데는 이때의 소회를 시로 형상화하려고 하였을 것이다. 이때 만들어진 시가 심방불우시이다. 그러나 현존하는 심방불우시는 비록 상당수 있다고 해도 아주 많지는 않아, 거칠게 세어보아『전당시』에서 대략 200수 정도를 찾아낼 수 있을 것으로 보인다.

여기에는 한악(韓偓)의「은자를 찾아가 만났으나 취하여 있기에 그 문에 적고 돌아오다(訪隱者遇沈醉書其門而歸)」와 같이 만났기는 하였으나 만난 것이라 보기에는 애매한 시도 일부 포함시켜도 좋을 것이다. 또 소진(邵眞)의「사람을 찾아가 우연히 적다(尋人偶題)」와 같이 제목과 내용에서 만났는지 안 만났는지 명확하지 않은 시도 포함시킬 수 있을 것이다.

만남의 성격이란 측면에서 심방불우시가 어떠한 성격을 가지는지 살펴보자. 먼저 송별시는 만남에서 부재로 이어진다는 점에서 가장 큰 상실감을 안겨주는 사건을 제재로 하였기에 심방불우시와 크게 다르다. 또 아내를 그리워하는 사부시(思婦詩)나 남편을 그리워하는 사부시는 만남을 기대하나 상대를 찾아가지는 않는다는 점에서 심방불우시와 다르다.

만남에 대한 기대가 상대의 부재로 이어진다는 점에서 심방불우시와 가장 유사한 소장르로는 '기이부지시(期而不至詩)'라 부를 수 있는 시들이 있다. 만나기로 했으나 상대방이 오지 않는 일을 두고 쓴 시이다. 예컨대 맹호연(孟浩然)의「정대와 만나기로 했으나 오지 않아(期丁大不至)」또는 요합(姚合)의「밤에 친구와 만나기로 했으나 오지 않아(夜期友生不至)」와 같은 시들이다. 그러나 이런 시는 쌍방이 이미 만나기로 약속을 하였는데 당일 현장에 상대방이 나타나지 않은 일을 소재로 하였다. 시적 화자는 물론 상대방 또한 만나기로 한 것을 알고 있고, 상대방의 부재가 아니라 부지를 제재로 하였기에 시의 구조나 정서적 미감이 다르게 형성되기 쉽다. 그래서 위의 시들은 논의의 대상에서 모두 제외하였다.

심방불우시를 하나의 소장르로 파악하고 그 기본 구조와 미학적 특징을 찾아보는 것은 본고가 최초라고 본다. 당시를 읽는 과정에서 인상적인 매력을 음미하다가 같은 유형의 시를 모두 읽어보았다. 심방불우시는 초당부터 만당까지 꾸준히 제작되었고 많은 시인들이 참가하였지만, 이를 하나의 장르로 여겨 의식적으로 지은 시인은 없다. 지극히 자연발생적으로 만들어졌기에 만남에 대한 의식과 생활의 단편에 대한 미감을 엿볼 수 있는 좋은 소장르로 여겨진다. 특히 심방불우시는 간결한 형식 속에 명시가 많고, 매력적인 만남의 모습도 많이 그려져 있는데, 그 이유가 무엇인지 찾아볼 만한 대상으로 생각했다. 본고는 시의 구조와 미학적 측면 두 방면에서 이를 찾아보고자 하였다.

2. 심방불우시의 기본 구조

심방불우시는 제목에서 이미 구조를 말해주고 있다. 시인은 사람을 만나러 갔으나 상대가 없어 만나지 못하고 돌아온다. 그러나 모든 심방불우시가 이러한 구성을 가지고 있는 것은 아니다. 어떤 시는 만나러 가는 일만 그릴 수도 있고, 어떤 시는 돌아오는 길만 그릴 수도 있다. 특히 이 장르에는 절구가 많은데 짧은 형식에서는 모든 것을 다 그리기 어려운 면이 있다. 시를 하나의 구조로 이해하기 위해서는 대다수 시가 포함될 수 있는 하나의 틀을 먼저 상정할 필요가 있다.

먼저 이 틀을 설정한 후 여기에 각각의 시가 어느 부분에 중점을 두고, 어느 부분을 생략하였는지 눈여겨봄으로써 각각의 시의 특징을 더 쉽게 파악할 수 있을 것이다.

성당(盛唐) 시기의 구위(邱爲)가 쓴 「산중에 은자를 찾아 갔으나 만나지 못하고(山行尋隱者不遇)」에서 기본 구조를 찾아보고자 한다.

　① 絶頂一茅茨, 산꼭대기에 띳집 하나 있어,
　② 直上三十里. 곧장 삼십 리를 올랐네.
　③ 扣關無僮僕, 문을 두드려도 시동은 없고,
　④ 窺室唯案几. 집 안을 엿보니 안궤뿐이로다.
　⑤ 旣非巾柴車, 허름한 수레를 몰고 나간 게 아니라면,
　⑥ 應是釣秋水. 분명 가을 강으로 낚시하러 갔으리.
　⑦ 蹉跎不相見, 헛걸음하여 만나지 못했으니,
　⑧ 黽勉空仰止. 마음으로 우러러보기만 할 뿐.
　⑨ 草色新雨中, 풀빛은 새로 내린 비에 푸르고,
　⑩ 松聲晩窗裏. 저녁 창문에는 솔바람 소리.
　⑪ 雖無賓主意, 비록 손님과 주인이 나누는 마음 없어도,
　⑫ 頗得淸靜理. 이미 맑고 조용한 정신을 얻었네.
　⑬ 興盡方下山, 흥이 다했으면 산을 내려가야 하니,
　⑭ 何必見之子! 어찌 꼭 그대를 만나야 하리오!

이 시는 산중에 있는 은자를 찾으러 갔다가 만나지 못하고 돌아온 일을 썼다. 은자의 청고한 삶과 조용한 거처의 환경을 그리고, 비록 만나지 못했지만 흥취를 잃지 않은 심회를 묘사하였다. 첫 2구에서 찾아가는 곳을 명시하였고, 제3, 4구는 은자의 부재를 확인하였고, 제5, 6구는 은자의 행방을 추측하였고, 제7, 8구는 만나지 못한 데 대한 아쉬움을 나타냈고, 제9, 10구는 은자가 사는 곳의 주위 환경을 그렸고, 제11, 12구는 부재에 대한 정신적 보상을 말했고, 제13, 14구는 하

산을 말하였다.

이를 하나의 과정으로 만들어보면 아래와 같이 단순화시킬 수 있다.

찾아가는 길(Ⅰ)-현장의 묘사(Ⅱ)-대상의 기림(Ⅲ)-자신의 소회(Ⅳ)

찾아가는 길은 첫 2구에서 제시되었고, 현장의 묘사는 제3, 4구와 제9, 10구에서 뚜렷하고, 대상의 기림은 제5, 6구와 제8구에서 뚜렷하다. 자신의 소회는 말 2구에서 충분히 드러내었다.

주인이 수레를 몰고 나가거나 강으로 낚시 간 것으로 본다면, 시인은 어려운 걸음을 하였으니 기다렸다 만날 수도 있을 것이다. 그러나 시인은 기다리지 않고 산을 내려오고 만다. 주인을 만나지 않았어도 이미 만난 것과 다름없다는 것이다. 이를 명확하게 보여주는 말이 말 2구의 "興盡方下山, 何必見之子!"이다. 이는 잘 알려진 '눈 내린 밤에 대규를 찾아가다'는 '설야방대(雪夜訪戴)'의 전고를 환기하고 있다. 동진(東晉)의 왕휘지(王徽之, 338?~386)가 눈 오는 밤중에 갑자기 친구 생각이 나 산음(山陰, 지금의 紹興市)에서 섬현(剡縣, 지금의 嵊縣 서남)까지 배를 타고 대규(戴逵, ?~395)를 찾아갔는데, 문 앞까지 갔다가 들어가지 않고 되돌아왔다. 나중에 누가 그 까닭을 물으니, "흥이 나서 갔다가 흥이 다해 돌아왔으니, 꼭 대규를 만나야 하겠는가?(吾本乘興而行, 興盡而返, 何必見戴?)"라고 대답하였다.

이 이야기는 형식을 떠난 정신적 교유와 감흥을 중시하는, 후대에 '위진풍도(魏晉風度)'라고 칭송하는 문화적 배경에서 나왔다. 이 전고는 다양하게 해석할 수 있지만, 만남의 의미와 관련하여 본다면, 만남이란 현실적으로 두 사람이 마주 보는 것만이 아님을 말해준다. 친구에 대한 생각으로 감흥이 일어났으면 만나지 않아도 만난 것과 다름없다는 생각이다. 이렇게 만나지 않은 것(不遇)이 만남(遇)과 같은 흥취를 준다면, 심방하여 갔을 때 상대가 없어도(不在) 상대가 있는(存在) 것과 다름 아니라고 할 수 있게 된다. 이러한 문화적 전통과 정신적 풍토에서 만남과 불우, 존재와 부재 사이의 관계가 한층 다양하게 해석되고, 심방불우시는 더 풍부한 의미와 구조를 갖게 된다.

위에서 제시한 네 단계의 구조가 각 시에서 어떻게 나타나고 기능하는지 살펴봄으로써 심방불우시의 면모를 살펴보자. 이러한 작업은 심방불우시의 특징과 미감을 이해하는 데 중요한 기초 작업이 되리라 본다.

1) 찾아가는 길

사람을 만나기 위해서는 먼저 찾아가는 과정이 있다. 멀리 있는 사람을 찾아가는 데는 각별한 마음이 있어야 한다. 그러므로 찾아가는 이유도 뚜렷하기 마련이다. 그것이 설사 친구를 찾아간다고 할지라도 친구를 그리는 마음이 사소해서는 품을 팔아 멀리 가진 않을 것이다. 그러므로 심방불우시는 만남에 대한 강렬한 동기를 품고 찾아가기 쉽다. 시의 전제가 이미 각별한 마음이 있고, 상대를 그리는 마음이 있고, 먼 길을 가는 시간과 몸을 움직이는 동작이 있어야 한다.

먼저 이백(李白)의 「대천산 도사를 만나지 못하고(訪戴天山道士不遇)」를 보자.

犬吠水聲中, 물소리 속에 개가 짖고,
桃花帶雨濃. 빗방울에 젖은 복사꽃이 선연해라.
樹深時見鹿, 숲이 깊어 때로 사슴이 보이는데,
溪午不聞鐘. 시내는 점심이 되어도 종소리 없구나.
野竹分靑靄, 들의 대나무는 푸른 안개를 나누고,
飛泉掛碧峰. 나르는 폭포는 푸른 봉우리에 걸렸어라.
無人知所去, 도사께서 어디 가셨는지 아는 사람 없어,
愁倚兩三松. 두세 그루 소나무에 기대어 아쉬워한다.

　이 시는 지금의 사천성(四川省) 강유시(江油市)에 소재한 대천산에 도
사를 찾아간 일을 적었다. 시는 '만나지 못함(不遇)'을 시종일관 떠나지
않으면서, 전반부에선 산중의 선명한 근경을 묘사하고 후반부는 원경
을 바라보며 아쉬워하였다. 일부 학자들은 이백이 19살 때 지었다고
추정한다. 쉬운 시어를 아무렇게나 쓴 듯하면서도 율격과 대구가 공
정한 그의 초기 시의 대표작 가운데 하나이다.

　제목을 지워놓고 보면 전체 8구 가운데 6구는 누구를 만나러 가는
지 보기 힘들 정도이다. 말 2구에서야 비로소 제재가 드러나고 갑자
기 마무리되면서 앞의 서경이 모두 도사를 그리는 것임을 알게 된다.
심방불우시의 일반적인 구성과 비교했을 때 상당히 뛰어난 구성이라
할 수 있다. 그러므로 이 시는 처음부터 끝까지 읽고 나서 다시 처음
으로 돌아가 읽게 되는 구조로 되어 있다.

　사실 심방불우시의 구조로 보았을 때 찾아가는 길에 대한 묘사가
길수록 상대에 대한 그리움이 강조된다고 할 수 있다. 위 시에서 6구
모두 찾아가는 길을 묘사했고, 현장에 대한 기술은 오로지 '들리지
않는 종소리'로만 나타난다. 보통 도관에서는 종을 쳐 하루의 일정을
알리기 때문에, 종소리가 없다는 것은 사람이 없다는 뜻이기 때문이

다. 일반적인 전개로 보면 제5, 6구에서 현장이 나와야 했으나 갑자기 원경을 그리는 데로 눈을 돌렸다.

위 시에서 이백은 무엇 때문에 도사를 찾아갔는지 말하지 않았다. 도사가 어떤 사람인지도 말하지 않았다. 다만 도사를 찾아가며 보고 들은 풍광을 집중적으로 형상화하였다. 위의 '설야방대(雪夜訪戴)'의 전고를 생각한다면, 이러한 자연의 풍광이 주는 의경이 곧 도사의 풍모이고, 이들을 보고 듣고 느끼고 묘사하는 것이 도사를 만나는 방식이라고 말해도 될 것이다.

2) 현장의 묘사

심방불우시에서 찾아간 현장은 상당히 중요한 곳이다. 상대방이 살았던 곳으로 시인이 먼 길을 거쳐 찾아간 목적지이기 때문이다. 또 있으리라 생각했던 사람이 없으므로 그 현장은 독특한 정서적 대상으로 변하게 된다. 그곳은 경우에 따라서는 상대방의 존재를 나타내고 환기하기도 한다. 그래서 빈집과 빈터는 아쉬움과 실망감으로 나타날 수도 있고, 존경하거나 그리워하는 상대의 모습을 대변해주기도 한다.

장소는 사람과 닮아 있고 때로는 사람 자체를 말해준다. 많은 경우 사람이 거처하는 집과 방과 주위 환경은 그 사람의 삶의 여러 가지 모습을 말해준다. 버드나무 다섯 그루로 도연명을 말할 수 있고, 소나무 네 그루로 두보를 생각할 수도 있다. 사람을 보다 넓은 환경에서 읽어내는 시인의 민감한 감수성은 심방불우시에서 특히 잘 발휘된다.

왕유(王維)의 「봄날 배적과 신창리 은자 여씨를 찾았으나 만나지 못하고(春日與裴迪過新昌里訪呂逸人不遇)」 역시 현장에 초점을 맞춘 시이다.

桃源一向絶風塵, 도화원은 줄곧 세속과 격절되어 있었는데,
柳市南頭訪隱淪. 柳市 남쪽으로 은자를 찾아갔네.
到門不敢題凡鳥, 문 앞에서 '凡鳥'라 쓰지 못하겠고,
看竹何須問主人? 주인이 없으니 대숲을 마음껏 감상하겠네?
城上靑山如屋裏, 성벽 위의 청산이 집 안에 들어온 듯하고,
東家流水入西鄰. 동쪽 인가의 시냇물이 서쪽 이웃으로 흘러든다.
閉戶著書多歲月, 문 닫고 책 쓴 지도 여러 해라,
種松皆作老龍鱗. 심었던 소나무가 모두 늙은 용이 되었구나.

이 시는 은자를 찾아간 일을 제재로 삼았다. 첫 2구에서 찾아가는
길을 쓴 후, 제3구부터 말구까지는 은자 여씨가 사는 곳을 묘사하였
다. 이를 자세히 살펴보면 제3, 4구는 각각 삼국시대 혜강(嵇康)을 찾아
간 여안(呂安)과 동진 때 오중의 사대부 집 대숲을 찾아간 왕휘지(王徽之,
서예가 王羲之의 아들)의 전고를 들어 평범하지 않은 여씨의 집에 아름다
운 대숲이 있음을 말했다. 제5, 6구는 청산이 보이고 집 안에는 시냇
물이 흐른다고 하였다. 특히 말구에서는 늙은 용 비늘의 소나무라는
충격적인 시각 이미지로 인물의 높은 풍모를 환기하였다.

사실 이 시는 제1구에서도 여씨의 집이 도화원 같은 곳에 있다고
함으로써, 상대가 사는 곳에 시인의 마음이 시종 집중하고 있음을 알
수 있다. 여씨는 곧 시인의 이상형을 투영한 것으로, 왕유는 이를 현
장에 대한 묘사를 대거 동원하여 감성적으로 형상화하였다. 이 시는
심방불우시 가운데 현장의 묘사에 중점을 둠으로써 뛰어난 시가 될
수 있음을 보여주었다.

3) 대상의 기림

심방불우시에서 찾아가는 상대방은 대부분 도사, 스님, 은자, 친구 등이다. 이들은 공통적으로 고결한 가치를 가지고 있는 사람으로, 시인이 숭앙하거나 친근하게 생각하는 대상들이다. 그러다 보니 자연 상대에 대한 칭송이 드러나는 경우가 많다. 친구의 경우를 제하면 도사, 스님, 은자 등은 모두 존경의 대상인 경우가 많으므로 평등한 인간관계가 아니라 상향의 구도를 갖는다.

위응물(韋應物)의 「휴일에 사람을 찾아갔으나 만나지 못하고(休日訪人不遇)」는 비록 친구를 찾아갔지만 그의 재능과 인품을 칭찬하였다.

> 九日驅馳一日閑, 구 일 동안 바쁘다가 하루 쉬어 한가하니,
> 尋君不遇又空還. 그대를 찾았으나 또 부질없이 돌아가네.
> 怪來詩思淸人骨, 어쩐지 그대 시가 사람의 정신을 맑게 한다 했더니,
> 門對寒流雪滿山. 집 앞에 찬 시내 흐르고 산에는 눈이 가득하이.

위 시는 전반 2구에서 친구를 만나지 못한 실망감을 표현하였지만, 그러다가 제3구에서 갑자기 필세를 바꾸어 친구의 시를 칭찬하더니 이를 그가 사는 집 주위의 맑고 그윽한 환경과 연관 지었다. 이 시의 제목은 다른 판본에서는 「휴가일 왕 시어를 찾았으나 만나지 못하고(休暇日訪王侍御不遇)」로 되어 있는 걸로 보아 친구는 왕 시어이며, 위응물의 「왕 시어에게(贈王侍御)」에서도 "시는 얼음 항아리가 바닥이 보일 만큼 맑아라(詩似氷壺見底淸)"라 한 것으로 보아 그의 시풍을 짐작할 수 있겠다. 친구의 시를 맑은 풍경으로 비유했으니, 묘사가 청신할수록 친구의 시도 청신하게 되며, 결국 이 시 속의 묘사는 작자의 시이자 친

구의 시이기도 하는 중첩의 자리에 있게 된다.

물론 심방불우시에는 관리를 찾아가는 경우도 있지만 이는 극히 적다. 예컨대, 재상을 찾아가는 경우를 쓴 만당의 평회(平會)는 「이 재상께 알현을 청했으나 만나지 못하고(謁李相不遇)」를 썼다. "늙은이 삼 일 동안 문 앞에 서 있어도, 구슬 금박 은 병풍 같은 대문이 대낮에도 열리지 않네. 시권을 오히려 자루 안에 던져 넣고, 마치 한가히 화산을 보러온 듯하구나(老夫三日門前立, 珠箔銀屛晝不開. 詩卷却抛書袋裏, 正如閑看華山來)." 이 시를 보면 시인은 재상에게 행권(行卷)을 주기 위해 사흘을 문 앞에 기다리고 있으나 만나지 못한다(또는 상대가 만나주지 않는다). 이러한 행위는 잘 알려진 대로 간알(干謁)을 하기 위해서, 또는 과거 시험에 앞서 자신의 능력을 보이기 위해서 유력자에게 문집을 헌정하려는 것이다. 여기서는 재상이 집에 있는지 아니면 없는 척 하는지 알 수 없다. 이는 보통의 심방불우시에서 극히 예외적인 시라 할 것이다.

4) 자신의 소회

심방불우시에서 작가의 소회는 비교적 직설적인 부분에 속하여 분량이 적으며, 서경 속에 짧게 끼어드는 경우가 많고 일반적으로 말미에서 언급된다. 여기에는 상대방의 청정한 생활에 대한 흠모, 자신의 구속된 관직에 대한 반성, 은거를 그리는 마음 등이 토로된다. 어떤 때는 함축적으로 생략할 수도 있고, 어떤 경우는 자신의 시를 빈집의 벽에 써놓고 오기 때문에 감회를 강조하기도 한다.

백거이(白居易)의 「곽 도사를 찾아갔으나 만나지 못하고(尋郭道士不遇)」를 보자.

郡中乞假來相訪, 군에서 휴가 얻어 찾아왔더니,
洞裏朝元去不逢. 동중(洞中) 신선 참배하러 가 만나지 못했네.
看院只留雙白鶴, 정원을 지키는 건 한 쌍의 백학,
入門唯見一靑松. 문에 들어서 보이는 건 한 그루 청송.
藥爐有火丹應伏, 약 화로에는 불이 있어 단약이 뜸을 들이고,
雲碓無人水自舂. 돌방아는 사람 없어도 물에 절로 찧고 있어.
欲問參同契中事, '주역참동계'의 내용을 물으러 왔는데.
更期何日得從容? 어느 때 다시 와서 한가히 말을 나눌까?

　곽 도사는 백거이가 강주에 있을 때 사귄 곽허주(郭虛舟)로 연단술을
하고 바둑과 거문고에 뛰어났다. 두 사람은 우의가 깊어 밤새 술을
마시고 바둑을 두는 경우도 많았다. 이 시는 818년 어느 날 곽 도사를
찾아갔으나 만나지 못한 채 집을 돌아보고 가며 쓴 시이다. 백학과
청송은 곧 부재하는 주인을 가리키는 대응물로 쓰였다.

　말 2구에서 찾아온 목적을 분명히 말하고 있지만, 그 목적이 꼭 도
가 경전의 내용을 토론하기 위해서만은 아닐 것이다. 여기에는 한 그
루 소나무 위의 두 마리 학과 같이 두 사람의 자유로운 교유가 있고
마음의 지향이 있다.

　심방도 여러 가지 경우가 있으므로 한굉(韓翃)의 「호 처사를 찾았으
나 만나지 못하고(尋胡處士不遇)」와 같이 "여기에 오니 마음이 절로 편안해,
보지 않아도 서로 친해진 듯하구나(到來心自足, 不見亦相親)"라는 경우가 있
는가 하면, 상대방에게 만일의 사정이 생긴 걸 알게 되어 안위를 걱
정하는 경우도 있다. 맹호연(孟浩然)의 「낙중에 원 습유를 찾았으나 만
나지 못하고(洛中訪袁拾遺不遇)」가 그러하다. "낙양에 사는 재자를 찾아가
니, 양자강 건너 영남으로 유배되어 갔다네. 듣자 하니 매화꽃이 일찍
핀다고 하는데, 북쪽 지방의 봄과 비교하면 어떤가?(洛陽訪才子, 江嶺作流

人. 聞說梅花早, 何如北地春)" 원 습유는 원관(袁瓘)으로, 맹호연 시집에 나오는 원 태축(袁太祝)을 가리킨다. 내용으로 보아 원 습유는 머나먼 영남으로 폄적 갔으며, 이 소식은 아마도 벽에 써진 시로 알게 되었거나, 이웃의 말을 듣고 알았을 것이다. 이러한 내용 역시 심방불우시에서는 좀 특수한 예라 할 것이다.

3. 심방불우시의 미학적 의의

1) 부재를 통한 존재의 심화

심방불우시는 시적 화자가 찾아간 상대를 만나지 못하므로 그 상대 인물은 시에 등장하지 않는다. 만약 인물을 통해 일을 하거나 계약을 성사시키려 한다면 이러한 부재는 당연히 일의 지연이나 실패로 이어질 것이다. 그러나 문학적 공간에서 인물의 부재는 그렇지 않다. 오히려 사람이 자리에 없다는 사실에서 그 인물을 훨씬 뚜렷하고 강렬하게 부각시킬 수도 있다.

대상이 실재할 때 이를 시화한다면 오히려 현실적인 여러 조건에 제약을 받을 수도 있지만, 대상이 부재하기 때문에 여러 가지 상상이 운용될 여지가 더 많아진다. 이 점과 관련하여 청대 조집신(趙執信)이 홍승(洪昇), 왕사정(王士禎)과 논쟁한 내용을 모은 『담용록(談龍錄)』이 좋은 자료가 될 수 있을 것이다. 홍승이 시를 용에 비유하면서 머리, 꼬리, 발톱, 뿔, 비늘, 갈기 등이 하나라도 없으면 용이 아니라고 하였다. 이에 대해 왕사정은 용은 신령스럽기 때문에 머리만 보이고 꼬리는 보이지 않거나, 구름 속에 발톱 하나나 뿔 하나만 그려야 한다고 하였다. 이에 대해 조집신은 변화무쌍하고 고정된 형태가 없는 용은 비늘한 조각이나 발톱 하나만 보일 수도 있지만, 원래 완정한 용은 있으므로 눈에 보이는 것에 미혹되어 완정한 용을 그려냈다고 생각하는 것은 변명에 불과하다고 하였다. 결국 조집신은 홍승과 왕사정의 의견을 종합한 셈이지만, 논리적으로 본다면 왕사정의 이론이 중국시가를 이해하는 데 더욱 적절하다.

인물을 표현하는 데 있어서도 유사한 말을 할 수 있다. 인물의 모든 면을 서술하고 묘사하는 것보다 특징적인 면만을 선택하여 나타냄으로써 그 인물을 뚜렷이 드러낼 수 있다. 심방불우시에서도 상대방이 이미 부재한 상태이므로 그 사람의 생활의 편린이나 환경의 일부를 드러내놓음으로써 상대방의 나머지 모습을 상상하게 할 수 있다. 만약 인물의 다양한 측면을 서술하려고 한부(漢賦)처럼 낱낱이 열거한다면 초점이 뚜렷하지 않아 인물의 진정한 모습이 어디에 있는지 애매해질 것이다. 때문에 비어 있기에 더 많은 것을 담을 수 있다는 역설이 생기고, 부재야말로 사람의 존재감을 더 강하게 일으킬 수 있는 일이 가능해진다.

유명한 가도(賈島)의 「은자를 찾아갔으나 만나지 못하고(尋隱者不遇)」를 보자.

> 松下問童子, 소나무 아래 동자에게 물으니,
> 言"師採藥去. 스승은 약 캐러 갔다 하네.
> 只在此山中, 다만 산속에 있긴 하지만,
> 雲深不知處." 구름이 깊어 알 수 없다고 하네."

이 시는 은자를 찾아갔으나 만나지 못하고 그 동자와 나눈 대화이다. 세속 생활을 초탈한 표일한 정취를 제삼자의 각도에서 묘사하였다. 첫머리에 "선생님은 어디 가셨는가?"와 "어디로 캐러 가셨는가?"와 같은 물음이 생략되었다. 소나무와 구름은 은자의 고결한 정신과 따라잡기 힘든 깊은 세계를 비유하며, 청신하고 평담한 자연과 사람이 일체가 된 모습을 그려내어, 은자에 대한 무한한 앙모를 드러내었다.

결국 존재하긴 하지만, 가까이 존재하지 않는 대상에서 추구가 더욱 열렬해지는 것이다. 이러한 표현 방법은 예컨대 명대(明代) 『삼국지연의(三國志演義)』에서 유비가 제갈량을 세 번 찾아가는 '삼고초려(三顧草廬)' 대목에서도 응용되었다. 유비는 서서의 추천을 들은 후, 선물을 준비하고 관우와 장비를 데리고 융중의 와룡강(臥龍崗)으로 제갈량을 찾아갔다. 제갈량이 산다는 초가집에 이르러 유비가 가볍게 사립문을 두드렸다. 조금 후 동자가 나오더니 "선생은 오늘 아침 일찍 출타하셨습니다"라고 말했다. 언제 돌아오느냐고 물으니 동자는 언제 올지 모른다고 했다. 돌아오는 길에 제갈량의 친구 최주평을 만났는데, 그 역시 제갈량이 어디 있는지 모른다고 했다. 이렇게 제갈량은 모르는 위치에 있음으로써 인물의 변화막측한 역량을 점증시킨다. 제갈량은 아무 일도 하지 않으면서 자신의 몸값을 높일 수 있었던 것이다. 이러한 구조 때문에 유비는 더욱 그를 찾게 되며, 독자들도 이야기 속으로 따라 들어가게 되는 것이다. 심방불우시에서 인물의 부재는 그 인물을 찾게 하는 장치가 된다.

2) 자연을 통한 내면의 표현

심방불우시의 구조에서 자연환경이 드러나는 경우가 많다. 상대방
은 일반적으로 깊은 산이나 마을에서 떨어진 한적한 곳에 산다. 때문
에 시인은 혼자 상대방을 찾아가면서 한적한 길을 걷고 깊은 산길을
거쳐 자연을 음미하는 시간을 갖게 된다. 또 상대방의 집은 그러한
길의 끝에 있고, 주위의 환경은 자연 속에 놓여 있기 마련이다. 집과
집안의 집기나 채마밭도 모두 자연의 일부인 듯하다.

이러한 대상은 저절로 인물의 여유 있고 소탈한 인품을 나타내며,
청신한 자연환경은 인물의 고결한 풍도를 환기한다. 산수에 대한 완
상은 인물의 풍모에 대한 흠모로 쉽게 이어진다. 교연(皎然)의 「육홍점
을 찾아갔으나 만나지 못하고(尋陸鴻漸不遇)」에서도 이러한 면을 쉽게 볼
수 있다.

> 移家雖帶郭, 성곽 옆으로 이사를 갔다 해도,
> 野徑入桑麻. 들길은 걸어가니 뽕밭과 마밭이 나오네.
> 近種籬邊菊, 근처에는 울타리 옆에 국화를 심었는데,
> 秋來未著花. 가을이 되어도 아직 꽃이 피지 않았어라.
> 扣門無犬吠, 문을 두드려도 개 짖는 소리도 없고,
> 欲去問西家. 떠나려 하다가 다시 서쪽 이웃에게 물어본다.
> 報道山中去, 이웃이 말하기를 "산으로 갔는데,
> 歸來每日斜. 매번 해질 무렵 돌아오지요."

이 시는 다성(茶聖)으로 잘 알려진 친구 육우(陸羽, 733~804)를 찾아간
정황을 그린 시이다. 전반부는 육우가 은거하는 곳의 위치를 그렸고,
후반부는 찾아간 일과 만나지 못한 일을 나누어 서술하였다. 그 거처

는 성 외곽에서 멀지 않다고 해도 시골과 다름없다. 들길을 지나 뽕밭과 마밭으로 들어서고 울타리 아래 국화가 자라고 있고 개는 있지만 자주 보는 손님이어서인지 짖지도 않는다. 이러한 한산한 배경들이 지극히 평담하고 자연스러운 가운데 육우의 높은 품성이 절로 드러난다. 떠나기 아쉬워 이웃에게 언제 돌아오느냐고 물어보니 산에 갔다가 해질 무렵 돌아온다고 한다. 위 시에서 육우가 하루 종일 산에서 무엇을 하는지 말하지 않았지만, 독자들은 육우가 언제나 자연을 가까이하고 그 자연처럼 고상하고 고결한 사람임을 느끼게 된다.

이와 비교하여 친구를 찾아갔을 때 실제로 만난다면 어떠한 일이 일어날까? 만당 옹도(雍陶)의 「친구의 유거를 찾아(訪友人幽居)」 제2수를 보자. "향부자 우거지고 이끼 미끄럽고 땅에는 먼지 없는데, 서늘한 대숲에 꽃이 너니 피고 봄이 실컷 남았어라. 해종일 거문고 뜯으며 누구와 들을거나, 그대와 학과 함께 세 사람이 듣겠네(莎深苔滑地無塵, 竹冷花遲剩駐春. 盡日弄琴誰共聽, 與君兼鶴是三人)." 전반 2구는 보통의 심방불우시와 마찬가지이다. 그러나 후반 2구는 친구와 학과 함께 어울려 음악을 즐기는 것으로 마감되었다. 이러한 시 역시 아름답지 않은 것은 아니다. 그러나 심방불우시에 비해 인상이 약한 것도 사실이다. 물론 잘 알려진 맹호연의 「친구의 집을 방문하여(過故人莊)」와 같은 명편도 적지 않다. 그러나 이들 시와 비교했을 때, 심방불우시는 부재에서 오는 강렬한 인상에 더하여, 자연이 주는 친화감이 훨씬 강하게 인물을 환기한다는 특징이 있다.

특히 절구에서는 후반 2구가 서정적 경물 묘사로 인물을 환기하는 시가 상당히 많다. 예컨대 잠삼(岑參)의 「초당촌에서 나생을 찾았으나 만나지 못하고(草堂村尋羅生不遇)」에서도 "몇 그루 개울 옆 버들 빛이 한

들거리는데, 깊은 골목 비낀 햇발 저녁 새가 날아간다. 문 앞에 깔린 눈에 사람 발자국 없으니, 문 나선 선생은 아직 분명 돌아오지 않았나 보다(數株溪柳色依依, 深巷斜陽暮鳥飛. 門前雪滿無人迹, 應是先生出未歸)"고 하였다. 선생께서 자리에 없을까 걱정하던 민감한 시인은 벌써 집 문 앞에 깔린 눈에서 상대의 부재를 알아차리는 것이다. 이때의 눈은 단순히 부재의 표시로서만 기능하는 것이 아니라 훨씬 다양하고 많은 정서를 환기한다. 최서(崔曙)의 「숭산에서 풍 연사를 찾았으나 만나지 못하고(嵩山尋馮煉師不遇)」도 "청계 지나 도사를 만나러 가는 안개 낀 새벽, 신선이 된 왕자교처럼 이미 날아가 버렸다. 더구나 빈산에서 뇌우를 만나면, 구름 낀 숲 속 저물 땐 어디에서 돌아오시나?(靑溪訪道凌煙曙, 王子仙成已飛去. 更值空山雷雨時, 雲林薄暮歸何處?)"라 하여 그 종적이 산속으로 들어가 묘연하기만 하다. 심방불우시는 자연과 떼어놓기 어려운 시이며, 자연의 묘사야말로 심방불우시가 있는 자리가 된다.

3) 평담 중의 신운 추구

앞에서 살펴보았듯이 심방불우시는 일반적으로 고결한 사람과의 만남에 관한 것이고, 상대에 대한 묘사는 별도의 과장이 필요하지 않다. 그 만남은 간알(干謁)이나 어떤 실용적 목적이 있어서가 아니요, 자발적이고 정신적인 만남이기 때문이다. 평소의 열망이나 지향을 이루려는 과정에서 상대를 찾아가는 도정이 만들어지고, 그러한 열망과 근친이 이루어지지 않는 아쉬움이 상대의 부재에 대한 아쉬움인 것이다. 그러나 시인들은 상대가 없다고 해서 탄식하지 않는다. 그들은 상대의 빈자리에서도 상대를 만난다.

이러한 시에서는 자연스러운 정취야말로 시적 매력이다. 시의 모습이 곧바로 자신의 정신적 지향의 모습이기 때문이다. 정신의 높은 경지를 지향하거나, 친구의 순수한 세계에 대해 동감한다. 때로 그것은 정신의 높이를 찾는 구도의 길이고, 동감에 기초한 이인동심(二人同心)의 울림을 찾는 길이다.

또 시의 형식도 율시나 절구가 많다. 고시라 할지라도 소형 단시(短詩)이다. 그 속에 무한한 감정의 깊이와 폭을 담아내고자 하였다. 만당의 이함용(李咸用)의 「친구를 찾아갔으나 만나지 못하고(訪友人不遇)」도 그러하다.

> 出門無至友, 문을 나서 봐도 친한 친구 없어,
> 動卽到君家. 걸핏하면 그대 집을 찾아간다.
> 空掩一庭竹, 마당은 온통 대나무로 무성한데,
> 去看何寺花? 그대는 어느 절에 꽃 보러 갔는가?
> 短僮應捧杖, 키 작은 시동은 지팡이를 받아들고,
> 稚女學擎茶. 어린 딸은 차를 들고 나오네.
> 吟罷留題處, 시를 짓고 글을 적어 남기는 곳,
> 苔階日影斜. 이끼 낀 계단에는 햇빛이 비끼었다.

오언율시의 형식으로 친구를 찾아갔다가 만나지 못하고 나온 일을 적고 있다. 이 시는 첫 2구에서 친한 친구가 집을 나가 없다는 것을 알면서도 그 집에 자주 찾아간다고 말한다. 두 사람은 스스럼없는 사이로, 친구의 생활과 취향이 담박한 필치 속에 드러나 있다. 제5, 6구는 도연명이나 두보 작품에서 유사한 의경을 볼 수 있지만, 제4구에서 갑자기 끼어드는 "어느 절에 꽃 보러 갔는가?"와 같은 구는 참으로 일품이다. 말 2구도 자연스러운 여운을 남긴다. 평담한 가운데 그 평담이 평범으로 떨어지지 않도록 신운이 감돌게 하는 것이 심방불우시의 미적 특징이자 매력이다.

4. 마무리 말

심방불우시는 친밀한 지인이나 마음을 나눈 사람, 또는 존경하면서도 친근한 도사나 승려를 대상으로, 그들을 찾아갔으나 만나지 못한 일을 제재로 한 시이다. 당대를 거쳐 어느 한두 시인이 완성한 것도 아니요, 몇몇 시인이 의식적으로 많이 쓴 것도 아니며, 여러 시인이 생활 속에 있었던 경험을 우연히 시로 쓴 경우가 대부분이다.

그 구조는 찾아가는 길(I)에서 시작하여, 현장의 묘사(II)를 거치고, 대상의 기림(III)으로 이어지다가, 자신의 소회(IV)를 풀어내는 것으로 마무리된다. 그러나 상당수의 시들은 이 중 일부만 전개하는 경우가 많다. 이러한 구조에서 두드러지는 것은 대상의 기림이나 자신의 소회는 비교적 생략되는 경우가 많으며, 이에 대해서마저 자연을 빌려 말하는 경우가 많다는 점이다.

심방불우시의 매력은 이러한 구조 위에 얹힌 미학적 정서에서 비롯되는 것으로 보인다. 그것은 시인들이 상대의 부재에서 더 많은 존재감을 확인하려고 했으며, 자연환경을 통해 인품을 드러내려고 한 데서 두드러진다. 또한 높은 정신의 만남을 자발적으로 추구하는 데서 오는 자연스러운 지향이 시를 평담한 가운데 신운(神韻)이 감돌게 만들었다.

본고는 심방불우시에 명시가 많은 데 착안하여 그 이유가 무엇인지 밝히고자 작성된 것이다. 거기에는 구조적으로 간명하면서 한 부분이 다른 부분을 포함할 수 있는 신축성을 가지고 있었고, 위진풍도(魏晉風度)로 일컬어지는 만남에 대한 소탈한 풍취의 전통 속에 부재를 통한 인물의 충실한 존재 찾기에서 이루어졌음을 확인하였다.

심방불우시의 의경과 풍격은 당시 시인들의 만남의 형식을 보여주며, 더불어 당시의 미학적 특징이 어떠한지 보여준다. 무엇보다도 그들의 만남과 시는 일체가 되어 있다. 만나지 못한 아쉬움에서 비롯되는 앙모는 하나의 작품으로 응결되고, 이는 천 년을 두고 전해져 지금도 곁에서 보이는 듯하다.

X

이시영, Ezra Pound, 흥(興)*

김의정**

1. 이시영의 시가 짧아졌다

> '오늘도 봄 보리밭에 함박눈 닿는다'
> -「지평선에서」-

풍경과 마주한 시인의 눈이 순한 소처럼 맑아진다. 말이 끼어들 틈도 없이……

오래도록 산문을 방불케 하는 이야기시를 통해 도시 하층민의 설움을 구구절절이 풀어보였던 이시영 시인이 점점 말을 아낀다. 대신 이렇게 눈과 귀를 활짝 열어놓았다. 90년대 이후 출간된 『무늬』(문학과지성사, 1994), 『사이』(창작과비평사, 1996), 『조용한 푸른 하늘』(솔, 1997)을 보면 다섯 줄 내외의 시는 다반사이고 단 두 줄에 불과한 시들도 제법 눈에 띈다.[1] 그런데 왜 시가 짧아지는가. 이전까지 그의 시세계를 지

---

* 이 글은 『중국어문학지』 제24집(2007)에 실렸던 것을 수정 보완한 것이다.

** 이화여자대학교 중국문화연구소 연구원.

1) 지금까지 나온 이시영의 시집은 다음과 같다.
   『만월』(창작과비평, 1976), 『바람 속으로』(창작과 비평, 1986), 『길은 멀다 친구여』(실천문학사, 1988), 『이슬 맺힌 노래』(들꽃세상, 1991), 『무늬』(문학과 지성사, 1994), 『사이』(창작과 비평, 1996), 『조용한 푸른 하

배하던 이른바 이야기시로부터 서정단시로 선회한 까닭은 무엇일까?

이시영의 시집을 펼치면 희로애락의 순간들이 마치 정지된 사물을 포착한 사진의 한 컷처럼 명징하게 그려져 있다. 감정이 고조된 한순간을 예리하게 포착하는 일은 어떤 예술가에게나 흥미롭고 중차대한 일이다. 그런데 이것이 이시영의 시집에서는 동시다발적으로 흩어져 있어 우연의 솜씨만은 아닌 것 같다. 시인은 분명 순간의 묘사에 중요한 의미를 두고 있다. 여기서 짚어야 할 점은 그 중차대한 순간들이 시인의 내면이 아닌, 외부를 향해 있다는 점이다. 좀 더 정확히 말하자면 외부세계의 움직임과 그것의 파장이 나에게 다가오는 방식을 다룬다는 점이다. 이 글에서 필자는 이시영 시인이 보여준 짧지만 긴 여운이 있는 세계를 들여다보며 그 작동 원리를 탐색해보고자 한다.

지금까지 그의 시세계에 대한 연구는 짧은 논평이나 발문이 대부분으로 그 숫자도 많은 편이 아니었다. 이것은 그가 이슈가 될 만한 새로운 주제를 탐색하기보다 오랫동안 시류의 움직임과는 어느 정도 선을 그으며 자신만의 시세계를 개척해왔기 때문이기도 하다. 최근에 나온 두 편의 석사논문은 이시영에 대한 본격적 연구라는 점에서 주목할 만하다. 이 논문들은 그간의 짧은 논평류의 인상식 비평에서 벗어나 세부적 작품은 물론 이시영 시의 변모양상까지 전반적으로 다루면서 그의 이야기시 및 서정단시의 세계에 대한 전망까지 내놓고 있어 그 의미가 크다. 그러나 새롭게 구축된 서정단시의 세계에 적합

늘』(솔, 1997), 『은빛 호각』(창작과 비평사, 2003), 『바다호수』(문학동네, 2004), 『아르갈의 향기』(시와 시학사, 2005).

1991년에 나온 『이슬 맺힌 노래』는 아직 서정단시로 선회했다고 보기는 어려우므로 논의에서 제외시켰다. 2000년대 들어 나온 세 권의 시집의 경우, 서정단시는 어느 정도 지속되고 있으나 90년대에 나온 시집에서와 같이 시집 전체를 압도할 만한 분량은 아니다. 또한 그 성격에 있어서도 과거의 이야기시가 다시 등장하기도 하고 추억담을 소재로 한 것들도 많아 90년대 시편과는 일정한 거리가 있다고 보고 이 또한 논의에서 제외시키기로 한다.

한 분석의 틀을 제시하지 못하고 기존의 연구를 정리하는 차원에서 논의가 진행되고 있어 이시영 시의 의의가 다소 진부한 것으로 희석될 위험이 있다.[2]

필자는 다음과 같은 이유에서 그의 시세계를 동아시아의 전통 미학용어인 흥(興)을 통해서 분석해볼 필요가 있다고 보았다.

첫째, 이시영 시인의 '생태시' 혹은 '생명시'라고 불려도 좋음 직한 새로운 서정시들을 설명하는 데 아직까지 적합한 이론의 틀이 갖추어지지 않은 상태에서 본래 자연과의 합일을 기본 전제로 하는 전통 시학을 통해 새롭게 접근해보는 것이 의미 있는 일이라 보기 때문이다.[3]

두 번째로 흥이라는 비평 용어의 태생은 중국이었지만 일찌감치 우리 한국에서도 유사한 의미로 쓰여 왔기에 우리의 시론으로도 읽힐 수 있는 여지기 충분하기 때문이다 유가경전이 중시되던 조선시대에는 시경의 중요 창작방법이었던 흥에 대해 지속적 토론이 있어 왔고 한시를 비롯, 시조와 판소리 등 제 장르에서 흥은 그 외연을 넓히며 다양한 각도에서 활용되어 왔다. 국문학계에서는 일찌감치 이러한 현상에 주목하여 시조를 중심으로 흥에 대한 연구와 토론이 활발히 진행되었다.[4]

이 글에서 시도하는 흥(興)의 시학을 통해 이시영의 시세계가 새롭게 빛나길 바라며 아울러 21세기 현대 한국이라는 이 자리에서 이시영의 시를 통해 역으로 흥의 시학이 또 하나의 '무늬'를 갖게 되길 기대한다.

---

2) 이시영 시에 관한 학위논문으로 김용구의 『이시영 시 연구』(동국대학교 석사학위논문, 2002)와 김재홍의 같은 제목의 『이시영 시 연구』(중앙대 석사학위논문, 2004)가 있다.

3) 한국 현대시와 중국문학이론과의 접목에 대해서는 다음의 글을 참조할 수 있다. 정재서, 「정경교융(情景交融)의 시학과 생태학적 문학론」, 97~116쪽. 『21세기 문학의 동양시학적 모색』, 새미출판사, 2001.

4) 국문학계에서 흥과 관련된 연구로는 김흥규, 신은경, 정우봉의 글이 다수 있다.

2. 흥, 그 우연한 발견

흥은 본래 『시경(詩經)』 시의 수사기법 가운데 하나였으나 후대에 지속적으로 확대발전하면서 시인 자신의 흥취에서 시적 대상과의 만남, 나아가 완성된 작품이 주는 감동이나 여운까지를 포괄하는 전방위적 개념으로 확장되었다.

그것은 먼저 발생론적 측면에서 아무 이유도 없는 우연성의 시학이라는 점에서 창작의 영감과도 통하는 의미가 되었다. 그 창작의 순간을 '흥회(興會)'라고 부른다. 또한 무연한 흥은 갑작스럽게 다가오는 것이어서 속도감을 동반하며 주로 신명나는 것과 근접해 있기도 하다. 둘째, 본체론에서 볼 때 그것은 구체적으로 시인에게 우연히 다가오는 사물로서 작품에서는 '이미지'가 되며 이를 '흥상(興象)'이라고 부른다. 셋째, 기법 면에서 작품 속의 어떤 이미지에 담긴 언외의 의미를 지칭하기도 한다. 이를 '흥유(興喩)'라고 하며 기탁, 상징, 알레고리 등은 이와 근접한 단어들로 볼 수 있다. 다만 흥은 그 발생에 있어서 '우연성'을 기본적 특징으로 하므로 그것이 의도적 비유가 될 경우 반감되거나 상실된다. 이런 점에서 볼 때 흥은 감춰져 있을 수밖에 없으며 비유의 거리가 커서 아슬아슬한 긴장관계가 조성될수록 힘을 갖는다. 넷째, 흥은 수용론적 측면에서 완성된 작품이 독자에게 주는 감흥이나 여운을 지칭한다. 이 글에서는 흥의 시학에서 핵심을 이루는 우연성, 그리고 우연히 목도한 이미지로서의 흥상에 초점을 맞춘다.

흥의 여러 요소, 혹은 측면 가운데서 우연성은 그 핵심에 있으며 다른 요소들은 부차적으로 그 주변에 놓여 있다. 따라서 흥의 실체를 파악하는 데 있어 우연성에 대한 이해가 관건이다. 대상과 나의 우연한 조우를 살펴보면 그 근저에는 대상과 내가 구별 없이 평등하다는 세계관이 전제되며 내가 대상을 제압하고 포착하는 것이 아니라 대상이 나에게 들어와 손짓하고 호소하는 양 방향적 만남을 상찬한다. 또한 그 만남은 나의 의도대로 결정된 것이 아니라 때로는 예기치 않게 막무가내로 밀려드는 감정이기도 하다.

이시영의 시집을 보면 제목만 보아도 세계관에서 어떤 본질적인 변화가 있었다는 것을 알 수가 있다. 「신생」, 「새벽」, 「새벽 두 시」, 「생명」, 「새 빛」, 「웅성거림」, 「교감」, 「사이」, 「순간들」, 「우연의 시」 등 마치 종교시집을 연상시키듯 그의 시는 새벽과 생명에 대한 열애로 가득하다. 시적 자아가 무한대의 우주와 만나는 찰나를 포착하고 있다. 평론가들은 이러한 그의 시세계를 이름 하여 '아시아적 노경(老境)(최원식)'이라 부르기도 했고 적요(寂寥)의 시(전정구, 시집 『사이』의 서평 「무궁한 적요(寂寥)」)라 평하기도 했으며 '신의 그림자 속에서 시의 자리를 발견했다(김주연, 시집 『무늬』의 서평 「다시 하늘을 바라보며」)고 평하기도 했다. 이러한 논평들은 확실히 이시영 시인의 새로운 서정시 속에서 발견되는 생명의식이나 참된 진리와 같은 것에 주목하고 있다.

> 건너편 밤 숲에서 새끼 고니 한 마리가
> 그 눈부신 흰 깃으로 기뻐 날뛰며
> 내게 또 알은체를 한다.
>
> 하기야 이 광막한 천지에
> 너하고 나 이외에 누가 있으랴!
> -「흰 기쁨」『무늬』-
>
> 일진광풍 뒤에 후드득 소나기 때리자
> 호박밭의 호박순이란 놈이 우두둑 소리를 내며

공중으로 힘껏 솟아오른다
-「새벽 세 시」『사이』-

민화네 학교 담에 노란 개나리 피었네
아직 겨울바람 으스스 추운데
어두워오는 하늘을 향해 고개 반듯이 들고
무슨 지상의 몸부림인 듯 개나리 피었네
-「개나리」『조용한 푸른 하늘』-

　새끼고니, 호박순, 개나리. 세상 모든 사물이 잔잔한 시인의 마음에
마구 파문을 일으키며 말을 걸어온다, 알은체를 한다. 온몸이 들쑤셔
무슨 말이라도 하지 않을 수 없다. 부지불식간에 채 준비도 되지 않
았는데 뜻밖에 찾아오는 정경, 그것의 이름을 무어라 부를 것인가. 중
국에서는 이를 전통적으로 흥이라 불러왔다. 다음과 같은 시구는 굳
이 중국문학의 세례를 받지 않은 독자라 해도 익숙할 것이다. "꾸욱
꾸욱 물수리 물가에서 우는데, 아름다운 아가씨는 군자의 좋은 짝이
라네(關關雎鳩, 在河之洲. 窈窕淑女, 君子好逑)(『詩經·周南·關雎』)." 주지하다시피
이 구절은 『시경』의 첫 번째 시, 첫 번째 구절로 짝지어 우는 물새 울
음소리에서 감흥을 일으켜 이상적인 연인을 그리워한다는 내용을 담
고 있다.
　그런데 왜 하필이면 그 물새 울음소리일까, 거기에 준비된 의미,
그리고 이에 따른 의도적 선택 같은 것은 없었을까 등등, 흥과 관련
하여 수상쩍은 부분이 적지 않지만 우선 여기서 중요한 것은 무엇을
얘기하든 그 출발점이 외부로부터 다가왔다는 것이다. 나로부터가 아
닌 '너'로부터의 출발, 이것이 동아시아적 서정방식의 기본이 된다.
　시인은 뜻 가는 대로 소요하고 배회하다가 우연히 경물과 만나면

흥취를 일으킨다. 중국 위진남북조시대 진(晉)나라의 왕자유(王子猷)는 눈이 내리던 밤 문득 친구인 대안도(戴安道)를 방문하러 배를 타고 그의 문 앞까지 갔다가 그만 흥취가 사라져 만나지도 않고 그냥 돌아왔다던가. 비록 직접적 문학창작에 얽힌 일화는 아니지만 당시 세상사에 매이지 않고 유유자적하는 삶의 태도를 상징적으로 보여주는 이이야기는 문인들 사이에서는 유명한 일화가 되었다. 문인들에게 삶의 태도는 곧 문학 창작으로 직결되는 법이다. 억지로 찾으면 멀어지지만 때로는 기다리지 않아도 저절로 찾아오는 창작의 감흥을 당시 문인들은 이미 소중한 경험으로 받아들이고 있었다. 이런 점은 조선시대 한국 지식인의 예술관에도 막대한 영향을 끼쳤다. 일찍이 이황은 "뜻 가는 대로 소요하고 배회하다가 눈에 촉발되어 흥을 발하고 경물을 만나 흥취를 이룬다. 흥이 다하면 돌아오니 방안이 적료하고 책들이 벽에 가득한데 책상을 마주 대하고 묵묵히 앉아 힘써 궁구하여 마음에 부합하는 바가 있으면 흔연히 밥 먹기를 잊었다"라고 하였고 김정희 역시 서예 창작과 관련하여 왕자유의 고사를 원용하면서 "고인이 글씨를 쓴 것은 바로 우연히 쓰고 싶어서 쓴 것이다"라고 하여 예술 창작의 직접적 계기로 작용하는 흥에 주목한 바 있다.

우연히 찾아오는 창작의 감흥은 천지만물과의 소박한 교감을 기뻐하는 이시영의 시에 오롯이 나타나 있다. 그의 시를 들여다보면 모든 사물은 서로 긴밀히 연결되어 있다. 북한산 일대에 타닥타닥 천둥 번개가 치면 안성 인죽 어딘가에 다시 소나기가 내리고(「우연의 시」), 푸른 하늘에서 밤톨 하나가 툭 떨어져 팽그르르 돌며(「조락」) 시인에게 시를 쓰라 재촉한다. 촉촉이 내리는 비에 자벌레가 몸을 편편히 눕히는 순간 지구가 한순간 안온한 꿈에 잠기는가 하면(「웅성거림」), 심지어 어디선가 내려와

앉는 참새 때문에 나와 온 우주가 함께 팽팽해진다(「순간들」).

그런데 이러한 우주와의 합일의 순간은 어떻게 찾아오는가? 중국의 동진(東晉)시대, 도연명(陶淵明)의 연작시 「술을 마시며(飮酒)」 가운데 다섯 번째 시를 보면 흥의 발현의 순간이 잘 드러난다.

......
동쪽 울타리 아래서 국화를 따드니
멀리 남산의 모습이 눈에 보이네
산 기운은 저녁이 되면서 상쾌하고
날던 새 짝지어 돌아오는구나5)
......

시 자체도 명시로 알려져 있거니와 그중에서도 위에 인용된 부분 가운데 첫 두 구절은 빼어난 명구로 꼽힌다. 그러나 왜 이 두 구절이 그렇게 탁월한 것인지에 대해서는 오히려 많은 독자들이 의아해하는 편이다. 이 구절은 이른바 지척에 만리의 기세를 담았다는 성당(盛唐)시대의 뛰어난 기상도 없고 송시(宋詩)처럼 미묘한 철리를 설파하지도 않는다. 필자가 보기에 이 시는 흥이 발동하는 계기를 여실히 보여준다. 시의 전체 내용을 간략히 말하자면 관직을 그만두고 전원으로 돌아와 느끼게 되는 한적한 심경을 담았다고 할 수 있다. 전원으로 돌아왔다고 모든 것이 해결되는 것은 아니었다. 당장 소란스러운 세상사를 피해서 전원행을 감행했지만 지금껏 쌓아온 세상을 위한 공부는 무용지물이 되고 생계를 위해 날마다 힘든 노동을 하지 않으면 안 되는 형편이다. 세상사를 못다 잊은 울적한 마음으로 집 주변을 거닐다가 시인

---

5) 採菊東籬下, 悠然見南山. 山氣日夕佳, 飛鳥相與還.

은 문득 석양이 비치는 시간에 자연을 통해서 살아 있는 것들의 향기를 발견하고 삶의 이치를 터득한다. '멀리 남산의 모습이 눈에 보이네'라고 한 바로 이 구절이 관건이다. 이런저런 생각을 하며 동쪽 울타리 아래서 국화를 따다가 우연히 허리를 펴고 앞을 바라보았을 때 눈앞에 남산의 정경이 눈에 들어왔다. 여기서의 유연(悠然)은 시적인 상태로 진입한 것을 가리켜준다. 다시 말하면 시흥이 일어난 것이다. 흥이 일어난 뒤의 경물들은 이전과는 다르게 보인다.

~아아, 오늘 따라 산자락 공기가 더없이 상쾌하다.
때는 저녁이라 집으로 돌아오는 새들

먼 길을 걷다가 다시 돌아올 줄 아는 것들의 풍요로움이여. 시인의 내면에는 어느덧 고요한 기쁨이 넘실거리고 그것은 고스란히 우리의 가슴을 적셔준다.

시공을 훌쩍 뛰어넘어, 21세기를 바라보는 서울 도심의 한복판에서 이시영 시인은 우리에게 잊힌 감성을 일깨운다. 해질녘 외진 곳, 저녁 어스름을 배경으로 핀 개나리, 한밤중 귀가 열린 시인에게 비 맞는 기쁨을 전해주는 호박순, 나아가 시인에게 말을 걸어오는 새끼 고니에 이르기까지 죽은 것 같은 도시에도 생명은 남아 있어 도처에서 눈길을 보내온다. 시인의 지적대로 좋은 시는 '그 자체가 생명과 같아서 스스로의 힘으로 존재하면서 빛을 뿜고 수런대고 교감하고 우리에게 말을 걸기도 한다.' 논리적 인과관계, 전후 맥락이 배제되어도 풍경과의 첫 만남에 설레고 떨리는 시인의 호흡이 고스란히 전해져 순식간에 독자를 압도해온다. 이것이 아마도 시인이 경탄해 마지않는 '스스로의 힘만으로 존재하는, 시인의 별다른 의미부여 없이도 거기 그대로 그냥 피어 찬연히 자기활동을 전개하는' 시가 될 것이다.

3. 풍경에 다가서기, Ezra Pound

> 군중 속에 홀연히 나타난 이 얼굴들;
> 비에 젖은 검은 가지 위에 꽃잎들
> -「지하철 정거장에서」-

> 나는 죽음이 이처럼 수많은 사람들을 싱그러운 활
> 력으로 넘치게 하는 것을 본 적이 없다.
> -「지하철 정거장에서」-

단 두 줄로 끝나는 위의 시들은 제목과 길이 외에도 어딘가 비슷한 느낌이 들지 않는가? 이미지의 제시만으로 이루어진 위 시는 영미 이미지즘의 주창자인 에즈라 파운드의 시이고 아래 시는 이시영의 작품이다.[6] 순간적 이미지의 포착을 추구한 이시영 시인은 아마도 이미지즘 계열의 시를 섭렵하면서 파운드의 시를 접하고 그 감회를 다시 시로 풀었던 것 같다. 양자 사이의 거리는 얼마나 되는지 알아보기 위해 먼저 파운드의 이미지즘을 살펴보기로 한다.

파운드는 19세기 말에서 20세기 초에 이르는 시기 영시들이 의미 과잉과 상투화된 수법, 과도한 정서 등으로 인해 질병상태에 놓여 있

---

6) 파운드 시의 원문은 다음과 같다.
IN A STATION OF THE METRO
The apparition of these faces in the crowd: Petals on a wet, black bough.
번역은 전홍실의 『에즈라 파운드 시와 산문선』(한신문화사)을 따랐다.

었고 이것을 치료할 수 있는 해법은 사물을 그대로 드러낼 수 있는 명징한 언어밖에 없다고 인식했다. 이미지스트에게 가장 질실한 것은 편견이나 인습에 오염되지 않은 사물의 본질을 직관적으로 인식하고 그것을 가식 없이 제시하는 것이었다. 그리고 이들은 개념화되기 이전의 고도로 집중된 이미지야말로 사물의 본질을 가장 잘 드러낼 수 있다는 결론에 도달하였다.

파운드는 1913년 후반기 어니스트 페놀로사의 「중국의 문자에 관한 소고」라는 원고를 입수하면서 그전부터 가지고 있던 한자, 한시 및 일본의 하이쿠에 대한 관심이 더욱 깊어지게 되었다. 페놀로사는 중국인들이 사물의 모습과 운동을 구분하지 않고 운동 속에서 사물과 개념을 동시적으로 인식하는 지혜를 보여준다고 보았다. 또한 이러한 실료로 쓰인 한시는 더욱이 각 문자가 법적 기능을 결정짓는 연결어들이 생략된 상태로 나열되어 있어 한시는 자연 상태에 가장 가까운 즉물적 시라고 보았다.[7] 그러한 영향하에서 파운드는 하이쿠를 모방하여 이미지 병치(倂置)기법을 활용한 짧은 시를 시도하였다. 앞에서 인용한 「지하철 정거장에서」와 같은 시는 대표적 예라 할 수 있다. 그런데 파운드는 이 짧은 시에서 무엇을 전달하려는 것일까? 1행의 얼굴과 2행의 꽃잎은 어떤 연관관계가 있을까? 이와 관련된 몇 가지 풀이를 예시한다.

---

7) 페놀로사의 원고에 따르면 예를 들어 사람, 나무, 태양을 동시에 보여주는 '동'이라는 글자는 과거부터 지금까지 문자가 만들어지는 전 과정을 모두 보여주고 있다. 밝음을 의미하는 明은 해의 모양을 한 日과 달빛이 비치는 형상을 단순화한 月이 합쳐져서 빛을 만들어내는 과정 전체 나아가 지성을 의미하게 되고 "밝은", "밝음", "비추는"이라는 의미의 명사, 형용사, 동사를 모두 뜻하게 되어 개념이면서 성질이고 동시에 운동의 속성이라는 전혀 다른 층차를 한 몸에 지닌다는 것이다. 김철수, 「에즈라 파운드와 모더니즘 운동」, 11쪽 참고.

풀이 ①

「지하철 정거장에서」는 직접적으로 다뤄진 사물의 예를 잘 보여준
다. 여기에 시인의 목소리는 철저히 감춰져 있다. 오직 사물들만이 존
재한다. 두 가지 상반된 입장을 고려할 수 있다. 한 입장에서 이 시는
시의 화자가 경험한 한 아름다움의 순간을 표현한 것일 수 있다. 화자
는 대도시의 어느 지하철 정거장에서 무리지어 있는 사람들의 얼굴들
이 예기치 않게 환영으로 드러나는 것을 경험한다. 지상으로 빠져 나
오는 순간의 얼굴들은 이슬에 젖은 나뭇잎들처럼 이제 떠오르는 태양
에 비쳐 싱싱한 것일 수 있다. 그것들은 도시의 삶에 지친 시인의 화자
에게 너무나 충격적인 아름다움이어서 그는 이 얼굴들을 "환영"이라
고 말할 수밖에 없다. 하지만 다른 한편에서 이 시는 다분히 부정적으
로 해석될 수 있다. 사람들은 새벽부터 일어나 하루의 고된 일과를 향
해 북적대는 지하철을 막 빠져 나오고 있다. 나뭇가지는 지하철에서
올라오는 매연과 빗물에 엉겨 검은색을 띠고 있고 나뭇잎은 활기를
잃고 떨어지지 못해 겨우 매달려 있다. 그렇다면 이 시는 산업사회의
인간의 무기력을 드러내고 있는 셈이다. 그렇다면 이 얼굴들의 환영은
아름다움이 아니라 섬뜩한 귀신의 모습일 수밖에 없다.

풀이 ②

꽃잎의 배경이 "젖은, 검은 가지"인 것은 지하철 정거장 내의 어두
컴컴한 분위기를 의미하며, 대조적으로 그 꽃잎이 나타내는 아름다운
얼굴들은 더욱 선명하게 윤곽이 드러난다. 객관적인 이미지 묘사 속
에 시인의 주관적 인상이 표출된다. 연약하고 파괴된 아름다움의 순
수하고 직접적인 이미지의 효과가 드러나는 이 시는 현대문명에 대

한 비판을 담고 있다.

풀이 ③

비 오는 날 지하철 정거장에는 어두운 색깔의 옷을 입은 우중충한 인물들로 가득 차 있으리라는 점은 쉽게 상상할 수 있을 것이다. 첫 행의 지하철을 기다리는 군중들은 지옥의 변방을 떠돌며 한숨짓는 구원받을 수 없는 가련한 영혼들과 연결되는 것이다. 전철이 도착하자 창백한 꽃처럼 해맑은 몇 명의 소녀와 처녀들이 차량에서 쏟아져 나와 환영처럼 시인 앞에 모습을 드러내었다. 환영은 귀신과 같은 초월적인 존재를 암시하는 단어이므로 창백하다는 느낌과 함께 놀라운 감정뿐 아니라 비전에 사로잡혀 있다는 느낌을 동시에 유발한다. 세미콜론으로 하나의 이미지를 처리한 뒤 다음 행에서 시인은 축축한 검은 나뭇가지에 피어있는 연약한 꽃잎의 이미지를 제시함으로써 이 아름다운 꽃잎들은 조만간에 땅에 떨어져 지나다니는 사람들의 발길에 무심히 짓밟히리라는 느낌을 전달한다.

풀이 ①에서는 두 이미지의 병치가 독자에게 아름다운 이미지를 환기시킬 수도 있고 혹은 음울한 이미지를 환기시킬 수도 있는 두 가지 가능성을 모두 제시하였다. 풀이 ②와 ③의 독법은 부정적 방향으로 제시되었다. 특히 풀이 ③에서는 원문의 환영(幻影apparition)이라는 표현에서 유령의 모습을 읽어내고 젖은 나뭇가지의 축축하고 짙은 빛깔에서 죽음의 그림자를 발견하고 있다. 이 시는 처음 한 번 읽으면 막연한 아름다움이 느껴지지만 단어들을 몇 번 다시 음미하게 되면 그 아름다움이 처연한 느낌을 주고 거기에는 어느 정도 어두운 죽음의 음영이 드리워져 있음을 느끼게 된다. 어떠한 부연설명도 없이 두 개의 이미지만을 병렬시킴으로써 이루어진 이 시에서 우리는 흥의 또 다른 얼굴을 발견할 수 있다. 앞에서 거론했던 '자아와 풍경과의 조우'를 지나 두 개의 풍경이 중첩되는 순간이다. 한자와 한시, 하이쿠를 통해 파운드는 확실히 선명한 이미지를 제시하는 데 성공한 것이다.

이시영의 시집 『조용한 푸른 하늘』에 나오는 「지하철 정거장에서」와 「에스컬레이터에서」는 파운드 시에 대한 일종의 패러디로 보인다.

> 나는 죽음이 이처럼 수많은 사람들을 싱그러운 활
> 력으로 넘치게 하는 것을 본 적이 없다.
> -「지하철 정거장에서」-

> 나는 저렇게 수많은 싱싱한 생명들이 한순간에
> 죽음의 낯빛으로 바뀌는 것을 본 적이 없다.
> -「에스컬레이터에서」-

파운드의 시에서 이미지의 병치였던 것이 이시영에게 오면 그 이미지에 잠겨 있던 '불안'이 전면화되어 밖으로 얼굴을 내민다. 짧은 시행 사이에 마치 균열처럼 드러나는 삶과 죽음의 경계가 너무도 선명하여 눈을 뗄 수가 없다. 「지하철 정거장」에서는 북적대는 인파 속에서 한순간 수많은 사람들이 마치 이미 죽은 자의 환영인 듯 느껴지는 찰나를 보여준다. 한편 「에스컬레이터에서」는 에스컬레이터에 올라서자마자 갑자기 정지한 채 똑같이 전방을 바라보는 사람들이 마치 사물처럼 돌변해버리는 순간을 포착하였다. 어느 쪽이든 이 시들은 모두 뿌리를 내리지 못하고 마치 환영처럼 유영(遊泳)하는 피로한 도시인의 삶을 들여다본 것이다.

또 하나 두드러지는 것은 이 짧은 두 편의 시에서 그가 택한 언어 표현방식인데. 마치 번역어투를 연상시키는 이 시들은 왠지 모를 불안감을 가중시킨다. 이시영의 외워두고 싶은 짧은 서정단시와 달리 이 시들은 길이가 짧은데도 불구하고 호흡이 길어 낯설다. 짧은 서정시에서 드물게 행갈이를 하지 않고 길게 이어 쓰는 어법을 취한 것은 번안시라는 점을 의도적으로 노출시켰다고 볼 수도 있겠다.

사실 파운드는 이미지의 병치만으로 만족하지는 않았다. 파운드가 사용한 이미지의 병치는 마치 브레히트의 서사극에서의 '소격효과'처럼 당시 상투적 표현에 익숙해져 더 이상 시를 통해 감각을 새롭게 하지 못하는 독자들을 자극시키기 위한 일종의 충격요법이었다. 생각해보라! 아무런 설명도 없이 '환영 같은 얼굴'과 '꽃잎'이 독자들 앞에 던지졌을 때 그들이 느꼈을 당혹감을! 어떻게든 적극적 독해를 하지 않고서는 두 이미지 사이에 의미를 불어넣는 일은 불가능했을 것이다. 하지만 파운드는 이미지의 병치에서 안주하지 않았다. 그는 이미지가 정적인 느낌을 준다는 것을 알고 살아 움직이는 도시의 사물들을 시에 반영하기 위해 곧 당시 현대파 미술의 방법에서 계발을 얻어 '소용돌이주의'를 제창하게 된다.

그렇다면 이시영에게서는 이미지의 병치가 어떠한 모습으로 나타나는가? 이시영에게 있어 이미지의 병치는 한시와 하이쿠로부터 힌트를 얻었다는 파운드의 시와 동일한 방법일까, 혹은 다른 모습일까? 이시영에게 이미지의 병치는 사물의 정지된 한순간인가? 혹은 그 이상인가?

4. 한 줄 행간에서 무한대로의 비상을 꿈꾸다

파도가 머리를 꼿꼿이 세우고 달려와
단 한차례 방파제를 들이받곤
거대한 물보라를 남기며 스러져간다

수평선 쪽에서 갈매기 한 마리가 문득 머리를 들고
잔잔하게 하늘을 가른다

이시영 시집 『사이』에 실린 「아름다운 분할(分割)」의 전문이다. 시는 아무것도 설명하지 않고 단지 두 개의 이미지만 제시한다. 스러지는 파도와 하늘을 가르는 갈매기. 어디선가 많이 본 풍경이다. 여기서 시인은 무엇을 말하려고 하는 것일까? 제목의 분할, 그것도 아름다운 분할이라는 점을 놓고 보면 바닷가에서 우연히 본 수평선에서 펼쳐지는 장관을 담담히 그리고 있는 듯하다. 온몸을 던져 단 한 차례 부서지며 스러지는 파도 위로 갈매기 한 마리는 필생의 몸부림을 끝으로 스러지는 파도의 속내를 아는지 모르는지 잔잔히 하늘을 가르는 비행을 시작한다. 스러지는 파도, 날아오르는 갈매기, 끝과 시작, 수평과 수직. 이런 대비되는 요소들이 '아름다운 분할'을 만들어내고 있다.

파운드의 시에서 두 개의 이미지는 서로가 서로를 에워싸는 구조였다. 환영 같은 얼굴이 갑자기 비에 젖은 꽃잎을 연상시켜 시의 화면은 꽃잎으로 가득 차는 듯하지만 한편으로 젖은 꽃잎 속에 환영 같은 얼굴의 잔상이 남아 있다. 두 이미지는 서로가 서로를 환기하며 포개져 있다. 그런데 아름다운 분할에서 두 이미지는 서로 포개지지 않는다. 그것은 단지 시인의 시야에 순간적으로 들어온 각각의 상관없는 풍경일 뿐이다. 그럼에도 두 이미지는 한 공간에 배열되어 서로 밀치고 당기며 자장을 형성한다. 그 힘의 묘한 긴장 사이에 흥이 자리한다.

앞에서 살펴보았듯이 흥의 첫 번째 모습은 불현듯 내게로 다가오는 풍경과 그것이 주는 울림이었다. 논리적으로 설명될 수 없는 우연한 발견의 기쁨, 세상 만물과 조우하는 경이로움 등은 모두 흥의 다른 이름들이다. 그런데 이것들은 작품화되면서 한두 가지 이미지로 구체화될 수 있다. 여기서 흥의 두 번째 모습이라 할 수 있는 이미지가 탄생된다. 파운드의 시에서 보았던 두 개의 이미지-지하철 정거장에서 우연히 마주친 아름다운 얼굴과 언젠가 다른 곳에서 보았던 젖은 나뭇가지 위에 얹힌 꽃잎- 이것들은 각각 시인의 정감이 담긴 이미지이다. 여기서 필자는 그 두 이미지 간의 거리에 주목하고자 한다. 두 개의 이미지 사이의 연결은 논리적이지 않고 일반적이지도 않지만 독자를 일순간 시적 세계로 몰입하게 만든다. 그것은 시인이 피상적인 이미지의 내부를 꿰뚫어보고 양자 사이의 드러나지 않은 공통점을 불러내어 아슬아슬한 긴장을 형성하기 때문이다. 중국 위진남북조(魏晉南北朝)시대의 문예이론가 유협(劉勰)은 일찍이 수사법으로서의 비(比)와 흥(興)을 구별하여 다음과 같이 말했다.

> 그러므로 비는 붙이는 것이고 흥은 일으키는 것이다. 이치에 붙이는 것은 종류에 들어맞아 일을 가리키게 되고, 감정을 일으키는 것은 작은 데 의지하여(依微) 의미를 견주는 것이다.[8]

작은 데 의지한다는 데에서 '작다'는 것은 물리적 크기를 말하는

---

8) 유협(劉勰) 『문심조룡(文心雕龍)·비흥(比興)』.

것이 아니라 관련된 두 사물 사이의 연관성이 '미미하다', 혹은 '가려져 있다'는 것으로 보아야 할 것이다. 평소에는 드러나지 않던 사물의 어떤 특성이 순간적으로 부각되는 것을 말한다. 그렇다면 시인이란 들리지 않고 보이지 않는 사물을 우리 범인(凡人)들에게 들려주고 또 보여주는 사명을 가진 사람인지도 모른다.

멈출 수 없는 감정, 정점으로 치달은 순간은 때로 이시영의 시에서 한 줄 띄우기의 여백으로 나타난다. 이 여백을 중심으로 시의 전·후반은 서로 밀고 당기는 긴장을 형성하여 한껏 부풀려져 최대한의 함량을 갖게 된다. 두 개의 병치된 이미지가 서로 부딪히는 힘이 흥이라면 이시영의 시에서는 그 힘이 나타나는 공간을 한 줄의 비약으로 확보하고 있는 셈이다.

찬 여울목을 은빛 피라미 떼 새끼들이 분주히 거슬러 오르고 있다.
자세히 보니 등에 아픈 반점들이 찍혀 있다.

겨울처럼 짙푸른 오후

-「생」-

간밤 누가 내 어깨를 고쳐 누이셨나
신이었는가
바람이었는가
아니면 창문 열고 먼 길 오신 나의 어머님이시었나

뜨락에 굵은 빗소리

-「자취」-

충청남도 공주군 정안면 정안초등학교 애향 애교
애국의 표어가 붙은 교문 앞에서 할아버지 손에 이끌
려 얌전히 산길로 가던 흑염소 한 마리가 갑자기 작

은 다리를 뻗대며 학교로 가겠다고 떼를 쓰고 있다.

> 푸른 하늘 아래 복사꽃 환히 핀 봄날 아침
> 못물에 비친 송사리떼 재빨리 숨는데
>
> -「조용한 봄날」-

　위의 인용시들은 모두 앞의 서너 줄과, 한 줄의 여백, 그리고 다시 한 줄(혹은 두 줄)이라는 간결한 구도로 되어 있다. 「생」에서 피라미들 등에 찍힌 아픈 반점과 겨울의 짙푸른 빛은 무연한 듯하지만 연관을 가진다. 아픈 반점의 빛은 멍처럼 푸를 테지만 생의 흔적이니만큼 그것은 봄을 기다리는 겨울의 인내처럼 찬란한 가치가 있는 것이다. 이러한 연상되는 사연들을 설명 없이 단지 두 개의 이미지로 제시했다. 물론 이때 시인이 노래하는 방식은 생명의 고통과 성숙을 말하기 위해 비유의 매개물로 물고기를 선택한 것은 아니다. 그것은 우연히 발견한 물고기와 거기서 발견한 아픈 반점, 그리고 겨울의 짙푸름으로 이어지는 것일 뿐이다. 중간에 띄어진 한 줄에서 시인의 호흡을 따라 우리도 한 번 깊은 숨을 들이마시게 된다. 그리고 다시 숨을 뱉을 때 말은 앞서보다 더욱 축약된다. 물고기의 아픈 반점으로 인해 겨울은 더 짙푸르게 느껴지고 짙푸른 겨울 때문에 여울목을 거슬러 오르는 물고기의 생명력은 더욱 빛을 발하는 것이다. 이러한 겹치기 수법은 「조용한 봄날」에서도 마찬가지다. 화창한 봄날 갑자기 학교로 가고 싶어져 떼를 부리는 아기염소의 심정을 아는지 모르는지 복사꽃은 환히 피고 송사리떼는 어디론가 재빨리 자취를 감춘다. 무연한 듯 제기된 두 장면은 서로 겹쳐져 다른 한쪽을 더욱 강화시키는 효과를 낳는다.
　「자취」의 경우를 보자. 한밤중 우연히 누군가의 손길이 다녀간 듯한 느낌. 어렸을 때 어머니가 젖혀진 이불을 바로 덮어주시던 것 같은 포근함에 시인은 잠이 설핏 깨어 돌아가신 어머니를 추억한다. 추억의 틈새로 빗살이 굵어진다. 이 비 오는 소리로 인해 고요한 정적은 더욱 강화된다. 빗소리는 안과 밖의 경계를 나누어 이쪽을 더욱 안온하게 만들어주며 시인이 가졌던 여러 가지 느낌을 조금씩 지워 그것을 하나로 모아주는 역할을 하기도 한다. 새로운 이미지가 제시되면서 기존 이미지들이 통합되기도 하는 것이다. 여기서 중간에 띄워진 한 줄의 의미는 크다. 약간의 시간차와 함께 몽상에서 현실로 돌아오는 경계막이기도 한 것이다.

그런데 위의 시들에서 중간에 한 줄을 띄우는 이런 구조는 한시(漢詩)의 대구(對句)를 연상케 한다. 한시에서의 대구는 대개 몇 개의 장면을 겹쳐 제시하면서 독자가 그 안에서 전후좌우를 고려하여 최종적 화면을 완성시키도록 되어 있기 때문이다. 다음은 이백(李白)의 시 「벗을 보내며(送友人)」의 한 구절이다.

흐르는 구름은 나그네의 뜻
지는 해는 벗의 마음[9]

마음 맞는 벗과의 이별의 자리에서 읊은 이 시는 떠나는 사람과 남은 사람의 심경이 자연물의 이미지와 맞아떨어져 명구로 뽑힌다. 떠나는 벗을 전송하다가 이제는 정말 헤어져야 하는 시간, 주변을 둘러보니 하늘엔 무심히 흰 구름이 흐르고 서쪽으로 해는 서서히 지고 있다. 안타깝고 아쉬운 마음을 그대로 흰 구름과 지는 해에 담았다. 다

---

9) 浮雲游子意 落日故人情.

만 이러한 대구들은 고전 율시(律詩)구조에서 기승전결로 흐르는 중간 부분에 위치하여 수렴이 없는 팽팽한 긴장만을 보여주다가 말미의 결론에서 화자의 의도 안으로 수렴된다.

이에 비해 이시영의 '한 줄 띄우기' 방법은 '이미지의 나열'과 '의미의 수렴' 사이의 중간지대에 적정선을 그어 두 역할을 다하는 묘미가 있다. 대개 한 줄 띄우기 다음에 오는 시행은 단 한 줄뿐인 경우가 많다. 시행 면에서 다대일(多對一)의 구도가 되면서 무게중심은 자연히 짧은 한 줄에 쏠리게 된다. 한 행을 띄운 뒤의 마지막 한 줄은 시조로 치면 종장에 해당되겠고 율시로 치면 대구의 후반부와 마지막 결론부를 겸하는 역할을 맡게 된다. 이 점은 일찍이 시조시인으로서 시의 형식미에도 상당한 관심을 기울였던 시인이 군더더기 없는 표현을 추구하면서 이룩한 성취로 보인다.

5. 글을 맺으며

지금까지 90년대에 나온 이시영의 대표적 서정시집을 동아시아의 전통시학인 흥을 중심으로 분석하면서 아울러 영미 이미지즘의 창시자 에즈라 파운드의 이미지의 병치기법까지 함께 살펴보았다. 이시영의 서정단시에는 살아 있는 생명과의 무수한 교감의 순간들이 포착되고 있었다. 이러한 세계를 분석하고 설명하는 데 자아와 세계의 차별 없는 만남을 상찬하는 흥의 시학은 아직도 젊은 힘을 발휘한다. 시인이 풍경과 나누는 내밀한 대화, 정겨운 시선을 풀어 말할 수 있는 창으로서 흥은 아직도 가장 매력적인 속성을 우리에게 보여준다.

일찍이 중국 남북조시대의 유협(劉勰)은 『문심조룡(文心雕龍)』에서 정감이 넘치는 말투로 이렇게 얘기했다.

선물을 건네듯 마음을 담아 보내면.
흥취는 다가오리, 마치 대답해오듯[10]

기법으로서의 흥 너머에는 인간은 자연의 일부이고 만물과 공생해 나간다는 지극히 당연한 세계관이 전제되어 있다. 대만의 원로학자 엽가영(葉嘉瑩)은 흥에 대해 설명하면서 서구미학 용어 중에 정확히 흥에 대응할 만한 것은 없고 그 모든 것은 결국 부(賦), 비(比), 흥(興) 가운데 '비'에 속하는 것이라고 설파하였다. 신과 그 피조물이라는 이원론적 세계관에 기초할 때 문학에서의 수사법이라는 것도 결국 대상에 대한 장악을 목표로 하게 된다. 이에 비해 흥은 불현듯 찾아온 정경교융(情景交融)의 순간을 고스란히 담아내는 것을 목표로 한다.

서구식 은유와 동양의 흥을 비교하여 다소 거칠게 말하자면 서양의 이른바 서정이라는 것이 자연 및 주변사물을 통해 자아, 인간을 발견하고 탐색하는 문제로 귀착됨에 비해 동아시아 한자문화권에서는 자연과 인간사의 동질감을 재차 확인하는 방식이었다고 할 수 있겠다. 전자의 경우, 즉 일반적 은유에서는 원관념을 좀 더 효과적으로 전달하기 위해 보조관념이 이용되고 이 과정에서 의미의 전이(轉移)가 발생한다. 그런데 흥에서 발생하는 의미의 전이는 이와는 좀 다르다. 일반적 은유가 발생하는 과정은 A에서 B로의 의미의 전이 과정이고 이는 일방향적이며 직선적이다. 그런데 흥이 일어나는 과정은 A에서

---

10) 情往似贈, 興來如答.

B, 다시 B에서 A로의 양방향적 관계이며 파도가 치듯, 먹이 번지듯 일어나게 된다. 따라서 이러한 상호작용은 의미의 전이라기보다는 '두 의미의 공명(共鳴)'이라는 말로 설명되는 것이 더 적합할 것이다.

70~80년대 이른바 참여시 민중시가 시단의 주류였던 시기, 피와 분노 없이는 시를 쓰기 힘들었던 시대, 이시영 역시 이 힘겨운 대열에 합류하여 고단한 현실을 풍자하는 시들을 지속적으로 발표해왔다. 다만 당시에도 직접적으로 사회현실을 비판하기보다는 우회로를 선택하여 삶의 본질적 문제를 지적하는 데 관심을 두어온 것만은 사실이다. 김현의 지적대로 '돌과 별'의 시인이라는 표현은 그의 두 가지 시세계를 압축적으로 표상한다. 하나는 고집스럽게 현실을 껴안으려는 그의 의지일 것이며 또 하나는 그래도 꿈은 꿔야 하지 않겠냐는 초월, 혹은 비싱에의 소망일 것이다.

94년에 발표된 『무늬』 이후 세 권의 시집에서는 다른 어느 때보다도 그의 초월지향이 강하게 반영되었다고 할 수 있다. 최대한 말을 아끼고 군더더기 없는 표현에 도달하려는 시인의 노력은 필사적이어서 눈물겹기까지 하다. 그는 공중을 차고 날아 머나먼 별의 별자리에 가 박혀 한 오십억 광년 숨소리도 불빛도 없이 엎드려 있겠다는 간절한 소망을 호소하는가 하면 죽어서 아름다운 줄무늬 진주를 입 밖으로 밀어낼 때까지는 조개처럼 비밀을 꼭 닫고 사는 한 여자이고자 했다. 함부로 발설하지 않으려는 그의 몸부림이 적요(寂蓼)를 거쳐 진주 알같이 작지만 눈부신 시를 낳았다.

다만 이 짧은 침묵의 세계가 늘 성공적인 것만은 아니었다. 그 자신 시 자체가 살아 숨 쉬고 수런거리는 한 꽃송이 같은 세계를 꿈꾸었으나 때로 그것은 의미의 상실, 의미부재라는 결과를 낳기도 했다.

건너편 창가에 비둘기가 아슬아슬 걸터앉는다
　　아이가 작은 주먹을 펴 무엇인가를 열심히 먹여주
　　고 있다
　　바람이 불어온다.

　『조용한 푸른 하늘』에 나오는 「이 세계」라는 시의 전문이다. 창가에 걸터앉은 비둘기와 먹이를 먹여주는 아이, 그리고 불어오는 바람에 이르기까지 내재된 연관이 보이지 않는다.

　시인은 의미를 넘어선다기보다는 의미의 고리를 끊어버렸다. 무목적적인 세계에 대해 한 자아의 존재는 너무도 작아서 일체의 사고와 행동이 무의미하다는 허무주의가 이 시의 기저에 깔린 생각이라면 이러한 사고는 다소 위험하다고 말할 수밖에 없다.

　또한 진부한 자기복제 역시 극복해야 할 요인이다.

　　이 고요 속에 어디서 붕어 뛰는 소리
　　붕어의 아가미가 캬 하고 먹빛을 토하는 소리
　　넓고 넓은 호숫가에 먼동 트는 소리

　『조용한 푸른 하늘』에 나오는 「새벽」이라는 시이다. 어디선가 많이 본 듯한 이 시는 익숙한 느낌을 줄 뿐 새로운 세계, 새로운 전망을 보여주지 않는다. 그것은 현장감 없이 상상과 기억에만 의존해서 시가 쓰였기 때문이다. 붕어 뛰는 소리, 먼동이 트는 소리는 언제이고 들을 수 있는 소리이지만 한 편의 시가 되기 위해서는 세상에 단 한 번밖에 없는 그것이라야 한다. 시인이 전에는 못 보았던 생생한 경험을 떨리는 목소리로 담은 것이라야 한다는 말이다. 그러한 떨림이 바로 흥이고 흥이 꺼지면 시도 죽게 된다.

많은 시인들은 이시영의 시세계를 설명하면서 그의 시가 이야기시와 서정단시로 양분되었으며 갈수록 서정단시의 세계로 경도되어 갔다고 한다. 그가 발표해온 시집들을 보면 이러한 지적은 타당하게 여겨진다. 다만 전혀 달라 보이는 양식 사이에도 얼마간 공통점이 있지 않겠는가 하는 것이 필자의 생각이다. 그의 산문시와 이야기시의 본질을 여기서 다룰 것은 아니나 다만 그의 시는 어떤 양태이든 정서적으로 극히 인간을 지향한다는 점에서 통합점이 찾아질 듯하다. 이야기시에는 인물이 등장하고 그 인물에 대한 해학적 필치에는 사랑과 눈물이 담겨 있다. 90년대 이후 서정단시로 선회하여 인간과 사회로부터 자연으로 화두를 바꾼 그의 시세계는 이전과 크게 선을 그은 듯하지만 유정함은 그에게 면면히 흐르는 본질이라 생각된다.

이 글에서는 이시영의 시 가운데 90년대에 나온 서정단시에 초점을 맞추어 흥의 각도에서 분석하였다. 논의를 전개함에 있어 흥의 다양한 속성 중 가장 기본적인 특성으로서 우연성과 이미지에 초점을 맞추다 보니 시의 다른 특성들이 미처 조명되지 못했을 뿐더러 흥의 넓은 외연 가운데 일부분만 거론된 것 같아 아쉬움이 남는다. 이시영의 서정단시에는 분명 여기서 거론한 특성들 외에도 너와 나의 어울림, 신명으로서의 흥, 고통과 분노의 승화로서의 흥과 같은 것이 설레는 목소리로 살아 있다. 이러한 부분에 대한 연구는 다음 과제로 남겨둔다.

XI

『이십사시품(二十四詩品)』과
18 · 19세기 조선의 사대부 문예

1. 머리말

　이 글은 중국의 비평서인『이십사시품』이 조선사회에 수용되어 활용된 과정과 내용, 그리고 의미를 분석하는 것을 목표로 삼는다. 중국 시학에서 중요한 위상을 차지하는『이십사시품』이 조선 후기, 특히 19세기 사대부 문예의 전개와 긴밀한 관련을 맺는다는 점에 초점을 맞추어 논지를 전개하되 통시적인 방법으로 핵심적인 사실 위주로 서술한다. 다시 말해, 19세기를 중심으로 살펴보되 이 저작의 수용과 밀접한 관련을 맺는 16세기와 18세기의 상황까지 아울러 서술한다. 한편 20세기 초반의 상황도 19세기의 그것과 긴밀하게 연결되므로 19세기에 함께 묶어서 살펴본다.

　『이십사시품』은 시의 창작과 감상을 목적으로 한 저작이다. 저작의 성격이 그렇기에 그 수용과 활용도 일차적으로는 시의 영역에 초점을 맞추어 분석하는 것이 당연히 옳다. 그러나 이 저작은 시학의

　* 이 글은『한국문화』56집(2011)에 실린 것을 수정한 것이다.

** 성균관대학교 한문학과 교수.

범위를 넘어서 회화와 서예, 인장의 영역, 나아가 삶의 태도의 영역까지 깊숙한 영향을 미쳤다. 시 창작과 시론의 영역에 머물러 살펴본다면 이 저작이 지닌 전체적 실상과 가치를 축소시킬 우려가 있다. 따라서 이 논문에서는 사대부의 문예 전반에 걸친 영역으로 확대하여 분석하고자 한다.

『이십사시품』을 전통시대 한국의 문예와 관련하여 살펴보려는 동기는 이 저작이 19세기 조선의 문예가 전개되는 향방과 밀접한 관련을 맺기 때문이다. 19세기에 문예가 전개되는 양상은 상당히 복잡하다. 특히 서울을 중심으로 발전한 시단의 동향이 가장 중요한데 시단에서 시학의 모델로 삼은 저작 가운데 하나가 바로 『이십사시품』이었다. 19세기 시학의 전개를 이해하고자 할 때 이 저작은 빠트려서는 안 되는 비중을 차지한다.

그런데 『이십사시품』은 당 말(唐末)의 시인 사공도(司空圖, 837~908)의 저작인가 아닌가를 놓고 극심한 논쟁을 벌이는 대상이다. 18세기 이후 최근까지 모두가 이 저작이 사공도의 작품임을 의심하지 않았으나 최근 10~20년 사이에 위작이라는 주장이 제기되어 학계에서 큰 논쟁이 불거졌다. 이 문제를 놓고 중국을 비롯하여 각국에서 많은 논자들이 다양한 의견을 제출하여 적지 않은 결과물이 나와 있다.[1] 저자를 누구로 보아야 하는지를 놓고 성급한 판단을 내리기가 어려울

---

1) 陳尙君·王涌豪, 「司空圖『24詩品』辨僞」, 『中國古籍硏究』 창간호, 1998; 張健, 「『詩家一指』的産生時代與作者-簡論『二十四詩品』作者問題」, 『北京大學學報』, 1995. 위작 논쟁을 불러일으킨 가장 중요한 논문으로 이 두 편을 꼽을 수 있다. 李春桃의 『『二十四詩品』接受史』(復旦大 博士學位論文, 2005)는 관련한 문제를 종합적으로 다뤘다는 점에서 참조할 만하다. 한국에서 이 문제를 다룬 주요 논문에는 다음과 같은 것들이 있다. 閔庚三, 「司空圖『二十四詩品』偽作논쟁 추이」, 『중어중문학』 27집, 2000.12, 345~368쪽; 김승룡, 「司空圖『詩品』과 偽作論爭」, 『한문학보』 6권, 2002, 259~269쪽; 李鍾虎, 「司空圖의 『二十四詩品』에 어떻게 접근할 것인가 –韓國 詩話批評과 司空圖의 『二十四詩品』–」, 『朝鮮의 文人이 걸어온 길』, 한길사, 2004, 561~600쪽; 금지아, 「『二十四詩品』이 조선 후기 문예이론사에서 차지하는 자리」, 『중국어문학』 52, 영남중국어문학회, 2008.

만큼 복잡한 문제가 개입되어 있다. 필자는 이 저작이 사공도의 저작이 아니라 송 말엽에서 원대에 만들어진 비평서라고 판단한다. 그렇게 보는 이유는 다른 지면을 통해서 밝힐 생각이므로 이 자리에서는 굳이 길게 설명하지 않는다.

2. 16세기: 윤춘년(尹春年)의 이십사시품 간행

『이십사시품』이 조선에 수용된 사실을 명확한 증거로 보여주는 시기는 16세기 중반이다. 이보다 훨씬 오래전인 고려 후기에 저술된 시화 『보한집(補閑集)』 하권 제1칙에는 '호사자(好事者)'의 시평이라 하여 각 시인의 시를 풍격(風格)을 내세워 평가하였는데 신경(新警), 함축(含蓄), 완려(婉麗), 청초(淸峭), 준장(俊壯), 부귀(富貴)를 비롯한 21개 풍격을 제시하였다. 그 가운데 함축과 표일(飄逸)의 풍격은 『이십사시품』에서 제시한 것과 명칭이 똑같다. 유사한 풍격으로 볼 수 있는 용어도 몇 개 더 보인다. 이를 근거로 삼아 하정승 교수는 『이십사시품』이 벌써 고려시대에 수용되었을 수도 있다고 주장한다. 그렇게 추정하는 바탕에는 이 저작이 사공도의 작품이라는 전제가 깔려 있다.

그러나 『보한집』에 제시된 21개 풍격은 최자(崔滋)가 고유하게 제시한 것으로 보아야 한다. 『이십사시품』에서 제시한 풍격용어는 그 이전에 사용되던 수많은 용례가 바탕이 되어 종합된 결과물이고, 우연하게 동일한 풍격용어를 사용할 가능성은 열려 있다. 따라서 용어가 몇 가지 동일하다고 하여 한국과 중국의 비평저작이 지닌 영향관계를 바로 상정하기는 어렵다.

『이십사시품』이 한국에 수용된 것이 명확하게 밝혀지는 시기는 16세기 중반이다. 이 저작을 수용하는 데 적극적인 역할을 한 인물이 윤춘년(尹春年, 1514~1567)이다. 윤춘년은 조선 명종대의 지식인이자 정치가이다. 교서관(校書館)은 국가에서 통제하는 서책의 간행을 주관하는 부서인데 이 부서의 우두머리인 도제조(都提調)를 장기간 맡았다. 뿐만 아니라 그는 서적간행과 유통에 남다른 관심과 열의를 가지고 있어서 서책의 매매를 촉진하고자 서점의 설립을 주장하고 많은 지인들에게 서책의 간행을 추천하기도 했다. 정치적 권력까지 쥐고 있던 그는 자신의 취향에 맞는 많은 서책을 일관된 기획하에 간행하였다. 그의 취향 가운데 한 가지가 바로 시문의 창작을 안내하는 문학이론서의 탐독과 출간이었다. 그 점을 입증하는 결과로 그는 1551년에는 『시가일지(詩家一指)』를, 1552년에는 『문전(文筌)』과 『문단(文斷)』, 그리고 『시법원류(詩法源流)』를, 1555년에는 『목천금어(木天禁語)』를 간행하였다.[2]

그 가운데 『시가일지』와 『목천금어』 두 저작에 『이십사시품』이 수록되어 있다. 두 책 모두 명대에 간행된 시격서(詩格書)로서 윤춘년이 간행을 준비할 때 이미 조선에 들어와 읽혔다. 그러므로 이 저작이 조선에 수용된 시기는 그가 간행한 때보다 앞선다.

일반적으로 볼 때 조선에서 널리 읽힌 시학 저술은 시격서보다는 송대의 시화서가 주축을 이룬다. 반면 특이하게도 윤춘년만은 시격서를 선호하여 간행까지 하였다. 이후 이런 성격을 지닌 저작이 조선왕조 내내 간행된 사례가 거의 없다는 것만 봐도 그의 행보는 독특하다. 특히, 『시가일지』는 중국에서 간행된 지 얼마 지나지 않은 때 조선에

---

2) 졸고, 「尹春年 刊行 詩話文話의 比較文學的 分析」, 『尹春年과 詩話文話』, 소명출판, 2000, 27~95쪽.

서 간행되었다. 윤춘년이 간행한 판본은 이후 조선에서 널리 읽혔을 뿐만 아니라 일본에서 여러 차례 복각되었다. 일본에서는 위에서 제시한 다섯 종의 저작이 널리 읽히고 간행되었는데 대부분이 윤춘년 간행본을 복각하였다. 그의 간행이 끼친 영향력이 작지 않다.

그런데 두 저작에 실린 『이십사시품』은 동일한 것이 아니다. 그 내용을 간략하게 살펴보자. 먼저 『시가일지』에서 첫 장은 다음과 같이 구성되어 있다. 여기에서 이십사시품이 이십사품(二十四品)으로 표기되었다.

총론(總論)
십과(十科)
사칙(四則)
이십사품(二十四品)
외편사단(外篇四段)
삼조삼단(三造三段)

책의 구성상 십과와 사칙, 이십사품은 모두 그 이전에 떠돌던 저술을 『시가일지』를 저술하면서 한 자리에 수집해 놓았다고 볼 수 있다. 여기에 수록된 『이십사시품』은 현행본과 글자에서 차이가 많다. 단순한 인쇄상의 오기도 보이지만 내용에 큰 변화를 가져오는 차이가 보인다. 대부분의 판본에 23번째 풍격으로 올라 있는 광달(曠達)이 15번째의 소야(疏野)와 16번째의 청기(淸奇) 사이에 놓여 있는 것도 큰 차이의 하나다. 더욱이 12개 풍격에는 각 풍격과 잘 부합하는 작가가 풍격의 표제 하단에 표시되어 있다. 이를 정리해보면, 웅혼(雄渾)-두보(杜甫), 충담(沖淡)-맹호연(孟浩然), 섬농(纖穠)-왕유(王維), 침착(沈着)-두보, 전아(典雅)-게혜사(揭傒斯), 세련(洗鍊)-범형(范梈), 웅건(勁健)-두보, 기려(綺麗)-조맹부(趙孟頫), 자연(自然)-맹호연, 광달(曠達)-고선(古選), 청기-범형, 위곡(委曲)-백거이(白居易)이다. 나머지 12개 풍격에는 작가를 배속하지 않았다. 12개의 풍격에 작가를 부기한 것의 타당성과 누가 이렇게 작가를 부기했는지에 관한 논란을 제쳐놓고도 원대의 작가인 게혜사, 범형, 조맹부가 포함되었다는 점은 『이십사시품』의 작자가 사공도가 아니라는 사실을 입증하는 하나의 단서가 될 수 있다.

『목천금어』는 단권 56장으로 을해자(乙亥字)로 간행되었다. 이 책은 크게 (1) 목천금어, (2) 시가지요(詩家指要), (3) 두릉시율오십일격(杜陵詩律五十一格), (4) [부(附)] 시법원류 4부로 구성되어 있다. 책의 제목은 『목천금어』이지만 실은 3, 4종의 책에서 중요한 부분을 발췌한 편찬물로서 편찬자는 윤춘년이다. 그러므로 내제(內題)도 각각 [목천금어], [목천금어시가지요], [목천금어두릉시율], [시법원류]로 되어 있다. 그 가운데 두 번째 [시가지요]의 구성은 다음과 같다.

총론(摠論)
십과(十科)
사칙(四則)
이십사품(二十四品)
시대(詩代)
품류(品類)
당대명공아론(當代名公雅論)

여기서도 이십사시품이 이십사품으로 표기되었다. 이 [시가지요]에 수록된 『이십사시품』의 내용은 『시가일지』와 거의 비슷하나 많은 글자가 서로 다르고 편제도 조금씩 변화가 일어났다. 앞서 언급한 「광달」이 일반적인 순서대로 23번째에 위치해 있다.

이상 2종의 저작에는 『이십사시품』의 저자를 밝히지 않았다. 어디에도 저자가 사공도라는 사실을 언급하지 않고 있어서 명대 말엽 사람이 『시가일지』에 들어 있는 『이십사시품』을 시대를 거슬러 올라가 사공도에 가탁했다는 주장을 입증하는 중요한 근거의 하나가 된다.

그렇다면 2종의 저작에 수록된 『이십사시품』이 간행 당대와 그 이후의 조선 문예에 어떠한 영향을 미쳤을까? 일반적으로 간행된 저작은 필사본에 비해 미친 영향이 상대적으로 크다. 윤춘년이 간행한 저작도 마찬가지다. 간행된 이후 10년이 지나 정치적으로 실각한 윤춘년의 명성과 영향력이 그 이후에는 급격히 떨어지기는 했으나 그가 간행을 주도한 시학서는 그의 실각으로 똑같은 운명에 처했다고 볼 수 없다.

윤춘년은 당시(唐詩)의 창작경향을 적극적으로 지지하였다. 그 시대에는 주로 송시(宋詩)의 경향이 우세를 점하던 시기였던 데 반해 그는 당시의 특성을 강조하며 시의 음악성을 중시하였다. 그의 논지는 아주 독특하지만 대체적으로는 『창랑시화(滄浪詩話)』와 『이십사시품』에서 펼친 시론과 관련성이 깊다. 윤춘년 사후 시단은 복고주의(復古主義)의 물결이 크게 몰아닥쳤다. 윤춘년이 간행한 시학서들은 그 흐름과 무관하지 않다. 그렇지만 『이십사시품』이 직접적으로 영향관계를 맺었다고 볼 증거가 현재로서는 분명하게 찾아지지 않고 또 이 저작을 언급한 자료도 아직까지는 출현하지 않았다. 남아 있는 증거가 많지 않기 때문에 영향관계를 명확하게 파악하기는 쉽지 않으나 그렇다고 해서 『이십사시품』의 영향이 없었다고 단정 짓기에는 성급하다.

3. 18세기: 정선(鄭歡)·이광사(李匡師)의 합벽첩(合璧帖)

16세기 중반 윤춘년에 의해『이십사시품』이 조선의 시단에 본격적으로 소개되었음에도 불구하고 직접적인 영향은 그다지 크지 않았다.『이십사시품』의 이름이나 그 내용의 일부를 언급한 문헌을 아직까지 확인할 수 없다는 점을 통해 그렇게 판단할 수밖에 없다. 이 저작이 본격적으로 조선 지식인의 안목에 부각된 것은 18세기 이후로 거의 2백 년 가까운 시간이 흐른 뒤의 일이다.『이십사시품』은 앞서 살펴본『시가일지』와『목천금어』뿐만 아니라 조선 중기 이후 널리 읽힌『설부(說郛)』와 같은 총서에 수록된 판본을 통해서 문인들이 접할 기회가 있었다.

문인들이『이십사시품』의 가치를 재발견하게 된 새로운 계기는 두 가지로 추정된다. 하나는『전당시(全唐詩)』의 유입과 함께 조선에 재수입된 것이 계기가 되었다.『전당시』는 1713년 강희제가『고문연감(古文淵鑑)』,『패문운부(佩文韻府)』와 함께 조선 왕실에 보내주어 왕실에서 소장하게 되었다.[3] 이 일을 기점으로 조선 지식인들이 연행(燕行)할 때 이 책을 구매하여 소장하기 시작하였다. 하나의 사례로 이의현(李宜顯, 1669~1745)은 1720년 연행에 다른 많은 서적과 함께 120책에 이르는 거질의『전당시』를 구입하여 귀국하였다.[4] 이『전당시』에는『이십사시

---

3) 李德懋,『靑莊館全書』권55,「盎葉記」2, '中國書來東國', 문집총간 258집. "淸康熙五十二年癸巳, 我肅宗三十九年, 附『全唐詩』·『古文淵鑑』·『佩文韻府』共三百餘本." 이때 들어온『全唐詩』는 1707년에 揚州詩局에서 간행한 刻本일 것이다.

4) 李宜顯,『陶谷集』권28,「陶峽叢說」, 문집총간 181집. "後來購得『全唐詩』一帙, 卽淸康熙四十四年, 翰林侍讀潘從律·彭定求等所對校纂輯者也. 胡皇作序刻之, 詩州四萬八千九百餘首, 釐爲九百卷. 自唐初 至五代, 片句乏韻, 無不採錄, 信唐詩之大全也." 그는「庚子燕行雜識」[下]에서 이 책을 庚子年 燕行時에 구입하였다고 밝혔다.

품』이 부록으로 수록되어 있었으므로 이 저작이 조선 지식인의 눈에 새롭게 부각될 중요한 계기가 마련되었다.

이와는 또 다르게 모진(毛晉, 1599~1659)의 급고각본(汲古閣本) 총서『진체비서(津逮秘書)』제8책에 수록된『이십사시품』이 수용되어 읽혔다. 이 각본(刻本)은『전당시』보다 먼저 수입되어 유통되었을 가능성이 높다. 18·19세기의 지식인들은 어떤 계통의『이십사시품』을 주로 이용하였을까?『전당시』부록본을 이용한 것도 눈에 띄고, 급고각본『이십사시품』을 이용한 것도 눈에 띄며, 이와는 전혀 다른 것을 이용한 것도 눈에 띈다. 분명하게 확인할 수 있는 것으로는 자하(紫霞) 신위(申緯)는『전당시』부록본을 이용하였고, 권돈인(權敦仁, 1783~1859)과 오세창(吳世昌)은 급고각본『이십사시품』을 이용하였다.5)

이렇게 서시상 중요한 위치를 차지하는 각본이 기의 대부분 조선에 수입되어 문인들이 이용하였음을 알 수 있다. 그런데 어떤 저작이 수용되었다고 해서 바로 관심을 불러일으키거나 영향을 미치지는 않는다. 중국을 비롯한 외국의 저작이 조선에 수입되었어도 지식인의 관심 여하에 따라 어떤 것은 적극적으로 수용되고 어떤 것은 관심을 불러일으키지 못하고 사라진다. 또 어떤 것은 일정한 경과과정을 거쳐 수십 년에서 1백 년 이상의 성숙기를 거쳐서 반향을 일으키기도 한다. 조선의 문화적 터전에서 활용할 분위기가 조성되어야 그 저작이 영향을 미치기 시작한다. 예컨대 명대의 총서와 소품문이 16세기 후반에서 17세기 초에 대량으로 수입되었으나 그것이 조선 지식인에

---

5) 한편 고려대 도서관에는 필사본『二十四詩品』이 소장되어 있는데 해당 도서관 書誌 설명에는 金春澤(1670~1717)이 필사한 것으로 되어 있다. 사실일 경우에는 이 저작의 수용과 관련하여 주요한 표지가 될 수 있으나 신빙성이 거의 없는 오류로 추정된다.

게 실질적으로 큰 영향을 미친 것은 18세기 중반 이후였다.[6] 『이십사시품』도 예외가 아니다. 『시가일지』나 『전당시』를 비롯한 총서에 한 부분으로서 소개가 되어 수용과 이해의 계기는 만들었을지언정 즉각적인 활용과 감상을 촉발하지는 못했다. 게다가 내용이 추상적이고 모호한 분위기를 담고 있는 『이십사시품』은 활용의 방법이 제시되거나 대가의 계발이 앞서는 등 특별한 계기가 마련되지 않으면 독자의 시선을 끌기가 어려울 수도 있는 저작이다.

종합하자면 적어도 18세기 초반에는 기왕에 윤춘년이 소개한 것과는 다른 경로로 『이십사시품』이 조선에 유입되었고, 대표적인 판본이 바로 『전당시』 부록본과 급고각본 『이십사시품』이다. 이때 일어난 큰 변화는 예전과는 달리 저작자가 공공연하게 사공도로 인정받았다는 점이다. 『이십사시품』이 사공도 저작으로 유통된 것은 모진이 『시가일지』에서 『이십사시품』을 분리하여 독립된 저작으로 간행하면서 그 저자를 사공도로 분명하게 밝힌 것이 결정적인 계기가 되었다.[7] 조선에서도 이 판본이 들어오면서 사공도의 저작으로 인정을 받았다. 이렇게 사공도 저작으로 재등장한 것이 『이십사시품』이 조선의 문인에게 널리 활용되는 데 적극적인 역할을 한 것으로 보인다.

그런데 18세기에 사공도의 『이십사시품』으로 수용되어 활용된 증거가 특이하게도 문학보다는 회화와 서법에서 일찍 나타났다. 조선시대 후기의 진경회화(眞景繪畵)를 대표하는 화가인 정선(鄭歆, 1676~1759)과 그에 상응하는 위상을 지닌 서법가(書法家)인 이광사(李匡師, 1705~1777)가 각각 『이십사시품』을 그림으로 묘사하였고, 원문을 글씨로 썼다.[8] 정

---

6) 졸고, 「李晬光의 『芝峰類說』과 朝鮮後期 名物考證學의 전통」, 『震壇學報』 제98호, 2004.

7) 자세한 사실은 李春桃의 『『二十四詩品』接受史』 8~11쪽에 설명되어 있다.

선이 그림을 그린 시기는 1749년 동짓달이고, 이광사가 글씨를 쓴 시기는 그로부터 2년 뒤인 1751년 윤오월이다.

정선이 그림을 그리고 이광사가 글씨를 쓴 이유는 무엇이며, 왜 이렇게 하나의 화첩으로 성책(成冊)되었을까? 당시의 이름 있는 지식인이 우선 정선에게 부탁하여 그림을 그려서 받은 뒤에 다시 이광사에게 부탁하여 글씨를 받아 한 권의 첩으로 만들었다고 필자는 추정한다. 그렇게 하여 『사공도시품(司空圖詩品)』이란 표제로 합벽첩(合璧帖)을 제작하였다. 두 사람은 명망이 높아서 남의 청탁을 받아 그림과 글씨를 자주 제작했는데 이 저작도 그와 같은 과정을 거쳐 제작되었을 것이다. 더욱이 정선의 그림에는 화평(畫評)이 빠짐없이 실려 있다. 이 화평은 이 화첩을 만들어 소장한 인물이 가한 것으로 추정된다. 그렇다면 처음 『사공도시품첩』을 만들고 화평을 단 인물은 누구일까?

최완수(崔完秀) 선생은 『겸재정선(謙齋鄭歚)』(현암사)에서 그와 같은 발상을 할 수 있는 이가 사천(槎川) 이병연(李秉淵, 1671~1751)밖에 없었을 터이므로 이 시화첩의 소장자도 그였을 것이라고 추정하였다. 이병연이 이광사가 글씨를 쓴 달인 윤오월 29일에 사망했으므로 그의 추정이 가능하기는 하다. 그러나 정선 그림에 달린 화평의 글씨는 이병연의 글씨와는 전혀 다르므로 이병연이 처음 소장자였다고 추정하기가 망설여진다. 한편 이종호(李鍾虎) 교수는 누가 언제 하나의 첩으로 만들었는지는 알 수 없고, 누가 소장했는지도 알 수 없다고 하면서도 화평을 쓴 이는 정선의 이웃집에 살던 화가 관아재(觀我齋) 조영석(趙榮祏, 1686~1761)이었을 것으로 추정하였다. 그리고 제3자로부터 청탁을 받

---

8) 이 작품을 학계에 소개한 논문은 유준영·이종호의 「鄭歚的『司空圖詩品帖』研究」(『文藝研究』 2001년 제1기, 중국예술연구원, 2001)이다.

고서 그린 것이 아니라 자의에 의해 그렸다고 추정하였다. 그 주장이
설득력이 없지는 않으나 필자가 보기에 화평의 글씨는 조영석의 글
씨와 다르기 때문에 추정에 지나지 않는다. 따라서 화평을 쓰고 처음
첩으로 만들어 소장한 인물에 대해서는 미해결의 문제로 남겨두는
것이 옳다.

　현재 국립중앙박물관에 소장된 이 시화첩에서 정선이 그린 그림
가운데 「세련」과 「청기」 두 폭이 누락되어 있다. 본래 24폭 모두를
그렸으나 전해오는 과정에서 누락되었음을 의심할 여지가 없다. 반면
에 이광사의 글씨는 4폭이 사라져 현재 18폭이 전해오는데 현존하는
첩에는 누군가 졸렬한 초서로 보충해 놓았다.

　정선의 그림은 『이십사시품』의 내용과 취지를 상당히 정확하게 파
악하여 수준 높게 형상화했다고 평가할 수 있다. 이광사는 비평의 내
용과 어울리는 다양한 서체로 본문을 필사하였다. 이광사가 필사한
『이십사시품』은 여러 판본과 사본에는 잘 나타나지 않는 글자를 써
서 적지 않은 내용상 차이를 보인다. 단순한 실수로 글자를 잘못 쓴
경우도 없지 않으나 의도적인 개작도 보여 그 나름의 독특한 이해방
식이 있었음을 짐작할 수 있다. 정선과 이광사가 이렇게 그림과 글씨
로 『이십사시품』을 형상화한 작업은 이 저작에 대한 깊이 있는 이해
와 기호(嗜好)가 선행하지 않으면 이루어질 수 없다. 18세기 중반에는
상당한 수준으로 이 저작을 이해했고 향유하였음을 분명하게 보여준
다. 『이십사시품』이 꽤 많은 지식인이 관심을 기울인 비평저작이었음
을 입증해준다.

　이렇게 『이십사시품』을 그림과 글로 형상화한 이유를 살펴보면,
그 바탕에는 시단과 화단에서 이 저작 자체를 깊이 이해하였고, 그

저작에 담긴 미학에 깊이 공감했다는 현상이 존재한다. 정선의 절친한 친구이자 저명한 시인인 이병연의 시에는 신운(神韻)을 중시하는 풍격의 흔적이 나타나는데 그의 미의식은 정선이 『이십사시품』을 그린 결과와 일정한 관련성이 있다고 생각해볼 수 있다. 직접적으로 언급하지는 않았으나 사공도 또는 『이십사시품』의 시학이 중요하게 다루어진 증거가 있다. 비슷한 시대의 문인 오광운(吳光運, 1689~1745)이 저명한 서예가이자 이광사의 스승인 윤순(尹淳, 1680~1741)의 글씨에 붙인 발문에서 사공도 또는 『이십사시품』의 시평을 언급하며 서법에도 언외지미(言外之味)가 중요하다고 강조하였다. 여운미가 없는 글씨를 비판하며 언외지취(言外之趣)와 취외지취(趣外之趣)를 강조한 근거가 바로 『이십사시품』의 시학이었다. 이 시기에 『이십사시품』의 시학이 문예가들에게 중요하게 받아들여진 정황의 일단이 드러난다.

이는 17세기 후반부터 18세기 초반의 시단을 비롯해 화단과 서단에 움튼 새로운 동향과 밀접한 관련이 있다. 무엇보다 시단은 지난날의 조선 한시를 동조(東調)라고 비판하고 정교한 사치(思致)와 수사미를 강조하는 방향으로 전개되었다. 그 동향에 주도적인 인물이 바로 김창흡(金昌翕, 1653~1722)이었는데 그는 정교한 언어와 오묘한 시사(詩思), 다시 말해 정언묘사(精言妙思)를 강조하였다. 그의 미학은 이병연 등에게 전이되었다. 이렇게 변화한 문예관이 이미 소개된 텍스트의 가치에 눈을 뜨도록 자극했을 것이다. 다시 말해 달라진 미의식의 변화가 『이십사시품』의 가치를 재발견하도록 유도하였다.

그 가치를 재평가하도록 자극한 요인의 하나가 바로 왕사정(王士禎) 시학의 유입이었다. 『대경당집(帶經堂集)』을 비롯한 많은 저작이 18세기 시단에 읽히면서 왕사정의 신운설(神韻說)이 천천히 영향을 미치기 시작하였다. 18세기에『이십사시품』에 관심을 둔 문예가들은 엄우(嚴羽)와 왕사정의 시학을 거의 함께 관심을 두었다. 왕사정의 시학은 특히 18세기 중기 이후 백탑시파(白塔詩派)에 일정한 영향을 끼쳤다. 이 시파의 주요한 구성원인 이덕무(李德懋)와 이서구(李書九)는 왕사정 저작을 유난히 탐독하였다. 특히 이서구의 시풍은 신운풍으로 평가받기도 하고 사공도의 의취가 보인다는 평가를 받기도 한다. 공교롭게 이서구는 16세기에『이십사시품』을 수록한 시화를 간행한 윤춘년의 유일본 문집의 원소장자로서 그 나머지 시품서도 읽었을 가능성이 높다. 백탑시파는 그보다 앞선 시기의 윤춘년과 이병연, 정선, 그리고『이십사시품』과 왕사정을 매개하는 중요한 고리이다. 백탑시파의 시인들은 19세기에『이십사시품』을 선호한 시인그룹의 스승격이라는 말이다.

정선이『이십사시품』을 그릴 때 사공도의 저작으로 인정했음은 물론이다. 정선과 이광사는 당대뿐만 아니라 그 이후 조선 예술사에서 가장 뛰어난 인물이다. 정선이 74세 고령에 그려서 필력이 조금 약하고, 이광사의 글씨는 조금 거칠다. 그래도 그림과 글씨의 수준이 상당히 높다.

한편 공교롭게도 비슷한 시기에 청나라에서도『이십사시품』을 그린 2종의 화첩이 출현하여『사공도시품첩』과 대응하고 있다. 하나는 1748년에 반시직(潘是稷)이 그려『묵묘주림(墨妙珠林)』해권(亥卷)에 수록한『이십사시품첩』이고, 다른 하나는 장부(蔣溥, 1708~1761)가 그린『화어제시의(畫御製詩意)』화첩이다. 후자는 제작연대가 분명하지는 않으나 아무리 빨라도 1749년 위로 올라갈 수는 없다.9) 그렇다고 1750년대

---

9) 張華芝,「司空圖二十四詩品所轉化而來的藝術形象」,『故宮文物月刊』325호, 국립고궁박물원, 2010.4, 118~126쪽.

중후반으로 쳐지지는 않는다. 전자는 혜황(嵇璜, 1711~1794)의 글씨가 왼쪽에, 그림이 오른쪽에 장첩(粧帖)되어 있어 그 형식이『사공도시품첩』과 동일하다. 모두 대만 고궁박물원에 소장되어 있는데 두 화첩은 건륭제(乾隆帝)와 밀접하게 관련되어 있다. 반시직의 그림은 건륭제의 명에 따라 만든 거대한 화첩『묵묘주림』에 12번째로 편입되었으므로 건륭제의 의중을 충실하게 따라 그렸음을 알 수 있고, 장부의 화첩은 건륭제가 젊은 시절에 지은 어제시(御製詩)를『이십사시품』각 풍격과 어울리는 작품으로 간주하여 그렸다. 강희제도 그렇지만 건륭제도『이십사시품』에 깊은 관심을 가지고 있었다. 특히 건륭제는『이십사시품』의 본문을 그의 시에서 자주 언급하였고, 그가 편찬하고 비평한『당송시순(唐宋詩醇)』에서도 비평의 기준으로 자주 활용했다. 반시직과 장부의 화첩세작은 건륭제의 취향에 부응한 것이었다. 특히 장부는『이십사시품』의 24개 풍격과 부합하는 건륭제의 시 24편을 그림의 저본으로 삼았다. 그는 "『이십사시품』의 취지를 살펴보니 황제의 작품과 잘 부합하여 이치는 일관되고 뜻은 같다"라고 그림의 발문에 밝혀서 건륭제의 시와『이십사시품』을 시화상간(詩畫相看)하려는 의도였음을 밝혔다.

1749년을 전후한 시기에 조선과 청나라에서『이십사시품』을 그림으로 그리고 글씨로 써서 3종의 화첩을 만들었다. 하나의 비평저작을 예술의 경계를 넘고 국경을 넘어서 이렇게 비슷하게 제작된 과정에는 직접적인 관련성이 찾아지지 않는다. 다만 이 시기에『이십사시품』이 동아시아 문화계에 점차 깊은 영향을 발휘해가는 동향에서 파생되어 나온 결과라는 점에는 이견이 있을 수 없다.[10]

4. 19세기: 신위(申緯)·김정희(金正喜) 유파의 이십사시품 열기

『이십사시품』이 본격적으로 조선의 문예에 깊이 영향을 끼친 시기는 19세기 이후이다. 이 저작은 19세기 시단의 주축을 형성한 자하 신위(申緯, 1769~1847)와 추사(秋史) 김정희(金正喜, 1786~1856)의 동인 집단에서 예술적 지향을 대변하는 시론서의 하나로 활용되었다. 두 학자를 주축으로 한 동인들은 시(詩)·서(書)·화(畵)를 융합하여 동일한 예술적 경계(境界)를 추구하였다. 각종 예술에 서권기(書卷氣)라는 이름으로 지성의 깊이를 요구하였고, 시에서 언외지미(言外之味)와 선적(禪的) 기미(氣味)를 중시하였다.

그들의 심미안을 대변하는 문학이론서의 하나가 『이십사시품』이었기에 19세기 조선 예술계의 주요한 경향과 지식인 사회의 다양한 조류를 이해하고자 할 때 이 저작은 매우 중요한 의미를 지닌다. 그들이 이 저작을 중시한 동기는 크게 두 개의 경로가 있다. 하나는 이전 시기의 백탑시파 문인들로부터 절대적인 영향을 받아 18세기 전기 이래 강조된 치밀한 시상 전개에 깊은 관심을 기울였다는 점이다. 『이십사시품』은 그들에게 창작의 지침서로서 선호되었다. 다음으로는 이들에게 영향을 많이 준 창작상의 멘토(Mentor)가 옹방강(翁方綱)이라 할 수 있는데 옹방강의 시학에서 『이십사시품』은 중요한 위치를 점하고 있다. 백탑시파가 왕사정을 중시하여 『이십사시품』을 선호한

---

10) 정선의 그림을 비롯한 『二十四詩品』을 그린 네 명의 화가들이 그린 그림을 분석하고 『二十四詩品』의 전 내용을 분석한 저술이 http://cafe.naver.com/mhdn에서 「궁극의 시학」이라는 강의 제목으로 필자에 의해 2011년 1년 동안 연재되었고, 2012년 6월 출판사 문학동네에서 출간 예정이다.

것과 비슷하다.

청대 시단의 주축을 이룬 왕사정(王士禎), 원매(袁枚), 옹방강 등이『이
십사시품』을 보는 시각은 조금씩 다르지만 모두들 이 저작을 중시했
다는 점에서는 똑같다. 19세기 지식인들은 청대 시인들의 동향에 무심
할 수 없었다. 특히 옹방강과 직접 교유하면서 우정을 깊이 나누며 그
의 시학을 일부 수용한 신위와 김정희의 경우는『이십사시품』을 유달
리 선호하였다. 여기에는 옹방강의 영향도 적지 않다. 그 현상에 대해
차례로 살펴본다.

1) 국내 소장 4종의 『이십사시품』 필사본

먼저 19세기에 이 서작을 읽고 활용한 다양한 정황을 점검하여 얼
마나 넓게 유포되었는지 대략적으로 살펴본다. 현재 국내의 도서관에
『이십사시품』 필사본이 여러 종류가 전하고 있는데 그 가운데 필사자
가 밝혀진 것은 대략 4종이 있다. 우선 신위의 사본이다. 함축미와 회
화의 경계를 중시한 신위는『전당시』에서 화의(畵意)가 물씬 풍기는 작
품을 선집하여『당시화의(唐詩畵意)』15권을 편찬하였는데 부록인 15권
에 백거이의「지상편(池上篇)」과 함께『이십사시품』을 수록하였다. 그는
예언(例言)에서 이 두 편이 "모두 그림으로 그릴 만하여 거두지 않을 수
없었다(皆堪畵, 不容不收)"라고 밝혔다. 신위는 정선을 비롯한 화가마냥 직
접 그림으로 그리지는 않았으나 그 가능성을 염두에 두었다.

다음은 김정희로서 앞서 이광사가 했던 것처럼『이십사시품』을 직
접 썼다. 현재 그가 필사한 시품글씨가 일부만 전해오지만 전체를 필
사하여 필첩으로 만들어 감상했다는 증거가 남아 있다. 그의 필사는

매우 중요한 의미를 지닌다. 그를 추종하는 사람들이 『이십사시품』을 필사하여 감상하는 흐름을 제공했기 때문이다. 학사대부는 물론 제주도의 기녀까지도 『이십사시품』을 병풍에 필사하기도 했는데 그러한 경향에 가장 큰 영향을 끼친 예술가는 다름 아닌 김정희이다. 김정희의 글씨라 하여 『이십사시품』을 쓴 위작도 항간에 유통된다.

이재(彝齋) 권돈인(權敦仁, 1783~1859)이 필사하여 만든 『사공표성시품첩』이 이 그룹에서 만든 서첩을 대표한다. 표지에 '이실장본(彝室藏本)'이라 하여 권돈인이 소장했음을 밝혔다. 글씨도 권돈인의 것이고, 본문 첫 장과 마지막 장에 찍혀 있는 '이재일호미산(彝齋一號眉山)', '문자연(文字緣)', '돈인(敦仁)', '유안(幼安)', '이재(彝齋)', '동해생(東海生)', '장무상망(長毋相忘)'은 모두 권돈인의 도장이므로 그의 수택본(手澤本)이 틀림없다. 대단히 정교하게 필사하고 붉은붓으로 평점과 구두를 달았다. 이 아름다운 수택본이 어떤 연유에선지 황산(黃山) 김유근(金逌根, 1785~1840)의 소장품이 되었다. 권돈인은 『시품』을 애호했으므로 이 첩을 만든 것은 자연스럽다. 김정희와 김유근, 권돈인 세 사람은 아주 절친한 친구였으므로 셋이서 『시품』을 제각기 필사하고 소장한 것도 그 의미가 적지 않다. 한편 권돈인이 병풍에 쓴 『이십사시품』 글씨도 남아 있다. 이 병풍은 「호방」과 「위곡」의 일부 구절을 쓴 두 폭만 현재 학계에 보고되어 전모가 드러나지는 않았으나 원작은 전체를 썼을 것이다.

이 밖에 다산(茶山) 정약용(丁若鏞)의 외손이자 시인인 방산(舫山) 윤정기(尹廷琦, 1814~1879)가 『이십사시품』의 풍격 3칙을 쓴 것이 남아 있다. 윤정기의 시론에는 정약용의 영향이 강하게 남아 있는데 이 서첩 역시 그 영향을 무시할 수 없다. 정약용은 『이십사시품』의 「세련」에 나오는 "흐르는 물이 오늘의 모습이라면 밝은 달은 전생의 모습이라네

(流水今日, 明月前身)"를 분운(分韻)하여 초의선사(草衣禪師)를 배웅하는 송시(送詩)를 지은 일이 있으므로 이 저작을 접했다는 것은 의심의 여지가 없다. 이 밖에도 조선 후기에 제작된 사본 몇 종이 성균관대와 고려대, 장서각 등에 소장되어 있으나 필사자가 분명하지 않기 때문에 논외로 한다.

이렇게 『이십사시품』을 서첩과 병풍 등으로 만들어 읽고 감상했다는 것은 그만큼 지식인들에게 이 저작이 널리 향유되었다는 증거이다. 그런데 『이십사시품』 애호는 글씨, 그림에만 한정되지 않고 그 내용을 인장으로 새긴 시품인(詩品印)으로까지 확산되었다. 우선 신위는 『이십사시품』에서 묘사한 생활태도와 예술을 애호하여 운치 있는 대목을 인장으로 새겼다. 묘조자연(妙造自然), 인담여국(人澹如菊), 유앵비린(流鶯比鄰), 사불욕치(思不欲癡), 기인여옥(可人如玉), 교교불군(矯矯不羣), 소사불원(所思不遠), 명월전신(明月前身)의 여덟 개 구절을 뽑아 인장을 만들어 사용하다가 1845년 인담여국인(人澹如菊印)을 국인(菊人)이란 후배에게 선물하기도 했다. 이 인장은 전각을 잘한 그의 아들 신명준(申命準)이 『섭송암시품인보(聶松巖詩品印譜)』에서 여덟 개를 축소 모각한 것이었다.

이미 명 말의 전각가 문팽(文彭)과 건륭제 때의 전각가 섭송암(聶松巖)의 『시품인보(詩品印譜)』가 조선에 들어와 감상되고 있었다. 그 정황은 김정희가 옹방강에게 보낸 편지에서도 확인된다. 김정희는 옹방강이 소장한 시품인을 보고 혹시 기윤(紀昀)으로부터 선물받은 것인지를 묻고 자기에게 인탁(印拓)하여 보내주기를 소원하였는데 그 편지가 『해동금석영기(海東金石零記)』에 실려 있다. 그가 기윤이 보내주었을 것이라고 추정한 시품인은 다름 아닌 섭송암의 『시품인보』이다. 이 인보를 둘러싼 섭송암과 기윤, 옹방강의 사연은 옹방강이 지은 장편시 「섭송암이 새긴 시품의 노래, 효람 각학에게 보낸다(崑松嚴篆詩品歌報曉嵐閣學作)」
에 잘 나타나 있다.

『이십사시품』이 신위와 김정희에 그치지 않고 당시 지식인들에게
널리 확산된 정황은 헌종이 만든 인보『보소당인존(寶蘇堂印存)』에 시품
구절을 새긴 인장이 30방(方)을 넘긴다는 사실에서 더 분명해진다. 10
칙 정도의 풍격에서 명구를 뽑아 새긴 것을 수집해놓았다. 현재로선
이 인장을 새긴 전각가가 누군지 알 수 없으나 문팽의 전각이 일부
모각된 것을 통해 문팽의 인보를 애호한 정황도 보인다. 이것을 통해
이 시대 지식인의 문예취향을 선명하게 보여준다.

2) 신위·김정희 등 시인의 시학과 『이십사시품』

19세기 시단에서 『이십사시품』을 앞장서서 표방한 시인은 신위이
다. 그의 시론은 복잡하고 미묘하나 뚜렷하게 각인된 것이 유소입두
론(由蘇入杜論)과 시경론(詩境論)이다.[11] 특히 언외지미와 선미(禪味)를 추구
한 경향이 『이십사시품』의 애호와 밀접하게 관련된다. 그는 청의 시
인으로 왕사정, 원매, 옹방강을 높이 평가하고 그들과 시론을 공유하
면서 자신의 시론을 정립해나갈 때나 후배들에게 작시(作詩)의 방향을
제시할 때도 『이십사시품』을 즐겨 활용하였다. 수십 수의 시에서 그
와 관련한 언급을 찾을 수 있는데 '함축'의 "한 글자를 쓰지 않고도
풍류를 모조리 표현한다[不著一字, 盡得風流]"를 『이십사시품』 전체의 정
수로 논하거나 후배와 동료들에게 창작의 모토임을 설파하기도 하였

---

11) 이현일, 『紫霞詩 연구』, 성균관대학교 박사학위논문, 2006, 54~56쪽.

다. 신위가 이렇게 『이십사시품』을 중요하게 다룬 이유는 그가 주장한 시론의 핵심의 일부를 이 비평서가 담고 있기 때문이다. 그가 시를 선적 직관과 결부시켜 이해하고, 일체의 먼지가 묻지 않은 투명한 유리와 같은 시심, 그리고 언어의 제약과 구체적 형상의 묘사를 넘어서 존재하는 시경을 중시한 것은 분명히 엄우, 『이십사시품』, 왕사정의 계보를 잇는 시학의 연장 선상에 있다.

김정희는 신위의 후배로서 역시 시서화 일치의 예술적 경계를 지향하였다. 예술에서 서권기를 중시하여 학력(學力)과 품격(品格)이 조화를 이룬 예술창작을 강조하였다. 특히 창작에서는 선적(禪的) 직관을 중시하였다. 특히 형사(形似)를 벗어나 신사(神似)를 추구하는 미학을 신위와 공유하고 있다. 그의 관점에 잘 부합하는 시론서가 바로 『이십사시품』이었다. 추사는 특히 '웅혼'을 자신의 예술미학을 대변하는 비평으로 자주 언급하였는데 그의 서예론에서 그 증거를 찾아볼 수 있다. 그는 고대 예서를 학습한 바탕 위에서 독특한 추사체(秋史體)를 창조해냈다. 전한(前漢)의 예서는 웅건한 힘과 고졸한 멋, 반듯하고 굳센 특징을 보이는데, 그 같은 한비(漢碑)의 특징을 글씨에서 되살리고자 애썼다. 그 미학을 '웅혼'이 잘 표현한다고 보았다. 더욱이 추사는 말하지 않고도 의사를 전달할 수 있는 심오한 예술의 경지를 강조했는데, 그 근거 역시 '웅혼'에서 찾고 있다. '웅혼' 미학의 핵심이 담긴 이 구절이 말로 표현하기 불가능한 영역의 미학을 잘 표현했다고 말했다.

이 밖에도 그는 「낙목일안도에 붙이다(題落木一鴈圖)」와 「연산뢰기(硯山瀨記)」, 「백파상찬(白坡像贊)」 등의 산문작품에서 『이십사시품』의 내용을 직접 인용하여 글을 완성했고, 그의 후배인 신석희(申錫禧)는 「담연재시집서(覃揅齋詩集序)」에서 추사의 작품 세계를 『이십사시품』의 「청기」

풍격을 구현했다고 평한 바 있다. 김정희의 작품이 단순한 천재성에 기대지 않고 학문적 깊이가 있는 기세가 강한 시이고, 그런 특징을 강조한 시론을 펼친 것은 『이십사시품』의 미학과 깊은 관련을 맺고 있다.

신위, 김정희와 밀접한 관련을 맺고 있는 후배 그룹 문인들 역시 『이십사시품』을 대단히 애호하였다. 저명한 화가인 조희룡(趙熙龍, 1789~1866)은 『시품』을 즐겨 읽은 예술가의 한 사람으로 『한와헌제화잡존(漢瓦軒題畵雜存)』에서 「세련」한 칙을 아예 매화를 그리는 창조의 과정을 묘사한 것으로 보고자 했다. 이상적(李尙迪, 1804~1865)은 중국인 친구 의묵농(儀墨農)의 죽음을 애도하며 그가 준 벼루에 쓴 「옥정연명(玉井硯銘)」에서 그 명사(銘詞)를 『이십사시품』에서 집구(集句)하여 썼다.

한편 추사의 아우인 산천(山泉) 김명희(金命喜, 1788~1857)는 시를 논한 시에서 이 저작을 언급하였다. "어린 아이 처음 시를 배워, 장도의 첫 걸음을 떼었네. 사공도의 『시품』을 낭랑하게 읊고, 육기(陸機)의 「문부(文賦)」를 대충 읽어보네. 늙은이가 그 소리를 듣고 기뻐서 가르칠 만한 아이라 여겼네"[12]라고 하였다. 『이십사시품』이 시를 배우는 교과서로 이용되고 있는 당시 시단의 상황을 보여준다. 김명희는 이 저작이 엄우와 왕사정의 신운을 강조하는 시학의 바탕으로서 학문적 깊이가 없는 감흥만 넘치는 창작의 세계로 시를 배우는 이를 오도할 것을 우려하였다. 시인은 학문에 기초하여 창작해야 한다는 점을 그 대안으로 거듭 강조하였다. 그런데 김명희의 관점은 학력(學力)을 강조한 추사의 시론과 밀접하게 관련을 맺고 있다. 그들이 비록 『이십사시품』의 해독을 지적하

---

12) 金命喜, 『聯璧詩鈔』, 국립중앙도서관, 「喜兒子與再從孫台濟作詩. ~」. "稚兒始學詩, 長途試初步. 朗吟司空品, 汎覽陸機賦. 老夫聞之喜, 汝豈可敎孺."

고는 있으나 그만큼 이 저작의 영향이 컸다는 사실을 말해준다.

이 밖에도 당시에 시인으로 저명한 이만용(李晚用)과 강위(姜瑋)도 이 저작을 언급하고 있어 그 내용을 숙지하고 있음을 알 수 있다. 이렇게 19세기 전체를 통해 중추적 위치를 차지한 시인들이 『이십사시품』을 그들 시론의 멘토로 활용했다.

3) 근대: 서화계의 이십사시품 풍미

19세기 후반기와 20세기 초에 해당하는 시기에도 『이십사시품』에 대한 애호는 식지 않았다. 근대를 대표하는 문장가인 한장석(韓章錫, 1832~1894)과 황현(黃玹, 1855~1910), 김윤식(金允植, 1835~1922) 등도 이 저작을 활용하여 자신들의 문예관을 표현하였다. 단순한 시론서가 아니라 운치 있는 삶을 제시한 저작으로도 활용하였다. 한장석은 자신의 작품에서 「청기」 항목에서 인용하여 고아한 정경을 묘사하였고,13) 김윤식은 '옥호매춘, 상우모옥(玉壺買春賞雨茅屋)'으로 분운(分韻)하여 시를 짓기도 하였다. 오세창(吳世昌)은 『이십사시품』을 필사하여 서첩을 만들었고, 이기(李沂)는 「청기」의 한 구절을 써서 자신의 생각을 표현하였다. 이 시기에 편찬된 시화 『동시총화(東詩叢話)』에는 한국의 시를 중심으로 논의를 펼친 뒤 권4에서 『이십사시품』을 그대로 전재했다. 시를 배우는 사람이라면 세심하게 이 책을 봐서 어떤 풍격이 어떤 맥락에서 나왔는지를 파악해야 한다는 것이 전재한 이유였다.14) 동시에

---

13) 韓章錫, 「石樓詩卷序」. "司空表聖『品詩』云: '晴雪滿汀, 隔溪漁舟', 此境之淸遠也. 繼之曰: '可人如玉, 步屧尋幽', 此情之溫雅也."

14) 무명씨, 『東詩叢話』 권4, 『韓國詩話叢編』 11, 470쪽. "凡作詩者, 須當着意看過. 每見今人品詩者, 好逢迎人意, 必曰某句雄渾, 某句沖澹, 殊不知雄渾沖澹從甚派出來也."

왕사정의 시화를 함께 다수 거론한 것은 이 시기에 19세기의 주도적인 시론이 여전히 큰 영향력을 행사했다는 사실을 보여준다.

5. 맺음말

『이십사시품』은 16세기에 수용된 이래 지속적으로 관심의 대상이 되었고, 예술에 큰 영향을 미쳤다. 특히 18·19세기 조선의 예술계에 큰 반향을 일으켰고, 신위와 김정희를 비롯한 일군의 경화세족(京華世族) 지식인 및 화가와 서법가들에게 예술적 상상력의 주요한 원천이 되었다. 단순한 문학비평서의 차원을 넘어서 각종 예술에 영감을 불어넣은 시였을 뿐만 아니라 품격 있는 삶을 제시한 청언소품(淸言小品)의 역할을 수행하였다. 20세기 전반기까지 그 영향은 지속되었다.

이 글은 이 중요한 비평저작이 한국의 비평과 문학, 기타 예술에서 어떤 과정을 거쳐 수용되고 활용되며 상호작용을 했는지 분석하였다. 『이십사시품』이 다양하게 활용되고 수용된 과정을 심층적으로 분석함으로써 조선 후기 문학과 예술의 변화과정을 깊이 있게 들여다보는 계기를 만들 수 있었다.

XII

일본의 중국고전문학이론 연구 개황[*]
시문론(詩文論)을 중심으로

고인덕[**]

1. 들어가며

　최근에는 중국문학을 연구하는 데 있어서도 학자들의 국제 교류가 활발해졌고, 또 인터넷이 사용 등으로 서로 간의 학문 연구 현황을 파악하는 것이 편리해졌다. 그러나 그렇다고는 해도 아직 각 나라의 연구 상황을 반드시 충분히 파악하고 있는 것은 아닌 것 같다. 일본의 상황도 그러하여서 특히 소설, 희곡, 현대문학 분야에 비하여 고전 시문 분야가 상대적으로 학자들의 교류도 부족하고 서로 간의 연구 동향을 소개할 기회가 부족한 것 같다. 일본의 중국고전시문론 분야의 연구 개황에 대해서는 필자가 1998년에 필자의 박사학위 논문을 소개하는 글을 쓰면서 간단히 2페이지 정도로 소개한 적이 있었고,[1] 2004년에는 고려대학교의 중국학연구소에서, 2008년도 11월에는 한국중어중문학회 연합학술대회에서 구두 발표를 한 적이 있다. 세 번 모두 주

---

* 이 글은 『중국어문학논집』 제58호(2009)에 실린 것에 한자어를 한글로 바꾸는 등의 일부 수정을 가하여 완성한 것이다.

** 연세대학교 인문학연구원 HK연구교수.

1) 졸고, 「竟陵派의 詩論과 『詩歸』」, 『中國語文學誌』 第5集, 1998.

최 측의 요청에 의하여 테마를 결정한 것으로 중국고전시문론 분야의 일본의 연구 동향에 관심을 가진 분이 상당히 많다는 인상을 받았었기에, 이번에 한국중어중문학회 연합학술대회에서 구두 발표한 글을 수정 보완하여 정리해보고자 한다. 해외에서 일본의 중국고전문학이론 연구 동향에 대하여 소개한 글로는 1983년에 발표된 오카무라 시게루(岡村繁)의 「일본이 연구한 중국 고대문학이론의 개황(日本研究中國古代文論的槪況)」[2)이 있고, 또 오카무라 시게루의 이 글과 1982년까지의 일본의 중국고전문학이론 연구 문헌 목록을 참고하여 중국학자인 장하이밍(張海明)이 작성한 글이 「해외와 대만 홍콩 지역의 중국고대문학이론 연구(海外和臺港地區的中國古代文論研究)」[3)에 포함되어 있다. 필자는 이상과 같은 선행 연구와 『일본중국학회보(日本中國學會報)』의 중국문학 연구 목록, 『중국문학연구문헌요람(中國文學硏究文獻要覽) 1945~1977』,[4) 『중국문학연구문헌요람(고전문학) 1978~2007』,[5) 그리고 각종 중국문학이론 관계 저서와 논문을 참고하여 이 글을 완성하고자 한다.[6) 단 중국고전시문론이라는 한정된 분야이기는 하지만 100년이라는 오랜 동안 축적된 방대한 연구 성과를 요약하는 것이기에 우선 단행본을 중심으로 전반적인 개황을 소개하고자 하며, 좀 더 심화된 연구는 다음 기회로 미루기로 한다.

---

2) 王元化 選編, 『日本研究文心調龍論文集』, 齊魯書社, 1983.

3) 『回顧與反思 −古代文論研究七十年−』, 北京師範大學出版社, 1997.

4) 石川梅次郎 감수, 日外アソシエーツ, 1979.

5) 川合康三 감수, 日外アソシエーツ, 2008.

6) 경동대학교 이현우 교수의 조언에 의하면 이 외에 다음과 같은 것들을 참고할 수 있다.
   「中國古典文論研究在東方」, 『中國文學年鑒』 1995~1996, 作家出版社, 1996年 11月.
   王曉平, 周發祥, 李逸津 著, 『國外中國古代文論研究』, 江蘇敎育出版社, 1998年 8月.

2. 일본의 중국문학 연구의 역사

일본에서 중국문학을 학술 연구의 대상으로 삼기 시작한 것은 교토대학(京都大學)과 도쿄대학(東京大學)에 중국문학담당의 전임교수를 두기 시작한 때부터라고 하는 것이 일반적인 생각이다. 그 시기로는 교토대학은 1908년 스즈키 도라오(鈴木虎雄)를 중국문학전담으로 초빙하였고, 도쿄대학은 1917년에 시오노야 온(塩谷溫)을 중국문학담당 전임으로 초빙하였으니 교토대학이 앞섰다고 할 수 있다. 그 이전의 한학(漢學)시대에는 문학은 취미로 즐기는 것으로 여겨졌으며 주로 창작을 하기 위한 방편으로 중국의 고전문학을 학습하였던 것이다. 단 그 이전에도 '한학'이 아닌 '支那文學(지나문학: 중국문학)'에 대한 개념은 존재하여서 1897년 고조 데기치(古城貞吉)가 『지나문학사(支那文學史)』를 저술하였는데 이는 중국보다도 먼저 저술된 중국문학사이다. 이를 필두로 하여 몇 종류의 중국문학사들이 저술되어서 특히 고지마 겐키치로(兒島獻吉郎)의 『지나문학사강(支那文學史綱)』 등은 중국인의 중국문학사 기술에 많은 영향을 주었다는 것이 후단대학(復旦大學) 천광홍(陳廣宏) 교수의 논문에서 밝혀졌다.[7] 그다음 스즈키 도라오가 1938년 교토대학을 퇴임하자 제1회 졸업생인 아오키 마사루(靑木正兒)가 그 뒤를 이었으며, 도쿄대학은 시오노야 온이 퇴임한 후에 교토대학에서 어학을 담당하고 있던 구라이시 다케시로(倉石武四郎)가 그 뒤를 이었다. 아오키 마사루와 구라이시 다케시로의 시대가 일본 중국문학연구의 제2기라고 할 수 있다. 제1기의 스즈키 도라오는 『지나시론사(支那詩論史)』·『부사대요(賦史大要)』 등의 저

---

7) 陳廣宏, 「曾毅『中國文學史』與兒島獻吉郎『支那文學史綱』之比較研究」, 『중국어문학』 제42집, 2003.

서를 남긴 외에 두보의 시와『옥대신영(玉臺新詠)』을 번역하는 등 시 분야에서 뛰어난 업적을 남기고 있으며, 아오키 마사루는 희곡과 문학사상 부분까지 범위를 확대시켜『지나근세희곡사(支那近世戲曲史)』·『원인잡극서설(元人雜劇序說)』·『청대문학평론사(淸代文學評論史)』·『지나문학사상사(支那文學思想史)』 등의 저서를 남겼다. 구라이시 다케시로는 문헌을 당시까지의 훈독이 아닌 중국어로 읽고 해석할 것을 주장하여 중국문학연구를 외국문학연구의 하나로 확립하는 데 공헌하였다. 결과적으로 교토대학에서는 시와 곡의 연구가 성행하게 되었으며 도쿄대학에서는 제1기의 시오노야 온이 소설과 곡에 관심을 가지고 있었던 까닭으로 소설과 곡의 연구가 성행하게 되었다. 중국문학 연구의 제3기는 요시카와 고지로(吉川幸次郎)에 의하여 열렸는데, 그는 1947년에 정년퇴임한 아오키 마사루의 뒤를 이어 교토대학의 교수로 취임하였다. 대체로 이 무렵부터 중국문학에 관하여 일본 사람들이 관심을 가지게 되었는데 요시카와 고지로는 세계문학의 시야로부터 중국문학의 독자성과 특수성을 말하려고 노력한 첫 번째 중국문학연구자이었다. 즉 그에 의하여 외국문학으로서 중국문학을 연구하는 자세가 확립되었다고 할 수 있다. 그는 또한 시(詩)에서 곡(曲)까지, 고대에서 현대에 이르기까지의 넓은 범위를 정세하게 연구하여 일본의 중국문학연구의 황금시대를 여는 데 커다란 공헌을 하였다고 할 수 있는데 그와 비슷한 시기에 활약한 중국문학연구자로는 메카다 마코토(目加田誠), 오가와 다마키(小川環樹), 이리야 요시다카(入矢義高), 오노 시노부(小野忍), 오쿠노 신타로(奧野信太郎), 다케우치 요시미(竹內好) 등이 있으나 모두 고인이 되었으며, 현재의 학계는 그들의 제자들이 중진과 원로로서 활약하고 있다.

일본의 중국문학 연구의 특징을 말해보자면 실증적인 역사적 연구

방법과 소설과 희곡 등 속문학의 중시라고 할 수 있다. 일본에서 중국문학이 학문의 대상으로 성립해가는 초창기에 일본의 연구자들이 어떠한 소재를 어떠한 방법론으로 연구할 것인지에 대하여 모색한 흔적들이 남아 있는데, 즉 가노 나오키(狩野直喜)는 1901년부터 2년간 청나라에 유학하여 상해에서 영국·아일랜드 왕립아시아협회 북중국 지부(The North China Branch of the Royal Asiatic Society)[8)]에 출입하면서 유럽의 시노로지에 접하게 되어 그것의 일본 소개에 힘썼다고 한다. 그 결과 첫 번째로는 중국고전을 문헌학적인(Philology) 관점으로 검토하는 것이며, 둘째로는 종래 중국의 학자와 에도시대 일본의 학자들이 돌아보지 않았던 소설과 희곡에의 관심, 그리고 도교 등 민간 풍습의 연구이었다.[9)] 그리고 그 과정에서 청조의 고증학이 정도인 것을 다시 한번 인식히게 되었을 것이라는 추측이다. 또한 아오키 마사루에게서도 역시 그러한 모색이 있었던 흔적을 찾아볼 수 있다. 즉 그는 1925년에서 1926년 사이에 중국에 유학하였는데, 그 시기에 발표한 글에서 말하기를 중국문학에 대한 이해와 감상에 있어서는 아무래도 자국인인 중국인들에 비하여 뒤떨어지므로 중국인들과 맞서기 위해서 일본의 중국학자는 새로운 체계에 의한 방법과 미개의 분야를 개척하였다고 하였다. 즉 문학연구에 있어서 새로운 체계라는 것은 역사적 연구법이며, 미개의 분야라는 것은 희곡과 소설 등의 통속문학인데 이러한 것들은 물론 유럽문화의 영향에 의한 것이며 결과적으로 중국학계보다 먼저 각성하였고 또 중국과의 문화적인 친연성으로 하여

---

8) 영국 교민들이 근대 상해에 설립한 중요한 문화기구로서 주로 중국의 자연과 사회에 대하여 광범위한 조사와 심화 연구에 종사하였고, 1857~1952년 사이에 존립하였다.

9) 에가미 나미오(江上波夫) 編, 『東洋學の系譜』, 東京: 大修館書店, 1992, 102~103쪽.

유럽의 중국학자들보다 유리한 입장이라고 하였다.[10) 일본이 중국학 성립기에 받아들인 실증주의는 청조의 고증학에 서양의 실증주의를 접목한 것으로 당시의 정치적 상황에 기인하는 제국주의 학풍이라는 것은 흔히 언급되는 사실로서 당시의 일본 중국문학 연구가 실증적인 역사적 연구방법을 채택한 배경으로 작용하였을 것이다. 그러나 위의 가노 나오키와 아오키 마사루의 경우는 당시의 학자들이 연구방법론 등에 대하여 어떠한 인식을 지니고 중국문학을 연구하였는지 그 일단을 보여준다는 점에서 매우 흥미롭다.

현재에는 중국에서도 속문학을 중시하고 있어 연구 분야의 면에서는 중국과 큰 차이점이 없어졌다고도 할 수 있지만, 실증적 연구라는 점에서는 점점 그 깊이를 더해왔다고 할 수 있다. 단 연구가 점점 상세해짐에 따라서 개개의 연구자의 연구 분야도 세분화되어서 같은 중국의 고전문학을 연구하는 학자들이라도 연구 분야가 다르면 서로 논의할 수 없게 되었으며, 서로의 관심의 방향에도 통일성이 존재하지 않게 되어서 통일된 시각으로 중국문학사를 쓰는 일이 불가능하게 되었다고까지 말하고 있다. 이러한 상황은 중국문학뿐만 아니라 일본의 문학연구 전반에서 볼 수 있는 현상으로 피할 수 없는 것인지도 모르지만, 통일된 시각으로 새로운 중국문학사를 쓰려고 한다면 중국문학의 실태에 들어맞는 새로운 시각과 방법론의 모색이 필요하다고 할 수 있다.

---

10) 에가미 나미오, 위의 책, 263~264쪽.

3. 일본의 중국고전시문론 연구 개황

1) 일본의 지나학 개념 성립 이후~1945년까지

일본의 한학시대에도 물론 중국의 시문론에 대한 관심은 있었지만[11] 이에 대한 근대적인 연구는 20세기 이후부터라고 할 수 있으며, 처음으로 본격적으로 연구한 학자로는 스즈키 도라오를 들 수 있다. 일본에서 지나학이 중국학으로 바뀐 것은 대체로 2차 대전이 끝난 후부터라고 하는데, 본고에서는 스즈키 도라오로부터 2차 대전이 끝나는 시점인 1945년까지와 그 후로부터 현재에 이르기까지의 두 시기로 나누어서 일본의 중국고전문학이론 연구 개황을 살펴보고자 한다. 스즈키 도라오는 1926년에 『돈황본문심조룡교감기(敦煌本文心雕龍校勘記)』를 발표하였으며, 또 1928년에는 『황숙림본문심조룡교감기(黃叔琳本文心雕龍校勘記)』를 발표하였는데 이 두 업적은 『문심조룡』의 원문 교정에 커다란 공헌을 하였다.[12] 한편 이에 앞서 그는 1911년 7월부터 1912년 2월까지 『예문(藝文)』지에 「격조·신운·성령의 세 가지 시론(詩論)을 논하다(格調·神韻·性靈·の三詩說を論ず)」를 발표하였고, 또 역시 『예문(藝文)』지에 1919년 1월과 2월에 「주한 제가의 시에 대한 사상(周漢諸家の詩に對する思想)」, 1919년 8월부터 1920년 3월까지 「위진남북조시대의 문학론(魏晉南北朝時代の文學論)」을 발표하였다. 이 세 편의 글은 연구대상이 되는 시

---

11) 일본의 헤이안(平安)시대의 弘法大師 구우카이(空海, 774~835)는 당에 유학하고 귀국하여 『文鏡秘府論』을 지었는데, 이 책은 한시문의 작법을 설명한 것으로 육조부터 당까지의 서적에서 인용한 내용을 분류하여 편찬한 것이다. 이 책이 일본에서 가장 먼저 『문심조룡』을 인용한 책이다. 고젠 히로시(興膳宏)의 「日本的詩品研究班」(曹旭, 『中日韓詩品論文選評』, 上海古籍出版社, 2003)에 의하면 『시품』은 에도(江戶) 末期(1561)의 『官版吟窓雜錄』에 수록되어 있다고 한다.

12) 戶田浩曉 저, 曹旭 역, 「文心雕龍研究史」, 『文心雕龍研究』, 上海古籍出版社, 1992.

대순으로 배열되어 1925년에『지나시론사』13)라는 단행본으로 출간되었는데, 이 책은 제일 처음으로 쓰인 중국문학비평사로서 이후 중국학자들이 중국문학비평사를 저술하는 데 있어서 참고가 되었다. 즉 쑨량궁(孫俍工)은 스즈키 도라오의『지나시론사』의 제1편과 제2편을 번역하여『중국고대문예론사(中國古代文藝論史)』14)라는 책으로 발행하였으며, 중국에서 가장 먼저 쓰인 중국고전문학비평사라고 일컬어지는 천중판(陳鍾凡)의『중국문학비평소사(中國文學批評史)』(1927년)15)는 이 책을 참고문헌으로 들고 있다. 스즈키 도라오는 중국문학비평사에서 육조와 명청시대가 중요하다고 여겼기 때문에 먼저 여기에 힘을 기울였으며, 송시(宋詩)가 쇠퇴한 것은 시화가 번성하였기 때문이라고 일반적으로 생각하지만 오히려 올바른 평론이 없었기 때문이라고『지나시론사』의 서문에 밝히고 있다. 이 책에서 당·송·금·원대는 제3편의 명청시대의 앞부분에 간략하게 서술되어 있으며, 청대의 가경(嘉慶)과 도광(道光)시대에 대한 기술은 생략되어 있다. 또 덧붙여 특기할 만한 사항은 장하이밍에 의하면 위진을 중국문학의 자각시대라고 간주하는 관점은 일반적으로 루쉰(魯迅)에게서 비롯되었다고 여겨지고 있는데, 루쉰이 1927년 광조우(廣州)에서 행한「위진 풍격 및 문장과 약, 술의 관계(魏晉風度及文章與藥及酒之關係)」라는 강연의 원고를 보면 "문학의 자각시대"라고 인용부호로 처리되어 있으므로 루쉰이 스즈키 도라오의 글을 보았을 가능성이 있다고 한다.16) 이후 1930년대에는 중국의 시문론에 관하여 발

---

13) 京都 弘文堂書房. 이 책은 1927년도에 간행되었다는 설도 있으나 필자가 조사한 바에 의하면 1925년에 京都 弘文堂書房에서 발행된 다음 1927년도에 東京 弘文堂에서 다시 발행되었다.

14) 北新書局, 1928.

15) 中華書局, 1927.

16) 張海明,『回顧與反思─古代文論研究70年─』, 北京師範大學出版社, 1997, 247쪽.

표된 논문이 그다지 많지 않으며, 1943년에 스즈키 도라오의 제자인 아오키 마사루에 의하여 『지나문학사상사(支那文學思想史)』[17]가 발행되었다. 아오키 마사루는 이 책의 서에서 스즈키 도라오의 『지나시론사』가 중국문학사상의 정수를 담고 있으며, 그 연구는 정치(精緻)하고 핵심을 얻고 있어서 불후의 명저이지만, 처음부터 계획적으로 체계를 세워서 저술된 것이 아니고 때를 달리하여 잡지에 발표된 것을 모은 것이기 때문에 당송은 그 대강만 기술되었고, 또 위진남북조시대를 제외하고는 시학(詩學)사상에 한정되어 있기 때문에, 『지나시론사』에서 기술된 부분은 간단히 다루고 남겨진 부분을 기술하는 데 힘썼다고 밝히고 있다. 『지나문학사상사』는 내편 통사(通史)와 외편 각론으로 나누어져 있는데, 통사는 서론, 주한(周漢)의 실용오락시대, 위진남북조와 당의 문예지상시대, 송 원명청의 복고시대로 나누어 기술하고 있다. 외편 각론에서는 중국문예와 윤리사상, 주한의 음악사상, 주대의 미술사상, 도가의 문예사조, 청담, 시문서화론에 있어서의 허실(虛實)의 리(理) 등에 대하여 논하고 있다. 『지나시론사』와 『지나문학사상사』는 이후 일본의 중국고전문학이론 연구에 큰 영향을 미쳤다고 할 수 있는데, 이 두 저서가 일본과 중국의 중국고전문학이론 연구에 구체적으로 어떠한 영향을 미쳤는지 검토해볼 필요성이 있다고 생각된다.

2) 1946년~2008년

2차 대전 후 일본에서 중국고전문학이론 연구에 대한 연구는 대체

---

17) 東京 岩派書店.

로 『문심조룡(文心雕龍)』과 『시품(詩品)』으로부터 시작되었다고 할 수 있으며, 연구 업적 또한 육조시대에 관한 것이 상대적으로 풍부한 편이다. 이는 육조시대에 본격적인 문학비평이 시작되어 걸출한 연구대상 물들을 남기고 있는 것을 반영한 자연스러운 결과라고 할 수 있는데, 본고에서는 연구 시기의 순서가 아닌 연구 대상이 되는 시대의 순서대로 연구 개황을 소개하고자 한다. 왜냐하면 2차 대전 후 현재에 이르기까지 일본의 중국고전문학이론 연구에 있어서는 전반적으로 육조 중심의 시문론에서 그 외의 시대로 연구 범위가 확산되고, 또 판본의 교감이나 번역의 업적이 축적됨에 따라 점차 이론적인 고찰로 연구가 진행되어 왔다는 점은 인정되지만 기본적으로 연구 방법론이나 관점에 있어서 시대를 획할 만한 눈에 띄는 큰 변화는 보이지 않기 때문에 연구 대상에 의하여 고찰 범위를 나누는 편이 더욱 일목요연하게 일본의 연구 정황을 보여줄 수 있다고 생각되기 때문이다.

(1) 선진시대와 한대

한대(漢代)까지는 아직 본격적인 문학비평이 시작되기 전이어서 그에 대한 연구 내용도 자연 한계를 지니게 된다. 즉 그중 많은 부분이 『시경(詩經)』에 관련된 것이라고 할 수 있다. 『논어(論語)』・『맹자(孟子)』・『순자(荀子)』・『좌전(左傳)』 등의 전적에서 『시경』에 관하여 언급한 것이나, 또는 『시경』의 부비흥(賦比興) 등 육의(六義)에 관한 연구, 「모시서(毛詩序)」 및 정현(鄭玄)의 시경해석 등 한대의 시경학이 그 주요 내용이다. 일본에서는 특히 선진과 한대뿐만 아니라 중국 각 시대의 시경학에 대한 연구가 활발한 편인데, 전 와세다대학 철학과 교수 무라야마 요시히로(村山吉廣)를 중심으로 한 시경연구회(詩經研究會)에서 학회지인 『시경연구(詩經研究)』

에 각 시대의 시경학에 대한 논문을 꾸준히 발표하고 있다. 물론 각 시대의 시경학을 연구한 논문이 모두 문학이론과 관련이 있는 것은 아니지만, 『시경』에 대한 문학적 평가와 관련된 논문도 다수 포함되어 있기 때문에 우선 문학이론의 범주에 넣어도 좋을 것이다. 『시경』과 관련되지 않은 논문들로는 가령 「한위육조문학론에 나타난 정과 지의 문제(漢魏六朝文學論に現われた情と志の問題)」[18]와 같은 것이 있으며, 양웅(揚雄), 환담(桓譚), 반고(班固), 왕충(王充), 왕일(王逸) 등 한대 저술가들의 문학론에 관한 것도 한 편에서 몇 편까지 있다. 단 선진에서 한대까지의 문학이론에 관련된 단행본은 출간되지 않았으며 박사논문으로는 시라카와 시즈카(白川靜)가 1962년에 교토대학에 제출한 『흥의 연구(興の研究)』가 있다. 잡지에 발표된 논문으로는 한대의 시경학에 관한 연구까지 모두 포함하면 대략 90편 정도에 이르고 있다.

(2) 육조시대

위에서 이미 언급한 바와 같이 2차 대전 후 일본에서 중국고전문학이론에 대한 연구는 대체로 『문심조룡』으로부터 시작되었다고 할 수 있다. 즉 시바 로쿠로(斯波六郞)를 중심으로 한 히로시마대학, 요시카와 고지로(吉川幸次郞)를 중심으로 한 교토대학, 메카다 마코도(目加田誠)를 중심으로 한 규슈대학에서 모두 『문심조룡』의 정독과 연구를 시작하였다. 그리하여 그 결과물로 시바 로쿠로의 『문심조룡범주보정(文心雕龍范注補正)』[19]과 「문심조룡찰기(文心雕龍札記): 1~4」,[20] 시바 로쿠로의 제자인

---

18) 林田愼之助, 『目加田誠博士還曆記念中國學論集』, 1964.

19) 廣島大學 중국문학연구실, 1952년, 미완성.

20) 『支那學硏究』 10, 12, 15, 19호.

오카무라 시게루(岡村繁)의 『문심조룡색인(文心雕龍索引)』,[21] 요시카와 고지로의 제자인 고젠 히로시(興膳宏)의 『문심조룡』,[22] 메카다 마코도의 『문심조룡』[23]이 나왔다. 한편 릿쇼(立正)대학의 도다 히로아키(戶田浩曉)는 2차 대전 중부터 『문심조룡』의 역주와 판본연구에 힘을 기울여 역시 1974년과 1978년에 각각 『문심조룡』 번역본의 상권과 하권을 메지서원(明治書院)의 신석한문대계(新釋漢文大系)로 발행하였다. 물론 『문심조룡』과 관련된 성격을 달리하는 각종 논문도 많이 발표되었는데, 번역까지 모두 포함하면 1945년 이후 2007년에 이르기까지 약 100편 정도에 이르고 있다. 일본의 『문심조룡』 연구 상황을 살펴보면 판본고증(板本考證)·교감(校勘)·역주(譯註)·색인(索引)에서 이론적 고찰에 이르기까지 골고루 분포되어 있는데, 초기의 판본고증·교감·역주에서 점차 이론적 고찰이 많아지는 추세이다. 이러한 연구경향을 반영하여 2005년도에 발표된 가도와키 히로후네(門脇廣文)의 『문심조룡 연구(文心雕龍の研究)』[24]는 도후쿠(東北)대학에 제출한 박사학위 청구논문 『문심조룡 연구서설(文心雕龍研究序說)』을 수정하여 출판한 것인데, 저자는 흔히 유불도 사상이 혼재되어 있어서 일관된 논리가 부족하다고 평가되고 있는 『문심조룡』을 일관되게 지탱하고 있는 논리는 사고(思考)를 운용할 때의 사고 양식이라고 파악하여, 그것을 기반으로 한 『문심조룡』 전체의 논리적 구조를 밝혀내었다고 밝히고 있다.[25] 또 도다 히로아키는 문심조룡 등에 관하여 그간 발표한 논문을 모아서 1987년에 『중국문

---

21) 廣島文理科大學漢文學硏究室, 1950.

22) 일본어역본, 筑摩書房, 1964.

23) 일본어역본, 平凡社, 1974.

24) 創文社.

25) 「學界展望(文學)」, 『日本中國學會報』 제58집, 2006.

학론고(中國文學論考)』26)라는 단행본으로 출판하였는데, 이 책 중의 『문심 조룡』에 관한 논문은 중국어로 번역되어 『문심조룡연구(文心雕龍研究)』27) 라는 단행본으로 발간되었다. 일본의 『문심조룡』의 연구 성과는 그 이 전에도 중국에 소개되어, 1983년에 『일본 연구 문심조룡 논문집(日本研 究文心雕龍論文集)』28)이라는 단행본으로 발행되었다.

2차 대전 후 일본에서 『문심조룡』과 함께 연구자들의 관심을 모은 것은 종영(鍾嶸)의 『시품(詩品)』이었다. 먼저 히로사키(弘前)대학의 다카마 쓰 고오메이(高松亨明)가 오랫동안 『시품』연구에 종사한 결과물로 일본 에서 제일 처음으로 『시품』의 일본어 역주본인 『시품상해(詩品詳解)』29) 를 발표하였다. 그 후 1962년에는 『시품』의 정확한 주석을 작성하기 위하여 교토에서 연구회가 발족하였는데, 이때 참가한 학자들은 리쓰 메칸(立命館)대학의 다카기 마사가즈(高木正一)를 중심으로 하여, 요시카 와 고지로(吉川幸次郎), 오가와 다마키(小川環樹), 다나카 겐지(田中謙二), 무라 카미 테츠미(村上哲見), 오비 고이치(小尾郊一), 후나츠 도미히코(船津富彦) 등 교토 외에 전국 각지에 거주하고 있는 연구자들까지도 포함하여 대 략 20여 인이었다. 그리하여 우선 연구회의 결과물이 「종씨시품소(鍾 氏詩品疏)」라는 제목으로 9회에 걸쳐서 『입명관문학(立命館文學)』30)에 발 표된 다음 대표자인 다카기 마사가즈에 의하여 정리되어 1978년에 『종 영시품(鍾嶸詩品)』31)이라는 단행본으로 출간되었다. 이 책은 당시 일본

---

26) 汲古書院.
27) 上海古籍出版社, 1992.
28) 齊魯書社.
29) 中國文學會, 1959.
30) 232, 241, 268, 272, 282, 300, 308, 309, 314호.
31) 東海大學出版會.

의 중국문학계의 원로들이 대거 참석하여 약 5년간 함께 연구한 결과
물로 현재에 이르기까지도 일본에서 출판된 『시품(詩品)』에 관한 최량
의 연구서로서 평가되고 있으며 널리 이용되고 있다. 한편 이 연구회
에 참석한 학자 중의 한 사람인 고젠 히로시(興膳宏)는 1971년에 일본
어 번역본인 『시품』[32)을 출간하였는데, 이 책은 일반 독자들도 고려
하여 상세한 고증은 생략하고 알기 쉬운 일본어로 옮겨졌으며, 평가
대상이 되는 시인들의 작품까지도 해설에 삽입하였다. 이상과 같은 『시
품』의 역주본 외에 물론 논문도 많이 발표되었는데, 역주 등까지 포
함하면 2007년까지 대략 35~40편 정도이다. 이 중에는 상기한 바의
역주 외에 교감으로 다카마쓰 고메이(高松亨明)의 「종영시품교감(鐘嶸詩品
校勘)」[33)이 있고 이론적 고찰이 주를 이룬다.

  『문심조룡』과 『시품』 외에도 조비(曹丕)의 『전론(典論)·논문(論文)』과
육기(陸機)의 「문부(文賦)」에 대해서도 각각 약 10편 정도의 논문이 있
고, 그 외 건안(建安)문학을 위시하여 심약(沈約), 갈홍(葛洪), 도연명(陶淵明),
소명태자(昭明太子) 등 육조시대의 영향력 있는 문인들의 문학론에 대
해서도 논문들이 있다. 또 육조시대의 시문론을 주 내용으로 하는 단
행본으로는 하야시다 신노스케(林田愼之助)의 『중국중세문학평론사(中國
中世文學評論史)』[34)와 고젠 히로시의 『중국의 문학이론(中國の文學理論)』[35)
이 있다. 하야시다 신노스케는 대학과 대학원 시절에 각각 아오키 마
사루와 메카타 마코토의 가르침을 받았는데, 『중국중세문학평론사』

---

32) 朝日新聞社.
33) 弘前大學 『文經論叢』 1, 1965년 11월.
34) 創文社. 1979.
35) 筑摩書房. 1988.

는 한에서 수당까지 연구대상으로 하고 있지만 주로 육조를 중심으로 하며, 이는 저자가 그간 발표해온 논문을 정리 보완하여 출간한 것으로, 내용이 충실하고 체계가 있어서 일본에서 명저로서 높은 평가를 받고 있다. 요시카와 고지로의 제자인 고젠 히로시의『중국의 문학이론(中國の文學理論)』은 저자가 발표해온『문심조룡』과『시품』에 관한 논문들과 그 외 육조시대의 문학이론에 관한 논문이 주가 되는데, 왕창령(王昌齡)의 창작론과『문경비부론(文鏡秘府論)』에 관한 논문도 포함되어 있다.

이상 살펴본 바와 같이 일본의 육조시대의 문학이론에 관한 연구는 질량에 있어서 뛰어난 수준을 자랑하고 있는데, 여기에서 덧붙여야 할 사항은『문선(文選)』과『옥대신영(玉臺新詠)』에 관한 연구이다.『문선』에 관한 연구는 대체로 60년대부터 본격적으로 시작되었다고 할 수 있는데 현재에 이르러서는 판본연구, 교감, 역주, 색인에서부터 이론적인 고찰에 이르기까지 상당한 연구결과가 축적되어 있다. 역주본만 해도 메지쇼인(明治書院)의 신석한문대계(新釋漢文大系)본과 슈에사(集英社)의 전석한문대계(全釋漢文大系)본을 비롯하여 최소 5종 이상 출간되었으며, 각종 성격의 논문은 약 130편 정도에 이른다. 물론 이러한 논문들이 모두 문학이론과 관련이 있는 것은 아니지만『문선』이라는 선집을 뒷받침하고 있는 문학관과 관련된 논문들은 문학비평에 관한 연구에 포함시켜도 좋을 것이다. 특히『문선』에 대한 연구에서 주목할 만한 점은『문선』의 주(注)에 대한 연구이다. 즉 주석을 가한 사람들이『문선』의 작품들을 어떻게 해석하였는지에 대한 연구로서 예를 들면「『문선』이선 주 소고-이선의『문선』해석(『文選』李善注小考-李善의『文選』解釋)」과 같은 논문이 있고, 이와 관련된 대표적인 단행본으로는 오카무라 시게루(岡村繁)의 『문선연구(文選の硏究)』[36]와 도미나가 카즈토(富永一登)의 『문선이선주의 연구(文選李善注の硏究)』[37]등이 있다. 물론 주에 관한 연구는 주를 가한 사람들이 살았던 시대의 문학관과 관련되어 있는 것은 두말할 필요도 없을 것이다. 『옥대신영』도 스즈키 도라오에 의하여 1953년에서 1956년에 걸쳐서 이와나미쇼텐(岩波書店)에서 역해본이 나온 뒤 다시 메지쇼인(明治書院, 1974~1975)과 가쿠슈겐큐사(學習硏究社, 1986년)에 의해서도 역주본이 발행되었다. 각종 논문은 모두 합하여 약 30편 정도 발표되었으며, 1976년에는 『옥대신영색인(玉臺新詠索引)』[38]이 발행되었다.

(3) 당송시대

당대의 문학이론에 대한 연구로는 진자앙(陳子昂), 왕창령(王昌齡), 두보(杜甫), 백거이(白居易), 한유(韓愈) 등 주요 문인들의 문학관에 대한 연구 외에 당대의 고문운동, 사공도(司空圖)의 『이십사시품(二十四詩品)』, 교연(皎然)의 『시식(詩式)』, 맹계(孟棨)의 『본사시(本事詩)』에 대한 연구가 활발하다. 『이십사시품(二十四詩品)』은 일찍이 1951년도에 고바야시 다케시(小林健志)에 의하여 일본어로 번역되었으며,[39] 2000년에 가도와키 히로후네(門脇廣文)에 의하여 다시 번역본이 출간되었다.[40] 『이십사시품』에 대한 논문으로는 『이십사시품』의 위작설에 대한 것 등 7~8편이 있다. 교연의 『시식』에 대한 연구로는 후나츠 도미히코(船津富彦)의 「시식

---

36) 東京: 岩派書店, 1999.
37) 東京: 硏文出版, 1999.
38) 山本書店.
39) 志延舍文庫, 自印.
40) 明德出版社.

교감기(詩式校勘記)」41)를 비롯하여 8편 정도가 있으며, 맹계의『본사시』에 대한 논문도 역시 역주와 교감기를 포함하여 8편 정도 있다. 당대의 문학이론에 관한 단행본으로는 후루카와 스에키(古川末喜)의『초당의 문학사상과 운율론(初唐の文學思想と韻律論)』42)이 있는데, 이 책은 제1편「한위육조의 문학사상」, 제2편「초당의 국가와 문학사상」, 제3편「육조수당의 운율론을 둘러싼 문학사상」의 세 편으로 구성되어 있으며, 전반부는 부(賦)・문(文)・서간(書簡)・시가(詩歌) 등의 문학 양식을 통하여 문체의 의식(意識)・기능(機能)・변용(變容)을 논하여 당 건국 시에 문학을 어떻게 파악하였는지를 규명하며, 후반의 운율론은 문학평론상의 운율론이라고 하는 역사적인 면과 시가의 본질을 어떻게 파악할 것인가라고 하는 문제를 제기하고 있다.43)

긱종 시선집에 대한 연구도 후인들이 당시를 선(選)하여 편찬한 것인『삼체시(三體詩)』나『당시선(唐詩選)』등에 대한 연구가 활발할 뿐만 아니라 당대 사람들이 당시를 선한 것인『하악영령집(河岳英靈集)』,『국수집(國秀集)』,『한림학사집(翰林學士集)』등에 대한 논문도 모두 약 16편 정도 있다.

송대의 문학이론에 관한 연구로는 매요신(梅堯臣), 구양수(歐陽修), 소식(蘇軾), 왕안석(王安石), 황정견(黃庭堅), 양만리(楊萬里), 육유(陸游) 등의 주요 작가 외에『창랑시화(滄浪詩話)』,『육일거사시화(六一居士詩話)』,『시인옥설(詩人玉屑)』등의 시화에 대한 연구가 활발하다. 작가 중에서는 구양수와 소식의 문학이론에 대한 연구가 활발한데, 특히 구양수의 시문론

---

41)『東洋文學研究』1.

42) 知泉書館, 2003.

43)「學界展望(文學)」,『日本中國學會報』제56집, 2004.

에 대한 연구는『육일거사시화』까지 포함하면 거의 20여 편에 이른
다. 시화 중에서는『창랑시화』에 대한 연구가 많은 편인데 그 일본어
역본으로 아라이 겐(荒井健)의『창랑시화(滄浪詩話)』[44]와 이치노사와 도
라오(市野澤寅雄)의『창랑시화』[45]가 있고, 그에 대한 논문은 6~7편정도
있다. 송대의 문학이론에 대한 단행본으로는 후나츠 도미히코(船津富彦)
의『당송문학론』[46]이 있는데, 제1편은 '당대문학론'으로 교연, 사공
도 등의 문학론과 당 전기(傳奇)에 관한 글 등이 포함되어 있고, 제2편
은 '송대문학론'으로서 구양수, 소동파의 문학론과『창랑시화』를 비
롯한 시화에 관한 글이다.

송대의 각종 선집에 대해서도 어느 정도 기본 연구는 되어 있다.
『문원영화(文苑英華)』,『악부시집(樂府詩集)』,『문장궤범(文章軌範)』,『고문진
보(古文眞寶)』 등에 대하여 몇 편씩의 논문이 있으며,『악부시집』에 대
한 단행본 연구서로 나카츠하마 와타루(中津浜渉)의『악부시집연구(樂府
詩集の硏究)』[47]가 있다.

(4) 금원명청시대

일본의 중국고전문학 연구는 대체로 육조에서 당송에 이르기까지
의 시문에 대한 연구가 주가 되지만 상대적으로 일찍부터 속문학을
중요시하여 원 이후로는 초창기부터 주로 속문학에 대한 연구가 활
발하였다. 그러나 문학이론에 있어서는 스즈키 도라오 이후 명청의

---

44) 朝日新聞社出版, 1972.
45) 東京: 明德出版社, 1976.
46) 汲古書院, 1986.
47) 汲古書院, 1970.

삼시설, 즉 격조(格調)·성령(性靈)·신운설(神韻說)도 중요시하여 이에 대한 연구는 상당히 축적되어 있는 편이다.

우선 금원대는 원호문(元好問)의 『중주집(中州集)』, 「논시삼십수(論詩三十首)」 등을 비롯하여 원호문의 시론에 관한 논문이 7편 정도 있고, 『영규율수(瀛奎律髓)』에 관한 논문 등 방회(方回)의 시론(詩論)에 관한 논문이 6편 있다.

명청의 시문론에 관한 논문들을 살펴보면 주로 격조·성령·신운설에 관한 유파연구와 이 삼시설에 관련된 문인들 중 특히 원굉도(袁宏道), 이지(李贄), 원매(袁枚), 왕사정(王士禎)의 시문론에 관한 연구가 활발한 편이며, 그 외 명청시대의 영향력 있는 문인들에 대해서는 거의 몇 편씩의 논문이 나와 있다. 명청시대에 특기할 만한 것은 문인들의 결사(結社)에 관한 연구인데 주로 요코타 테라도시(橫田輝俊)에 의하여 논문이 발표되었다. 역시 명청대도 시선집에 대한 연구가 활발하여, 명청시대에 영향력 있었던 시문집에 대해서는 거의 논문이 있는데, 경릉파의 『시귀(詩歸)』(『古詩歸』와 『唐詩歸』)에 대해서는 5편 정도 있다.

다음으로는 명청시대의 시문론에 관련된 단행본을 알아보기로 한다. 아오키 마사루는 1950년에 『청대문학평론사(淸代文學評論史)』[48]를 발행하였는데, 그는 이 책의 서문에서 『지나문학사상사(支那文學思想史)』의 제7장에 해당되는 청대의 문학사상을 확대한 것이라고 밝혔다. 그는 또 전체 문예사조는 대개 평론으로 나타나기 때문에 평론을 살펴보는 것이 전체 사조를 알기 위한 첩경이기 때문에 평론을 연구하였다고 하였다. 이 책은 시문론뿐만 아니라 청대의 사론과 희곡 평론까지

---

48) 岩派書店.

도 포괄하고 있다.

　마쓰시타 다다시(松下忠)는 1969년에 『에도시대의 시풍과 시론(江戶時代の詩風・詩論)』[49]을 발행하였는데 에도시대의 시풍・시론은 중국의 시문론, 특히 명청의 시론을 흡수한 것이 그 특징 중의 하나이어서 이 책의 하편은 그 자신의 '명청의 시론'에 대한 연구 결과를 정리한 것이다. 이 '명청의 시론' 부분을 보완하여 1978년에 『명청의 삼시설(明・清の三詩說)』[50]이라는 제목으로 출간하였는데, 이 책은 제1장 이반룡(李攀龍)・왕세정(王世貞)의 격조설, 제2장 원굉도・원매의 성령설, 제3장 왕사정의 신운설로 구성되어 있다. 마쓰시타 다다시는 이 책의 서문에서 스즈키 도라오의 『지나시론사』, 아오키 마사루의 『청대문학평론사』와 내용이 중복되지 않도록 유념하였다고 밝히고 있다.

　요코타 데라도시(橫田輝俊)는 1975년에 명의 호응린(胡應麟)의 시화집인 『시수(詩藪)』의 역주・해설서인 『시수』를 발간하였으며,[51] 또 1990년에는 『중국근세문학평론사(中國近世文學評論史)』[52]를 발간하였는데, 『중국근세문학평론사』의 제1부는 명대 시문사(詩文社)의 전개, 제2부는 명대문학론의 전개, 제3부는 청대문학론의 전개로 구성되어 있다. 그는 서문에서 1952년에 은사인 시바 로쿠로(斯波六郎)에게서 명대문학평론사를 연구하도록 명령받았다고 한다. 그 이후 발표해온 논문들을 정리하여 발간한 것이 이 책이다. 이 책의 제2부에서는 명초로부터 전후칠자와 공안파(公安派)까지의 시문론이 그 주가 되는 내용이며, 제3

---

49) 明治書院.

50) 明治書院. 1978.

51) 明德出版社. 이 책은 필자가 확인하지 못하였으나, 이 책과 마찬가지로 같은 출판사의 중국고전신서 시리즈에 들어 있는 이치노사와 도라오(市野澤寅雄)의 『滄浪詩話』와 유사한 체제일 것으로 판단되며, 차후 확인이 필요하다.

52) 溪水社.

부 청대문학론의 전개에서는 동성파(桐城派)와 증국번(曾國藩)의 고문론 (古文論)과 전겸익(錢謙益)·원매(袁枚)의 시론을 다루었다. 후나츠 도미히 코는 1993년에 『명청문학론(明淸文學論)』[53]을 발간하였는데, 이 책은 시 문론을 내용으로 하는 명대문학론과 시론과 소설론을 주 내용으로 하는 청대문학론의 두 부분으로 구성되어 있다.

이상 각 시대의 시문론에 관한 연구 상황의 개요를 소개해보았는 데, 어느 한 시대에 귀속되지 않는 단행본을 소개해보기로 하면 우선 후나츠 도미히코의 『중국시화의 연구(中國詩話の硏究)』[54]가 있다. 이 책 은 전편 '시화의 세계', 후편 '시화를 둘러싼 제 문제', 부편(附篇) '일본 과 조선의 시화에 대하여'의 세 부분으로 구성되어 있다. 전편은 시 화에 대한 총론적인 내용이며, 후편은 몇 종류의 시화에 대한 각론, 부편은 조선과 일본에 어떠한 시화들이 있는지, 또 그 시화들은 어떠 한 특징을 지니고 있는지 소개하는 글이다. 또 이토오 도라마루(伊藤虎 丸)·요코야마 이세오(橫山伊勢雄) 편의 『중국의 문학론(中國の文學論)』[55]은 모두 다른 작자에 의하여 쓰인 고대에서 근대에 이르기까지의 중국 의 문학론에 관한 논문들을 모아놓은 것이다. 이상의 단행본들 외에 하시모토 준(橋本循)의 『중국문학사상관견(中國文學思想管見)』[56]과 메카타 마코토(目加田誠)의 『중국의 문예사상(中國の文藝思想)』[57]이 있지만 그 내용 을 확인하지 못하였다.

이상 언급한 것 외에도 각 시대의 주요 문인들의 문학관에 대해서

---

53) 汲古書院.
54) 八雲書房, 1977.
55) 汲古書院, 1987.
56) 朋友書店, 1982.
57) 講談社 학술문고, 1991.

는 거의 모두 한 편에서 몇 편까지의 논문이 배출되어 있다고 할 수 있고, 또 마지막으로 언급해야 할 것으로는 문학이론에 있어서 중일 비교연구도 상당수 시도되었다는 것이다. 그 대표적인 연구업적으로는 오타 세이큐(太田靑丘)의 『일본의 가학과 중국의 시학(日本歌學と中國詩學)』[58]과 상기의 마쓰시타 다다시의 『에도시대의 시풍과 시론(江戶時代の詩風·詩論)』을 들 수 있다. 마쓰시타의 책은 부제를 '명청의 시론과 그 섭취'로 붙인 만큼 에도시대의 시풍과 시론은 중국의 시문론, 특히 명청 시론의 섭취와 주장이 그 특색의 하나라는 인식하에 저술된 것으로 일본 학사원은사상(學士院恩賜賞)을 수상하였다. 소논문은 대략 30편 정도에 이르는데 그중 『문경비부론(文鏡秘府論)』에 관한 것이 6편으로 가장 많다. 『문경비부론』은 중국의 문학이론을 말할 때 자주 함께 거론되며 헤이안시대의 승려인 구우카이(空海)의 저작이다. 이 책은 구우카이가 당에서 귀국할 무렵인 810년경에 지은 것이라고 생각되는데 그 내용은 한시문의 작법을 설명한 것으로 육조(六朝)에서 당(唐)에 이르기까지의 시문(詩文)·음운(音韻) 관계 서적들을 바탕으로 편찬한 것이며, 구우카이의 창작이 아니라고 하지만 원본이 산일되어 버린 지금 그 옛 형태를 엿볼 수 있는 단서로서 도리어 귀중하다고 평가된다.[59] 이상과 같은 내용만으로도 일본의 고전 시문론이 중국의 영향을 많이 받고 있음을 알 수 있다.

---

58) 東京: 弘文堂, 1958.

59) 이노구치 아쓰시(猪口篤志) 저, 심경호·한예원 역, 『일본한문학사』, 소명출판, 2000, 121쪽.

4. 일본의 중국고전시문론 연구의 특징

이상으로 일본의 중국고전시론 연구에 있어서 주요 연구대상에 따른 연구결과를 개괄해보았는데 다음은 그 연구 방법상의 특징에 대하여 언급해보기로 한다. 중국의 고전문학작품을 연구하는 데에 있어서 일본은 이미 기술한 바와 같이 메이지시대에 교토대학을 중심으로 확립한 실증적이고 역사적인 연구방법을 오늘날에 이르기까지도 주요특징으로 하고 있는데, 고전문학이론의 연구에 있어서도 대체로 그와 같은 연구방법의 틀을 크게 벗어나지 않는다고 할 수 있다. 우선 판본고증과 교감을 통하여 연구대상이 되는 저서의 믿을 만한 원본을 결정하고, 다음은 상세한 주석과 해설을 가하고 현대어로 번역을 한다. 그러한 기초 작업이 어느 정도 이루어지면 한 문학이론가나 문학유파의 이론의 체계를 세우고 중요한 개념의 함의를 설명하며 문학사 위에서 어떠한 영향을 끼쳤는지를 고찰한다. 이론의 체계를 세우고 개념의 함의를 설명하는 것은 중국이나 한국에서도 일반적인 방법이지만 여기에서 일본만의 특징을 들라고 한다면 소논문 한 편으로 하나의 개념을 설명할 만큼 상세하고 치밀한 논리전개를 선호하는 것이다. 예를 들자면 「육조(六朝)시대에 있어서 문학평어(文學評語) '신(新)'-서진(西晉) 태강(太康)·제량(齊粱) 문학의 '신'과 문심조룡(文心雕龍)」과 같은 것이다.

이상 언급한 연구방법 외에 중국고전문학이론 연구에 있어서 일본의 특징은 상대적으로 실제비평에 대하여 커다란 관심을 갖고 있다는 것이다. 즉 어느 비평가가 전 시대 또는 같은 시대의 작가들 및 작품들을 구체적으로 어떻게 평가하였는가에 대하여 많은 관심을 보이고 있다. 각종 선집을 뒷받침하고 있는 문학관과 선집이나 작품에 가해진 주에 대한 연구가 비교적 활발한 것도 그와 같은 맥락에서 이해할 수 있을 것이다. 이것은 작품을 떠난 이론이 자칫하면 공허해질 염려가 있으므로 '구체적'이고 '실증적'인 것을 선호하는 일본인 학자들의 연구경향에는 직접 작품이나 작가에 대하여 논의하는 실제비평이 상대적으로 구미에 맞았을 것이라는 추측을 가능하게 한다. 물론 각종 선집들이 당시 문단에 미친 영향력을 고려하였기 때문이기도 할 것이다.

이상 일본의 중국고전문학이론 연구에 있어서의 방법론적 특징을 들어보았는데, 다음은 참고로 중국인 학자인 장하이밍(張海明)이 1945년에서 1982년도까지의 일본의 중국고전문학이론 연구 개황을 바탕으로 하여 그 방법론적 특징을 중국과 비교한 것을 소개해보기로 한다.[60] 첫째는 현대적이고 체계적인 연구의 시작이 빠르다는 점을 들고 있다. 즉 스즈키 도라오가 중국보다도 먼저 『지나시론사』와 같은 업적을 내어놓을 수 있었던 것은 일본이 서구적인 새로운 학문의 방법을 먼저 받아들였기 때문이라는 것이다. 단 그 이후 40년대까지는 중국학자의 연구업적이 일본보다 뛰어났는데, 1950년대 이후 70년대 말까지는 중국 대륙의 고대 문학이론 연구가 정상적인 궤도를 벗어났기 때문에 다시 이 기간에 있어서는 일본학자들의 연구가 질량에 있어서 모두 중국보다 앞섰다는 것이다. 둘째는 학풍이 견실하다는 것이다. 즉 위에서 이미 기술한 바와 같이 실증적이고 역사적인 학풍으로 기초 작업을 중시하며 섬세하고 치밀한 논리전개를 선호한다는

---

60) 張海明, 『回顧與反思-古代文論硏究70年』, 北京師範大學出版社, 1997, 251~253쪽.

것이다. 또 중국과 비교하여 정치상황이나 이데올로기의 영향을 덜 받아서 고대문학이론의 현대적 의의와 같은 것을 특별히 강조하지 않으며 학술연구의 상대적인 독립성을 보유하고 있다는 것이다. 또 일본학자들의 연구테마가 너무 작고 좁아서 이론 가치가 그다지 없어 보이지만, 중국학자들처럼 시류를 좇아 한정된 과제에 대량의 정력을 사용하지 않고 작은 테마를 여러 가지 방법으로 인용 증명하고 반복 분석하여 결국은 뭔가 규율성 있는 결론을 도출해내어서 비록 제목은 작지만 연구는 오히려 실속이 있다는 것이다. 세 번째로는 일본학자들이 학문에 있어서 자주의식을 가지고 있다는 것이다. 즉 일본 학자들은 자신들만의 관점으로 연구를 진행시키고자 하며 연구 중 중국학자들과 견해가 어긋날 때에도 맹종하지 않고 단지 많은 관점 중의 하나로 참고힐 뿐이라는 것이다.

여기에 필자가 덧붙일 것은 일본의 학술활동에 있어서는 분야를 막론하고 전반적으로 선행연구를 파악한 위에 아무리 작은 문제일지라도 선행연구와 차별화시키고자 하는 학문적 분위기가 형성되어 있다는 것이다. 전반적으로 중국문학 연구에 있어서 연구테마의 범위가 갈수록 좁아지고 연구가 상세해지는 경향을 보이는 것은 물론 일본인의 성향과 관련이 있을지 모르지만 한편으로는 역시 선행연구와 차별화시키기 위한 것이 그 주요 원인이라고 할 수 있다. 그러므로 논문 한 편 한 편을 보면 테마가 작아서 별로 의미가 없어보일지 몰라도 전체적으로 보면 작업에 중복이 적어서 학문의 수준을 높이는 데 있어서 그만큼 효율적이라고 할 수 있다.

5. 맺음말

　이상 시문론을 중심으로 한 일본의 중국고전문학이론의 개황과 그 특징을 살펴보았다. 일본에서 최근 이십여 년간 발표된 중국문학과 관련된 논문 목록을 살펴보면,[61] 시문·소설·희곡 등 고전문학에 관한 논문이 한 해에 대략 400~600여 편 정도 발표되고 있으며 이 중 10~30여 편이 문학이론에 속한다고 할 수 있는데 문학이론의 대부분은 시론이다. 이렇게 보면 일본의 중국고전문학을 연구한 논문 중에서 문학이론 분야가 차지하고 있는 비중은 한국이나 중국에 비하여 그다지 높은 편이 아닐지도 모르나, 1925년 스즈키 도라오의 『지나시론사』가 발표된 이후 지금까지 중단 없이 연구 성과가 계속 축적되어 왔으므로 이상에서 살펴본 바와 같이 그 학문적 성과는 역시 상당하다고 할 수 있다. 또한 연구 방법론에 있어서는 메이지시대에 교토대학을 중심으로 확립한 실증적이고 역사적인 연구방법을 바탕으로 판본의 교감과 역주 등 기초 작업을 중시한 위에 치밀하고 섬세한 논리를 전개하여 일본 특유의 견실한 학풍을 이어오고 있으며 실제비평을 중시하는 등의 특징을 보여주고 있다. 이상과 같은 특징 외에 비록 작은 테마를 연구하더라도 독창성을 존중하는 연구풍토가 확립되어 있는 것은 일본의 중국문학 연구 수준을 높이는 데 큰 보탬이 되었을 것으로 생각된다.

---

61) 『日本中國學會報』에는 매년 발표된 中國哲學과 中國語文學에 관한 論文과 단행본의 목록이 실려 있다.

한국중국문학이론학회

김형효 서강대학교 철학과 석좌교수
이병한 서울대학교 중어중문학과 명예교수/한국중국문학이론학회 명예회장
오태석 동국대학교-서울 중어중문학과 교수
이규일 영동대학교 중국어과 조교수
조성천 을지대학교 여가디자인학과 교수(중국고전문학비평 전공)
최일의 강릉원주대학교 중어중문학과 교수
홍광훈 서울여자대학교 중어중문학과 교수
김준연 고려대학교 중어중문학과 부교수
서 성 열린사이버대학교 중국비즈니스학과 교수
김의정 이화여자대학교 중국문화연구소 연구원
안대회 성균관대학교 한문학과 교수
고인덕 연세대학교 인문학연구원 HK연구교수

중국문학이론의
모색과 소통

초판인쇄 ㅣ 2012년 9월 21일
초판발행 ㅣ 2012년 9월 21일

지 은 이 ㅣ 한국중국문학이론학회
펴 낸 이 ㅣ 채종준
펴 낸 곳 ㅣ 한국학술정보㈜
주   소 ㅣ 경기도 파주시 문발동 파주출판문화정보산업단지 513-5
전   화 ㅣ 031) 908-3181(대표)
팩   스 ㅣ 031) 908-3189
홈페이지 ㅣ http://ebook.kstudy.com
E-mail ㅣ 출판사업부 publish@kstudy.com
등   록 ㅣ 제일산-115호(2000. 6. 19)

ISBN   978-89-268-3771-9 93820 (Paper Book)
          978-89-268-3772-6 95820 (e-Book)

이 책은 한국학술정보(주)와 저작자의 지적 재산으로서 무단 전재와 복제를 금합니다.
책에 대한 더 나은 생각, 끊임없는 고민, 독자를 생각하는 마음으로 보다 좋은 책을 만들어갑니다.